图书 影视

不知如何爱你时

梦筱二 著

上

四川文艺出版社

目录
CONTENTS

第一章

不经意间的拥抱

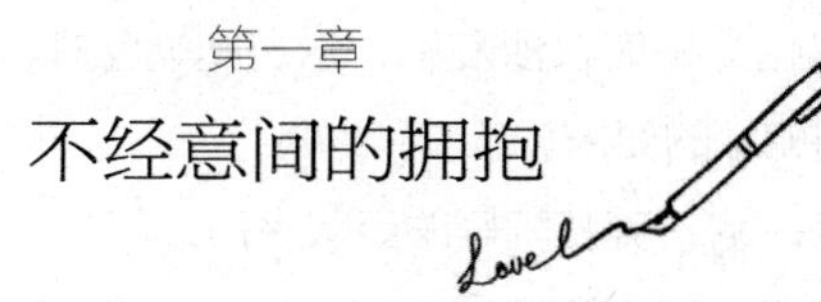

汽车在驶离度假村三公里的地方抛锚了，温笛对维修汽车一窍不通，不知道问题出在哪儿。

这里前不着村后不着店，她约了人谈事，赶时间。

温笛只好给度假村经理打电话，让他们帮忙送她一趟。

经理表示："严总有辆车在我们这边停车场，他吩咐过，您随时可以用车。"

经理口中的严总是严贺禹，严贺禹带她去过度假村几次，她自己也是度假村的常客，经理知道她跟严贺禹的关系。

温笛道："那就麻烦您了。"

经理："客气，我马上安排司机把车送过去。"

温笛靠在车门上等司机过来，看看手机上的时间，给明见钧发消息："很抱歉明总，我的车子半路抛锚，可能要耽误十几分钟，我尽快赶过去。"

明见钧约她中午在会所谈合作的事，她是编剧，明见钧想定制一部剧，写他跟妻子的故事，从恋爱到创业成功，他打算在他们结婚三十周年时给妻子一个惊喜。

明见钧是一家上市公司的老板，跟妻子琴瑟和鸣，他们是商界的模范夫妻。

明见钧："没关系，我也被堵在路上，不一定比你先到。"

温笛在十分钟后等到度假村经理安排的那辆车。她把自己抛锚的车拜托给司机，道谢后，驾驶严贺禹的车前往会所。

她紧赶慢赶总算没迟到。

明见钧比她到得早，她到包间时，他面前咖啡杯里的咖啡已经下去一半了。

不等她开口，明见钧先检讨："是我来早了。"他招呼她入座。

温笛觉得跟明见钧这样的人相处是件轻松又舒服的事，他并没有因为如今的身家给人高不可攀的距离感。

明见钧双腿交叠靠在沙发里，示意她喝咖啡，然后他直奔主题，说了下自己对定制剧本的要求。

温笛问道："您打算找阮导的团队来拍？"

明见钧颔首："你和阮导的关系不错，有你们这样的制作班底，我投资拍这部剧心里才有底。"阮导是圈内有影响力的导演，他的名字就是电视剧的品质保证。虽然这部电视剧是明见钧送给妻子的三十周年惊喜，但该赚的钱还是要赚的。

这次见面不到两个小时，他们谈得比较愉快。

末了，明见钧递给温笛一份合同："你回去跟你们老板商量商量，有需要改动的地方直接联系我的秘书。"

温笛接过合同翻看，明见钧很大方，签订合同后，便预付 300 万元。

明见钧还有其他事，先行离开。

温笛把合同放进包里，去了趟洗手间才下楼，到了停车场看着车位上空空的，她愣了一下。

她没记错，来时是把车停在了这个停车位上的。

温笛用手里的副钥匙找车，未果。

会所只有一个露天停车场，中午的车子不多，她把停车场找遍了也不见那辆车的踪影。

温笛去找保安说明情况，她要查看监控。

保安问清车牌后，说："严总开走了那辆车，二十分钟前刚走。"

温笛："……"

严贺禹上周去出差，没想到他已经回来了，却没跟她说。

她找了个安静的地方给严贺禹打电话，响铃快结束时他才接听。

温笛质问："你干吗把车开走？你开走我怎么办？"

他的声音透过听筒传来："温笛，你打错电话了。"

温笛确定他不是在开玩笑，她说明："我现在在会所，你开走的那辆车是我从度假村那边开过来的。我在会所跟人谈事，下来车就不见了。"

严贺禹："我以为是出差前我停在会所的。"

温笛无言以对，车子多的人到处停车，只要他常去的地方都有辆车，估计连他自己都不清楚哪辆车在哪儿。

“你出差回来了？”她问道。

“嗯。”严贺禹道，“我让人送你。”

随后，严贺禹挂了电话。

温笛还想问问他什么时候回来的，电话已经断掉，她没再打过去。

她今天一直处在不停换车中，几分钟后会所的负责人来找她，安排车送她回家。

到家后，她倒在沙发里睡午觉。

她梦里梦到了严贺禹，梦做到一半被群消息吵醒。也是通过群消息，温笛才得知严贺禹出差回来的具体时间。

起初，群里几个女同事在讨论新款冬装，跟严贺禹丝毫扯不上关系。后来，有个同事说起昨天上午去旗舰店买一款心仪已久的包，结果，遇上了闭店服务，店里只有一位顾客和他的随行人员。

能享受闭店服务的自然是顶级 VIP（重要客户）顾客。

然后，群里讨论起那位顶级 VIP 顾客，是一个气场强大的男人。

“我差点儿成花痴，他手也好看，当时我旁边好几个人说恨不得成为他手上那几个购物袋［偷笑 .jpg］，我把视频发给你们看看哈。”

“你拍下来了？早说呀！”

“不是专门拍他，乱入了我的镜头，等我反应过来他已经走远，没拍到几秒，你们就凑合看吧。”

群里其他人迫不及待：“有的看就行，赶紧发！”

她们在阮导拍摄团队里工作五六年了，见多了娱乐圈的帅哥美女，眼睛被养刁，很少有人让她们一眼惊艳，现在她们的好奇心被勾起。

很快，那个同事将视频发到了群里。

温笛被吵醒后睁开惺忪的睡眼，见群里消息不少，她点开看了一下。

入目的就是视频定格画面里那个熟悉的身影，别说他只戴了墨镜，即便戴上口罩，她也能一眼认出那是严贺禹。

她不明状况，看聊天记录。

原来严贺禹昨天上午就回京城了，还去逛了趟旗舰店。

温笛打开视频，严贺禹穿着深蓝色衬衫，隐约能看到衬衫上酒红色与黑色相间的细条纹，他比身边的助理和保镖高出大半个头。

严贺禹拎着三个购物袋，助理两只手里也是大包小包，他侧着脸在跟助理交代事情，视频到此结束。

温笛连着看了两遍视频，严贺禹身上那件衬衫她以前没见他穿过，腕上的那块手表也看着眼生。

群里几个同事还在七嘴八舌地讨论：

“我怎么觉着有点儿像严贺禹。”

“你见过严贺禹？”

“前段时间跟阮导参加卫视的招商会，瞄过两眼，坐在他旁边的都是大佬，我没敢挤到他跟前去。”

严贺禹的名字她们如雷贯耳，他的公司是各大热播剧场的冠名商，本人很少露面，她们都没见过真人，但跟他有关的八卦消息听过不少。

严贺禹不论是家世还是长相都能让人议论半天还意犹未尽，最让人津津乐道的是他的感情史，几天几夜都说不完。

群里的聊天还在继续：

“不知道他现在的女朋友是谁。”

“好像没女朋友，女人不少。”

又有其他同事冒泡：“我感觉不是严家那位，严贺禹从来不哄女人，听说交往时只送钱，他会去逛街买包？”

“也是。”

别说她们，温笛跟严贺禹在一起快三年了，从来就没见他逛过街，衣服都是定制款。这个视频里他拎着这么多购物袋从旗舰店出来，看着很是违和。

群里的同事 @ 她：“温笛姐，你新作怎么样了啊？要不要考虑把这个帅到惊为天人的男人写到你剧本里 [偷笑 .jpg] ？”

温笛年初跟阮导合作了一部电视剧，为了方便沟通建了这个工作群，电视剧早已杀青，但群没解散。

与严贺禹有关的事，她不想多聊。

和同事闲扯几句，温笛放下手机去洗澡。

这几个月她在度假村沉浸式创作新剧本，昨天夜里写完大结局，这段时间睡眠严重不足，今天这个午觉要不是被群消息吵醒，她能睡到晚上。

从浴室出来，温笛倒了一杯红酒，又找出毛毯披在身上，趴在露台上喝酒。

忙起来时，她能完全将严贺禹抛到脑后。现在她闲下来，严贺禹便成了她生活的全部。

温笛回客厅拿来手机，跟严贺禹的聊天消息停留在两天前，她问他在干吗，他回了俩字：开会。

她没再打扰他。

他们再次联系是今天中午，他在会所把她车开走，她只好打电话给他。

抿了一口红酒，她搁下酒杯径直往大门口走。

刚打开门，温笛接到了瞿培的电话。

瞿培是阮导的老婆，也是她以前的老师，现在的老板，兼半个经纪人。

电话接通，温笛听到高跟鞋踩在地板上的声音。

“在睡觉还是在写剧本？”电话那头，瞿培的声音听上去有点儿急促。

温笛：“我刚睡醒。”

“跟你说一声，你先不要单独和明见钧见面。”

温笛不明状况，问道：“怎么了？”

瞿培说：“他婚外情被他老婆发现了，正在查他的小三是谁，你别撞枪口上惹一身骚，到时有嘴说不清。”

温笛唏嘘不已。

这个外人眼里打着灯笼难找的好男人竟也玩起婚外情，中午她跟明见钧见面，他聊起他和妻子的过往时还表现得一往情深。

温笛告诉瞿培：“中午见过了，以后合同的事公司出面吧，我这就把合同扫描发给你。”

“行，发到我邮箱。”瞿培提醒她，“明天晚上我们家老阮的生日宴别忘了去。我对你没要求，礼物不需要，你明晚把你自己带来就成。”

“阮导的生日宴我怎么可能忘，设了闹铃呢。”

温笛忙起来连自己生日都不记得，不怪瞿培信不过她。

参加生日宴是小事，温笛创作新剧本期间，不少影视公司竞相找瞿培询价，有意向买下版权。明晚有几家影视公司的负责人过来，瞿培想借这个机会把他们介绍给温笛认识。

瞿培忽而蹙眉，问："你在干什么呢？"她判断是温笛开指纹锁的声音，但温笛输入了不止一遍，她关心地问道，"是不是锁不灵敏你打不开？锁要是不行了，我找人去给你换。"

指纹锁没坏，温笛把之前录入的所有指纹都清除了，旧密码也改掉了。

她回瞿培："我在重设密码。"

"旧密码泄露了？"

"没。"

瞿培不知道她哪根神经搭错："那好好的你改什么密码？"

温笛设置好密码，进屋关上门，道："改密码防贼。"

瞿培提醒她："别到时候你记不住新密码，把自己关在大门外。"

"那不至于。"温笛不是对自己的记性有信心，她包里有备用钥匙，实在想不起密码来，用钥匙开。

结束和瞿培的通话，温笛回露台接着喝酒。

一杯酒喝完，暮色四合。

她无事可做。

忙的时候她差点儿忙死，只是一天没工作而已，她居然感觉闲得发慌。

温笛清洗好酒杯，然后放到酒柜里，去浴室泡澡消磨时间。

她的朋友不多，大多是工作上认识的人，偶尔一起吃饭闲扯。闺密只有一个，远在横店拍戏，这会儿肯定忙着看剧本，她没打扰。

除了工作和看书，她没什么兴趣爱好，连着几个月对着电脑打字，眼睛不舒服，现在连书也不想翻。

八点钟，没事干的她只好爬到床上睡觉。

迷迷糊糊中，她听到门铃声。

温笛条件反射般打开手机，没有任何电话和消息，按门铃的人应该不是严贺禹。

她开灯起床，裹了浴袍去看看是谁来找她。

从可视门铃上，温笛看到了站在门口的严贺禹，她想了半下午的男人。今晚他穿了件白色衬衫，拿着风衣。

没等到她来开门，他再次输入指纹试图打开门。

当然他是白费力气。

温笛倚在玄关处，盯着眼前屏幕上的男人。

严贺禹输入指纹没成功，他忽然抬头看猫眼。

隔着一道门，温笛从显示屏上看着他，对望的那一瞬间，她依旧被他的眼神吸住。

他的眼神明明是疏离的，没有任何人情味，但就是让人管不住自己，还想再看第二眼。

严贺禹又按了一遍门铃，然后发消息给她："没在家？"

温笛不答反问："你出差什么时候回来的？"

她看着可视门铃里的人低头打字，他回："昨天早上。"

这门，她是不打算开了。

仿佛感应到她就在门板后面，严贺禹耐着性子："温笛。"

温笛语气不善："哪位？"

严贺禹听得出来她是在故意找碴，说："六天前我们在床上见过。"

温笛嘴上从不饶人，回撑："我们上次床上见面没超过三分钟，不然我肯定记得。"

这话伤害性很大，侮辱性也很强。

严贺禹面无表情地看着猫眼，沉声道："你是不是忘了你当时怎么求我的？"

温笛："求你再多坚持一分钟？"

严贺禹："……"

她嘴硬的毛病不知道哪天能改。

他又重重叩了几下："开门，当着我的面把刚才的话重复一遍。"

温笛说："现在也是当着你的面。"

他主动来找她，却被拒之门外，这是严贺禹从没有过的遭遇。

严贺禹没再说什么，转身离开。

温笛从门铃显示屏上目送他离开，他的背影很快消失在视野范围里。

让他放下身段来哄人，根本不可能。

她跟严贺禹在一起的三年，大概就是彼此想征服对方的过程，谁都不愿妥协，谁也不想主动放下高姿态。

没想到两人不仅没散，居然奇迹般在一起一年又一年。

翌日，温笛睡到凌晨五点半醒来，被梦气醒的。

她这才看到手机上有未读消息，来自严贺禹的助理康波，这条消息是昨晚十点半康波发给她的，那时她早已睡着。

康波问她今天上午几点方便，他来取一份严贺禹放在书房的文件。

每次她跟严贺禹冷战，康波的消息总会第一时间出现在她的手机上，理由无一例外都是要来拿文件。

十次有八次，康波来拿文件时还顺便让她给严贺禹收拾行李，说严贺禹要临时出差。她知道康波作为助理不容易，不想让他回去无法交差，她每次看在康波的面子上收拾行李。

在她收拾行李时，严贺禹都会给她打电话，告诉她要带什么外套，带哪件衬衫。

一通电话下来，两人之间的冷战也就结束了。

今天康助理还是同样的借口，要来拿文件。

温笛回复康波："康助理，不好意思，昨晚没看手机。我跟你们严总联系。"

她转而给严贺禹发消息："今天把你所有东西都拿走，省得让康助理一次次专门跑到我这里给你拿出差的行李。"

严贺禹回复她："一个小时后过去。"

温笛倒杯温水窝在沙发里看电视剧，严贺禹在她这里的东西不少，衣帽间里专门有两个衣柜放他的衣服。

七点过五分，玄关那边传来开门的动静。

温笛偏头看过去，跟严贺禹漫不经心的视线撞个正着。

他右手拿着备用钥匙，左手拎着购物袋，袋子上的 LOGO（品牌标志）并不是视频里他去的那家旗舰店。

温笛忘记什么时候给过他备用钥匙，他应该今天早上才找出这把钥匙。

她收回目光，没搭理他。

严贺禹将购物袋随手放在茶几上，不紧不慢地走到她身前，挡住落地灯的光线，她整个人被笼罩在他的身影里。

他早上有锻炼的习惯，她闻到他身上刚洗过澡的沐浴液的淡香，还混合着剃须水的味道。

两人谁都没说话。

温笛没抬头，不知道他在看她还是看别的地方，她的目光与他垂在身侧的手齐平，他修长的手指在把玩那把钥匙，腕间的手表跟视频里拍到的一样。

她指指卧室的方向，示意他自己收拾东西。

这大概是她人生里不多的高光时刻，竟然有机会把不可一世的严贺禹给轰出去。

严贺禹没去收拾东西，从她手里抽走她的水杯。

温笛仰头看他。

严贺禹直直地看着她的眼，把她的杯子放在唇边抿了一口水，把水杯又放回她手里。

他在她旁边坐下来。

温笛上身前倾，把水杯搁在茶几上，闹矛盾时他喝过的水她不愿意喝。

与此同时，严贺禹下意识地扶着她的肩头，怕她重心不稳一头栽下沙发。

温笛重新坐回沙发，他的手也随之拿下来。

严贺禹瞅着她侧脸，先开口："以后早上睡不着，去别墅找我，不管什么时候我不会改密码不让你进门。"

这是在说她把密码给改了不让他进门。

温笛懒得多费口舌，再次指向卧室："你抓紧把东西收拾好拿走，别影响我睡回笼觉。"

严贺禹没应声，打开手机上的一个小软件，看过之后问她："你这个月的经期提前了？"

温笛："……"

她来大姨妈时偶尔会有点儿不讲理。

"没。"

严贺禹退出小软件，跟她对望："那没完没了闹什么脾气？"

温笛支着下巴，似笑非笑地说："我改我自己房子的密码，这就上升到闹脾气了？"

严贺禹没有解释的习惯，反问她："你忙的时候忘回我电话，一两天不联系我是常事，在你那里理所应当的事怎么到了我这里就不行了？"

问完，他又觉得多此一举，问了也白问。

因为她双标。

他找出助理康波的电话打出去，吩咐康波："把前天早上六点钟出机场到今天早上七点这段时间里所有跟我有关的监控资料找齐了发到温笛邮箱，中间不要有间断。"

电话那端的康波明显一愣，老板向来不跟任何人交代行程。

严贺禹挂断通话，跟温笛说："改密码这种事下不为例。"

不管有没有下次，反正这一次是他主动退让。

温笛还算满意。

至于他要给她发监控资料，实在没必要。她没有查岗的习惯，也不喜欢被查岗，她要的只不过是严贺禹的态度。

现在他态度有了，温笛对其他的无所谓："你别让康助理忙活了。"

她又给康助理发消息，让他不用找监控资料。

康助理再三感谢，觉得谁都没有温笛讲理。

严贺禹把刚才带来的购物袋拿给她："这是昨晚打牌赢的。"顿了顿，他又说，"我别墅客厅还堆了不少礼物，你有空过去拆。"

温笛什么都不缺，但她喜欢他那句话里的"堆"字。

严贺禹靠回沙发，环顾客厅。

温笛瞅着他："看什么呢？"

严贺禹问："你这套公寓现在值多少钱？"

"5000 万元左右。"她不明白他忽然问房价是什么意思，"你要干吗？"

严贺禹："我转 5000 万元到你的账户，你在房产证上把我的名字加上去，以后房子一人一半。"

温笛觉得有意思："你都记不清自己有多少房子，还缺我这半套？"

"不缺。"严贺禹说，"加上我名字，以后再改密码得经过我同意。"

密码只是其中一个原因。

他接着道："哪天再吵架，你把我东西放到我的房间，省得让我过来拿。等和好了你自己再把东西搬回去。"说着，他把手递给她。

这是要抱她的意思。

严贺禹没给她磨蹭的时间，把她抱到怀里。

接下来就是他秋后算账，算昨晚她嘴硬说什么求他多坚持一分钟的账。

温笛后悔当初买了这么宽敞的沙发，让严贺禹不用回卧室也能用各种方式跟她算账。他和她十指紧扣，不让她的胳膊和手乱动。

“能不能放开我？”她胳膊发酸，于是央求道。

严贺禹不置可否。

温笛找了个借口：“我给你解纽扣。”

严贺禹说：“不用。”

温笛：“我想解。”

严贺禹依旧无动于衷。

温笛挣扎一番，后果是他找她算账算得更过分。她暂时安分下来，不再挑衅他。

严贺禹最终松开她，拿过手机，解锁手机屏幕在她眼前晃了晃，让她看清楚现在是几点钟。

温笛懒得看时间，他还记着那三分钟的仇。

她一抬头，严贺禹在看她，他一个眼神她就知道接下来她的日子会很难挨。

温笛不是吃眼前亏的主，她搂着他的脖子，往他的身上贴了贴。

严贺禹覆下来，低头轻咬她的唇。

温笛喜欢被他亲，唇与唇碰触时，心也跟着柔软起来。

情动时，她喊了一声：“老公。”

温笛不是第一次喊严贺禹老公，但她每次喊老公的时候，严贺禹都莫名受用。这声“老公”让他最终只找她算了一次账。

一个多小时后，温笛回了主卧。

等她冲过澡吹干头发换了衣服出来，严贺禹已经去公司了，掉在地上的几个抱枕他捡起来放在了沙发上。

他走后不久，崔姨如约而至，问她中午想吃什么。

温笛对吃要求不高，跟崔姨说：“您随便给我煲个汤。”

崔姨是严贺禹家的保姆，在严贺禹家做事多年，自从她跟严贺禹在一起，崔姨经常过来给她做饭和收拾屋子。

身边的人除了闺密，其他人不知道她跟严家的这位二世祖在谈恋爱，让崔姨过来比请其他阿姨更方便一些。

温笛上午没事，找了一本书到露台看。

她刚完成新剧本，瞿培没急着给她接工作。随着她几部作品大爆，她也跟着沾光，有幸参加了几档综艺节目，积攒下人气和口碑，被网友称为最美编剧。

在她潜心创作新剧本期间，有不少时尚品牌邀请她，都被瞿培推掉了。瞿培的意思是，她这几个月身体严重透支，应该好好给自己放假休息一下。

作为老板，瞿培绝对合格。

一本书看到三分之一，温笛收到入账短信，她账户上多了一大笔钱。

严贺禹做事向来不拖泥带水，说要在房产证上加他的名字，还没到中午，钱已经到账。

随后，严贺禹的消息进来：“把房款转给你父母，就当你的房子卖了。”

温笛看着那一串零，自己跟严贺禹应该可以走进婚姻吧，他那种人不会一时脑热，要是没有长远的打算，不可能轻易跟女人拥有同一本房产证。

不管以后怎样，她的名字和他的在同一本房产证上，是一个好结局的开始。

她的房产证不在京城，房子是父母在她刚上大学时买下的，当初是全款购入，办下房产证后父母直接带回老家江城了。

她向严贺禹说明情况：“房产证在江城，暂时办不了手续，要不下周？”

严贺禹：“不着急，给你一个月期限，这一个月里不准跟我冷战。”

温笛可不保证不跟他冷战，回给他一个微笑的表情包。

严贺禹没再搭理她。

温笛把手里的书扣在桌上，靠在躺椅里给父亲打电话。

温长运秒接女儿的电话，问道：“今天不忙啊？”

温笛：“不忙。爸爸，我过两天回家。”

“你回来家里也没人，爷爷奶奶旅游去了，我和你妈妈都要出差。”温长运对女儿说，“等我不忙了去看你。”

“那你让人把我的房产证寄给我。”

“哪套房的房产证？”

“就我现在住的这套。”

温笛在父亲询问前，三言两语把事情简单跟父亲说了，问父亲要账号：“我把钱全部转给你，以后房子随我和他折腾。”

温长运知道女儿有个男朋友，没见过，偶尔听女儿提过两句。他跟妻子从来不过问女儿的恋情，现在看来好事将近。

他先恭喜女儿，又关心地道：“你们两人名字都写在了一个房产证上，打算什么时候带来家里？”

“早呢。”不是温笛不愿带严贺禹见家长，是她不一定请得动他，索性不请。即使要结婚那也得他先提出，而绝不是她暗示他。

温长运完全尊重女儿的决定，没多说一句，房款他也没打算要：“给你当零花钱，你留一半，另一半退回去。”

“退给他也不会要，他那个人你不了解，给出去的钱就不会再收回去。不要紧，找个机会送礼物给他。今年我生日，他送给我的那套珠宝够买一套房。”

“这么大方？”

“也不是，做生意他比你还抠呢，只对我大方。”

温长运笑了，女儿言语间无不透露着满足感。

温笛说着自己的小幸福：“我对他也大方，我自己赚的所有钱都花在了他身上。”

温长运看看手表，秘书还等着向他汇报工作，他对着手机道：“笛笛，爸爸不跟你说了啊，我这边还有事，你要是不着急的话，月底你妈妈要去京城，到时候把所有证件都捎给你。”

“不着急，那让妈妈带给我吧。”温笛跟父亲说了再见，匆匆挂上电话。

她睡在躺椅里，深冬的天空一片湛蓝，点缀着几片薄云。

手机有消息进来，瞿培给她发来晚上阮导生日宴的酒店地址。

温笛午睡起床后开始化妆，找出一件没穿过的烟青色礼服换上，搭配了几款手包都觉得不合适，她到客厅拆开严贺禹早上带给她的那个打牌赢来的包。

开箱后，她很意外，是她钟爱的大尺寸包。

温笛提前两个小时出门，走到门口才想起她的车子还在 4S 店维修。晚上免不了要喝酒，她给严贺禹打电话，打算让他的司机接送她。

严贺禹接通："什么事？"

温笛长话短说："我车子坏了，晚上阮导生日宴，你借辆车给我。"

严贺禹："以后这种事直接找康助理。"

挂电话前，严贺禹又说："把酒店和宴会厅名字发给我，给你送瓶酒。"

温笛搞不懂他的脑回路，难得他主动示好，她顺手把瞿培发给她的酒店地址转发给他。

半个小时后，温笛等来严贺禹的司机，司机开了一辆车牌低调的商务车来接她。

可即便再低调，等车子开到酒店地库时，还是有人认出了这辆车的车牌。

"你看什么呢？"丁宜见驾驶座的田清璐一直盯着前挡风玻璃，连妆都忘了补。

田清璐说："那是严贺禹的车，他今晚在这里有应酬？"

丁宜恨铁不成钢地道："你没救了。"田清璐喜欢严贺禹，他们圈子里的人无人不知。但落花有意流水无情，不过，田家和严家决定联姻。

田清璐还在看严贺禹那辆车，车停稳后，车里下来的人不是严贺禹，是一个妖娆的女人，修身的裙子将她的性感完美勾勒。

就在女人侧身关车门的瞬间，即使女人戴着墨镜，丁宜和田清璐同时认出那是温笛。

丁宜的关注点是："那种颜色的礼服很挑人，只有温笛那张脸能驾驭得了。"

田清璐没吭声，看了一眼闺密。温笛上千万的粉丝里，一半是剧粉一半是颜粉，如果不是因为田清璐跟温笛是情敌，丁宜恐怕早成了温笛的颜粉。

丁宜忽而蹙眉，疑惑地道："温笛那个包……"

田清璐也注意到温笛肩上限量款的包，她和丁宜昨晚都在会所，知道严贺禹为了赢那个包打牌打到凌晨一点。

会所的大股东是位女士，对包没什么兴趣，她老公和严贺禹他们是朋友，又有生意往来，她托人买来这款限量的包送到了严贺禹的私人包间，给他们的牌局加点儿乐趣，算是变相回馈严贺禹他们常年来会所捧场。

昨晚是严贺禹第一次认真玩牌，田清璐以为他赢那个包是送给他母亲或是妹妹，估计连他的发小也这么认为。

谁知道那个包今天出现在温笛的肩上。

丁宜快言快语："看到没？这就是你想要订婚的男人，人家根本没把你当回事。"

田清璐把口红和化妆镜扔进扶手箱，瞪她："不会说人话你就闭嘴！"

丁宜不紧不慢地道："巴结你的人多的是，你要想听好听的话找她们去。"

两人打小认识，拌嘴成了家常便饭，伤不到感情。

丁宜作为局外人，深知严贺禹不是善茬，跟这样的男人结婚和跳火坑没区别，她不知道劝过田清璐多少次，可田清璐一个字都听不进去，魔怔了一样。

"严贺禹根本不喜欢你，你是不是有病啊，上赶着倒贴？"

田清璐心口又被狠狠补上一刀。

丁宜指着温笛离开的方向："不管怎么说，人家温笛跟他在一起好几年，你别告诉我你要去争那个渣男？你还嫌不够丢人是吗？"

田清璐不屑："我跟她争？严贺禹跟她顶多是玩玩，又不会跟她结婚，我用得着去争？再说，联姻是两家长辈的决定，又不是我的意思。"

丁宜冷嗤："你就自欺欺人吧，你要实在不想嫁，我不信田叔叔会拿刀架你脖子上逼着你嫁给严贺禹！"

她手背在车窗上拍了两下，越想越气，再次转头看向田清璐："你管不了严贺禹的，真要订婚，你哭的日子在后头。"

田清璐忍无可忍："你能不能别给我添堵？"

"砰！"丁宜摔门下车。

两人惹了一肚子气，坐电梯上楼时也是谁都没搭理谁。

到了她们跟塑料小姐妹聚会的包间门口，两人不约而同地换上一副姐妹情深的面孔，不计前嫌挎着对方手臂走进包间。

此时，另一层的宴会厅里，瞿培拉着温笛，给她介绍影视公司的人，一圈应酬下来，她嘴角都快笑僵了。

瞿培拍拍温笛的肩膀："找位子坐坐。"她转而去招呼其他客人。

"温小姐。"今晚负责宴会厅的酒店领班找到她。

温笛微微一笑："你好，有事？"

领班压低声音："严总送了您一瓶酒，等入席后您看清酒杯，我亲自给您倒酒，其他人倒的酒您放在一边。”

温笛表示感谢，好奇严贺禹到底搞什么名堂。

宾客来得差不多了，跟各自熟悉的人寒暄过后找位子入座。

瞿培把她安排在了寿星阮导那桌，贵客太多，以她的身份只能坐在最不起眼的位子，今晚还不知道要敬多少杯酒。

领班倒酒时，温笛看了一眼领班手里的酒瓶，跟其他酒瓶一样。

抿第一口时她微微蹙眉，严贺禹给她送的不是酒，是一瓶带点儿酒味的凉白开，今晚她再也不用担心喝多了难受。

凉白开里兑的酒太少，温笛为了保险起见，让服务员倒了半杯红酒给她，喝上几口红酒，淡淡的酒香给凉白开打掩护。

除了领班，没人知道她另一个酒杯里是水。

旁边的人在高谈阔论，温笛除了回敬别人酒，只是安静地吃菜，从不参与任何话题。

放在桌上的手机嗡嗡振动起来，是阮导的消息：“吃吃吃！你没见过饭啊？！”

温笛抬头，阮导坐在她斜对面，俨然对她在酒桌上冷冷淡淡的表现恨铁不成钢。

她回：“没见过这么好吃的饭。”

阮导弹弹烟灰，快速打字：“你来之前，你瞿老师没交代你？”

交代了，瞿培让她晚上好好把握机会跟几位大佬熟络熟络，把握好这样的资源，对她的事业有帮助。

不管瞿培还是阮导对她都很好，所有恩情她都记得，只是她不喜欢巴结别人，礼貌性敬酒完全没问题，但有目的性的讨好，她做不来。

阮导：“你怎么跟沈棠一个样子，油盐不进，把好心当成驴肝肺，你们这个性子，吃亏的日子在后头。”

沈棠是她的闺密，在阮导眼里，她跟沈棠心气傲不识时务。在有些人眼里那就是欲擒故纵，假清高。

温笛：“谢谢您和瞿老师，别人投资我的剧本，我得凭本事让他们觉得剧本好能有高回报。”

意思再明显不过，她现在不可能阿谀奉承。

资源和关系有多重要，温笛不是不知道，阮导气就气在她知道却还是一副无所谓的样子。

温笛在创作上有天赋，要是再有优质的资源加持，那便是如鱼得水。

阮导又气又无奈：“你这孩子可怎么办？我看你是剧本写多了还真以为你爸是首富，等着家里随便砸下几亿元投你的剧本。”

温笛笑道：“我爸是不是首富，关键在我 [偷笑 .jpg]。”

阮导不明白什么意思，回了一个问号。

温笛打开爸爸的微信对话框，改掉爸爸原本的备注然后截图发给阮导。

阮导打开截图一看，温笛给她爸爸的备注是：首富爹。

他：“……”

火气噌噌往上蹿，能将蛋糕上所有熄灭的蜡烛给重新点着。

今晚唯一让阮导欣慰的是，宴席结束转场去会所玩，温笛没有拒绝，给了他一回面子，答应过去玩两个小时。

宴席散场时其他人酒精上头，只有温笛全然无感，她问瞿培在会所哪个包间，准备前往。

瞿培揉揉眉心，想了下：“2808 包间。”

晚上敬她酒的人多，她喝了四杯，这会儿有点儿头疼。

她关心温笛：“你胃难不难受，我这里有解酒药，给你两片？”

温笛摆摆手：“我还行。”

她不是还行，是好得不得了。

瞿培夸她：“不错，酒量见长。”

这时领班来找她，温笛跟瞿培约在会所包间见，朝领班走去。

领班微笑着说：“这会儿等电梯的人多，我带您走专用电梯下楼。”

温笛表示感谢，看来这也是严贺禹的安排。

领班拿着经理给她的专用电梯卡走在前面，她不知道严总是谁，又跟温笛是什么关系，只是按经理的吩咐做事，不会多问一个字。

温笛给严贺禹发消息，心情不错，她发了一个表情包，随后又在对话框里输入三个字：“想你了。”

瞬时，满屏都是金灿灿的小星星。

她高兴时就给他发这三个字，自己也喜欢看流星雨。

到了电梯口，领班刷卡，等电梯从上一层下来。

电梯门打开的那一瞬，严贺禹正好给她打来电话。

温笛接听，对领班点头再次表示感谢，几步跨进电梯。

电梯里有人，温笛紧挨着门口站着，背对着身后的几个女人。

她对着手机说："刚进电梯，信号不一定好。"

严贺禹问："宴席结束了？"

"嗯。"温笛这才想起来问他，"接我那辆车的车牌号多少？我没记住，马上到地库。"

严贺禹把商务车车牌号告诉她，问道："直接回家？"

温笛："不回，还要去你常去的那家会所。"

他们说话间，电梯抵达地库，温笛下来后去找那辆商务车。

紧跟着温笛从电梯里走出来的是田清璐和丁宜，她们缘分不浅，一晚上遇到两回。

田清璐跟丁宜到这家酒店吃饭从来都是坐专梯，今晚温笛跟她们同乘一部电梯，不用想，这也是严贺禹的安排。

直到坐上车，丁宜才开口说话："我想看看你还怎么自欺欺人！"

就在她们坐电梯前，田清璐给严贺禹打电话，严贺禹没接，田清璐安慰自己，说他应该在忙，手机不在身边。

结果下一分钟田清璐被打脸，严贺禹没空接她电话，却有空打电话给温笛，他并不忙，手机也在身边。

田清璐发动引擎，看着前挡风玻璃，吼了丁宜一句："你能不能闭嘴？！"

丁宜很难闭嘴，说："除非哪天咱俩不再是朋友。"

她们闹掰的可能性是零。田清璐不可能跟丁宜绝交，知道丁宜是真心实意为她考虑，只是她现在的心情丁宜无法感同身受。

她都记不清是从哪一年开始喜欢上严贺禹的，现在有个跟他结婚的机会摆在眼前，不可能放弃。

押上自己的婚姻和自尊去豪赌，她像个赌徒。

她什么道理都懂，心里也清楚知道严贺禹不是合适的结婚对象，可就是无法回头。

搁在控制台上的手机开始振动，田清璐一把抓过手机，严贺禹回她消息，问她:“有事？”

田清璐终于能在丁宜面前扬眉吐气一把，把严贺禹的回复甩到丁宜眼前:“看到没？”

丁宜无言以对，深深叹了口气。

陷入爱情里的女人真恐怖，严贺禹只是出于客气回复她一条消息，她都能解读出至死不渝的爱。

田清璐无暇顾及丁宜，打字回复严贺禹:“你什么时候有空？找个地方喝杯咖啡，想跟你商量件事。”

过了两分钟严贺禹才回过来:“温笛爱吃醋，不管她知不知道，我从来不和任何女人单独出去。”

他的拒绝直接又扎心。

田清璐删除了这条回复，问他:“那你现在在哪儿？”

严贺禹说:“在会所。”

田清璐驱车从酒店的地库出来，拐向会所方向。

丁宜刚才一直闭目养神，等她睁开眼时发现不是回家的路，转头质问田清璐:“你又要去找严贺禹？”

“嗯，找他聊点儿事。”

丁宜指指前边:“你放我下来。”

田清璐看了她一眼，心情本来就不好，不耐烦地道:“你到底干吗？”

“不想看到你去找严贺禹。”丁宜回道。

田清璐做不出把闺密扔在半路的事，在前面一个路口改道，先把丁宜送回家。

一路上两人没再说话。

在丁宜家别墅区门口，她们恰好碰到丁宜老公的车回来，田清璐放下丁宜后才放心离开。

田清璐到会所是一个小时后。

田清璐直奔严贺禹和他发小的包间，这个包间从来不对外开放。

今晚是周五，包间里比平时热闹。

田清璐跟认识的人打过招呼后，去找严贺禹。

会所的服务人员站在严贺禹旁边，严贺禹正在低头写字，他把写好的字条给服务员：“送到 2808 包间。”

服务员拿着字条去酒窖取酒，严贺禹在会所藏了不少红酒，平常他自己都省着喝，很少拿来送人，今天例外。

田清璐拖了一张椅子，在严贺禹旁边坐下。

严贺禹转头看了她一眼，问：“什么事不能在电话里商量？”

自然是婚姻大事，她跟严贺禹之间能商量的也只有订婚这件事了。

圈子里的人都知道她喜欢他，听说两家决定联姻，所有人都在背后议论，说她为了嫁给严贺禹不惜动用任何手段。

她必须得表明一下态度。

田清璐以退为进：“你要实在不想订婚，我跟我家里人去闹，总有办法解决。”

严贺禹看着手里的牌，漫不经心地道：“用不着。我订不订婚，不至于让一个女人出面解决。你以为我真的会迫于家里的压力？”片刻后他说，“你跟你家里人，包括我家人，还没人能勉强得了我。”只有利益，能稍微让他勉强一下自己。稍顿，他再次提醒，“倒是你，想清楚我之前跟你说的话。”

田清璐面色紧绷，没搭腔。

他跟她说过：如果她真想订婚，那他跟她之间就只剩利益可言，一起长大的那点儿情分也没了。婚姻只是形式，谁也别干涉谁。

温笛刚到包间没多大一会儿，有幸喝到了上好的红酒。

服务员给每人都倒上半杯，没说是严贺禹特意送来给温笛的，说这是会所送给寿星阮导的一点儿小心意。

瞿培对红酒赞不绝口，感叹今晚的钱花得值。

服务员但笑不语，这酒跟瞿培点的酒价格差几十倍，当然值。

温笛拿着酒杯离开包间，想找个僻静的地方给严贺禹打电话。她来过会所几次，知道三楼有个地方景色绝佳，从楼梯上去，拐了两个弯才到。

这里是会所老板精心布置的一个角落，墙上有面镜子，镜子对面是各种茂盛又罕见的植物，温笛站在镜子前，通过镜子看着身后，仿佛置身在一片原始森林里。

这里曾经给她带来过创作灵感。

温笛拨出严贺禹的电话，铃声快结束时，严贺禹才接听。

严贺禹低声说："看镜子。"

温笛正在镜子前，一头雾水："没看到你呀。"

话音落下，严贺禹的身影出现在镜子中。

温笛好奇地道："你怎么知道我在这里？"

严贺禹"嗯"了一声，自己也奇怪，总能凭直觉找到她。

温笛从镜子里晃晃酒杯，隔空跟他碰杯："谢谢你的红酒。"这应该是严贺禹私人珍藏的红酒。

严贺禹从镜子里看着她："不是白给你喝的，公寓指纹锁的备用钥匙我忘在办公室了，你回家把密码换成以前那个。"

"改密码行。"温笛把红酒一饮而尽，提出了条件，"刚才那瓶好酒我只分到半杯，根本不够喝。"

严贺禹看着她婀娜的背影："过来，我这杯给你。"这杯酒他只喝了一口，跟送到温笛包间的红酒是同一年份的。

两人交换酒杯，之后各自回包间。

严贺禹坐到位子上，牌局继续。

田清璐不在包间，已经回去了。

刚才严贺禹跟田清璐的对话，牌桌上的几人听得一清二楚，有人问严贺禹："你到底要不要跟田清璐订婚？"

严贺禹没应声，专注看牌。

"如果，我是说如果，你决定跟田清璐订婚，到时温笛那边怎么办？"

半晌后，严贺禹说："那就断了。"

牌桌上安静了两秒，没料到严贺禹这么干脆，要跟温笛断了。

第二局牌还没结束，严贺禹收到温笛的消息："老公，能不能再给我一杯红酒？"

严贺禹没打算给她："你少喝点儿。"

温笛："不行，我想喝。"

严贺禹让会所工作人员倒了半杯红酒，跟牌桌上的朋友说："等我两分钟。"他搁下手里的牌起身离开。

严贺禹没让其他人代劳，亲自给温笛送了过去。

到了三楼镜子旁边的过道，他给温笛发消息：“出来。”

温笛没想到来送酒的人是严贺禹，从他手里抽走酒杯，要抬步离开，被严贺禹的手臂挡住。

他将她圈在怀里：“这是最后一杯，再好喝也不能多喝。”

温笛点头，答应了。

她这么好说话，完全是因为他这个不经意间的拥抱。

严贺禹放开温笛：“回去吧。”

温笛还没过瘾，看着他：“再抱一下。”

严贺禹的手再次环在她的腰间。

严贺禹没逗留太久，回到包间继续打牌。

牌桌上几人刚才抽了一支烟，等着严贺禹回来。

朋友摁灭烟：“你对温笛这么不一样，我看你到时怎么断？”

严贺禹：“哪儿不一样了？”

“哪儿都不一样，没见你给别人送过酒。”

严贺禹拿起扣在桌上的牌，随便抽了一张丢出去。

说到他给别人送酒，温笛确实是独一份。

隔周的周一，温笛接到瞿培电话，瞿培说公司已经跟明见钧那边签好定制剧本的合同，明见钧年前忙，年后抽时间跟温笛见面，详细告知当年他和妻子的事。

温笛没想到婚外情风波没有影响明见钧，他还是坚持要定制这个剧本。

“出轨了还要送这样的礼物给他老婆？他到底怎么想的？”

瞿培猜测：“可能他老婆没找到他婚外情的证据。”

内情是什么，外人无从得知。

聊完定制剧本，瞿培说：“《如影随形》节目组找到我，想邀请你当常驻嘉宾。”

温笛原本趴在地毯上看书，听到《如影随形》这个名字爬了起来，这段时间她闭关写剧本，没怎么关注娱乐新闻。

她没听过这档节目，从节目名字也无从判断这是什么类型的节目，问瞿培：“什么类型的真人秀？”

瞿培道："跟旅游和摄影有关的，手机厂商是赞助商。对了，明见钧的公司也是赞助商之一。"

《如影随形》第一季初步选了六个景点，邀请四位明星和四位摄影师，分成四组拍摄，中间设置小组竞赛环节。

温笛自我调侃："我算哪门子明星，节目组怎么想起来邀请我？"

瞿培道："因为你现在有热度，控场能力强，知道怎么调动气氛，是团队里的灵魂人物，你还被网友称为三百六十度无死角美女，摄影师能在你身上拍出有灵感的大片，这些理由够不够？"

温笛笑："接着吹捧？"

瞿培也被她气笑了："你这小孩不知好歹。"瞿培告诉温笛，节目组原本还想邀请她的闺密沈棠参加，但沈棠没档期。

温笛接下来的几个月没其他工作，原本也要找地方旅游放松，于是接下了这档真人秀节目。她只是遗憾不能跟闺密沈棠一同参加节目。

她随口问了句，到时跟哪个摄影师搭档，以前打没打过交道。

瞿培一时不记得摄影师叫什么名字，最近老毛病复发，天天靠药撑着，她揉着脑袋想了想："好像姓祁，比你小两岁，是个新锐摄影师，刚从国外回来，通过了节目组的重重考核，好不容易拿到这个名额的。"

《如影随形》节目下个月月初开始第一期的拍摄录制。

挂了电话，温笛去衣帽间看看自己有没有合适的衣服在录制节目时穿，刚找出三套衣服，手机响了，是母亲的电话。

"喂，妈妈。"

温笛打开扬声器。

赵月翎柔和的声音从话筒传来："笛笛，妈妈马上到你楼下了。"

温笛把手里的衣服往沙发上一扔，忙拿起手机："妈妈你怎么不早说啊？我去机场接你。"

"用不着，公司办事处安排了专车接机。"赵月翎是干练强势的商场女强人，但在女儿面前向来温柔，"妈妈不跟你说了，见面聊。"

温笛迅速从衣柜里找出一条长裙，换下性感的睡裙。

她换好衣服，门铃响了，不等她跑出去，崔姨已经去开门了。

赵月翎把手里的东西递给崔姨，换下高跟鞋。

“妈。”温笛快步走过来抱抱母亲。

赵月翎打量女儿:“气色还不错。”以往女儿每完成一个剧本,人都要瘦一圈。

温笛笑道:“那是崔姨照顾得好。”

母女二人坐到沙发上,赵月翎打开她带过来的手提袋:“妈妈给你和棠棠买了几个手包,配晚礼服用。这几个颜色国内专柜还没有。”

母亲习惯给她带礼物时给沈棠带一份,温笛对小尺寸的包不感兴趣,打算全部给沈棠。

赵月翎问:“棠棠还在拍戏?”

“嗯,她现在在横店,要拍到明年三四月份。”温笛把手提袋放一边,盘腿坐在沙发前的地毯上,手搭在母亲的膝头,不时地抠两下。

她问母亲这回在京城待几天。

赵月翎是后天一早的飞机,只在京城待两天:“妈妈这次没时间陪你,晚上参加我们班班长闺女的婚宴,明天我们班同学聚会。”

毕业后大家都忙,很多同学快三十年没见了。

温笛闲聊:“像你们这些顶级学府出来的精英,聚会都聊什么?”

“跟你们聚会一样,什么都聊。”赵月翎打开自己的包,拿出一个档案袋。

温笛还在说同学聚会的事:“三十年不见,说不定有些同学一眼认不出,不过你这个校花不用担心,身材一点儿没走样。”

“什么校花不校花的,我们那届还有个女生也很漂亮。”赵月翎把档案袋给女儿,说,“这里边是你爸让我带给你的房产证和资料,你看看还缺什么,让你爸给你准备。”

女儿的恋情怎么样,赵月翎没多问,也没问房产证上加名字的事,端起水杯喝水。

温笛陪母亲聊了一会儿家长里短,母亲半个小时后匆忙离开去赴宴。

她拿出房产证,翻开来拍了一张发给严贺禹:“房产证拿到了,随时能去办手续把你的名字加上。”

严贺禹正在严家老宅。他快半个月没回家,今天傍晚母亲给他打电话让他务必回来一趟。

他正要回复温笛,眼前多了一个戒指盒。

叶敏琼瞅着他:“试戴一下,看看合不合适?”

严贺禹没接，跟母亲对望：“跟您说过了，我用不着戴戒指。”

叶敏琼道：“订婚那天总不能没戒指吧？”

这时门口响起高跟鞋的声音：“妈，我哥他答应订婚了？”严贺言插话。

叶敏琼没想到今天女儿这么早回来，跟女儿说：“你还不了解他，要是不默许，我能去订戒指？”

如果严贺禹反对联姻，她是不可能擅作主张订戒指的。

既然严家决定联姻，就不能糊弄田家，该给田清璐的一样都不能少。儿子不愿去选戒指，她这个做母亲的只好代劳。

严贺言没换鞋，穿着八厘米的细高跟目不斜视地从严贺禹脚背上踩过去。

严贺禹蹙眉：“你眼呢？”

严贺言睨他一眼：“我眼在眼眶里，你看不见啊？”

叶敏琼无奈地道：“你们俩让我清静清静。”

“我跟他八字不合，不宜见面。妈，您也好好管管他，让他少作孽。”严贺言从母亲拿着的戒指盒里捏出那枚男戒，知道严贺禹不可能戴，于是绕在手指头上转圈玩。

叶敏琼厉声制止女儿：“把戒指放下来，你捣什么乱？！”

严贺言没控制好转戒指的力度，“嗖”的一声，戒指被甩出去，精准地掉进垃圾桶里。

她跟母亲大眼瞪小眼。

“我不是故意的。”她若无其事地回自己卧室。

严贺禹不可能去捡戒指，叶敏琼只好戴着手套从垃圾桶里捡起那枚男戒，拿到卫生间放在水龙头下冲了好几遍。

她把戒指重新放回盒子里，做儿子的思想工作：“联姻没你想的那么糟，田清璐本来就喜欢你，只要你不作，日子差不到哪儿去。”

司机过来提醒叶敏琼，该出发了。

叶敏琼被气得差点儿忘了晚上要参加一个校友闺女的婚礼，拿上大衣出了门。

严贺禹扫了一眼茶几上的戒指盒，没拿，起身离开。

“哎，你那枚小紧箍咒呢？不戴手上试试啊？”严贺言支着下巴趴在二楼露台上，幸灾乐祸道。

严贺禹没搭理妹妹，径直地走向汽车。

康波在车上，等严贺禹坐上来，他跟严贺禹汇报："严总，温小姐刚刚跟我联系，她以为你没回消息是在开会，让我安排好去房产交易中心的时间，给她打电话。"

严贺禹靠在座椅里，直到汽车驶离严家他才跟康波说："名字不加了。你跟温笛说，我最近事情多抽不开身。"

康波："好。"

老板决定不加名字，大概跟联姻有关。

当晚，严贺禹加班到八点钟，从公司出来他让司机送他去温笛的公寓。

密码又改回以前那个，前四位是温笛生日，后两位是他的出生年份。

温笛正在书房练签名，听到脚步声她抬头看了一眼："老公。"

"嗯。"严贺禹把电脑包放在桌上，瞅着满桌的纸，"干什么呢，弄得乱七八糟的？"

温笛说："好几个月没签名，生疏了，我练练。"下个月她要去录制节目，万一到时遇到粉丝问她要签名怎么办？

严贺禹还有部分工作没完成，拿出笔记本电脑，还有一个记录本。

温笛拿过他的记录本，翻到后面空白处，在他的本子上签上她的大名。

"康助理跟我说你最近忙，没空去加名。"温笛顺手又在严贺禹本子上写了"严太太"这三个字，她边写边说，"在房产证上加名字不是非要你本人到场，你可以授权律师去办。你钱都给我了，我可不想拖。"

温笛盖上笔帽，抬头看他："你要想亲自陪我过去也行，我再等等。"

严贺禹俯身在她额头上亲了一下："去卧室看书吧，我加班。"

温笛搂着他的脖子，回亲他。

回到卧室，温笛收到瞿培给她发来的电子邮件，附件里是《如影随形》节目的相关资料，她下载了认真看起来。

跟她搭档的摄影师叫祁明澈，她搜索他的微博，粉丝不多，没有本人照片，全部动态都是他拍摄的作品。

摄影风格是她钟爱的那款，难怪节目组安排她跟祁明澈一组。

不知不觉到了九点钟，严贺禹完成工作，推开卧室的门进去。

温笛刚好看完节目资料，关上平板电脑放在床头柜上，倚在严贺禹常睡的那侧的床头，伸手道：“老公，帮个忙，把我抱到我那边床上。”

严贺禹瞧着她：“你自己不能挪过去？”

说归说，他走到床边把她打横抱起来：“以后玩电脑到你自己床头玩。”

温笛从来都不会顺着他说话：“不行，你这边香。”

严贺禹把她放在枕头上，刚要站直，腰上被两条长腿给缠住，温笛盘住他不让他走。

严贺禹再次俯身，将手垫在她的后脑勺上，看着她的眼，数秒后吻覆下来，他的另一只手搁在领口解衬衫的纽扣。

温笛差点儿没招架住，不管是在浴室那次还是又回到床上，今晚他热烈中又带着温柔。

第二次结束，她迷迷糊糊地睡着了，记不清到底有没有去洗澡。

次日一早，温笛在严贺禹起床后醒来，伸手摸摸身边，没人。

严贺禹已经洗漱好：“时间还早，你再睡一会儿。”

温笛收了他的房款，想尽快把事情落实，眯着眼咕哝道：“我下个月要去外地录节目，你尽量让康助理在月底前安排时间去加名，半天足够。”

严贺禹没说什么，戴好手表，关上卧室的门离开了。

严贺禹到了公司，康助理已经来了。

严贺禹路过康助理的办公室，轻叩敞开的门，吩咐道：“把我这周五下午时间空出来，陪温笛去换房产证。”

康助理一脸不解。

严贺禹寥寥几字解释：“我之前答应过她。”

康助理：“好，我马上安排。”

第二章

给她的惊喜

Love

温笛接到康助理电话时，还在睡回笼觉，康波三言两语就把严贺禹的意思传达到了，挂了电话她才醒神，这周五下午严贺禹空出半天时间办理房产证加名字的相关手续。

今天又是没有任何工作的一天。

温笛打算约严贺禹吃中午饭，这段时间她没好好陪他，号码还没拨出去，母亲的电话打了进来，问她中午有没有空。

赵月翎原本和大学几个室友约好中午聚会，其中有个室友临时有事，她们改约喝下午茶，晚上接着聚。

她跟女儿说："你要是一个人吃饭那出来陪妈妈。"

哪天都能陪严贺禹，然而母亲不是经常有空跟她一起吃饭，温笛应下。

她精心打扮一番，提前出门。

赵月翎住的地方离餐厅近，比女儿先到，温长运得知妻子中午跟女儿一起吃饭，挤出时间打来电话："笛笛在你旁边不？"

赵月翎看手表，不答反问："上午不是有洽谈会？这么快就结束了？"

温长运说："没，里边正谈着，我出来抽根烟。"

抽烟是借口，他是借着抽烟给妻子打电话："你一会儿和笛笛闲聊问问她，她男朋友是哪儿人，干什么的？"

他不直接问女儿的恋情，不代表心里不着急。

赵月翎拒绝："我不问，要问你问。"

女儿不愿说，肯定有不得已的原因："你忙正事去，笛笛的事不用你操心，她又不是没主见的孩子。不跟你说了，笛笛来了。"

她直接挂电话，冲女儿走来的方向挥挥手。

温笛坐下后，问起母亲昨天参加班长女儿婚宴的情况："有没有同学你没认出来？”

赵月翎递给女儿一杯温水，说：“有，我第一眼不敢认，说了名字才知道是谁。婚礼比我想的盛大，连我们那届另一个美女也到场了。”

温笛接过话：“就是当年跟你并称校花的美女阿姨？”

“嗯。”赵月翎说，“我跟她不熟，昨晚也不坐在一桌。”不过，席间有人说叶敏琼的儿子马上订婚，订婚后离结婚也不远，到时又能小范围聚会。

她把菜单放到女儿面前，示意女儿点菜：“等你结婚，妈妈给你办场更豪华的婚礼。”

温笛笑：“你打算给我办世纪婚礼？”

赵月翎：“必须的。”

温笛点好菜，合上菜单。

赵月翎问她：“要不要跟妈妈回老家待几天？反正你最近也没安排工作。”

温笛抱歉地道：“周五我要跟他去换房产证。”

周五那天中午，温笛和严贺禹约好见面时间，驱车前往京越集团跟严贺禹碰面。

在京越集团前面的路口等红灯时，她给严贺禹发消息：“再有五分钟到你公司楼下。”

把手机放在控制台上，她从车窗里远远看到了京越集团的LOGO。整座办公大厦都透着让人高不可攀的距离感。

京越集团大厦里，严贺禹午休刚起来，正坐在电脑前看集团的内网新闻。

他浏览着新闻标题，在倒数第二个标题里看到了温长运的名字。

严贺禹没想到温笛父亲的名字会出现在集团的内网里，他点开了这条新闻链接。

本周，京越集团在上海的一家子公司跟运辉集团举行了商务洽谈，温长运作为运辉集团董事长，参加了此次洽谈会。两家公司初步达成合作意向。

严贺禹还没看完新闻，康助理敲门进来。

严贺禹问：“温笛到了？”

康波并不知道温笛到哪儿了，温笛没跟他联系。他过来是汇报运辉集团跟他们子公司的合作事宜，没想到老板也在看这条新闻。

老板很少插手子公司的运营，但这次情况有点儿特殊，他不能不汇报。

运辉集团的老板是温笛的父亲，温长运并不知道严贺禹跟温笛什么关系，完全是凭公司实力拿到他们子公司的订单。如果老板以后跟田清璐订婚，那和温笛迟早要断，到时会不会影响两家公司合作现在都是未知数。

他拿不准老板的意思，前来请示："严总，与温长运的合作您有什么意见？"

严贺禹关掉新闻窗口，道："生意是生意，扯什么感情？该怎么合作就怎么合作。"

康波点头，心里有数了。

严贺禹拿过手机，才看到温笛几分钟前发来的消息，回复温笛："在楼下等我。"

他关了电脑下楼。

严贺禹坐了温笛的车过去，康助理和保镖在后面跟着。

"老公。"温笛喊他。

严贺禹支着额角看着窗外，转过脸问道："什么事？"

温笛："今晚我们庆祝一下？"

严贺禹不关心她要庆祝什么，有时天气好、今天不怎么堵车、今天槐花开了都是她庆祝的理由，他关心的是："你想要什么礼物？"

"不想要。"温笛说，"你回家陪我吃晚饭，再陪我看电视。"

严贺禹考虑了一会儿，还是点头答应了。

到了交易中心，温笛好不容易找到停车位。康波之前给他们预约了时间，办理得很快，从交易中心出来，温笛跟严贺禹分开走，到车里等他。

回去时换严贺禹开车，他微微蹙眉，温笛这辆车不好开。

他问她："你什么时候换车？"

温笛目前没有这个打算："将就着开，反正我用车不多，买了也是放在地下车库落灰。"

两人回到家，崔姨不在家。

温笛去洗澡，换上新入手的一条睡裙走了出来，严贺禹在客厅看电视，腿边是一本翻看了几页的杂志。

她把杂志拿到旁边，坐在他的腿上。

严贺禹扯过沙发上的毛毯披在她的肩头，问道："下个月要录什么节目？"

"户外真人秀，第一期主题是雪。"她可以借机畅快地滑雪。

温笛搂着他的脖子："录节目不能带手机，等回酒店我给你发消息，你看到消息要打电话给我。"

严贺禹看着她："你不能直接打给我？"

温笛说："不能，你先打给我。"

她搂着他的脖子往前拉："我发消息给你，你就要马上打电话给我，记没记住？"

两人的唇马上贴到一块，她也不亲他，就这么静静地等他答应。

严贺禹只好说："忘不了。"

温笛含着他的唇瓣亲了几下。

严贺禹又问："录制多长时间？"

温笛不确定地道："分六期录，时间不好把控，还得看天气好不好。"最近他表现不错，她哄他高兴，"放心，不会耽误过情人节，那天就算在天涯海角我都要飞回来陪你。"

严贺禹把她搂在身前，回吻她。

一月初，温笛接到节目组的拍摄通知，出发前一晚，她忙着收拾行李。

严贺禹今晚回来得早，在客厅没看到温笛，到卧室找她。衣帽间那边有窸窸窣窣的声音传来，他走过去，见地上摆着三个行李箱，有一个箱子专门用来装羽绒服和御寒物品。

"你在干吗？"

"收拾行李呀，明天就去录节目。"

有个箱子挡在衣帽间门口，严贺禹把它提到旁边："这么快？"

"我还嫌慢呢。"温笛把手里的收纳袋放在箱子里才抬头看他，"你手里拿的是什么？"

严贺禹把文件袋给她："房产证好了。"

温笛拿出房产证，特意瞅了一眼严贺禹的名字，合上房产证给他："放在你那里收着。以后我重要的东西都放在你那里，你帮我保管。"

她记性不太好，经常忘记东西放在了哪儿。

严贺禹没接房产证，道："重要的东西你还是自己收着，以后学会自己保管。"

温笛跟他对着来："我偏不。你要没把我的重要东西保管好，我就找你算账。"她执意把房产证给他。

严贺禹跟她对视须臾，收起有他名字的房产证。

第二天清早，温笛赶去机场。

原本节目组的安排是她跟搭档祁明澈一同前往拍摄目的地，她和祁明澈都住在京城，两人方便乘坐同一航班，节目组想在机场拍点儿素材。

谁知道祁明澈提前过去了，压根儿就没有跟她同机的意思。

节目组拍摄机场素材的计划泡汤。

瞿培打电话跟她说，祁明澈这人有才华但话不多，给人不好相处的感觉，不过熟悉之后应该就好了。

温笛预感，这次跟祁明澈搭档不会很愉快。但愿是她的第六感出错了。

温笛离开后，严贺禹跟往常一样，早早去了公司。今天他会议多，一个接一个，忙完手头的事已经深夜十一点了。

康波敲门，问他要不要吃消夜。

严贺禹在看手机，说："不用。"他忽然抬头问康波，"温笛有没有给我发消息？"

康波："……"

他被彻底问蒙了。

严贺禹的私人手机从不离身，温笛有没有发消息，他上哪儿知道啊？

几秒后，他后知后觉地反应过来严贺禹什么意思，这是想知道温笛的情况又不想放低姿态主动打电话过去："我这就问问温小姐。"

严贺禹"嗯"了一声，叮嘱一句："跟她说我手机坏了。"

康波回到自己办公室，按照严贺禹的吩咐拨了温笛的号码。

温笛很快接听：“康助理，你好。”

康波也礼貌地问候一句，然后直奔主题：“是这样的，严总的手机下午坏了，刚刚修好，怕你之前发消息过来没收到，严总让我跟你说一声。”

“哦，我没发消息，忙忘了。”温笛的关注点是，“他那样的大老板，手机也会坏？”

康波支吾：“嗯，是啊。挺突然的。”他转移话题，“要不，你现在给严总发一条？”

温笛从康助理这句话里解读出严贺禹在等她消息。

来录节目前她跟他约定，她一发消息给他，他就要打电话给她。

本来她打算从机场回到酒店就联系严贺禹，谁知道在下榻的酒店大厅遇到《如影随形》的导演组，她跟导演之前合作过，关系不错，晚上几个人在火锅店小聚，聊起来忘了时间，聚餐到现在还没散。

温笛结束跟康助理的通话，立刻发给严贺禹：“老公，我傍晚连着给你发了两条消息你也没回我，以为你没空理我［委屈.jpg］。我等了你一晚上电话，原来是你手机坏了没收到，这次就原谅你了。”

严贺禹：“……”

她就是没心没肺、睁眼说瞎话、倒打一耙的祖宗。

温笛在发出消息两分钟后，接到了严贺禹的电话。

“在酒店？”严贺禹问道。

温笛正站在火锅店外的冰天雪地里，傍晚这里又下雪了，满眼都是白色。如果不是当地人，很难辨清哪里是路。

她背对风口站着，跟严贺禹说：“离酒店两百米，也算在酒店范围内。”

严贺禹毫不留情地拆穿她：“吃消夜吃到现在还没回去？”

温笛只好大方承认：“嗯，吃东西消磨时间，干坐在房间等你电话有点儿煎熬。你又不是不知道我什么性子，没事干就爱钻牛角尖。”

严贺禹轻笑一声，她还一本正经跟他演上了。

他保存文件，关电脑。

温笛从手机里听到关电脑的音乐声：“你在家还是公司？”

“公司。”

“怎么这么晚？”

严贺禹说：“修手机修到这么晚。”

“你自己修的啊？”

“不然？”

温笛不信，他要说是保镖修好的她还觉得靠谱。

她显然没往手机是不是真的坏了这方面想：“等我回去送给你一部新款手机。节目组送给每个嘉宾一部新款手机，等节目录制完，这个手机就用不到了，到时我换下来给你用。”

听前半段，严贺禹以为她良心发现要买一部新手机给他，结果是她不用的手机换下来给他用。

“新款手机好用？”

温笛信誓旦旦：“肯定比你坏的手机好用。”

她并不知道严贺禹这款私人手机是专门定制的，不过，从外观看跟普通手机没什么区别。

严贺禹敷衍道：“行啊，等你淘汰下来给我。”

温笛抗议：“你这话说的，什么叫淘汰？我是舍不得用把好的先给你用。”

她话音落下，火锅店里出来一行人，导演喊她：“温笛，走啦。”

温笛转身，用手势回应导演。

导演发现她的手缩在羽绒服袖子里，捧着手机放在嘴边，多了句嘴：“你怎么不用耳机打电话，手不冷啊？”

他之前没戴手套在室外接了个电话，手差点儿被冻掉。

导演的话在空旷的雪地里一字不落地全传到严贺禹那边，他问：“手冷不冷？”

温笛适时地撒娇：“本来冷，你一问我就不冷了。”

严贺禹催她：“快回去吧。”

他率先挂了电话。

回到酒店，温笛泡了个热水澡，全身才暖和起来。

导演临时建了个群，将参加节目录制的八位常驻嘉宾拉到群里。

四位摄影师里，温笛认识两位知名的女摄影师和另一位颇有意思的男摄影师，只有祁明澈她没打过交道，连长什么样也不清楚。

其余几位明星她都熟悉，其中辛沅演过她的作品，也因为那部作品辛沅大红，跻身一线明星行列。

所有人打过招呼后，导演助理把第二天的拍摄安排发到群里。

第二天早上六点半，所有人在酒店的餐厅集合，吃过早餐后坐车前往拍摄场地。

在餐厅门口，温笛遇到了辛沅。

“温笛姐，好久不见。”辛沅面带微笑，主动过来和她拥抱，像和许久不见的朋友重逢。

在外人看来，她们关系尚可。别人不知道的是，她曾经跟辛沅闹过不愉快，关系一度恶化。

那还是前两年拍摄她的剧本期间，辛沅带资进组，要改动其中两场重头戏，她当时正好跟组，与辛沅僵持起来，坚决不许改动那两场重头戏。

辛沅说如果不改，她饰演的人物要崩人设，毫无形象可言。

最后她和导演扛住资方压力，坚持没改动。

事实证明，她的坚持是对的，就因为那两场重头戏让辛沅饰演的那个角色形象更丰满。

电视剧播出后，辛沅凭借这部剧收获颇丰。在一次活动上，辛沅主动跟她打招呼，也像今天这样抱了抱她。

她们算是一笑泯恩仇。

瞿培曾经跟温笛说过，辛沅八面玲珑，最擅长做表面文章，不用跟她深交，场面上过得去让其他人挑不出毛病就好。

寒暄过后，温笛和辛沅并肩往餐厅走。

餐厅里认识的人到齐了，问过好之后各自落座。

辛沅左右看看：“好像还少一个人呀。”

没来的人正是温笛的搭档——祁明澈。

导演笑道：“小伙子有起床气，马上下楼。”

众人从导演熟稔的口吻里判断，这个祁明澈的来头不小。

在所有人的好奇中，祁明澈姗姗来迟。

温笛正在喝牛奶，见其他人往同一个方向看，她也跟着看了过去。

进来的人个子很高，穿黑色运动长裤，上身是一件粉色 T 恤，手里拿着节目组统一发的黑色羽绒服。

他就是祁明澈了。

温笛觉得用高岭之花形容祁明澈最贴切，他皮肤很好，干净清爽，是棱角分明的帅哥。

导演简单介绍后，祁明澈在温笛斜对面坐下来吃早餐。

祁明澈全程只扫了温笛一眼，象征性地打声招呼。

温笛现在很笃定，祁明澈是真不好相处。虽然严贺禹是更不好说话的主，但严贺禹会纵容她。

她喝着牛奶，在想接下来的拍摄任务要怎么完成。

不到七点钟，他们到楼下集合。辛沅跟她的同组摄影师坐一辆车，刚弯腰要上车："沅沅，你过来一下。"经纪人喊她。

辛沅直觉经纪人有重要的事情要叮嘱她，不然不会这时候让她过去。

走到没人的地方，经纪人小声地说："祁明澈是明见钧的小儿子，随他妈妈姓。这次他参加节目，到底是借机会在圈里混个脸熟，还是知道了你跟明总的关系，现在不确定。"

辛沅心里"咯噔"一下，又很快平复："他应该不知道。刚才在餐厅我跟他打招呼，他的表情和眼神都正常。"

祁明澈真要知道她和明见钧的关系，眼神估计都能杀人。

经纪人始终担心，可她只是辛沅的经纪人，管不了辛沅的私事，事已至此，她只能给辛沅支招："不管节目里还是节目外，你跟温笛走近点儿。温笛和祁明澈一组，到时你多找机会和祁明澈接触接触，切记不要暗中挤对他，要营造出你有圈外同龄男朋友的假象。"

辛沅务必要打消祁明澈的疑心。

辛沅点头，那边车子在等她，她跟经纪人挥挥手。

温笛录了一天节目，没时间给严贺禹发信息。

严贺禹今天也没顾得上关注温笛，上午下午都有商谈，晚上还有应酬。

快下班时，严贺禹接到母亲的电话，让他今天必须回家一趟，有事当面说清楚，订婚的事不能一拖再拖。

傍晚时，严贺禹回了老宅。

叶敏琼今天没出去，在客厅边看电视边等儿子。

之前她跟田家商量的订婚日期，迟迟等不到儿子的回应，不得已只好委婉回绝田家，跟田家说看看两个孩子什么意见再定。

其实大家心知肚明，是严贺禹不满他们私自做了决定。田家对严贺禹的行为颇有微词，但田清璐想订婚，又看在利益的分儿上，他们有不满也忍了又忍。

叶敏琼知道自己儿子是什么样的人，要是没经过他同意，订婚那天他能干出不出现的混账事来。

她不敢赌，万一到时通知了亲朋好友去参加订婚宴，结果准新郎没出现，不管田家还是严家，脸上都挂不住。

院子里有汽车声，叶敏琼关掉电视机。

严贺禹大步跨进别墅，阿姨去接他手里的大衣，他摆摆手，直接把大衣搭在沙发背上。

叶敏琼看出儿子没打算久留，她长话短说："你既然不同意我们商量的订婚日子，那你打算把订婚宴放在哪天？听你的。"

严贺禹绕到母亲对面的沙发上坐下，不假思索地道："没有打算。"

看儿子一副风轻云淡又理所当然的态度，叶敏琼气急道："我怎么生了你这么个混账东西！"

儿子根本不把感情、婚姻当回事，她只能干生气，他翅膀硬了她管不了。

她平复片刻，尽量心平气和地道："你要是不想订婚，咱们就不订。你这样拖着不表态，在田家那我和你爸里外不是人。"

沉默一瞬，严贺禹伸手："把台历给我。"

前几天田清璐父母过来，两家对着台历商量哪天订婚，好不容易选了个不错的日子，结果儿子不同意。

她把台历递给儿子："你看这个干什么？你手机上又不是没日历。"

严贺禹没吭声，从茶几上拿起一支笔，在台历上一圈，道："就这天吧。"

叶敏琼看看台历上圈的日期，又看向儿子，最终什么也没说。

严贺禹在家里只待了半个小时，赶着去应酬。

今晚的饭局安排在一家幽静的私房菜馆，他是最后一个到场的。

席间，正好在别人敬他酒时，严贺禹放在桌上的手机“叮”的一声，温笛给他发来消息：“老公。”

这是明示他给她打电话。

严贺禹对今天组局宴请他的人说：“失陪几分钟，出去打个电话。”他拿上手机去了包间外面。

“你还在加班？”温笛刚洗完舒服的热水澡，用干毛巾擦头发。

严贺禹说：“在外面吃饭。”

“哪家饭店？”

严贺禹告诉她私房菜馆的名字，这家店里有几道菜是温笛喜欢的。温笛说：“你这么一说，我突然很想吃。”

严贺禹问：“想吃什么菜？”

温笛笑道：“怎么，你还要给我送来？”

“嗯。”严贺禹再次问她，“想吃什么告诉我，让你凌晨时吃到。”

有他这句话就够了，大晚上她可不敢多吃。

温笛没让他送：“明天还要早起拍摄，等你的消夜得等到半夜，不吃了。”

她没再影响他应酬，道了晚安结束通话。

他回到包间，服务员给每人端来一盅刚煲好的汤，严贺禹尝了一口，问服务员：“你们店里换了厨师？”

服务员惊讶严贺禹凭一盅汤就能猜出来：“对，这位大厨擅长煲各种汤。”

严贺禹觉得温笛应该会喜欢这个口味，她平时就爱喝汤。

他给私房菜馆的老板打电话，把温笛平常爱吃的几道菜加上这个汤一并说给老板，然后要求道：“你让厨师明天中午现做，打包好了我让人来拿。”

老板说：“不用麻烦，我让人送过去。”

严贺禹道：“很远。”

老板保证：“再远我也给你送到。”

严贺禹：“一千公里。”

老板：“这个配送费有点儿贵，反正你的飞机闲着也是闲着，自己送比较划算。我送你一套保温盒，跟你那天赢走的包是一个系列。温笛应该会喜欢。”

私房菜馆的老板是会所赞助包包的大股东。

第二天晚上七点钟，温笛收工回到酒店，一份来自私房菜馆的菜和汤准时送到。

她被感动了一把，拍下那个保温盒发给严贺禹：“收到了，谢谢老公。”

严贺禹正在开视频会议，抽空回复她：“趁热吃。”

温笛问：“以后能经常给我这样的惊喜吗？”

严贺禹看了手机大半分钟，最后还是回复她：“可以。”

温笛最能得寸进尺：“那下次你自己煲汤给我送来。”

这是不可能的事，严贺禹说：“你第一天认识我？”

他不会做饭，她知道，但是她说：“你可以学呀。”

严贺禹不搭茬：“你再不吃，菜就凉了。”

温笛边吃边跟他聊：“在吃呢。老公你到底学不学？我想喝你煲的汤。”

严贺禹只好答应她：“我抽空学。”

严贺禹说到做到，接下来的拍摄日程里，温笛隔三岔五就能吃到千里之外送来的菜和汤，都是私房菜馆厨师的手艺，严贺禹暂时没空学煲汤。

温笛理解他，并不强求，有可口的菜和汤她已经很满足了，不过其余时间有点儿糟心。

和她预感的一样，连续几天的拍摄中她明显感觉祁明澈对她有意见，两人磨合这么久还是一点儿默契没有，几次比赛中他们这组无一例外全是垫底。

比赛时她拼尽全力，但他似乎排斥跟她合作完成比赛项目。

她跟祁明澈是初次见面，没有得罪他之说，她始终想不明白他这个态度到底是为何。

“温笛姐，来份餐前水果。放心吃，所有水果都是我精心把关，低热量低糖分。”辛沅说道。

辛沅的助理提了一大袋水果，每人都有份。

“祁老师，这是你的。”

辛沅特意看了一眼打包盒上的名字，确保无误后递给祁明澈。

祁明澈没推辞："谢谢。"

温笛看到自己水果打包盒上有记号笔写的"笛"，原来辛沅的助理是按照他们每人的喜好挑选的水果，水果已经清洗过切好了，打开即食。

导演也过来蹭水果，大家围在餐桌前边分享水果边说说笑笑，等着上菜。

不可否认，这是温笛待过的气氛最好的工作团队，除了让她不怎么愉悦的祁明澈。

辛沅发完水果坐下来，导演问她："你手上戴的手链是什么牌子？我们节目有珠宝赞助商，到时候可能要给你的手链打马赛克。"

闻言，所有人都看过去，包括温笛。

手链比较宽松，辛沅把它塞回卫衣袖子里，说："不是什么大牌子，不值钱，是我高中毕业时收到的一份最特别的礼物。"

有人打趣："保留这么多年，还一直戴在手上，看来有情况。"

辛沅笑笑，没有否认，说了句模棱两可又让人容易误解的话："不戴不行。这手链我戴了快十年，只要不拍戏不参加活动我习惯戴着，今天穿长袖卫衣，忘了摘下来。"

她故意转移话题："水果味道怎么样？"

所有人了然，辛沅有个谈了不少年的男友。

温笛对别人私事没兴趣，辛沅有没有男朋友，与她无关，她也没放在心上。

导演又馋火锅，他晚上请客，问他们谁有空去。

温笛第一个说不去："我最近胖了一斤，减肥。"

祁明澈用余光瞄她，晚上没见她少吃。

他跟温笛的房间在同一层，看过几次有人送外卖，后来发现那不是本地外卖，打包袋上是京城的一家私房菜馆。

他去过几次那家私房菜馆，是跟父亲一起去的。

吃过中午饭，稍作休息后他们前往下午的拍摄地点。

温笛和祁明澈同车，两人在车上从不说话。

车子开过来，她径自走向后车门，祁明澈跟在她身后走过去，两人始终保持着适当的距离。

还没到汽车跟前，祁明澈手机响了。

他看了一眼号码，掉头往反方向走，走出一段距离才接听。

明太太的第一句话就是："我大概知道你爸外面的女人是谁。"

祁明澈眼中的情绪没什么波动，问道："嗯，是谁？"

明太太并没打算告诉儿子，怕他闹得无法收场："这是我的事，你爸在外面怎样，该找他算账的是我。你认认真真地把节目拍完，当初可是为了你我才投钱进去的，你别当儿戏。"

祁明澈没吭声。

良久没得到回应，明太太喊他："明澈？"

"听着呢。"祁明澈弯腰，在地上抓了一把雪，来回揉搓。

"你别光听着，你得听进去才行。"明太太苦口婆心地道，"我知道你气你爸，我也气。但是生气解决不了任何问题。你就当不知道，好好拍节目。闹大了以后谁都没法收场，能不能听妈妈一回？"

雪在他指尖融化成水，他手指一片冰冷。

"妈。"祁明澈安静一瞬才说，"您是不是舍不得跟我爸离婚？"

明太太反问："你妈在你眼里就是这样的人？我又不是靠他养。公司今天这样，不敢多说，有我三分之一的功劳吧。可明澈你想没想过，闹得尽人皆知，公司怎么办？你、你哥嫂还有你小侄女不得被人看尽笑话？大人还好，小孩子呢？你小侄女以后在班里怎么抬得起头？"

祁明澈忍无可忍："我爸就是抓住了你不敢闹的心理，这才有恃无恐！"

明太太苦笑："是啊。可我不能跟他一样不为你们考虑。放心，妈妈不是窝囊的人，不会白白受气。"

明太太今天打电话的重点还没说："明澈，我可以肯定，你爸的小三不是温笛，你别处处针对她。人家温笛怎么招你惹你了，天天看你脸色？！"

祁明澈忽而笑了，原来母亲绕这么大弯子，做这么多铺垫就是想让他跟温笛好好相处，把节目录完，别整出其他幺蛾子。

母亲为营造这个家表面的美满和谐煞费苦心。

明太太心平气和地道："你别信那些证据，你能保证你拿到的那些证据都是真的？我信我的直觉，那个小三绝对不是温笛。”

祁明澈不想再跟母亲掰扯这些没意义的事，结束通话：“妈，我忙了。”挂了电话，他喊来助理，没有任何开场白：“你回京城吧，以后不用跟在我身边。”

小助理愣了下，委屈地道：“你要是让我回去，我就彻底失业了。祁总来之前说过的。”

祁明澈无语，助理是母亲给他安排的，小丫头话不多，也精明能干，但让他受不了的一点是，她会把他的情况如实告诉母亲，要不然，母亲不可能知道他跟温笛相处不愉快。

小助理劝他：“不管怎么样，祁总都是为了你好，怕你冤枉温笛姐。该汇报的我汇报，不该汇报的我一个字都不会多说。”

祁明澈无意跟一个小丫头过不去，可心里头憋着一股火：“下午你不用跟车过去。”

小助理见祁明澈正在气头上，不敢招惹他，他说什么便是什么。

只要不让她回京城就行。

祁明澈坐上车，跟温笛之间隔着一个座位。他将扶手放下来，两人之间彻底分割成两个空间。

温笛习以为常，都没看他。

行车途中，导演不打算录制素材，他们也乐得轻松。

下车后，他们步行去取景的地方。

路上的雪松松软软的，一脚踩下去没过小腿肚。

温笛走在祁明澈身后，有一段山坡要爬，她脚下打滑，摔在雪地里，疼倒是不疼，就是被镜头一直记录着，有点儿丢人。

祁明澈听到了身后的动静，头也没回，假装不知道后面发生了什么。

今天下午设置的比赛项目分两组进行，每组四位嘉宾。

温笛全程跟另一组的两人互动，抛出的问题对方那组总能接到，所有人都觉得这是温笛录制状态最佳的一次。

傍晚收工时，以雪为主题的第一期节目全部结束。

他们回到酒店，祁明澈被导演单独叫去吃饭。

没有外人，导演开门见山：“刚回国那会儿，你不是说温笛能给你拍摄灵感，现在怎么回事？”

导演看出来祁明澈跟温笛之间的剑拔弩张，碍于节目拍摄效果他不好多说什么，说多了怕影响祁明澈心情。

祁明澈喝了一大口白酒，皱着眉头咽了下去。

温笛确实能给他带来灵感，所以回国后注册的这个摄影师账号，他第一个关注的人就是温笛。

后来他取关。

他再次关注她是录制节目的第一天，节目组要求每组互发对方的单人照还要 @ 对方，不得已，他只能关注她。

“如果你跟温笛脾气合不来，第二期录制时所有人重新分组，我安排个能跟温笛聊得来的摄影师。”

即便导演跟祁明澈早些年就认识，但交情归交情，工作归工作，这样拍下去会让节目效果受到影响。

祁明澈表态：“我尽量调整一下，不用重新分组。”

导演跟祁明澈碰杯，所有想说的话尽在酒中。

第二天中午，所有人打道回府，第二期节目录制在一周后。

温笛在天快黑时回到京城，直接去了严贺禹的别墅。

下午在飞机上闲着无聊时，她突然想起严贺禹堆在客厅里的那些礼物，之前忘了去拆。

她不常去别墅，放在那里的生活物品少之又少。

管家看到她从车上下来时，满脸惊讶，随后笑着上前帮她拎行李。

她上次过来还是半年前，可能管家以为她跟严贺禹早掰了。

进了别墅，温笛看到客厅里的礼物，只是比她想象中少，摞成两排跟茶几平齐。严贺禹之前怎么说的来着？他别墅客厅堆了不少礼物，让她有空来拆，这能叫“堆”？

温笛回卧室洗过澡，换上舒适的家居服下楼。她没急着拆礼物，给严贺禹发消息，只发过去一个表情包。

严贺禹此时正在会所跟人谈事情，看到温笛的消息形成条件反射，摁灭手里的烟，对旁边的人说：“出去回个电话。”

他到会所的走廊上给温笛打电话，从走廊尽头的窗户往下看，正好看到一辆车刚进会所，没停留又开了出去。

“奇怪，平时你看到严贺禹的车在这里，恨不得一秒钟蹿到他的身边，今天怎么回事？”

坐在副驾驶座上的丁宜不可思议地瞅着田清璐。

田清璐没和好友卖关子：“订婚宴在下个月六号。”她特别强调一句，“这是严贺禹自己选的日子。”

他们二月六号订婚，现在是一月中旬，还有不到一个月的时间，所以她不着急看到他，反正早晚是她的人，估计下半辈子他们都要在一起了。

丁宜想到这里，扯扯身上的安全带，莫名勒得慌。

她没想到田清璐如此不可救药：“结婚后，天大的委屈你自己受着，别找我诉苦！”

田清璐张张嘴，又什么都没说。

丁宜试图让她别再自欺欺人：“你不会不知道，这段时间严贺禹的私人飞机不停申请航线，都是飞往同一个地方，就是因为温笛想吃私房菜馆的菜。”

田清璐自然知道：“我和他又不是男女朋友，没订婚前，他干什么跟我没关系。”说这句话时，她自己也觉得没什么底气。

丁宜拆她的台：“不是跟你没关系，是你根本管不了他。你再难受也只能忍着。”

田清璐气半天找不出话回撑，沉默了好一会儿，才道：“本来联姻就是为了各家利益，谈什么感情？就算不跟他结婚，我也会跟另一个没感情的男人联姻，那我为什么不选一个我看着顺眼又长得好看的男人？”

丁宜道：“如果你没那么喜欢他，我不反对你跟他结婚。”

反正没感情的婚姻大家各玩各的，就像她跟她老公，被利益绑在一起，但他们看得开，谁也不管谁，两人乐得轻松又过得潇洒。

可田清璐对严贺禹不一样，她陷得太深。

丁宜磨破嘴皮子继续劝：“温笛要是知道严贺禹订婚，说不定她立马跟他断了。”

田清璐也是这么想的，所以，她从来没把温笛当成障碍。

丁宜接下来的话又给田清璐狠狠一击：“温笛的性子比你强势，肯定不会委屈自己。就算温笛跟严贺禹分手了，严贺禹又不喜欢你，你们也说好订婚后互不干涉，你能保证他不会再有其他女人？到时你会生不如死。”

田清璐紧攥方向盘，堵在心头的那口气上不来下不去，偏偏她无力反驳丁宜的话。

她们正说着，一辆熟悉的车牌号从旁边闪过去。

丁宜看着渐渐远去的汽车：“知道严贺禹为什么今天回去这么早吗？”她自顾自地道，“因为温笛今天回京城。”

《如影随形》官方微博昨晚更新，她猜田清璐也看到了相关动态。

“温笛算是让严贺禹做到了随叫随到，可那又怎样，他还不是为了利益订婚？他从来都是习惯掌控一切，连他的父母都管不了他，你指望结婚后他能收敛听你的？跟他那样冷血又现实、不把你放心上的男人结婚，婚后的日子有多难熬，你想过吗？温笛马上就能解脱，可你呢？你要陷在里头一辈子。”丁宜心平气和地说完这番话。

田清璐重新系上安全带，沉默须臾，说：“开弓没有回头箭，宴席订了，两家所有亲戚朋友都通知了。”

她轻踩油门，汽车很快融入浓重的夜色里。

严贺禹回到别墅，温笛正躺在沙发里看电视，头发吹干散在肩头。

她瞧他一眼：“老公。”

“嗯。”严贺禹从茶几抽屉里拿出一把车钥匙，“你还认识回来的路？”

他这是拐弯抹角地损她很久没来这里了。

温笛反讥：“你不认识回家的路？”

严贺禹俯身撑在沙发上，低头封住她的唇。

他边亲她，边把车钥匙放在她的手里。

温笛离开他的唇，晃晃车钥匙：“干吗？”

他说：“新车。”

“送我的？”

“嗯，你那辆车不好开，免得下回有急事再半路抛锚。”他把她从沙发上拉起来，“车在院子里。”

温笛对车没兴趣，她的外套刚才拿到楼上了，不愿意上去拿：“我没衣服穿，外面冷，明天再试驾。”

严贺禹脱下大衣给她，又亲自去鞋柜里找出一双女士平底鞋来，这是非让她今天去试新车的意思。

温笛站在玄关不动，等着他给她换鞋、穿衣服。

两人对望几秒，温笛握着他的手摇了几下，跟他撒娇。

严贺禹说：“是不是下次起床，我得给你穿衣服？”

“那倒不用，你起得太早，我起不来。”

严贺禹把大衣给她穿上，往后退了一步，在她身前蹲下来给她穿鞋。

温笛垂眸看着他，最眷恋他这样。

“你在家学没学煲汤？”

“学了一次。”

温笛说：“等下次你再学，让管家给你录个视频。”

“做什么？”

“我想看看你走下神坛，走进厨房是什么样子。”

“无不无聊？”严贺禹给她穿好鞋，站起来，“去看车吧。”

温笛裹紧他的大衣慢吞吞走到院子里，严贺禹没跟着她出来。

停车坪上有辆黑色的越野车，她以前没见过，看来就是送给她的那辆。

温笛拿车钥匙开锁，黑色越野车给出反应。

她拉开车门，还没看清车子内饰，几个购物袋从驾驶座上掉了下来。

袋子上的 LOGO 很显眼，正是视频中他从旗舰店出来时拎的那几个手提袋。

温笛捡起购物袋，往车里看，驾驶座上、副驾驶座上，还有后排的座位上，堆了满满当当的礼物。

温笛最终没试驾新车，将塞满汽车的礼物分批拿回客厅，没让任何人帮忙。

两只胳膊挎四五个购物袋，双手合抱着无法拎着的大礼盒，几个礼盒摞在一块把她视线挡得严严实实，她只能扭着头看路。

严贺禹看她搬东西费劲："衣服给我，我帮你拿。"说着，他站了起来。

"不用。"温笛享受搬礼物的乐趣。

在她进出客厅六次后，严贺禹告诉她："后备厢还有。"

温笛经常拆礼物，严贺禹送她的东西多数堆在客厅里，要么放在卧室，用不着她搬来搬去，她哪儿能想到有一天会拿礼物拿到手酸？

搬完最后一趟，她站在严贺禹跟前，把两只手递给他，示意他给她捏捏手。

放在后备厢的那些礼盒每个都很重，她用膝盖撞他的腿，问："你装了什么在里面？"

严贺禹握着她又冷又红的双手，敷衍着捏两下："自己拆开看。"

"我手冻麻了，怎么拆？"

"谁让你不戴手套？"

"你又没找手套给我，我戴什么？"温笛顺势坐在严贺禹的腿上，脸埋在他的脖子里，焐焐冰凉的鼻尖。

严贺禹低头，唇贴着她的耳朵。

温笛的耳郭也透着凉气，他亲她的耳朵。

温笛从他的手里抽出双手。

严贺禹看她："不冷了？"

"冷。"说着，她解开他衬衫的几个纽扣，手顺着他领口钻进去。

严贺禹警告她："你要焐手就老老实实焐，别乱摸。"

温笛笑了，他这么一说她更加肆无忌惮。

她冰凉的手背贴着他肌肉线条流畅的前身。

等他有反应，她若无其事地从他怀里起开，找来美工刀坐在礼物堆里拆礼物。

温笛先拆严贺禹亲自去旗舰店买的那几样礼物，无一例外全是包和包的配饰，这样的礼物对她来说算不上惊喜。

凡是到专卖店直接用钱能解决的礼物，她看后都没波澜。

类似的礼物她从小收到大早已无感。但严贺禹还是继续送，只能从数量上让她找点儿感觉。从两年前开始，他送她东西基本一打起步，后来是两三打。

现在塞满一车。

在拆那几个很重的礼盒前，温笛架好手机支架，打开录像模式。

严贺禹不解："你干什么？"

温笛说："礼物肯定不一样，留个开箱纪念。"

严贺禹靠在沙发里看她小心翼翼地拆礼盒，刚才她拆其他礼物的表情完全是在完成任务，比他给她捏手还要敷衍。

她打开精致的包装盒盖，一阵淡淡的陈旧书香味扑鼻而来。

温笛喜欢书跟喜欢严贺禹不相上下，跟他闹矛盾时，她喜欢书的比重更大。

受爷爷影响，她从小就爱看书。严贺禹送给她的都是些旧书，有些书早已绝版。

礼盒全拆完，除了书还有几摞比她年龄还大的杂志。

温笛转头看严贺禹："你怎么突然送我这么多贵重礼物？"

她用了"贵重"来形容收到的书和杂志。

严贺禹说："蒋城聿给沈棠庆祝了三次三周年纪念日。"

她闺密沈棠的男朋友是严贺禹的发小蒋城聿，当初是沈棠先跟蒋城聿在一起，中间隔了没两个月，她和严贺禹在一起的。

别人以为她和严贺禹在一起是沈棠从中牵线，其实不是，她跟严贺禹是在一个饭局上认识的。

恋爱之后她和沈棠才知道严贺禹跟蒋城聿从小玩到大，严贺禹比蒋城聿小两岁。

沈棠和蒋城聿的恋爱三周年纪念日已经过去，她跟严贺禹的三周年纪念日就在几天后，不过，纪念日那天她要去外地录节目。

所以，今晚严贺禹送她的这些礼物再加上那辆新车是提前庆祝他们俩的三周年纪念日。

温笛站起来，坐回严贺禹的怀里："等我们四周年，换我给你准备惊喜，五周年再轮到你送我，每人负责一年。"

她搂着他的脖子："老了你也不能忘记送，到时记性不好，你写个纸条揣身上。"

两人互望几秒，不知道是谁先主动的，几乎在差不多的时间，他们去含对方的唇。

严贺禹把她往怀里带。

留下满客厅的礼物，他们回了楼上。

卧室的灯没开，遮光帘拉上，满屋漆黑。

不管多黑，严贺禹都能看清身下的人。

温笛将额头贴在他的下巴上，蹭蹭自己前额的汗，她再次抬头看严贺禹：“老公。”

这一次，严贺禹低头深吻她。

第二天早上八点半，温笛睡足醒来，昨晚结束洗过澡，她靠在床边的沙发上打盹，严贺禹一人换床品，床单还没铺好，她就迷迷糊糊地睡着了。

后来怎么躺到床上的，她没印象。

温笛嗓子干，看看两边床头柜，没有水杯。

她撑着床坐起来，刚从床尾凳上抓起睡裙，卧室的门从外面被推开，严贺禹手里端着玻璃杯走进来。

温笛呆了两秒，再次看向手机，确定是八点半。

她套上睡裙，把裙摆往下拉，沙哑着声音：“怎么还没去公司？迟到了。”

严贺禹把水杯递给她，说：“九点钟去机场。”

原来他要去出差，难怪今天在家待到这么晚。

温笛喝下半杯水，声音还是沙哑的。

她把玻璃杯给他，忽而瞅着他的皮带，这条皮带她以前好像没见过：“你什么时候买的？”

严贺禹觑她一眼：“忘了是哪个女人送的。”

温笛：“……”

他敢当着她的面这么说，还带点儿奚落的口吻，不用想定是她以前送给他的小礼物，礼物送多了也不好，经常不记得她送过什么。

她蹙着眉心，实在想不起来：“我什么时候送你的皮带？”

“不知道。”

反正衣帽间的东西除了他常买的那几个品牌，其余都是她送的，至于什么时候送给他的，他也记不得。

这个皮带扣有点儿特别，她试图解开。

严贺禹把水杯放在床头柜上，推开她解皮带扣的爪子，催促她：“快点儿洗漱下楼，给你留着饭。”

温笛再次抓住他的皮带：“我研究一下怎么弄开。”

严贺禹垂眸看着她，由着她研究半天。

她解开又扣上，扣上又解开，直到立马能解开它，然后彻底失去兴致，最后一次解开后懒得再扣上。

她突然想起来问他：“你这回出差要多长时间？”

严贺禹把皮带扣好，回答她：“一周。”

温笛没问他去哪儿出差，他的行程有时牵扯到商业机密，她从来不多问，特别是眼下她家公司好像有机会跟京越集团旗下的一家子公司合作，只是正式合作还没敲定，在这个节骨眼上，她更要避嫌。

《如影随形》要录到年底，录完她可能直接回江城过春节，年后回京城。

下次他们见面要到二月十号左右。

她伸手：“抱抱我。”她不忘承诺他，“情人节我肯定陪你过。”

九点刚到，司机和助理来接严贺禹去机场，下午他们落地上海。

他在上海待了三天，之后又飞去深圳。在此期间，严贺禹一刻不得闲，连温笛的电话他都是抽空回过去的。

那晚，温笛接到他电话时正在追剧。

“老公，你现在回酒店没？”

“回了。”

“那你陪我看电视。”

“非要现在看？”

“嗯。现在想看。”

严贺禹还有工作没处理，他找出遥控器，先陪温笛看剧，调到她看的那个台。

“等我一下。”他去卧室拿来充电器。

“老公，好了没？”

“马上。”严贺禹把充上电的手机打开扬声器，放在电视机跟前。

手机另一端，温笛把电视调成静音，她只看画面，剧里人物说话声通过严贺禹的手机同步传来。

严贺禹出差时经常用这种方式陪着她。

“电视声要不要再调大一点儿？”严贺禹问她。

温笛回道：“正好。”

严贺禹把擦头发的毛巾送回浴室，坐回沙发上。两人开的是语音通话，他去干别的她也不知道，但他还是耐心地坐在那里陪她看电视。

温笛最多让他陪着看一集，准时结束通话让他忙工作。

行程最后一天的中午，所有商务活动结束，严贺禹有几个小时的私人时间，有朋友约他下午打高尔夫，他婉拒了。

“温笛在哪儿录节目？”

康助理：“听说《如影随形》第二期在海棠村录制。”

他们住的酒店开车到海棠村不过一两小时车程，不算远。

严贺禹斟酌片刻，道：“去看看她。”

《如影随形》第二期的主题是海，明天早上开始录制。

温笛比其他嘉宾提前半天到达海棠村，沈棠的老家就是这里，她过来看看沈棠的爷爷，顺道把母亲给沈棠买的手包带来。

沈棠家跟大海一路之隔，坐在家门口就能看到绵延的海岸线。

温笛到的时候，沈爷爷正坐在海棠树下乘凉。

爷爷一人坐在那里，望着不远处热闹的海滩，目光没有聚焦，似乎在走神。一开始他并没认出温笛，有人在树旁停下，他还以为是来这里的游客，找个树荫凉快凉快。

直到温笛放下行李箱，在他跟前蹲下，她没说话，戴着墨镜笑着看他。

沈爷爷愣了愣，反应过来后脸上随即绽开笑容：“笛笛你怎么来了呀？棠棠不在家，她在拍戏。”

“爷爷我知道。”温笛拿下墨镜，在旁边的椅子上坐下，告诉爷爷，“我过来录节目。”

沈爷爷得知她要在海棠村住上几天，让她住家里。

温笛也想多陪陪老人，沈爷爷之前做过一次大手术，身体大不如从前，可录节目不是拍戏，节目组的所有嘉宾统一吃住，方便录制素材。

沈爷爷遗憾地道："那等你录完节目，到家里来玩两天，我给你煲好喝的汤。"

温笛笑着应下来。

她陪沈爷爷吃了午饭，饭后她打算骑车带爷爷去消消食再午睡。

"爷爷，我骑电动车载你沿着海边遛遛。"

沈爷爷笑道："沈棠到现在都不敢骑我的电动三轮车。"

温笛什么车都会开，什么车都会骑，连老式的自行车都骑过，因为剧本需要，她自己体验过之后才能写出来。

这个季节的海棠村是一年里最舒服的时候，海风吹在脸上清润凉爽。

温笛载着沈爷爷，从祁明澈的镜头里一闪而过。

祁明澈在一个小时前到达海棠村，把行李放到房间，带着相机来到海边，没想到，第一张照片捕捉到的是岸边公路上的温笛。

她那套玫瑰粉的长裙，在阳光下肆意又张扬。

祁明澈放大照片，照片上是蓝天白云下，错落有致的海棠村建筑，海滨道上，佝偻的老人，明艳的年轻女孩，一辆半旧的三轮车。

画面上的人与景格格不入，却又那样鲜活。

他点击删除键想删掉这张照片，最后关头又犹豫了。

等他抬头再看那个方向，三轮车远去，只剩一团模糊的黑影。

祁明澈关了相机。

傍晚，所有录制嘉宾在下榻的民宿大厅集合。

辛沅给大家买了当地的饮料，冰镇过后每人一瓶。

其他组嘉宾都是一人拿两瓶，替同伴拿一瓶，温笛顺手多拿一瓶，打算给祁明澈，如果不是因为有节目组的摄影头跟拍，她不会自作多情。

她把饮料递给祁明澈，他没接，道："谢谢，我胃疼。"

温笛哪儿能看不出他不是胃疼不敢喝，只是针对她这个人而已。

终于找到一个远离镜头的机会，她索性戳破："你对我有意见？"

祁明澈看了她几秒。

答案不言而喻。

温笛觉得有意思："我还真不知道你有什么地方值得我得罪的。"

祁明澈依旧没搭腔。

温笛既然知道他对自己有意见，那自然要弄明白："有意见就说，你能忍，我忍不了。"

祁明澈笑了下，声音冷淡："知道你演技了得，再装就没意思了。"

他抬步要走。

"我装什么？"温笛忍无可忍。

祁明澈跟她高高在上的目光对上，他几乎是一字一顿地道："你跟明见钧那档子事真以为能瞒天过海？"

温笛终于明白连日来祁明澈对她不理不睬是因为什么了，原来误会她跟明见钧有关系。

明太太姓祁，她猜到了祁明澈跟明太太的关系。

温笛淡笑道："你是明太太的侄子？"

侄子为姑姑打抱不平，合情合理。

祁明澈斜斜地倚在屋檐下，石墙斑驳，他姿态慵懒，别人怎么都猜不到他正跟温笛对峙，还以为他们俩在闲聊。

"怎么，明见钧没告诉你，他还有个小儿子？"

温笛笑笑："他还真没提过你。"

祁明澈就知道温笛不是好对付的女人，她能跟他父亲在一起八年，还让父亲死心塌地，手段自然不一般，不会因为被他当面拆穿就恼羞成怒、方寸大乱。

旁边路过的游客似乎认出他们，俊男美女最吸睛，不少游客一步三回头。

一墙之隔的民宿里，其他嘉宾正在热聊。

这里说话不方便。

祁明澈对她误会太深，不是她解释一句她跟明见钧只是合作关系就能澄清误会的。温笛下巴对着路口微扬："我对海棠村熟得很，请你喝杯绿茶。"

她不管祁明澈去不去，径自抬步离开，步履悠闲。

祁明澈在她背影拐弯后，跟了上去。

海棠村的夜晚热闹又璀璨，远处的渔火跟近处的霓虹交相辉映。

温笛找了一圈，所有餐饮店都客满，海边露天咖啡馆更是一座难求。

她打包两杯绿茶："请你的。"她递给祁明澈一杯。

在祁明澈犹豫着要不要接的时候，她笑道："是不是在想，我买绿茶的钱有可能花的是你爸和你妈的共同财产？"

祁明澈："……"

他被噎得哑口无言。

"放心，我自己有收入，请你喝茶的钱还是有的。"温笛把冰镇绿茶塞到他怀里，自己插上吸管喝起来。

没处可坐，两人沿着海岸线走着。

祁明澈想扔掉这杯绿茶，又觉得可惜。他习惯了奢侈，却从不浪费。他就这样像拿烫手山芋一样，拿了一路。

旁边没有人经过，祁明澈说话了："你到底怎么想的？明见钧的年龄跟你爸差不多。"

温笛扫了祁明澈一眼："你爸比我爸大五岁，没我爸帅。我的男朋友更帅，比你爸年轻三十岁。要不是他出差没空，应该让他来节目组一趟，让你知道自己有多眼瞎，竟然觉得我会找你爸。"

祁明澈眼中的情绪没任何起伏："让明见钧给你找个年轻男人来假扮你男朋友陪你演戏？我没兴趣看。"

温笛说："你就算有兴趣看，也没这个机会。他不是明见钧能请得动的人。"

祁明澈轻笑一声，没搭腔。

温笛从他的表情便知，他不信她刚说的话。

这不奇怪。

要是他信了，也不可能对她成见这么深。

迎着海风，她往前走，扭头看他："你是怎么知道我跟你爸的事？"

她好奇，什么事情让他产生如此误会。

"温笛。"祁明澈第一次喊她的名字，带着警告，"适可而止。"

他没心情跟她聊自己父亲的婚外情。

温笛连严贺禹的威胁都不怕，别说是他："我说我有男朋友你不信，让你说说为什么误会我，你又不说。”她下巴对着他手里的绿茶一扬，“请你喝茶不是白请。你只要回答我，你是怎么知道我跟你爸的事的？”

祁明澈懒得陪她演戏：“八年前，你就能让明见钧眼睛眨也不眨把一套两百多平方米的豪华公寓转到你名下。”

之后温笛所有的作品都是父亲直接或间接投资，这些年他在温笛身上花了不少心思。

温笛现在住的那套公寓，当初是他看中的，室内所有装修他都参与了。只可惜装修好，他还没来得及入住，就被父亲“卖”掉了。

当时父亲给家里的说辞是，生意上欠了人情，那人正好想给女儿买房子，他便把人情还上。

母亲欣然同意，还宽慰他，不过是一套房子而已，再给他在差不多的地段买一套高层。

据说房子是以市场价卖掉的。

现在再看，父亲哪里是还人情，是哄情人开心。

温笛不知道她这套房子是从明见钧手里买下来的，解释道：“房子是我爸妈送我的成年礼。”

祁明澈笑了一声。

温笛知道他不信，当着祁明澈的面拨打明见钧的电话，无人接听。

她打通明见钧秘书的电话：“麻烦你告诉明总，请他跟他小儿子解释清楚当年那套公寓是怎么回事。才过了八年，他不难找出当时的转账凭证。我不想成为任何人的挡箭牌，也别把我当枪使。”说完，她直接挂了电话。

祁明澈心里毫无波澜：“以为发通脾气就能撇清关系？”

他帮她回忆，上个月十六号中午，她跟明见钧在会所又见了一面，她拿着明见钧汽车的副钥匙在停车场找车，结果没找到。

“这件事没冤枉你吧？”

温笛蹙眉，上个月十六号，她跟明见钧约在会所谈定制剧本。

“你知道他为什么不等你一起走吗？”祁明澈自问自答，“因为他下楼时看到我的车开进来了，他只好先走，不敢等你。”

然后他就看到温笛从会所出来，她拿着车钥匙从他车边经过，一直按钥匙找车，在停车场找半天无果，还打电话质问明见钧。

温笛好奇：“那天明总也开了这款车？”

祁明澈顿时觉得没意思：“大大方方承认这么难？”

温笛忽而一笑，这回她有口难辩。

没想到，还有这么巧的事。那天她开了严贺禹的车，明见钧也开了同一车型。

祁明澈已经仁至义尽，给了温笛足够的机会和体面：“好自为之。”

他略微颔首，转身往回走。

温笛在岸边站了半晌，没等到明见钧的电话，找出严贺禹的对话框：“老公，你忙吗？”

严贺禹算不上忙，已经在海棠村了，正在看烧烤店的餐单，给温笛点她爱吃的海鲜。

看到消息，他打给温笛：“什么事？”

温笛直接说道：“明见钧有婚外情，上个月我跟明见钧在会所见面聊剧本，就是你把车开走那天，他小儿子以为小三是我，找到我头上来了。”

如果她拿那天中午会所的监控视频去澄清，等于在祁明澈那里公开她跟严贺禹的关系，她现在不确定严贺禹是什么意思。

当然，如果严贺禹置若罔闻，觉得她的委屈无关紧要，她跟他在今天也算走到头了。

严贺禹说：“此事交给我处理。”他问她，“现在你在哪儿？”

温笛左右看看：“海边。”具体位置她说不清，她沿着原路返回，“我在海棠村录节目。”

严贺禹“嗯”了一声：“我忙了。”

温笛不知道他是不是忙着替她解决这个麻烦。

第三章

他订婚了

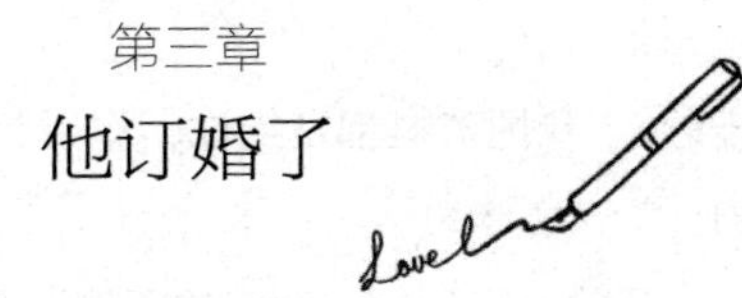

明见钧早料到温笛会来找他澄清误会，他最了解小儿子的性子，跟温笛同在一个团队录节目，抬头不见低头见，祁明澈不可能一直忍让温笛，早晚会跟温笛摊牌。

祁明澈找人调查他的婚外情，他知道，且一切都在他的掌握之中，他将计就计误导祁明澈，让祁明澈拿到的所有调查证据直指温笛。

因为他跟温笛之间是清白的，不管多大的误会也能解释清楚，他想利用温笛洗白他的婚外情纯粹是子虚乌有。

他如此煞费苦心护着辛沅，只是不想引火烧身，不想把家搞散。

妻子年轻时很漂亮，只因为上了年纪，身材走样。他们曾经的爱也是轰轰烈烈的。

唯一让明见钧失算的是，他没想到严贺禹跟温笛在一起，刚才严贺禹打电话给他施压，让他看着办。

电话就挂断了。

明见钧让秘书找好所有能证明他跟温笛之间清白的证据，拨打了祁明澈的电话。

他不等小儿子开口，劈头盖脸就是一顿责骂："你是不是不给我找点儿麻烦心里不痛快？我都跟你们说了多少遍，有人看我们家和和气气的不顺眼，挖空心思想挑拨，巴不得我妻离子散公司破产他们才舒坦。你们倒好，一个个不信我，竟往别人挖的坑里跳！有本事惹事，你倒是有本事收拾啊！"明见钧说得口干舌燥，这是迄今为止他头一回指责小儿子。

祁明澈冷冷地道："说完了？"

明见钧借题发挥："你知不知道温笛男朋友是谁？你老子我都得罪不起他！你嘴上没个把门的，今天把温笛惹急了，人家来问我要说法，让我自己看着办！”

他没再废话：“我把资料都发给你，你看完后去给温笛道歉！她那天开的车不是我的！”

祁明澈在十分钟后收到父亲发来的所谓证据。

他一点儿也不感兴趣，父亲给自己洗白的证据，可信度能有多高？

祁明澈关了手机，去海边的海鲜烧烤摊吃晚饭，让老板来两罐啤酒，又随意点了几样海鲜。

“老板，楼上有位子吗？”

“还有两个。”老板告知价格。

二楼楼顶有个大露台，能看到海景。

祁明澈要了露台的位子，付款后在服务员的引领下上了楼。

楼上的顾客不多，空了好多位子，但老板说只剩两个。

他要的位子紧挨着栏杆，眼前是一望无际的大海。

“明见钧和他小儿子给你道歉没？”

祁明澈正在开啤酒，猛然听到父亲的名字，而他又被点名，手上动作一顿，顺着那道陌生又低沉的声音朝左边看过去。

一个穿白衬衫身材挺拔的男人单手插兜站在护栏边，正看着楼下来来往往的游客。那人通身的气场不是有钱就能堆砌起来的。

那人偏头，祁明澈仔细瞧了一眼，认出来是谁后，无比惊诧，严贺禹居然出现在海棠村？

难怪旁边空这么多位子，这里都被严贺禹包下来了。

他现在坐的空位应该是之前有顾客，严贺禹没让老板清场。

祁明澈认识严贺禹，在会所大厅遇到过几次。

父亲在电话里说，温笛的男朋友是父亲都得罪不起的人。

他打开邮箱，查看父亲给他发来的其中一段监控视频。

原来那天他误会了温笛，温笛确实开了同一款车，但并非父亲那辆。

祁明澈觉得有意思，他调查那么久，到头来是场误会。那些温笛和明见钧入住同一家酒店的证据又要怎么解释？

看来他被人误导了，也是父亲运气太好。

把一罐啤酒一口气喝下去，祁明澈没多待，烧烤也没吃，下楼离开。

人群里，他瞥见温笛从海滩走来，她举着手机放在耳边，应该在跟严贺禹打电话。

温笛原本窝了一肚子火，严贺禹陪她聊了十几分钟，火气才消去一半。

“你今晚不忙？”她问严贺禹。

严贺禹答非所问：“你往哪儿看呢？”

“啊？”

“再往前走撞海棠树上了。”

温笛登时抬头，前边不到一米是一棵海棠树，她后知后觉：“你什么时候来的？”

她四处找他，没看到他的身影。

严贺禹提醒她：“不知道往上面看？”

温笛仰头，在前面那家烧烤店的景观露台上，她看到了他。他正站在栏杆边，周边的霓虹灯和烧烤摊上冒着的丝丝缕缕青烟将他衬得很不真实。

这样的烟火气息里他显得格格不入。

他出现在她面前可比他千里迢迢用私人飞机送汤和菜给她让她更欢喜。

隔着灯光、夜色，还有嘈杂的人声与海浪声，她看着他说：“老公，这种惊喜，以后每年能不能多来几回？”

沉默了片刻，严贺禹没应，只道：“上来。”他挂了电话。

温笛当他答应了。

严贺禹还站在栏杆边，看着温笛走过来，看着她上楼奔向他。

露台上没有其他顾客，温笛却挑了另一张桌子坐下来。

她以手托腮，看上去在欣赏海景，其实在看严贺禹。

严贺禹示意她：“过来坐。”

“你过来。”她把手递给他。

两人座位中间隔着花草和篱笆，并不影响交流。

她坐着不动，严贺禹只好绕过中间的篱笆走过去。

“你今晚住哪儿？”她问。

严贺禹说：“回市区。”

他没有在海棠村过夜的打算，只是来看看她。

温笛问他：“你的行李在不在车上？”

“在。怎么了？”

“不能多陪我一晚啊？”

“你不是说要跟节目组同住，录素材吗？”

“明天才开始录。”

严贺禹给康助理打电话，让康助理在沈棠家的民宿订房间。

温笛强调：“那不是她自家开的，是别人租了她家房子。”沈棠家靠海边的房子不少，沈爷爷一人住不了那么多，租了两栋出去，其中一栋租给村里人开民宿。

民宿是不是沈棠家开的在严贺禹眼里没区别，他跟温笛说：“吃完烧烤去找我。”

“你不吃？”

“我吃过晚饭了。”他先行离开，回去还有个视频会议。

温笛给《如影随形》的导演发消息，撒谎说她晚上住沈棠家。沈棠和沈爷爷住的房子跟民宿共享一个院子，去沈棠家和去民宿没区别。

导演：“明天早上我们六点半集合，别迟到。”

温笛给沈棠留言：“今晚我打着你的幌子去约会［坏笑.jpg］。”

吃过烧烤，她又欣赏了一会儿海景。

直到严贺禹给她发消息：“没吃完打包回来。房卡在前台。”他视频会议开完，还不见她的人影。

温笛说：“就来。”

她直奔沈棠家旁边的民宿，到前台拿房卡。

民宿三楼是一个大套房，私密性很强。

温笛开门，客厅没人，浴室有“哗啦哗啦”的声音。

“老公。”她轻叩浴室的门。

严贺禹问她：“带没带衣服？”

“没。”温笛直接从烧烤店过来的，懒得再回节目组下榻的那家民宿去拎行李箱。

严贺禹：“那你把裙子放外面。”

温笛也是这样想的，裙子若是不小心弄脏她明天早上就没衣服穿了，这里条件不比市区的酒店，没有专门干洗裙子的地方。

她把长裙脱下来挂在衣柜里，紧挨着他干净的衬衫。

她在包里找出一根黑色皮筋，将长发随意绾起。

严贺禹从玻璃门上看到她的轮廓，走过去给她开门。

她赤着脚，身上裹着他换下来的衬衫。

海浪声吞噬掉所有的杂音。

严贺禹合上门，低头找她的唇，轻轻咬着。

他把她身上那件衬衫扯下来，随手甩到置物架上。

温笛反手摸到浴室的灯，“啪”一声关上。

海边的渔火透过窗户钻进来，她周身都是莹润的白，将微弱的渔火显得黯然。

严贺禹把她拖起来抱在怀里亲。

浴室的瓷砖跟家里的没法比，温笛嫌冷。

严贺禹抱起她：“那去床上？”

温笛被抱回卧室，看着床上眼熟的床单，疑惑地道：“这是民宿提供的床品？”

“不是。”严贺禹让她躺好，俯身吻她。

温笛的注意力还在床品上，她刨根问底：“我以前给你收拾行李时准备的那套？”

“嗯。”

严贺禹起身，往浴室走。

温笛看着他的背影：“你干吗？”

他说：“床单就这一条。”

温笛侧脸，枕套上都是她熟悉的气味。

她有个习惯，不管去哪儿出差都要带上自己的床单和被套，连枕套也带，熟悉的气息让她容易入睡。

她给严贺禹收拾过几次出差行李，习惯给他装一套床品。严贺禹不像她，睡觉认气息，他从来没用过，不过都一直随身带着这个床品收纳袋，以便他们俩在同一个城市出差时方便用上。

严贺禹从浴室拿来他换下来的那件衬衫，把衬衫垫在她的身下。

温笛伸手抱他，他覆下来，她凑到他的唇边，他接住她的吻。

中间，温笛提醒他："这不是自家床，禁不起折腾。"

次日五点钟，海边热闹起来，游客在海边等着看日出。

严贺禹要赶航班，温笛醒来时他已经穿戴整齐，说："录完这期，你回去之前给康助理打电话，有空我去接你，没空就让司机接你。"

"不用了。"

再有一周，就到春节了。

"录完快到年关，我直接回家。"温笛说，"我在家多待几天，多陪陪我爷爷奶奶，十号左右再过去陪你。"

他下个月六号订婚，她十号才过去。

严贺禹顿了下，最终什么也没说，手撑在她的两侧，看着她的眼，温笛也笑着看他，他低头，吻落在她的唇上。这是特别温柔的吻。

温笛洗漱好先下楼，严贺禹在十分钟后下去退房。

她还没走，在民宿前台用一次性杯子倒了一杯水。看到他下楼，她把喝了一半的水杯搁在吧台上，离开了。

严贺禹把房卡交给老板，顺手拿起温笛专门留给他的一次性杯子，把她喝剩下的半杯水喝掉。

接他的司机已经在民宿门口等着了，他拿着空纸杯走了出去。

上车前他下意识地转头去寻路边有没有温笛的身影。视野范围里，找不到她。

温笛不知道严贺禹上车前还会特意回头找她，从小路绕回节目组下榻的民宿。

今天拍摄节目要求穿统一的白T恤和牛仔裤，她化了个淡妆，下楼集合，在楼梯上碰巧遇到祁明澈。

昨天那场误会，他后来没联系她，倒是明见钧给她打来道歉电话。

她淡淡地瞅他一眼，漫不经心地收回视线。

祁明澈没吱声，走在她身后。跟温笛道歉的话，他说不出口。

接下来几天的拍摄，温笛明显感觉到祁明澈不再找碴，游戏环节该配合的配合。

录完《如影随形》第二期，她直飞江城，回老家过年。

回来这天，恰好是父亲的公司跟京越集团旗下子公司签正式合同的日子，父母都在上海出差。

下了飞机，她打电话恭喜父亲，但没提京越集团的老板是她男朋友。

温长运笑道："今年给你包个大红包。"

温笛跟父亲结束通话，又发消息给严贺禹报平安。

严贺禹回复："在家要是无聊，晚上陪你看电视。"

温笛："我爸妈不在家，我去爷爷家，有书看。"

他和书在温笛心里是一样的分量，谁陪她都行。

温笛从机场直接去爷爷家，爷爷在书房，奶奶和家里的阿姨忙着准备年货。她在厨房帮不上忙，便去楼上书房找爷爷。

"爷爷，您看看我带来了什么宝贝？"她从严贺禹送她的那些珍贵的旧书里，挑了几本爷爷喜欢的书带了回来。

温老爷子戴上眼镜，看到书名和出版的时间道："这个稀罕。找这些书费了不少功夫吧？"

温笛在爷爷旁边的地毯上坐下，诚实地道："是人家送给我的礼物，我借花献佛。"

温老爷子笑呵呵地说："小伙子不错，对你上心。"

温笛的手抵在爷爷的膝头："您就这么肯定呀，说不定是我闺密送的呢？"

温老爷子一语道破："要是沈棠送给你的书，你会直接告诉我是棠棠，不会说'人家'。"

温笛笑而不语。

除夕那晚，温笛接到了严贺禹零点打来的电话。

"老公，新年快乐。"

"嗯，许个愿吧。"

"那就许一个你一辈子爱我。"温笛说，"你也许一个愿望。"

隔了几秒，严贺禹道："跟你的一样。"

春节期间，温笛上午陪爷爷奶奶走街串巷，下午她待在爷爷两百多平方米的书房里找书看，书房里所有的书架都是通顶的，她经常要爬梯子找书。

看书看累了，她就坐在落地窗边撸猫。整个假期，她过得闲适又惬意。

温笛比原定时间提前四天回京城，六号那天早上，她是坐高铁回去的，十一点半到了严贺禹的别墅，家里只有管家一人。

管家看到她比上次看到她还吃惊。

"新年好。"管家把所有的困惑咽到肚子里。

寒暄过后，温笛顺口问："家里工人都还没上班？"

管家只能说谎："嗯，对。"

今天严贺禹订婚，家里工人在酒店那边帮忙，他刚忙完家里的事正打算过去。

"您中午吃什么？我给您叫餐。"

温笛摆摆手，今天大姨妈造访，她小腹发胀，还隐隐有点儿疼。她很少有痛经的时候，这次不知道怎么回事。

管家离开后，她喝了一大杯热水，还是不见好。

温笛给严贺禹发消息："老公，你现在忙不忙？"

严贺禹手机振动时，正被妹妹冷嘲热讽，严贺言盯着他无名指故意道："你的小紧箍咒呢？"

今天只有田清璐一人戴戒指。

不过婚都订了，有没有戒指又有什么关系？

严贺禹瞥了妹妹一眼："你要闲着没事干，敬酒去。"

"又不是我订婚，我敬哪门子酒？"严贺言双手抱臂，细高跟好几次从他脚背上虚虚晃过去。

她要是一脚猛踩下去，田清璐会不会跑来跟她拼命？

严贺禹没注意到妹妹的小动作，他正盯着手机上的消息。

严贺言刚要开口挖苦他，他转身就走。

"你干什么去？！"

严贺禹没理会妹妹，径直地往宴会厅门口走去，跨出门厅，沿着走道往前走出十多米远，身后宴会厅的喧闹声渐渐远去。

他给温笛回电话："今天没去亲戚家拜年？"

温笛："没。猜猜我现在在哪儿？"

那还用猜？严贺禹捏着高脚杯，里头是满满一杯酒，原本是要去敬长辈的。

"还没猜到？"温笛的声音把他的思绪拉了回来。

他说："在我们客厅的沙发上。"

温笛笑问道："你在公司？"

"在饭店。"

"我小肚子有点儿疼，你晚上回来顺便带盒止痛药。"

严贺禹点开手机上的小程序，她这个月的月经推迟了三天："过个年你作息是不是全乱了？多喝热水。"

"喝了。"温笛揉着小腹，辩解，"就通宵玩了一回。以前又不是没熬过夜，也从来没痛经。"

严贺禹说："我让司机给你送药。"

"不用，还能忍得住。我让你买药是怕夜里疼得睡不着吃一颗。"温笛以为他在饭店应酬，催促他，"快进包间吧，别让人等着你。"

严贺禹顿了下："不是应酬。"

他没再多说。

挂了电话，他在窗口站着没动，把杯子里的酒一口喝了下去。

"严贺禹！"叶敏琼过来找儿子，包里还装着男戒，刚才在楼下给严贺禹，可严贺禹没接，当着那么多人的面，她总不好闹出动静。

严贺禹转着酒杯，问："什么事？"

叶敏琼走到跟前，压低声音数落儿子："订婚是个仪式，你不戴戒指算怎么回事？"

严贺禹无所谓："要是该离婚，十个手指戴满戒指也照样离婚。"

"你这是抬杠！"叶敏琼没辙，只能换个法子试试，"今天你爸难得有空在家，你戴上让他高兴高兴。"说罢，她从包里拿出戒指盒递给儿子。

严贺禹左手插兜，右手拿着酒杯，明显故意腾不出手拿戒指，说："难得我能看到我爸一回，他就不能让我高兴高兴？"

叶敏琼:“……”

他还振振有词。

要不是今天是他订婚的日子，来了这么多亲戚朋友，她真想把戒指摔到他脸上，爱戴不戴。

这枚戒指，叶敏琼最终也没送出去。

严贺言来找母亲，挽着母亲胳膊:“妈，我哥的戒指呢？”

叶敏琼没好气地道:“你要干吗？”

严贺言说:“反正我哥也不戴，留着浪费，我拿去换耳钉。”

叶敏琼给了女儿一巴掌，让她哪儿凉快哪儿待着去。

回到宴会厅，严贺禹没去敬酒，在自己的位子上坐下来。

田清璐坐在他旁边，见他酒杯空了:“你就少喝点儿吧。”

严贺禹没吱声，让服务员又给他倒满一杯红酒。

他无名指上什么都没有，田清璐小声委婉地道：“你戒指是不是在家忘带来了？”

严贺禹抿了一口酒，道:“没必要戴。”

两人之间陷入沉默。

田清璐猜测他不愿戴戒指的原因可能是不想让温笛看到。

那就是说他跟温笛还没分手。

据她所知，严贺禹早就准备好了分手的补偿，送给温笛的股份需要公司其他股东同意，不然，他没法转让给温笛。所以，他要跟温笛断了的消息在圈子里早就传开了。

他转让了名下好几家公司的股份给温笛，堪称天价分手费。

田清璐索性当面问清楚:“你跟温笛分了没？”

严贺禹侧眸看着她:“怎么，这才刚订婚，就要管我？”

田清璐下意识地辩解：“我只是想维护两家的面子，不想让人背后议论。”

“用不着。当初你们家提出联姻时又不是不知道我跟她在一起。”严贺禹丝毫不留情面，“分不分是我的事。就算分手，我也是为温笛考虑，跟你们田家没有半点儿关系。”

田清璐脸上火辣辣的，一言不发。

严贺禹把话挑明："田清璐，我们因为什么订婚或者以后结婚，大家心知肚明。能骂我无耻的只有温笛，能跟我闹的也只有她，你没那个立场。要说婚姻的责任，给你们家带来利益就是我的责任，你和你们田家就别拿其他标准来要求我，在我这里行不通。同样，你只要能给我们家带来利益，其他的我不管你。"

田清璐差点儿咬破嘴唇，偏偏无法理直气壮地指责他这么嚣张的话。

"贺禹。"有长辈喊他。

严贺禹拿着酒杯走了过去。

应酬长辈们花了一个多小时，宴席接近尾声时，严贺禹搁下酒杯离席。

他作为今天的主角却第一个离场，别人都以为他出去接电话，只有严贺言知道，她这个作孽的哥哥乘电梯下楼了。

叶敏琼找一圈没找到儿子，问田清璐："贺禹人呢？"

田清璐摇头，旁边的座位早就空了，他出去时她也没多嘴。

严贺言出来打圆场，拉上严贺禹的发小给他垫背："蒋城聿打电话给他，说有个紧急视频会议，他走得急。"

他们信以为真，毕竟严贺言和严贺禹从小就是死对头，势不两立，能让严贺言替他解释，除了事实如此，再无其他。

田清璐看向严贺言，严贺言没事人一样，拿着酒杯自顾自地喝了一口，从她脸上根本瞧不出任何撒谎的痕迹。

酒店一楼大厅，康助理陪严贺禹等司机把车开来。

严贺禹看了一眼腕表，无意间转头时，瞥到从电梯方向走来的熟悉身影，他微微一怔。

姜昀星也没想到会这么巧，虽然都是一个圈子的，但分手后，这几年他跟他的美女编剧在一起，她有她的新恋情，各有各的生活，平时基本碰不到面。

她知道他今天和田清璐订婚，走近后，大方地笑笑："恭喜。"

严贺禹颔首，问："在这里吃饭？"

姜昀星道："嗯，我二叔过五十岁生日。"生日宴还没散场，她因为有事提前离开，谁知道会在大厅里遇到他。

他们打过招呼之后，没什么可聊的。

“接我的车到了。”她跟严贺禹挥了挥手。

严贺禹还是点头，没有别的话，目送她走出酒店大厅。

姜昀星的无名指戴着一枚钻戒，连康助理都注意到了。康波对老板以前的感情状况了解不多，只知道姜昀星跟老板在一起过，在老板心里有点儿不一样。

司机将车开过来，康波大步走向后座去开车门。

严贺禹坐上车后，吩咐司机：“找家药店在门口停一下。”

康助理从来没见严贺禹喝这么多酒，以为严贺禹去药店是要买解酒药：“严总，我这里有解酒药。”

严贺禹没醉：“不用。”之后他靠在椅背里闭目养神。

封闭的车厢里，很快被酒精充斥。

下车时，严贺禹顺手拎上从药店给温笛买的止痛药。

康助理把档案袋递给严贺禹：“所有赠予和转让协议都在里面。”

严贺禹“嗯”了一声，又道：“你们回去吧。”

他走了几步才觉得冷，大衣忘记穿了。

康助理急忙从车里拿衣服给他。

进屋后，严贺禹脱下大衣，温笛侧躺在沙发上，他关心地道：“还疼？”

“嗯。”温笛伸手想让他抱抱。

严贺禹看见了她伸出的手，却直接忽略，在她的对面坐下。

两人隔着茶几，茶几上全是她的东西，她爱吃的零食、水果，看了一半的杂志，还有没看完的小说。

温笛闻到浓浓的酒味，皱眉道：“你这是喝了多少？”

严贺禹：“没喝多少。”

温笛十几天没见到他，现在痛经又痛得厉害，她想靠在他怀里，于是示意他过去：“你给我靠一下。”

严贺禹看着她，依旧没动。

温笛以为他喝多了，没计较，撑着沙发坐起来，靠在沙发上跟他对望，看到他手里某家药店的药袋。

他喝多了还不忘给她买药。

她再次伸手索要拥抱："老公，你过来，想你了。"

严贺禹回来是要跟她谈分开的事，但一直开不了口。

两人对视了大半分钟，她始终保持刚才撒娇的姿势。

他突然什么都不想再谈了。

严贺禹把那个档案袋丢到一旁，起身绕过茶几走到她旁边，低头贴着她的唇用力亲她。

她刚才两次索要拥抱，他全补给她，把她揽在怀里足足有两分钟。

温笛嗅着他身上的红酒味："你少说也喝了一瓶吧？"

严贺禹还是那句话："没多少。"

他放开她："我去洗澡换套干净衣服。"

他没让温笛等太久，二十分钟后，严贺禹换上新的衬衫和西裤从卧室出来了。

温笛躺在沙发上还没睡着。

他托着她的脑袋和肩膀扶起她，在她枕的地方坐下，然后让她的头枕在他的腿上。

他身上还有淡淡的酒气，更多的是沐浴露的味道。

温笛看他："我还是枕抱枕吧，万一我睡着了，你有事要出去，还得弄醒我。"

严贺禹抓过她的一只手握着："睡吧。我不走。"

温笛疼得睡不着。

严贺禹喂她吃了一粒止痛药，又去卧室拿来一条薄被给她盖上。

"要是受不了，就去医院。"

"不用。止痛药应该管用。"

温笛枕在他的腿上，渐渐小腹不疼了，她也睡着了。

严贺禹坐在那里始终一动未动，丝毫没影响她睡觉。

温笛这一觉睡到五点半，严贺禹维持那个姿势坐了三个小时。

家里只有他们俩，管家为了圆谎只好给家里的工人放假，发消息跟严贺禹汇报后，自己也没再过来。

温笛睡醒后伸懒腰，她午饭没吃，这会儿饿得慌。

“老公。”

她伸手轻轻挠他性感的喉结。

严贺禹支着头在闭目养神，听到她喊他，睁开眼，声音透着未睡醒的沙哑：“不睡了？”

温笛说：“饿得睡不着。”

两人都是十指不沾阳春水，从没下过厨。

她却要求：“你不是学过一次煲汤吗？你做给我吃，不想吃外卖。”

严贺禹今天什么都顺着她，问她：“想喝什么汤？”

温笛要求不高：“随便，简单的就行。”

冰箱里有现成的食材，他实在不会煲汤，可以到网上查。

严贺禹把她扶起来，捶捶小腿，一阵酸麻。

温笛扶着他的膝盖，问：“腿麻了？”

“有点儿。”酸麻劲过去了，严贺禹起身去厨房。

温笛裹着被子，靠在沙发里看手机。

一个小时前闺密给她发来消息，她当时睡得正香，没听到振动声。

她找来耳机插上，给沈棠回电话。

沈棠今天收工早，已经回了酒店。

电话接通，沈棠先道：“又在写新剧本？”

温笛只有在写剧本时回消息不及时。

“没，你发消息时我在睡觉。”温笛似乎还没睡醒，又打个哈欠，懒洋洋地道，“痛经，吃过药睡了一觉。你今天下午的戏份不多？”

“不多，只有两场，一条过。”

“过两天我去探班。”温笛又想起来，“蒋城聿什么时候探班？我得跟他的时间岔开。”

沈棠顿了一下才回：“我跟他在冷战。”

蒋城聿没有探班的可能？

温笛听到他们俩冷战，不由得坐直，蒋城聿给她的印象一直很好，专情、贴心又细心。

“你们俩还能吵起来？”

沈棠说："也不算吵，僵在那里，他不来找我，我也没联系他。"

温笛提醒："吵架正常，但别晾太久。"

"不说他了。"沈棠转移话题，"我刚在试礼服，没合适的包搭配，拆了阿姨送给我的那几个手包，正合适。"

温笛饿了，拆开一袋零食，边吃边聊："我妈过年还念叨你呢，问你什么时候拍完这部戏，让我带你回家玩。"

沈棠道："等杀青我就过去。"

两人东扯一句西扯一句，聊了快一个小时。

温笛跟沈棠约好探班的时间，这才结束电话。

她担心沈棠跟蒋城聿两人的冷战，沈棠跟她一样犟，想让沈棠主动找蒋城聿，门都没有，也不知道蒋城聿这边是什么情况。

放下零食，温笛去厨房找严贺禹，想从他那里探探口风，再看看他穿着围裙走下神坛的样子。

"老公，汤好了没呀？"

她经过另一侧的沙发时，不小心蹭掉了扶手上的档案袋。

档案袋正是严贺禹之前带回来那个，他从来不乱放文件，今天可能喝多了，忘记放在书房了。

她弯腰捡起。温笛并不知道，这里面不是商业文件，是严贺禹打算给她的分手补偿，他把个人名下不少有潜力的投资都赠给她了。

严贺禹听到温笛问他汤好没好，从厨房出来，恰好看到温笛手里拿着档案袋，心里陡然一紧，提到嗓子眼的紧张这辈子都不曾有过，他脱口而出："那里边的文件都是商业机密。"

温笛把档案袋放回原处："放心，我对你这些机密不感兴趣，给我看我也不一定看得懂。刚才被我蹭掉了，帮你捡起来。"

严贺禹莫名松了口气，若无其事地跟她说："汤还没好。"

温笛走过去，向他打听："最近蒋城聿在忙什么？"

严贺禹看着她："怎么了？"

温笛没绕弯子："他跟沈棠好像在冷战，这回时间有点儿长。你也知道棠棠不容易，从小除了沈爷爷，没人疼没人爱，她最怕跟在意的人有矛盾。"

"蒋城聿前段时间还在忙着给沈棠准备情人节礼物，应该没大矛盾。"严贺禹并不确定蒋城聿这几天的情况，“我帮你问问。”

说到情人节，温笛问严贺禹：“你想要什么，我送你。”

“礼物免了。”严贺禹要求她，“你把衣帽间里以前送我的东西认真看一遍，省得下回我用的时候你问我是哪儿来的。”

温笛笑道：“我这么小心眼？”然后她踮脚亲了他一口。

三年来，她送他的礼物少说得有七八百样，全看一遍怪累的。

她看在他给她煲汤的分上，嘴上先答应他。

严贺禹垂眸看着怀里的她：“你呢，想要什么？”

温笛环顾别墅客厅，说：“今年的礼物不用你花心思去准备。”

“嗯，想要什么？”说着，严贺禹低头在她的唇上亲了下。

温笛也想去亲他，他站直不低头时她根本亲不到他，她只好搂着他的脖子，说道：“我的房产证上加了你的名字，礼尚往来，我转钱给你，你把我名字加到别墅的房产证上，分几个房间给我，下次冷战，我就住我那间。”

严贺禹没吱声，只是看着她的眼。

温笛不着急，反正情人节还有一个星期。

汤锅里的汤“咕嘟咕嘟”翻腾着，严贺禹把温笛的手从他脖子上拿下来，过去把火调小，接着炖。

他刚调好火，朋友打来电话。

朋友先恭喜他订婚，让他去会所玩。

严贺禹订婚没邀请任何朋友，他们让他出去玩应该是想表示一下。

“不去了。”他说，“温笛晚饭还没吃，我在家给她做饭。”

朋友：“……”

他转头小声跟包间其他人说道：“严哥来不了，看来他中午在订婚宴喝醉了，醉得不省人事出现幻觉，开始胡说八道，说自己在给温笛做饭。”

他哈哈笑出声来，其他人也跟着笑。

严贺禹没解释，挂断电话。

他起初没打算去会所，想陪温笛吃顿饭，思来想去还是决定去一趟，有些事得解决。

他叫司机备车。

温笛正倚在沙发里看小说，见他穿大衣，说：“老公你还要出去？”

“嗯。”严贺禹让她早点儿睡，他不知道几点回来。

温笛下午睡了三个小时，一时半会儿没困意：“睡不着。”

严贺禹：“那等我回来。”他拿上那个档案袋出门了。

汽车开出别墅，严贺禹打电话给康波，让康波去会所找他。

他刚结束跟康波的通话，田清璐的电话打了进来。

电话接通后，田清璐开口就是：“你在哪儿？”她不自觉地跟他说话时连声音都变得温和了。

严贺禹不答反问：“什么事？”

田清璐今晚跟朋友聚餐，庆祝她订婚，晚上想去唱歌，但没提前跟会所预约，过去后包间全满，严贺禹有私人包间，她想借用。

道明原因，田清璐问：“方不方便？”

严贺禹今晚要去朋友的场子，他的包间空着，于是他道：“没什么不方便。”特意停顿两秒，他直言不讳，“以后除了公事，别打电话给我，有事你联系康助理，我不想背着温笛接别人的电话。”

田清璐那边安静半晌，自尊被彻底碾碎，还好丁宜没听到严贺禹这番话，不然指不定怎么奚落她。

这个男人就这么目空一切，嚣张到任何事在他那里，都是规则他说了算。

在得知严贺禹要跟温笛彻底断了时，她甚至萌生过荒唐的想法，她想着，自己要不要再适当地给温笛一些补偿？毕竟是她从中横插一脚，破坏了温笛的恋情。

幸亏这个荒谬的主意她只是放在心里想想，没和任何人提起。

现在再看，她比温笛可怜，温笛不需要她同情。

田清璐好不容易找回自己的声音：“她不愿意分手？”

严贺禹：“是我不想分。”

田清璐的心头仿佛被什么东西狠扎了一下，钻心地疼：“温笛不介意我们已经订婚？”

温笛家的实力跟他们这个圈子比，虽然差了一大截，没有可比性，可怎么说也是江城的首富，温笛是被家人捧在手心里长大的，她居然不介意无名无分跟着严贺禹？

静默了几秒，严贺禹道："我害怕她知道。"

田清璐一度以为自己听错了，他竟然说害怕。

他说这句话是想让她明白，温笛还不知道他订婚了，连他都害怕的事，其他人就不要去招惹温笛。

丁宜在不远处，不知道严贺禹说了什么，反正从田清璐脸上的表情来看，不难判断没什么好话。

田清璐挂了电话，去找丁宜。

丁宜问："要不换个地方玩？"她以为严贺禹不愿借包间给田清璐。

"不用。"田清璐收拾好表情，眼前不只丁宜，还有一群塑料小姐妹，她扯出一抹笑容，"严贺禹把包间让给我了。"

她用的字眼是"让"，多少有点儿宠溺的意味。

塑料小姐妹借此打趣她一番。

在会所工作人员的引领下，她们去了楼上的专属包间。

丁宜挽着田清璐的胳膊走在最后，用只有两人能听到的声音说："在我面前就不用装了，你累不累？"

田清璐没搭腔。

丁宜继续撒盐："心里难过得要命吧。"

田清璐否认："我难过什么，利益不比感情实在？订婚我又不吃亏。"

丁宜一点儿面子不给她："行了，还嘴硬。"

田清璐也不想嘴硬，只是已经走到订婚这一步，还能怎么办？她不想让人看笑话，也没想过放手。

她勉强不来他的感情，至少还有利益。

大不了，他们各玩各的。

丁宜接着说："心里难受时，知道怎么办吗？"

田清璐顺着她的话问："怎么办？"

丁宜给她支招："忍着。"

田清璐："……"

严贺禹的车驶进会所院子时，康波已经在那里等他了，他拿着档案袋推门下车。

康波看到熟悉的档案袋，没想到温笛这么快签了协议。只是三年的感情以这样的方式收场，他这个局外人都唏嘘不已。可温笛不签，似乎也无路可走。

严贺禹把东西递给康波，叮嘱道："里面所有的文件都处理掉。"顿了下，他道，"电子版也删除。"

康波一愣："温小姐什么都不要？"

严贺禹说："我没给她看。"

原来温笛还不知道老板的分手补偿，康波不敢擅自揣摩老板接下来要怎么做，静等吩咐。

他等了半天，严贺禹还是沉默。

严贺禹终于说道："先别让温笛知道。"

康波应道："好。"

关于和温笛以后要怎么办，严贺禹没多言。他交代康波几句工作上的事，上了楼。

他进了包间，所有人盯着他。

随后，他们齐刷刷将目光挪到秦醒身上，那意思是：你不是说严贺禹醉得不省人事，还出现幻觉？现在他来了，你要怎么解释？

秦醒也纳闷，打电话给严贺禹让他来玩，严贺禹确实说要给温笛做饭。

严贺禹给人做饭，简直是天方夜谭，他才觉得严贺禹醉得开始说胡话。

他笑呵呵地道："严哥，就等你过来了。"

严贺禹把大衣脱下，顺手搭在椅背上，瞧了秦醒半天，说："你不在家陪你媳妇，天天泡在会所算怎么回事？"

秦醒眨了眨眼："我单身狗一个，哪儿来的媳妇？"

严贺禹把椅子拖开坐下："上个月月初刚结婚，你说你哪儿来的媳妇？"

秦醒："上个月结婚的是傅言洲。"

严贺禹来一句："你不是傅言洲？"

秦醒哭笑不得："哥，我是秦醒啊。"

严贺禹看都不看他："那你怎么长着傅言洲的脸？"

秦醒："……"

他下意识地摸摸脸："洲哥有我年轻吗？"

其他人哄堂大笑。

秦醒后知后觉，在电话里他笑话严贺禹出现幻觉，严贺禹是专门报仇来的。

这时傅言洲开口："你们俩差不多得了。"

傅言洲在洗牌，手速快到让人看不清他中途是否有换牌。

秦醒揉揉眼："洲哥你慢点儿。"傅言洲的手速差点儿把他眼给晃瞎。

会所工作人员前来询问严贺禹要喝点儿什么。

严贺禹要了一杯白开水。

傅言洲说："我还特意给你准备了一瓶好酒。"

严贺禹注意到傅言洲无名指上没戒指，平时他没闲心关注谁戴不戴戒指，今天却问道："没戴戒指？"

傅言洲将洗好的牌放在牌桌中间，淡淡地道："不习惯。"

秦醒插话："人家洲哥怎么说也戴戒指戴到结婚满月，不像你。"严贺禹订婚这天都不愿戴戒指，哪怕敷衍一下田清璐都不乐意。

论起渣，傅言洲永远只能排第二，想超越严贺禹，难。

傅言洲把话头岔了过去，指指旁边柜上的一个礼物盒，对严贺禹说："今晚看看你能不能赢走。"

礼物盒里是一款定制女包，会所送给严贺禹的订婚礼物。他们都以为严贺禹跟温笛分手了，连秦醒和傅言洲也是这样以为的。

严贺禹把在秦醒公司和傅言洲公司的股份都转给温笛了，秦醒跟傅言洲还在股东会决议上签了自己的大名。

严贺禹只是瞅瞅那个礼盒，没说话。

牌局开始，他理着牌，问道："蒋城聿在忙什么？今天没过来？"

秦醒耸耸肩，光顾着吃喝玩乐，没关注。

包间里其他几个人也不清楚蒋城聿在忙什么，最近没碰见。

傅言洲知道大概，说："在国外。之前他给沈棠拿下一个广告代言，人家把代言给他，他又给人家牵线别的项目。"

说白了，这就是利益换利益。

严贺禹点点头表示知道了，拿起手机编辑消息发给温笛，给她吃颗定心丸："蒋城聿拿下了一个广告代言送给沈棠，这会儿不在国内，等出差回来自然会想办法联系沈棠。你不用再担心他们会不会分手。"

在闲聊中，一局牌结束了。

严贺禹这次输了。

秦醒喜滋滋的，终于扬眉吐气一把，在严贺禹手中赢了。

他大言不惭地道：“严哥，下把我让你。”

严贺禹睨他，倒没多说什么。

第二局开始，包间来了不速之客。

田清璐过来串场子找秦醒玩，秦醒在他们这个圈子里年龄最小，是最能玩也是最会玩的一个，跟谁都能玩到一起。

她没想到严贺禹在这里。

打声招呼，她在秦醒旁边坐下来。

秦醒开始和稀泥：“严哥，你把那个礼物赢给清璐姐。”

不管怎样，他们俩已经订婚，过不了多久就要结婚，木已成舟，他只希望严贺禹跟田清璐能过得融洽一些。

他们怎么说也是从小一起长大的，没有爱情，至少还有点儿别的感情。

秦醒话音落下，桌上几个人有意给严贺禹放水，秦醒干脆给严贺禹喂牌。

明眼人都看得出来，他们想让严贺禹赢。

严贺禹一路输到底，一把没赢。

那个定制的包后来归了秦醒，就属秦醒赢牌最多。

田清璐看出来严贺禹是故意输的，脸上挂不住，待了一会儿便回自己那边的包间了。

田清璐离开后，秦醒说话不用再顾忌，跟严贺禹打商量：“哥，这个包本来就是专门送给你让你给清璐姐的，现在给我算怎么回事？物归原主，你拿去送给清璐姐。”

严贺禹说：“让我替你送东西，配送费你付不起。”他起身，拿上大衣，“你们玩，今晚所有消费记我账上，红酒随你们喝。”

秦醒不过瘾，还想赢严贺禹：“你这么早回去干什么？再玩两把。”

严贺禹说：“温笛一个人在家。”

直到严贺禹先行离开，包间里的人才明白，他今晚过来是想告诉他们：他在订婚宴上没喝醉，晚上是真的在家给温笛做饭。

他跟温笛没有分手。

秦醒望着关上的包间门："不是，严哥他什么情况？"

傅言洲不紧不慢地道："他在权衡，到底要不要给温笛一个未来。"

"不会吧。"秦醒瞠目结舌。

温家在江城虽说有头有脸，可跟他们这个圈子比还是差得太远。

就连他这个不务正业的人都知道，站在财富顶端，绝不是满足，是想拥有更多。而财富跟地位，和江山一样，易打不易守。严贺禹现在一边稳定着京越集团和严氏家族的既有利益，一边在着手不断扩大版图。

严家如今的地位不需要严贺禹牺牲什么，可他那样一个步步为营，都考虑到二十年后的人不可能不为严父和整个家族着想。他怎么可能放弃跟田家联姻？

秦醒不信，看向傅言洲："你都联姻，别说严哥。"

在严贺禹眼里，爱了又怎样？照样分手。不然这么多年，他不会在渣男排行榜上常年稳居榜首。

傅言洲让人给他倒了一杯酒，道："只是有可能。"

至于严贺禹最终权衡的结果是什么，是跟田清璐结婚，还是取消婚约，现在不好说。

秦醒感慨："能让他有这个念头已经很不容易了。"

因为严贺禹一旦决定结婚，便不会离婚。

一不留神，他这局输了。看来他只能赢严贺禹。

严贺禹回到家，快凌晨一点半了。

温笛还是保持着他离家时的姿势，靠在沙发里专注地看小说。

他出去时她的小说只看了十几页，现在一本快看完了。

"眼睛不累？"

"不累。"温笛沉迷在小说的大结局里，头也没抬。

过了片刻，她又想起来说："老公你回来啦。"

她这么不走心地敷衍他，严贺禹没应声。

温笛看完小说最后一行字，抓起一个抱枕抱在怀里舒缓悲情结局带来的不适感，这本小说是她第二次看，看完依然会被故事的结局左右情绪。

“几点了？”她问严贺禹。

严贺禹在喝水，看看手表：“一点三十五。”

温笛还是没有困意，放下抱枕，朝他伸手：“抱一下。”

严贺禹搁下水杯，过去抱她。

温笛盯着他的皮带，发现他又换了一条。

“看什么呢？”

“皮带。”

温笛也不要抱了，抓着他的皮带看了起来。

她仰头问：“也是我买的？”

严贺禹：“不然还有谁？”

他俯身，两手撑在她身后的沙发背上，由着她研究皮带扣：“你这是什么坏毛病？”

温笛笑道：“坏毛病就是喜欢研究我自己买的皮带。”

时间太晚，严贺禹勒令她上床睡觉。

生理期期间两人无法闹腾，洗漱后，温笛靠在他的怀里。

严贺禹拍她的肩膀，让她转过去睡。

他把胳膊给她枕。

温笛后背贴在他的怀里，她小腹发凉，他给焐着。

温笛迷迷糊糊快睡着时又想起来：“明天我爸和我妈都来，我晚上跟他们一起吃饭。”

温长运和赵月翎过年期间忙着各种应酬，女儿在家那么多天，他们只陪她吃了一顿年夜饭，现在忙得差不多，他们过来再陪陪女儿。

翌日，春节假期的最后一天。

严贺禹难得不忙了，陪她在家看了一上午的电视剧，这部剧的编剧是她，沈棠是主演之一。

在剧中，沈棠跟男主角分手，一别两宽。

严贺禹听到熟悉的台词，说：“这集我听了三遍。”

温笛不明所以，歪头看他。

严贺禹解释：“过年在蒋城聿家打牌，他把这集一直回放。”

因为要看牌，所以没空看电视屏幕，不过里面的台词，大家听得一清二楚。

听的遍数多了，对台词自然有印象。

温笛觉得有意思："这集是最虐的，蒋城聿喜欢看虐剧？"

严贺禹道："沈棠在这集跟男主角分手，以后不用跟男主角谈情说爱，没有亲密戏份，蒋城聿高兴。"

温笛："……"

她兀自笑了出来。

蒋城聿吃醋吃得毫不掩饰，还煞费心思给沈棠拿广告代言，现在她彻底不用担心沈棠和蒋城聿之间的冷战了。

蒋城聿家和严贺禹家的老宅在一个大院，每年过年期间，严贺禹他们一帮发小基本都在蒋城聿家玩。

有时闲着无事她会想，要是沈棠和蒋城聿结婚，她跟严贺禹结婚，以后每年过年她都能和沈棠一起守岁，即便沈爷爷老去，还有她陪着沈棠过年。

严贺禹递给她零食："发什么呆？"

温笛回神，笑笑："没什么。"

她坐到严贺禹怀里，让严贺禹拿着零食袋，她吃起零食，跟他一起把这集分手戏份又看了一遍。

温笛和父母约了晚上六点钟在餐厅见面，她五点钟换好衣服准备出发。

她的车子今天限号："老公，找辆车给我。"

严贺禹扔给她一辆跑车的钥匙，温笛看到钥匙上的车标："这车开到路上万一被剐蹭了，修起来起码七位数，还是换一辆车吧。"

"家里的车只有这辆不限号，凑合开。剐蹭也不用你掏钱修。"

"你的钱也是我的钱，我心疼还不行？"温笛赶着去饭店，只好开这辆车。

不知道是不是自己乌鸦嘴，她开到半路，这辆车还真被撞了，后面有辆车变道时追尾了。

温笛开门下去，查看车子被撞的情况。

追尾她车的人也下来了，是一个颇有气质的漂亮女人。

两人对视，姜昀星认出了温笛，微微一怔，她居然撞了温笛的车。

来不及多想，姜昀星去看温笛那辆车的车牌，这才注意到，被她追尾的跑车是严贺禹众多车里的一辆。

这得是什么运气，昨天在严贺禹订婚的酒店遇到他，今天又追尾他的车，关键是开车的人还是温笛，不知情的人肯定以为她故意撞上来的。

温笛不认识姜昀星，姜昀星给她道过歉，她笑笑，没有多说什么。

报警处理后，她给严贺禹打电话，告诉他在哪儿发生了碰撞。

严贺禹让她在那里等着，他过去处理。

没过多久，严贺禹和管家过来了，管家开了自己的车。

严贺禹降下车窗，正打算叫温笛过去，却看到站在路边的姜昀星，没想到是她开车追尾。

姜昀星也看到了车里的他，微微点了下头。

严贺禹跟管家说:“我开车送温笛，你留下来等着处理结果。”

管家也认出了姜昀星，知道姜昀星在严贺禹心里不一样，严贺禹留下来确实不合适。

他担心地道:“我的车怕您开不惯。”

普通的代步车，没有座椅记忆，还得手动调驾驶座座椅。

严贺禹无所谓地道:“一样开，没什么开得惯开不惯。”他从后座下车。

这时，温笛几步走过来，跟他说:“车子蹭得不轻。”

严贺禹没过去查看车子被撞的情况，只是说:“没事。”他上下打量温笛，“有没有哪个地方被撞疼？”

温笛摇头:“这个路段车速快不起来。”

严贺禹又看一眼姜昀星的方向，她站在路边正在打电话，看上去应该没大碍。

他不着痕迹地收回视线，打开副驾驶座的门让温笛坐上去:“我送你。”

原本是管家送温笛去饭店，他留下来走完理赔流程再把车开回去，在看到姜昀星那一刻，他改变了主意。

万一被熟悉的人看到他跟姜昀星站在一起，两辆车还追尾了，不知道要脑补出什么剧情，免得她被误会，他决定送温笛去饭店。

饭店离刚才追尾的地方不远，二十分钟的车程就到了。

严贺禹将车开到饭店地库，叮嘱温笛:“吃完饭不用让你父母送，我在这里等你。”

温笛转过头跟他确认：“你要等着接我？”

“嗯。”严贺禹将车熄火，看着她说，“不是专程送你过来的，那我就等着专门接你。”

温笛并没多想，那句“不是专程送你过来的”还有其他意思，在她看来，虽然是因为汽车追尾严贺禹才送她，但也算专程送她。

温笛在他唇上亲了亲，解开安全带下了车。

严贺禹拿着她的大衣下来，绕过车头走到她那边把衣服给她。

温笛边穿大衣边笑：“我是邀请你上去呢，还是不邀请呢？”

严贺禹今天不可能跟她见家长，时间和他现在的身份都不合适。

他婉拒：“以后有的是机会见面。等明年他们再来京城，我请他们吃饭，或者明年有空我去江城。”

温笛没想到他会主动提出明年见家长，让他这样的男人在三十岁前考虑婚姻很不现实。

她以前也是这样，在没遇到他之前，根本不想那么早结婚。

其实最后一句话他完全不用承诺她。

她开玩笑道：“你随口客气的话不用说得那么详细，万一我要当真了呢，到时可怎么办？”

严贺禹把她的大衣领子整理好，道：“这几年就算对你随口说的话，我也都去做了，不是吗？”

答应过她的事，他从来没有食言过。

只是现在不合适，他还没处理好跟田清璐的婚约，只有解除婚约，他才能陪她回家。

第四章

她知道了真相

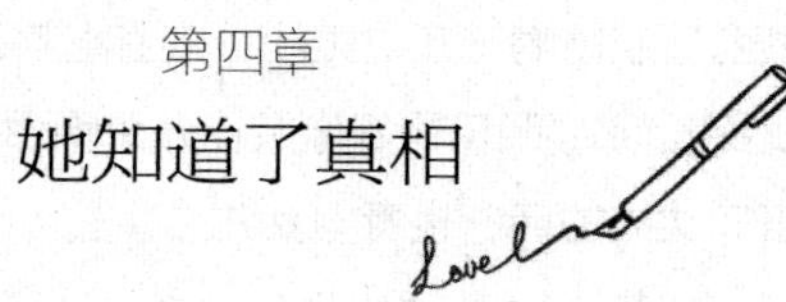

温笛在吃饭时还想着严贺禹那句：他随口说的话，都去做了。

“你看你，吃饭都心不在焉。”赵月翎给女儿夹了半盘菜，不见她动筷。

温笛笑道：“想到一个情节。”

赵月翎看破不说破，顺着女儿的话问她新作品是不是有眉目了。

“不是原创，根据明见钧和他老婆的故事改编的。”说起明见钧，温笛这才将祁明澈误会她的事和盘告诉了父母。

“爸爸，明见钧是你同学？”

不等温长运说话，赵月翎道：“他是我的校友。”

当初那套公寓是她从明见钧手里买入的，她跟明见钧是校友，明见钧比她高六届，她入校时他早已毕业，两人压根儿不认识。

在一次饭局上，他们才认识，她帮过明见钧一个忙。

后来明见钧得知她想在京城给女儿买套景观公寓，可看中的地段和楼层暂时没人出手，明见钧主动说，自己手里那套正好要卖。

她就以当时的市场价买下。

赵月翎哪里见得女儿受这个委屈：“你这孩子怎么不早跟我们说？”

温笛吃着盘子里的菜，温长运还在继续给她夹菜，她说：“我自己能解决，我男朋友也给明见钧打过电话。”

赵月翎把果汁杯递给女儿：“你吃慢点儿。”

她知道前因后果后，分析道：“明见钧也是拿你当挡箭牌，把关于你的误会澄清，等于在他家人那里洗白出轨嫌疑。”

“嗯。他是打的这个主意。”温笛的心放得宽，“关系也不能闹僵，说不定哪天，我们家公司有业务跟他合作呢，就这么着吧。”

温长运接过话：“那也不能让你受委屈。”

“不算委屈。”温笛喝了几口果汁，接着吃菜，“他给我道过歉了。”

温长运试探着问：“明见钧好像有点儿忌惮你男朋友。”

赵月翎听了丈夫的话，也看向女儿。

温笛笑了，戒备心很强：“休想从我嘴里套话。”

温长运也笑了，拍拍女儿的脑袋，还真有点儿好奇女儿找了什么样的男朋友。

餐后水果上来，温笛给严贺禹发消息：“我再多待一会儿，你要是等得着急，出去转转。”

严贺禹：“不急，在看电视。”

她不用想，这部电视剧的编剧肯定是她。

他们又聊了半个小时，赵月翎问女儿，是跟他们回别墅住，还是回她自己的公寓。

温笛说：“我男朋友让司机在楼下等着接我。”

赵月翎会意，催促女儿：“那你回去吧。”

温笛收起手机，父母没有要走的意思：“妈，你和爸不跟我一起下楼？”

赵月翎笑道：“我和你爸要是下去，肯定想看看接你的司机长什么样，还是你先走。”

温笛：“……”

什么事都瞒不过母亲。

看来她刚才跟严贺禹发消息，母亲觉察出了状况。

待女儿离开，温长运坐不住了，看向妻子：“你不下去？那我到车里等你。”

在女儿的终身大事上，他没有生意场上沉着冷静，表面上装得无所谓，不多问女儿，可心里不行。

“你下去也不一定看得到。”赵月翎拦住不让他下楼，“笛笛过年时不是说了吗？她男朋友跟蒋城聿不相上下。你还怀疑女儿的眼光不成？”

严贺禹在等温笛这段时间里，看了三集电视剧，第四集的片头还没开始，手机电量耗尽，自动关机。

管家车上的充电器跟他的手机不匹配，温笛后来发给他的消息没收到。

还好，温笛记得他车子大概停在哪个区域，找了五分钟就找到了。

“你怎么不回消息？”坐上车，温笛把手搁在他脖子里焐着。

严贺禹指指黑屏的手机：“没电了。”

温笛想起，他的手机坏过一次。

她再次承诺：“你再忍忍这个手机，等我录完节目，把节目组发的手机换下来给你用。那个电池容量大，两天不充电都没问题。”

严贺禹无语地看看她，发动车子驶离地库。

回去的路上，温笛问他车子定损的情况。

严贺禹说：“不知道。”他没问管家，不知道后续怎么处理的。

温笛庆幸地道：“还好，追尾那个女的不差钱。”

那个女士开的车不比她当时开的跑车便宜。

严贺禹没接话。

温笛往后靠在座椅里，自顾自地闲聊：“那个女的气质不错，人也漂亮。”

她侧脸，问他：“你觉得呢？”

严贺禹下意识“嗯”了一声，专注地开车。

他说出口时，又觉得不该说。

因为温笛小心眼，自己能夸其他女人漂亮，但他不能。他只能觉得她最好看。

果不其然，晚上睡觉前，她大有秋后算账的意味。

严贺禹洗过澡从浴室出来，她还没睡，靠在床头看杂志。

温笛紧挨在她那侧床边，一个不小心就能摔下床去。

严贺禹提醒她：“往里坐。”

温笛充耳不闻，翻了一页杂志。

严贺禹看得出来，她是刻意地跟他保持距离，靠近床边，远离他。

几乎不用想，他知道问题出在哪儿，晚上回来时，他附和她，说姜昀星好看，气质不错。她不高兴了。

这几年，她在生理期的所有小脾气和不讲理，他基本照单全收。

严贺禹走过去哄她，弯腰把她打横抱起，走向他那侧床边。

温笛卷起杂志，抬眸，拿杂志抵在他的心口：“你这里不长记性。”

严贺禹说:“以后谨言慎行。”

温笛睡觉的时候是背对着他，后来睡着了，不自觉转过来面对他，脸贴在他的心口。

严贺禹亲了她一下，把她搂在怀里。

次日，严贺禹早起，小心翼翼地把温笛的手从他腰间拿下。

他和温笛起床时间不一致，她往往睡到自然醒。

他例行锻炼过后，早饭还没吃完，康助理和司机来接他。

去公司的路上他也闲不下来，康波汇报，田清璐昨晚打电话过来，预约时间:“您只有下午五点钟之后有空。”

其余时间都提前安排了行程。

严贺禹问:“她说没说谈什么？”

康波道:“还是在江城建厂那件事。”因为温笛，江城成了敏感词。

这件事说来复杂，江城一家排名前五的企业想落实投建工厂二期，但投资数额过大，老板范智森只好寻找合作。

这么大笔的投资，在江城本地找不到合作方。

在机缘巧合下，范智森认识了田家的人。

田家有意向给范智森投资，最后却卡在资金上。

不是田家没钱，只是他们有更赚钱的项目，资金优先其他项目，范智森的项目只能往后拖，一直拖到现在。

现在田清璐跟严贺禹订了婚，算是一家人，肥水不流外人田，田家决定和严贺禹一起投资。

严贺禹的京越集团不缺钱，入股后，田家既能如愿投资范智森那个项目，又不耽误投资其他项目。

这个投资不管是田家还是严贺禹都有利可图。

严贺禹大致了解过这件事:“你告诉田清璐，不用过来。”然后他又吩咐康助理，“让风控部出个风险报告。”

康波答道:“好。”

老板这是有意向跟田家合作投资。

之前秦醒给他打电话，问他:“严哥到底想好没？选温笛还是田家？弄得我们跟他说话不知道该提谁，不该说谁。”

他哪里知道老板想好没？

这种权衡哪儿能是一句话的事？

当然，这对温笛来说挺残忍的，永远是被选择的那个。而她对老板的感情从来不在老板取舍和权衡范围内，只有老板自己不想放手时，才会重新权衡。

还没到公司，严贺禹收到温笛的消息，她说后天去探班沈棠，之后飞节目组，等录完节目，再好好陪他。

严贺禹问她：“想几点走？我让人申请航线。”

温笛：“不用，我已经订了机票。”

隔天，温笛飞去横店。

严贺禹没空送她，也很少送她去机场，接机次数比较多。

温笛到达横店快傍晚了，沈棠正在拍的这部剧编剧也是她。她跟导演认识，坐在导演旁边，看着监视器里沈棠的表演。

今天沈棠不在状态，这场戏拍了三条依旧没过。

导演要求高，直到拍到第六条才过。

沈棠今天的戏份全部结束，收工去卸妆。

温笛递给她一杯果蔬汁，打趣她：“是不是我来探班，你激动到找不到感觉？”

沈棠实话实说：“刚才看台词想到蒋城聿，被他给气的。”

温笛笑道：“蒋城聿现在在国外出差，等回来，你好好修理他。”

沈棠卸过妆，两人回了酒店。

温笛没订房间，住在沈棠的套房，两人泡过澡，靠在沙发里敷面膜。

沈棠示意她看热搜：“你又上热搜了。”

温笛一头雾水：“什么热搜？”

她忙打开手机。

沈棠说：“祁明澈下午更新微博，发了九宫格照片，五张海棠村的风景照，剩下四张人物照里都有你。”

这么快上热搜榜，应该是《如影随形》节目组的功劳。

“有一张是你骑三轮电动车载爷爷在海边遛弯的。”这张也是沈棠最喜欢的，照片里，爷爷高兴得像个孩子。

温笛看着这组照片，原来那天他也提前去了海棠村，还抓拍到她跟沈爷爷。

祁明澈选在这个时候发微博，不知道是不是在跟她和解。

不管怎样，她喜欢这组照片。

点赞后，她转发了。

她刚转发过祁明澈的微博，瞿培给她打来了电话。

瞿培知道了祁明澈误会温笛一事，现在祁明澈以这样的方式示好，她的意思是，得饶人处且饶人。

“不怪祁明澈，是明见钧太狡猾。”

她希望温笛放下手头的事，转发一下。

温笛说：“转了。”

瞿培甚是欣慰，之前还担心温笛不愿让步：“马上录制第三期，到时我去探班，请你跟祁明澈吃顿饭。都在一个圈子里，抬头不见低头见，关系闹僵对你没好处。”

温笛过意不去，瞿培这个老板不容易，事事为她着想：“我跟他好好相处就是了。您最近身体不舒服，尽量别奔波了。”

《如影随形》第三期的主题是大自然的馈赠。

温笛在横店陪了沈棠两天，之后飞往《如影随形》录制目的地。

第三期录制时间大概一周，情人节那天也要录制，她没时间陪严贺禹过情人节。

当初她还信誓旦旦，不管天涯海角，都飞到他身边陪他。

录制的第三天，瞿培和阮导来探班。

瞿培最近半年身体不是很好，年轻时拼事业，严重透支身体，现在上了岁数，开始力不从心。

阮导不放心她，只要她去稍远的地方他都会陪同。

温笛亲自倒了两大杯热水给他们一人一杯：“不是说了让您别来吗？这里可不比家里。”

瞿培拍拍身上的羽绒服：“我穿得多，去南极都不怕。”

温笛陪他们聊了会儿，接着去录节目。

今天她收工早，回城区的路上花了近两个小时。

一路上风景不错，只是不能往下看，像是行走在悬崖峭壁边，让人心惊肉跳。

温笛录了一段视频，发给严贺禹。

一直到城区，他还没回复她。

今晚瞿培请客，请节目组所有人吃饭。

温笛随剧组的车前往订好的饭店，瞿培和阮导在那里等他们。

车子还没到饭店，温笛收到群消息，说瞿培被送去了医院。

晚上的聚餐泡汤，所有人都陪着去了医院。

温笛因为担心瞿培的病情，车刚停下就推门往下冲，手机从口袋滑到座位上根本没感觉到，错过了严贺禹回过来的电话。

她给严贺禹发小视频时，严贺禹在开视频会议，等他会议结束再回过去，却无人接听。

严贺禹反复看了两遍小视频，他听得很清楚，温笛在视频里说是收工回酒店的路上，可她的电话打不通。

隔了半个小时，他再次拨打，电话那头依旧无人接听。

就算是泡澡，她也是手机不离身，除了录节目，她从不让手机离开自己的视线范围。

严贺禹在拨打三遍后，搁下手机，接着处理邮件，在不知不觉中，一个小时过去了。

康助理敲门进来，询问道："严总，您有没有跟温小姐联系？"

严贺禹心里"咯噔"一下，不答反问："温笛怎么了？"

康波把在网上看到的消息告诉了他，有网友传出来，《如影随形》节目组有人被送到医院抢救，拍了一张救护车停在急诊门口的照片，围在车边的人有好几个节目组的工作人员，穿着统一的工作服。

截至现在，节目组并未回应，不确定是谁被送去抢救。

"我已经让人联系节目组了，也在联系发视频的网友，可能需要一些时间。"

严贺禹继续拨打温笛的电话，怎么都打不通。

这样的感觉跟那次他去海棠村看她，等他从民宿出来，找不到她的感觉一样。

他没空看网上的消息，问康波："具体是什么情况？"

康波把网友的揣测告诉了老板："那里的地势险峻，回酒店的路上有一段很危险，是车祸多发地段。"

严贺禹知道地势险峻，温笛分享给他的小视频里，路两边看上去十分陡峭。

被送去医院的人不一定是温笛，或许，她手机恰巧不在身边，可他还是无法说服自己不去胡思乱想。

他向蒋城聿要来沈棠的号码，让沈棠再帮忙打听一下。

挂了沈棠的电话，严贺禹盯着电脑右下方的时间。

办公室的沉默把等待的时间无限拉长。

每隔几秒，严贺禹都要瞅一眼手机。

他问康波："节目组那边有没有发声明？"

康波时刻在关注着，听到问话摇了摇头。

他安排去打听情况的人暂时也没消息。

其实只过去两分钟而已，这时候的两分钟，漫长得犹如两年。

五分钟后，手机终于振动，显示是沈棠的号码。

严贺禹快速按下接听键："温笛没事吧？"

沈棠说："没事，是她的老师瞿培被送去急救，已经脱离危险。温笛的手机落车上了。"

严贺禹稍做平复："谢谢。"

挂上电话，他拿起手边的水杯，喝了半杯水。

这是几年来康波第一次看到严贺禹的情绪有波动。

严贺禹放下水杯，跟康助理说："没事了，你去忙吧。"

康波点了点头，推门离开。

严贺禹打开温笛的对话框，考虑半晌，留言："这期节目录制几天？我让康助理预约时间，你回来后，把你名字加到别墅房产证上。"

原本他想等自己和田清璐解除婚约后，再在房产证上加上她的名字，她现在想要这个礼物，那就先给她。

在别墅的房产证上加温笛的名字这件事，最为震惊的是康助理。

严贺禹叫他过去，吩咐他，准备预约时间。

康波瞠目结舌，半天才说了一句：“好的。”

那套别墅跟严贺禹其他房产不同，是严家老爷子送给严贺禹的礼物。

即使以后和田清璐结婚，老板应该也没想过把田清璐的名字加上去。然而这时候，老板把温笛变更成那套别墅的共同持有人，康波一时不太理解老板的思路。

康波请示道：“是预约最近的时间，还是具体哪一天？”

严贺禹道：“温笛还没回我消息。”

康波了然，老板只是提前让他准备，具体哪天还要看温笛的档期。

温笛看到消息是一个半小时后，瞿培现在各方面指标平稳，她才有心情去车里拿手机。

在急诊楼下凝神片刻，她想起来车停在医院外面。

当时医院停车位已满，司机只好把车停在了路边。

她来医院的几个小时，比她跟瞿培认识的这八年都漫长。

温笛沿着路边寻找，没找到车子，节目组的车很显眼，上面喷着节目LOGO，她找了一大圈都没找到。

她没带手机，无法联系司机，只好到路对面接着找。

送她来的那辆车停在一家便利店门口，司机见温笛过来，以为可以回酒店了。

温笛歉意地道，她下来拿手机，还要去病房，让他先回去休息。

司机说：“不急，我在哪儿都是玩手机，不耽误。”

温笛打开手机，一共八个未接来电和两条未读消息都是来自严贺禹。

这是他们在一起三年来创纪录的一次。

原来他找不到她也会急到打这么多电话。

严贺禹：“以后不录节目时手机开铃声。”

第二条消息是问她什么时候回去，要在别墅房产证上加她的名字。

温笛走到人行道口，离车足够远，给严贺禹回电话。

严贺禹的手机就握在手里，手机振动的瞬间，他看了眼备注，随后接听：“你知不知道沈棠打电话到节目组找你？”

温笛回道:“知道。”

“知道你还不回我电话?”严贺禹看着手表,“我等了你一个小时四十三分钟。”

绿灯亮了,温笛没随着人群过马路,靠边站,说:“沈棠不是给你报过平安?”

“所以,你就不用再回我电话?”

温笛转身背对着风,解释道:“瞿老师当时情况不好,下了病危通知,她没从手术室出来,我哪儿顾得上下楼拿手机?”温笛并不是为自己开脱,“我当时腿都发软。瞿老师是专程来看我的,真要有什么事,我对不起她,也对不起阮导。你知道的,瞿老师对我多重要。”

严贺禹没再说什么。

温笛换上轻快的语气跟他说:“你也会胡思乱想?”他一连打了八个电话,还找到沈棠那里,肯定是担心她有意外。

严贺禹说:“我也是人。”

是人就会胡思乱想。

顿了几秒,他问她哪天回来。

被他这么紧张着,温笛原本乱糟糟的心情平复下来。

温笛告诉他:“我二十号左右回京城。”

情人节她没法跟他一起庆祝了。

温笛靠在路边的栏杆上,跟严贺禹闲聊,为了补偿他,她把录节目时遇到的好玩的事分享给他,但他似乎没兴趣听,而是问:“摄影师发的照片,是节目组的硬性要求?”

温笛会意,他指的是祁明澈这两天更新的微博,基本都是她的照片。

她道:“为了宣传节目。”

严贺禹“嗯”了一声,聊起了别的。

人行道的信号灯从绿变红,又变绿,来来回回变换十几次,她才结束跟严贺禹的通话:“老公晚安。”

“早点儿回去睡觉。”

温笛挂断电话,转身时目光略有停顿。她没看错,那道颀长的身影是祁明澈。他穿着节目组统一定制的羽绒服,从旁边的便利店出来,捧一杯热饮，边走边啃煮玉米。

今晚谁都没来得及吃晚饭，祁明澈也在手术室外等了好几个小时，寸步未离。

走近后，祁明澈点了下头。幅度太小，从温笛这个角度看，他只是低头在啃玉米。

两人都没有多余的话，并排站在人行道口，等着过马路。

祁明澈知道瞿培来节目组的原因，希望他跟温笛化干戈为玉帛。现在瞿培病发手术，他心里多少过意不去，于是决定留在医院陪护，帮衬着阮导。

一晚上没吃饭，他出来买点儿东西垫肚子，早看到了温笛，她一直站在路边打电话，于是他在便利店里啃玉米。

现在手里的这根玉米已经是第二根了。其实他并不喜欢吃玉米。

红灯最后结束。温笛走在前面，祁明澈放慢步子，始终没越过她。

两人一前一后，一路沉默着走到瞿培的病房。

瞿培还没醒来，阮导坐在病床前守着。

一直到第二天中午，瞿培彻底清醒，人稍微有了一点儿精神。

她睁眼就看到温笛眼眶通红，眼皮发肿，看来昨天流了不少眼泪。

“哭什么？没出息。”

温笛嘴硬地说道：“谁哭了呀？没睡好，水肿。”

瞿培没揭穿她，说道：“老阮的心总算能放在肚子里了，前几年他想让我做手术又害怕，怕我下不来手术台，我也怕，所以保守治疗拖到现在。昨晚是逼得没办法，不手术不行，总算熬过来了。”她感叹，“幸亏来探班，不然还得继续保守治疗，继续受罪。”

温笛给她揉着手背：“您少说话，不用给我宽心。”

她清楚，瞿培这么说是不想她心里自责。

瞿培半开玩笑地说道：“想在这里吃顿饭都难，等回京城，我们找个时间再聚。”

温笛无奈地笑了笑，瞿老师还是没放弃让她跟祁明澈握手言和的事。

现在瞿培生病，温笛不敢惹她生气，什么事都顺着她。

温笛在二十号晚上回了京城，跟上次一样，从机场直奔严贺禹的别墅。

管家看到她时，比之前任何一次都吃惊。

严贺禹在家，出来给她提行李，她没时间去细想管家的表情。

小别胜新婚，加上之前她被误传送去医院抢救，严贺禹有点儿心理阴影，见面后，两人连饭也没吃，她就被严贺禹抱到了楼上。

整个晚上，她都被严贺禹压在怀里，困在身下。

严贺禹跟她额头相抵，气息不稳："公司没给你配助理？"

温笛安静了几秒，明白过来他这话的意思，他还在耿耿于怀连着给她打了八个电话却无人接听。

她有个小助理，是录节目期间瞿培临时安排给她的。

"有，那晚我让小助理先回酒店休息，司机送我去的医院，手机落在后座了，司机打游戏可能没听到。"

严贺禹忽然看着她的眼，问她："记不记得我的手机号是多少？"

温笛点头，看过他手机号的人轻易忘不掉，最老的号段，尾号又特别。

他说："背一遍给我听。"

温笛道："我真记得，不用检查。"

她越是这样说，在严贺禹那里就越有掩饰的意思。

严贺禹眼中晦暗不明，没说什么。

温笛搂着他的脖子，跟他黏在一起。

不得已，她用手指在他背上把那串号码写了出来。

严贺禹改用手肘撑在她的身侧，俯下身来亲她："以后要是没带手机，借别人的手机打给我。"

"知道了。"温笛攀紧他的脖子。

翌日，温笛早起，康波预约了今天上午去办理房产证加名字的时间。

严贺禹依旧没委托律师，陪她一同过去。

去的路上，温笛想起前段时间被气质美女追尾的那辆跑车，问严贺禹，跑车什么时候能修好，维修费大概多少。

严贺禹正在看车外，转过头来，说："不清楚。"

什么时候能修好，他不清楚；修理费多少，他更不清楚。

因为是姜昀星撞坏的车，管家可能觉察出他不关心车损，后来也没向他汇报修理情况。

“想开哪辆车？”他问。

温笛无所谓地道：“开哪辆都一样。不过，那辆车的颜色我喜欢。”

严贺禹对坐在副驾驶座上的康波说：“等新款车上市，同样颜色的再买一辆。”

康波：“好的。”

他越来越看不懂老板的想法，可能是因为老板对温笛的原则和底线不再是以往一贯的原则和底线。

房产证变更手续办理得很快，温笛和严贺禹从交易大厅出来时才十点钟。

严贺禹要去公司，把车留给了温笛，接他的另一辆商务车已经在路边等着了。

上车前，温笛问他：“晚上你几点回来？”

“不好说，你要睡不着就等我回去。”严贺禹问她，“今天有什么安排？”

温笛说：“睡回笼觉，看看小说，然后练签名。”

他警告她：“你要在我的书房练签名就好好练，别到处瞎写，哪儿都要来两下。”

温笛曾经用铅笔在他的记事本上写了不少签名，每页都写上两个。

她笑道：“那是你的荣幸。”

两人道别，严贺禹没有避讳，在车来车往的停车场，把温笛搂在身前抱了抱，之后坐上商务车离开。

温笛驱车去银行，打算把之前他转给她的 5000 万元再转给他，当作她购买一部分别墅的房款。

如今她的公寓有他的一半，他的也是，可两套房子的市值差的不是一星半点儿，怎么算也是他吃亏。

她盘算着等他生日要送份什么大礼。

他们在上班时间来办理业务，一同进出，在停车场也没有故意藏着掖着，所以没过几天，田清璐对他们俩同时出现在房产交易大厅的事便有所耳闻。

她进一步打听才知道，原来严贺禹把爷爷送他的那套别墅加了温笛的名字。

酒吧里这会儿正嘶吼着，重金属的敲击声震耳欲聋，丁宜听不清楚田清璐在说什么，眨眼的工夫，田清璐两杯酒下肚了。

那边一曲结束，终于消停了，勉强能听得见说话声。

“今晚你往死里喝，我请客。”丁宜又给她点了两杯酒。

田清璐酒量不错，两杯酒不足以让她醉，她现在清醒得很，巴不得能醉。

“他到底什么意思？”她像是自言自语。

丁宜耸肩：“我又不是他，你问我我问谁去？”见闺密这么难受，丁宜她丝毫同情不起来，该说的在她订婚前丁宜说了不止百遍。

田清璐转着空酒杯，冷不丁道：“他们都在看我的笑话，我知道。”

他们是她那些塑料小姐妹，还有圈子里的其他人。

丁宜撑着下巴，沉默不语，抿着酒耐着性子听她倒苦水。

田清璐搁下空酒杯，顺手又端起一杯，以前再难过也没像今晚这样失态，想忍着，可没忍住。

她自欺欺人，以为严贺禹不想跟温笛分手只是一时不习惯，于是她不计较，给他时间去处理。可他呢，越来越过分。现在他竟然明目张胆地带着温笛出来。

“温笛还不知道严贺禹跟我订婚的事。”她端起酒杯，一口气喝光。

丁宜看向她：“然后呢？”

田清璐说：“温笛有知情权。”

“你要是让温笛知道了，不怕严贺禹跟你翻脸？”

“现在这样和翻脸有什么区别？”

丁宜瞅了田清璐半晌，她太了解田清璐的性子，决定的事情不可能罢手：“有本事你跟严贺禹正面刚。”

第二天，温笛睡到自然醒。

沈棠今天回京城，签广告代言的合同，蒋城聿准备了很久的情人节礼物终于准备好了，想方设法地让沈棠回来。

温笛起床后，拉开窗帘，外面天气不错，她的心情也不错。

她跟沈棠约好喝下午茶。

午后，温笛精心打扮一番，驱车前往和沈棠约好的咖啡馆。

在去咖啡馆的路上，手机响起，她还以为是沈棠的电话，瞥了一眼手机屏幕，是个陌生号码，按下了接听键。

“你好，是温笛温小姐吧？”对方的语气很淡。

温笛道：“你好，哪位？”

“你应该不记得我。免贵姓田，田清璐。”

温笛皱眉想了几秒，对这个名字确实没印象。

还没等她问田清璐找她有什么事，田清璐开门见山地道：“有空吗？我们见一面，想和你谈谈我的未婚夫。”

温笛一头雾水：“谈你的未婚夫？”

“对，你没听错。”

“你的未婚夫是？”

“严贺禹。”

“嘀嘀嘀”，鸣笛声此起彼伏，把温笛的魂唤了回来。

她木然地看着越野车的前挡风玻璃，旁边车道的车子缓缓往前行驶，只有她在原地。

“嘀嘀”，后车又催了两声。

温笛握着方向盘，不知道要干什么，车子怎么都不动。

她想起来，没踩油门。

后车的司机终于不耐烦了，下车走了过来。

“咚咚”，那人重重地叩车窗。

温笛透过车玻璃看眼前的人，怎么都看不清他的轮廓，整个人在她眼里似乎都是模糊的，只有虚影。

她降下车窗，道：“对不起啊，身体突然有点儿不舒服。”

那人瞅着温笛苍白的脸，认出是她，满脸怒气瞬时褪尽：“我给你叫120。”说着，他摸手机。

“不用，谢谢。现在好点儿了。”

“少熬夜，把命拼没了，你拿什么开这几百万元的车？”

温笛怎么也挤不出一丝笑容，再次感谢，想想油门在哪儿，轻踩下去。

汽车缓慢爬行，很快跟上前面的车。

随着车子等绿灯亮起，她再次进入放空的状态。

田清璐在电话里还说：“我们见过，你肯定没印象，阮导生日那晚，在酒店的专梯里。”

原来，她还当着人家未婚妻的面给他打电话。

她忍不住问田清璐：“你们哪天订的婚？”

田清璐说：“这个月六号。”

多么讽刺，那天正好是她从江城赶来陪他的日子。

他喝了那么多酒，她还以为是不得已的应酬，还在想，对方到底是谁，能有这么大面子让他喝那么多，合着是他的订婚宴。

当时她觉得有点儿古怪，又说不上来哪里不对，现在终于有了合理的解释。

为什么管家见到她，一次比一次惊讶，因为严贺禹已经订婚，管家大概怎么都想不通，她为什么还会毫无心理负担地出现。

至于六号那天中午，她跟严贺禹索要拥抱，他为什么三番两次没有回应她。

因为他已经是别人的未婚夫。

旁边的汽车再次朝前挪动，温笛的反应慢了半拍，大脑空白了几秒，发动汽车。

她不敢再开，给瞿培打电话，让瞿培给她安排司机。

瞿培问她：“什么情况？”

她说：“痛经，疼得受不了。”

瞿培让她原地等着。

好不容易驶过这个路口，温笛靠边停车，把定位发给司机。

车窗没关，冷风呼呼往里钻。

温笛趴在方向盘上，浑身没劲。

旁边的光线被黑影挡住，她侧脸，看到的是穿制服的交警。

交警说道：“刚才你后面那辆车的司机说你身体出了问题。不舒服赶紧去医院，不能拖。”

温笛坐直，说明原委：“情绪有点儿不稳，不敢继续开。我叫了司机，在来的路上。谢谢你们啊。”

“不用去医院？”

“不用。谢谢。”

交警没再多问，指关节点点车窗，示意她关上：“别着凉。”

瞿培给她安排的司机半个小时后过来了，她挪到后排坐着。

车里开着暖气，她的手脚还是冰凉的，全身没有不冷的地方。眼睛也干，看手机屏幕都有重影。她揉了好几遍，才勉强看清屏幕上的字。

她跟沈棠约好喝下午茶，眼下只能失约。她告诉沈棠，严贺禹的未婚妻约她见面。

等消息发出去，温笛才反应过来她到底在说什么，打算撤回消息，怕沈棠担心，已经来不及了，沈棠看到了。

沈棠要陪她去见田清璐，她没让。

“田清璐要说的话，我都猜个八九不离十了。等我把烂摊子收拾收拾，再去找你吃饭。”

手机有短信进来，是一条入账通知，她账户到了一笔钱，一共是49999480元。

她转给严贺禹5000万元，他只留下520块，余下的又让康助理原路退回来。

如果今天田清璐没给她打电话，如果她还不知道他已经订婚，且婚期不远，她看到他留下520元，应该会很开心。现在她只觉得，自己蠢透了。

下车前，温笛拿出化妆镜认真补妆。

田清璐给她发消息，说：“我到了。”

她们比约好的时间提前了半个小时。

见到田清璐，温笛觉得眼熟，对她有点儿印象，那晚在酒店的专用电梯里好像还有一个美女。

田清璐也算漂亮，但不柔和，眼神犀利，极具进攻性。

颜值上，田清璐比温笛差一些，气质上不输什么，她的气质透着高高在上的优越感。

田清璐今天穿着一件裸粉色的长裙，把她衬托得稍微温和一点儿。

她冲温笛牵牵嘴唇，想勉强笑笑，却又没笑出来。

“坐吧。”她给温笛点了一杯咖啡。

温笛把大衣放在一边，在田清璐对面坐下。

包间里暖洋洋的，可她的手脚还是冷。

不用田清璐多说，她猜到田清璐的背景，能跟严贺禹订婚，自然是一个圈子的。权贵圈里的田家，她知道。

温笛没看田清璐，不关心田清璐脸上什么表情，更不关心她是不是在盯着自己。

为了不值得的男人，跟另一个女人见面，是她最唾弃的事，但她还是来了。

温笛拿起咖啡勺，心不在焉地搅动咖啡，她的自尊心像咖啡上的拉花，一搅立即碎掉。

田清璐等了半天，等不到温笛说话，自己先开口："我知道你不知道我跟严贺禹订婚的事。"

这是很拗口的一句话，温笛却听得清楚明白，抬眸："你既然知道，电话里说一声就行，实在用不着见面，多余。你怕我缠着他不放？"

田清璐干巴巴解释道："你要是那样的人，我也不会来找你。"

她顿了顿，兀自说道："还是有必要见一面。我至少得看清楚我未婚夫在外面找的女人长什么样，是什么性格，到底有什么地方让他念念不忘。那天在电梯里，我没怎么看清。"

每个字比针尖还扎人，一字一字戳在温笛身上。

温笛放下咖啡勺，握着咖啡杯端起来，因为太过用力，指尖泛白。

她轻抿咖啡，把碎了一地的自尊连同变成泡沫的拉花一起咽了下去。

田清璐以为温笛会反过来嘲讽她，出出心头的恶气，但她失算了。

杯子里的咖啡少了一半，温笛还是沉默不言。

来之前丁宜跟她说过："放心，你就算见到温笛，人家也不稀罕在你跟前秀那点儿优越感，她比你拎得清，知道严贺禹跟她在一起三年都能毫不留情地说订婚就订婚，一点儿没把她当回事，这个时候温笛再显摆严贺禹有多爱她，是自取其辱。他要真爱她，不会让她受这个委屈。"

看来还是丁宜了解温笛。

一杯咖啡喝完，温笛始终没吱声。

田清璐叫来服务员，给温笛续杯。

温笛对咖啡没兴趣，刚才喝咖啡，是就着苦味把三年的委屈咽下去。

她往后一靠，倚在沙发里，淡淡地看着田清璐："你叫我来不是想看我本人长什么样吧，有什么想说的、想让我不痛快的，尽管说。我不是随时都有兴趣听的。"

田清璐微微翘起嘴角，不知道算不算笑。在温笛面前，她是彻头彻尾的输家。温笛刚才那句话是在施舍她，施舍就施舍吧。

反正已经走到这一步了，她道："让你不痛快，也是让我自己不痛快。"

温笛下巴一点："你说吧，我洗耳恭听。"

田清璐觉得自己可能疯了，受够一个人嫉妒姜昀星，疯狂想拉着温笛垫背："你跟严贺禹在一起三年，听没听过姜昀星这个名字？"

温笛微笑了，道："怎么，姜昀星跟我长得很像？"

"这倒没有，你们俩各有各的美。"

田清璐顿了一下才说："可能我跟姜昀星是情敌，觉得她长得也就那样，没他们说的那么夸张。"随后，她话锋一转，"严贺禹第一个喜欢的人就是姜昀星，他追的姜昀星。后来两人因为什么分手，我不太清楚。你跟他在一起三年，应该了解他，他这个人，不管做什么都由着自己的性子，从来不在意别人怎么说他，他唯一怕的是别人议论姜昀星。他对姜昀星的好，我嫉妒也嫉妒不来，就算他跟姜昀星分手好几年了，他还是处处替姜昀星考虑。"

"给你看看姜昀星的照片，免得下次见到，你不知道她是谁。"

田清璐打开朋友圈，她跟姜昀星都安静地待在对方的联系人名单里，却从来没联系过，也从来不点赞对方的朋友圈动态。

她们到底为什么还没删除对方，谁也不知道。

她找到姜昀星的照片，把手机递到温笛面前。

温笛目光定格在姜昀星的脸上，自己见过姜昀星，那个追尾她跑车的气质美女。

她定定神，努力拼凑当天的画面。

严贺禹那天原本不打算送她去跟她父母吃饭的，临时改变了主意，她还跟傻子似的以为他是想多陪陪她。

他当时说，不是专程送她，原来是这个意思。

因为是姜昀星追尾了他的车，因为怕被熟人看到后误会姜昀星跟他藕断丝连，因为怕别人的闲言碎语让姜昀星难做人，他要避嫌，所以才决定送她去饭店。

可他对她呢？

他从来没考虑过她，也从来不关心她难不难过。

他从来没有想过，他的未婚妻找上门时，她会多难堪。她所有的自尊和骄傲都被田清璐踩在脚下，她在田清璐嘴里成了他在外面找的女人。

田清璐收回手机，又断断续续说了几句。

温笛在出神，没听到她说什么。

“我不清楚严贺禹怎么许诺你的，又给了你什么希望，让你觉得你有机会嫁给他，不过他说了什么已经不重要了。他心里清楚以后要娶的人是谁。别说他，蒋城聿你肯定熟悉。”

田清璐提到蒋城聿，把温笛的思绪拽了回来。

温笛看向她，不懂她突然说蒋城聿又是什么意思。

田清璐说：“其实我们都知道，蒋城聿的老婆是谁。像我们这样的家庭，婚姻根本没得选。不管是感情还是喜好，最后都得给家族利益让道。”

温笛听出了话外音，田清璐是借此告诉她，严贺禹跟她只不过是玩玩而已，别当真。就算是蒋城聿，也知道自己的联姻对象是谁，不会跟沈棠有结果。

感觉到门口有人，她倏地抬头，与沈棠的视线撞在了一起。

沈棠不放心她，还是找了过来。

田清璐认识沈棠，怎么也没料到，刚才那番话会被沈棠听到。

她不想得罪蒋城聿，至于蒋城聿以后跟谁结婚，会不会跟沈棠分手，她一点儿不关心，跟她没有半分钱关系，却偏偏喝凉水都塞牙。

要是沈棠回去找蒋城聿一闹，蒋城聿还不得把账都算在她头上？

田清璐起身，对温笛微微欠身：“抱歉，今天冒昧打扰了。”她拿上包告辞了。

包间里安静下来。

沈棠走到温笛旁边坐下，给她焐焐手：“怎么这么凉？”

她给温笛倒了一杯热水捧在手里焐着。

我听着二十岁时喜欢听的歌，在我租的第一套房子里，给你写明信片，好像什么都没有变。

我爱的人间，依旧不及你。

生日快乐。

——你的温笛

不知如何爱你时

温笛反过来安慰她："别听田清璐瞎扯，她正在气头上，什么话难听，什么话能气到我，她就专拣什么话说。蒋城聿不是严贺禹，他们不是一类人，人和人渣还是有区别的。"

沈棠笑道："一个男人而已，真无所谓。"她抱抱温笛，盯着温笛的眼睛，发现没有哭过的痕迹。

温笛知道她在看什么："放心，脑子没进水。"

她拿着玻璃水杯的手不知怎么突然抖了下，沈棠帮她扶稳。

"没事。"她说。

沈棠见过温笛哭，在她创作剧本时沉浸进去了，写到悲伤的部分，一包纸巾都不够用。

今天大概是太难过，一滴眼泪都没有。

她不知道该怎么安慰温笛："你想不想打严贺禹？我帮你打，我打架最在行，知道从哪儿下手。"

温笛："不用，我自己来。"

沈棠陪温笛安静地坐着，温笛喝了半杯水，眯着眼靠在沙发里。她花了两个多小时，一丝一丝地抹去她跟严贺禹的三年，然后彻底接受他已经订婚，且不久就要迎娶另一个女人的事实。

天色暗了下来，温笛和沈棠分开，各自回家。

汽车沿着她开过的路又开回去，她看着窗外，不知道自己在想什么，只觉得累，想躺在床上睡个昏天黑地。

手机响了，温笛吓了一跳，回过神来，从包里摸到手机。严贺禹给她打来电话，第一遍她没接，他紧跟着打来第二遍。

温笛接通，冷淡地道："什么事？"

"我没事，倒是你。"

"我怎么了？"

"你身体不舒服，不知道给我打电话？还逞能开车，不要命了？"刚才秦醒给他打电话，问他温笛情况怎么样，说下午在路上遇到温笛，温笛的车在他前面，因为身体不舒服，一度不能开车。

温笛没心思去猜严贺禹怎么知道她当时身体不舒服的，答非所问："你

今晚早点儿回来，八点之前。”

严贺禹看看手表：“我七点半到家。”他问她，“怎么回事？你去没去医院？医生怎么说？”

“去医院干什么，我的病医院治不了。”

严贺禹听出她话里有话，还是故意找碴的语气，没跟她计较：“你在哪儿？我去接你。”

“用不着。”

严贺禹现在摸不透她发脾气的规律，不是生理期也照样不讲理。

他合上文件，缓和气氛：“你下午干什么去了？”

温笛说：“干了些没用的事，跟你的未婚妻田清璐喝了杯咖啡，聊了几句你的心上人姜昀星，后来天就黑了。”

她周围，还有电话里，陷入死寂。

温笛只在剧本里写过，整个世界都安静下来，她其实觉得有点儿夸张，反正自己没经历过。今天，她在跟严贺禹的通话里，切切实实体会了一把，什么叫世界都安静了。

温笛挂断通话，不想在电话里听严贺禹解释。不过，她的担心实属多余，严贺禹根本没再打过来。

汽车一路抵达别墅门口。

温笛让司机把车停在路边，严贺禹的别墅有独立安保，保安见是她的车，像往常那样将门打开。

她没下车，身体从车窗探出来，麻烦保安：“帮我喊管家。”

管家看温笛的车停在门口，以为温笛还要出去，没多想。

他走到车跟前，问道：“是不是要备点儿消夜？”

“不用。”温笛道明来意，“我过来拿东西，平板电脑在二楼书房，桌上的几摞手稿也麻烦您帮我装起来，您再让阿姨到主卧把我行李箱拿下来，其他的东西我不要，你们该扔就扔。”

管家没反应过来。

温笛熟悉这个眼神，之前她就顶着这样的眼神住进别墅三次，那时候她不理解管家看到她为什么惊讶，现在，换成管家不理解。

“我跟他分手了。”

管家不清楚怎么回事，一早严贺禹出门时，他们还好好的。

温笛跟严贺禹以前也吵过架，闹过很快就会和好。他们在气头上什么事都做得出来，回到自己屋说不定冷静冷静，气自然就消了。

他劝道：“您上楼去看看，万一有什么要紧的东西忘了带就不好了。”

温笛说：“不方便。他有未婚妻，我再进去算什么？”她再次提醒道，“我只要箱子，其他东西不要。”

管家欲言又止，点点头，没再说什么，转身进了别墅。

一个手提电脑包，一个空箱子，结束了她跟严贺禹的三年。

临走时，她把严贺禹几辆车的副钥匙还给管家。

七点十分，温笛的车子离开别墅区。

二十分钟后，严贺禹回来了。

他到家没看到温笛的车在院子里，问管家：“她人呢？”

管家道：“回去了。温小姐连院子也没进，一直在门口等着把东西拿走。”

严贺禹站在沙发旁，从落地窗看向外面，停车坪昏暗空荡。

之后很长一段时间，他什么都没说。

管家不敢多问。

严贺禹弯腰从茶几上拿水喝，看到茶几上整齐摆放的车钥匙。

喝了半杯水，他随手拿起其中一把钥匙，径直去取车，大衣都没穿。

去温笛公寓的路，严贺禹再熟悉不过，三年来不知道走过多少遍，刚才，他开错了一个路口，只好绕路，后来，他索性就开了导航。

他给温笛发语音：“在家吗？我十分钟后到。”

温笛没回。

严贺禹不确定温笛有没有把公寓密码改掉，准备输入密码，手指在数字键上略顿，遂又敲门。

“温笛？”

叩门声和门铃声交替响起，没人来开门。

严贺禹没有贸然输密码，掏出手机给温笛打电话，连打两次，都没人接听。

他输密码，输入最后一个数字时，心提了一下。

“丁零”一声，锁打开。

她没改密码。

“温笛？”严贺禹边在玄关处换鞋，边唤她。

客厅里的灯亮着，行李箱孤零零地被放在客厅的过道上。

严贺禹往里走，去找她。

卧室那边传来脚步声，紧跟着他看到她，她趿着拖鞋，身上裹着厚款浴袍，头发吹得半干。

温笛刚才在浴室吹头发，没听到门铃声，也没听到手机振动，家里的暖气刚开，她嫌冷，在家居服外面又罩了一件浴袍，穿了厚浴袍还是冷。

她像没看见严贺禹，去厨房倒热水。

严贺禹把行李箱拎到沙发边上，看着厨房，温笛背对着他，站在那里喝水。他没想好怎么跟她说。

温笛知道严贺禹不会解释什么，更不用说那种追悔莫及、求原谅、极力挽回的戏码会发生在他身上。

严贺禹也了解温笛，她不会大吵大闹，不会质问他，也不会问他讨要说法。

两人从未有过的平静。

温笛在厨房喝了一大杯热水，放下杯子，又站了几秒，转身去了客厅。

严贺禹没闲着，温笛住过的地方最多的是书，到处都是。

他把书籍归类，杂志跟杂志放在一起，言情小说摞成一摞，其他不好分类的书都堆在一块。

房间里温度慢慢升高，温笛还是觉得冷，双手抱臂，不断摩挲胳膊。

严贺禹还在整理书。

“放在那儿别弄了。”

她打破了沉默。

严贺禹把手里的最后一本小说归类，站了起来。

两人身高有差距，温笛仰头看着他。

严贺禹迎上她空洞的眼神，她皮肤底子好，白里透粉，现在是苍白的，嘴唇涂了口红，还是没气色。

温笛语气与平时无异：“你把自己的东西收拾好带走，今晚不拿走，我就当你不要了。”

严贺禹没回应她，而是说：“你没有想问我的？”

有，有很多，她想了一个下午也没想明白，现在又觉得没必要问。结局摆在她眼前，不管问什么，除了自欺欺人，一点儿用处没有。

她反问：“你想让我问你什么？问你有多爱我，爱到不惜让我做小三？”

两人又是一阵沉默。

温笛发现自己还是有个问题要问：“你怎么知道我开车时身体不舒服？”

严贺禹道：“我朋友秦醒，当时在你后面的那辆车上。”

还真有这么巧的事？温笛听过秦醒的名字，他和蒋城聿都是严贺禹的发小。

“他肯定知道你订婚了，还知道我在你订婚后继续跟你在一起，在他眼里我是不是……”

“别这么说自己。”严贺禹有预感她要说什么，直接打断她的话，不想听那些话从她嘴里说出来。

温笛笑了笑，笑里一半是自嘲，一半是讽刺。

“我以为，我在你心里跟别人不一样，在田清璐给我打电话之前，我还是这么以为的。

“你为田清璐考虑你们俩的将来，你为姜昀星考虑名声，我呢？好歹在一起三年，自尊你都不给我留一点儿，哪怕一丁点儿。”

严贺禹伸手去抱她：“不许哭。”

温笛吼道：“你眼瞎啊，哪只眼看我哭了？！”

她眼眶里蓄着一汪泪水，硬是把眼泪给逼了回去。她能为自己哭，能为自己剧本里的纸片人哭，但绝不可能为严贺禹哭。

“你放开我！”

严贺禹没松手，想到她下午因为接到田清璐的电话，连车都不知道怎么开，他把她抱得更紧。

他来之前，她劝过自己，好聚好散，不再跟他纠缠，不吵不闹，不然弄得好像她有多在乎他似的。可现在统统不管用。

她猛地推开他，扬起手就是狠狠一巴掌。

“啪”的一声，把他们的三年强行画上一个句号。

温笛的手麻了，严贺禹的左侧脸也是。

房间内终于安静下来。

他应该没料到，有生之年还有人敢扇他的耳光。

严贺禹一瞬不瞬地瞅着她："气消了没？"

温笛揉揉又疼又麻的右手，冷笑道："你以为你的脸多值钱？"他以为自己挨的一巴掌能抵消她的委屈？

她上前一步，精准地薅住他的衬衫领口，拽着他往浴室拉。

她有多少力气，严贺禹任由她出气，配合着她。

浴室门半敞着，她用胳膊肘直接给撞开了。

严贺禹下意识伸手去揉她的胳膊肘，怕她撞疼。

温笛用力甩开他。

眼前是一浴缸的水。

严贺禹似乎知道她要干什么，站在那里，没阻止她。

温笛用了所有蛮力，把他整个人往浴缸推，他重心不稳，跌了进去，有浴枕挡着，没撞到头。

"哗啦"，水溅了一地。

温笛抬腿，屈膝，膝盖死死顶在他的胸口。

置物台的红酒杯打翻在浴缸里，红酒泼得他衬衣上到处都是，水里也是，像打翻的染料，毁了整幅画。

温笛嫌红酒杯碍事，抓起来，看也不看，直接甩了出去，甩到了镜子上。

"砰"的一声，酒杯碎了满地。

几道红酒汁顺着镜子往下滑，颜色越来越淡。后来什么都看不见。

她打他时，严贺禹不忘用手护住浴缸两边，怕她不小心，胳膊撞在上面。

"不用你假惺惺的！"温笛再次吼出来。

她讨厌见他这样。

地上到处都是水，裹着碎玻璃。

温笛打累了，突然觉得没意思。

她脸上分不清是眼泪还是水，他抬手，虚虚地揽在她的身后："站好了，地上都是碎玻璃。"

温笛推开他，抹了一把脸，弯腰，把往下滴水的浴袍攥在手里，用力绞。

她不再管严贺禹，平静地走开，水顺着她走过的地方滴了一路。

严贺禹从浴缸里站起来，清理地上的碎玻璃。

冲过澡，他换了套干衣服出去了。

客厅里，温笛不在，厨房的灯也熄了。

这时候，解释是多余的，不管他说什么，温笛都不会信。他去了书房，把常用的东西装在文件包里带走了。

整理好，他去卧室找温笛。

卧室的衣帽间里传来窸窸窣窣声，他走过去，喊道："温笛。"

衣帽间的地上摆着好几个行李箱，她正往箱子里放衣服，都是他的衬衫。

温笛回头看他，眼神淡到让他觉得陌生。她说："你东西太多，我帮你一起打包，这样快点儿。"说完，她转过身来，继续从衣柜里拿衣服。

严贺禹看着她的后背，说："过两天，我来看你。"

至于那些东西，他没打算带走："你收拾好放在我那半房间。"

房产证上有他的名字，房子有他的一半。

温笛正好从衣架上取衬衫，握着衣领的手微顿，然后她慢慢转身："谁的房子归谁，抽空我们再去办下手续。"

她指指满衣柜他的衣服："确定不带走？"

严贺禹无声地凝视着她。

温笛当他默认不要了，其实这些东西对他来说可有可无，他别墅里多的是，不差这几箱衣服。

"你不要的话，我打包处理掉。你如果要，明天让康助理过来拿。"

隔了两秒，她又说："走的时候帮我把门关好。"

她接着整理衣服，背对着身后的人，不知道他在想什么。

忽然她想起一件事，侧脸喊他。

严贺禹刚跨出衣帽间，转身问："怎么了？"

温笛把手里的一件衬衫胡乱叠上，扔进箱子里："请你帮个忙。"

严贺禹道："用不着请，你说。"

温笛看着他的眼睛，说道："这辈子都不想再看到你，以后要是有什么场合，你如果提前知道我可能过去，麻烦你回避一下。有你在的场合，我肯定不会打扰。不指望你对我能像对姜昀星那么上心，所以，我请求你帮这个忙，不想再跟你见面。提前在这里谢谢你。”

严贺禹只是定定地看着她，不置可否。

说着，温笛从旁边的沙发上拿过手机，突然想到，在他的手机里改过的备注，无地自容。他有老婆，不是她：“我把你的联系方式删了，房子上的事，你让康助理联系我。”

“温笛。”严贺禹不知道为什么要喊她，是想制止她删除自己的联系方式，还是因为别的。

温笛当着他的面删掉他的微信号，把他的手机号加入黑名单。

第五章

分手后再遇

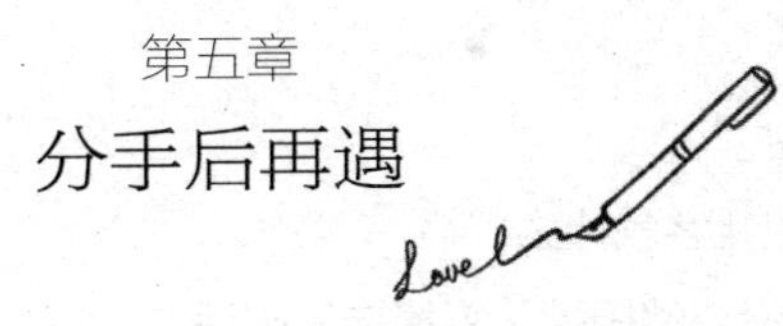

从温笛公寓离开，严贺禹再次打开导航。

秦醒给他打来电话，问他在哪儿。

严贺禹反问："什么事？"

秦醒叹气，今晚田清璐找他去酒吧喝酒，他以为田清璐是有赚钱的项目拉他一起投资，结果到了酒吧，她点了三杯酒，自顾自地喝起来，整晚一言不发。

不管他怎么问，田清璐始终不吱声，后来说了句："心情不好。"

他当然知道她心情不好。

她喝完三杯又点了两杯，他不敢让她喝那么多，自己替她分担了一杯。

两分钟前，田清璐刚离开酒吧回家，在酒吧的两个小时里，她瞅了手机不下一百遍，看上去在等谁的电话，但一直没等到。

秦醒说完，问道："严哥，到底怎么回事？你们吵架了？"

"我跟她吵什么。"

"那你们俩……"秦醒话说一半，联想到今天下午温笛在路上突然脸色苍白连车都开不了，总觉得事情没那么简单。

严贺禹说："温笛知道了。"

秦醒一头雾水。

等反应过来温笛知道了什么后，他道："那温笛怎么样？"

这时秦醒听到听筒里传来："沿当前道路继续行驶，前方一百米有红灯。"

他皱着眉头："怎么还开导航了？你不在京城啊？"

"在。"

严贺禹把导航声音调小，跟秦醒说："没事我挂了。"

"别啊。"秦醒收起平日里的吊儿郎当，担心道，"你在哪儿？我去给你开车。”

“用不着。”

“你还跟我客气什么。”

严贺禹没心情闲扯，直接挂了电话。

导航的声音机械地重复着，他完全按照里面的语音走。

他回到家，管家和崔姨都在客厅等着他，家里从来没有这么压抑过。

崔姨经常去温笛的公寓打扫卫生，温笛在家时她会过去煲汤做饭，一个小时前，温笛给她打电话，让她以后不用再过去了。

严贺禹进屋，把车钥匙丢在茶几上，说道：“这么晚了还不休息？”

崔姨暂时没提温笛，怕给他添堵，只是问道：“您晚饭还没吃，想吃什么我去做。”

“不吃。你们歇着吧。”严贺禹在温笛经常躺着看书的沙发上坐下，面前的茶几上还堆着温笛没看完的书。

家里太过安静，他打开电视。

手机有消息进来，严贺禹条件反射，以为是温笛找他，等他拿出手机，这才意识到温笛已经把他删了。

他收不到她的消息了。

那是康助理发过来的，向他汇报工作进展，还是跟田家合作投资在江城建厂的事，他们去江城实地考察的时间定下来了。

康波把行程表一并发来了。

严贺禹没打开行程表，回道：“你看着安排。”

康波盯着这几个字，琢磨一会儿，老板有点儿心不在焉，可能在陪温笛看电视，不然他很少说这样模棱两可的话。康波回复道：“好的。”

几分钟后，严贺禹的手机再次振动，有电话打了进来，是田清璐打来的。

他挂断了。

严贺禹关电视回了楼上，卧室里还是温笛早上起床后的样子，两个枕头摞在一起。她的枕头永远压在他的上面，用她的话说，要各方面压倒他。

洗过澡，他把温笛的枕头放在她那边的床头，就像她之前出差不在家时那样。

其实他知道，根本就不一样了。

第二天早上，康波和司机来接严贺禹。

康波见老板脸色不怎么好，倒也没多想。

他们到了京越集团大厦楼下，一辆白色汽车停在禁停的位置。

路过的员工不禁好奇，一步三回头，小声嘀咕这是谁的车子，这么放肆又霸道，差点儿就横在他们公司的大门口了。

严贺禹正靠在椅背上闭目养神，不知道外面什么情况。

康波认出那是田清璐的车子，小声跟严贺禹说："严总，田小姐的车在公司门口。"

严贺禹睁开眼，看向大厦门口。

田清璐推门下车，往他这边走来。

司机见状，没往地库开，汽车缓慢行驶，至于停不停，他要等严贺禹的吩咐。

严贺禹过了几秒才说靠边停，他降下车窗，田清璐离他的车子只有几步之遥。

田清璐自打找过温笛，没有一刻好受过。她不知道严贺禹会有什么反应，也做好心理准备他来找她算账，但他就像没事人似的。

他越沉默，她越不安。

昨晚她给他打电话他没接，事已至此，她索性一不做二不休，于是来公司找他。

惴惴不安时她又不断幻想，也许严贺禹跟温笛从此断了，他能安安稳稳回到正轨上。

道歉的话她说不出口，本来这件事就错不在她。

她没做错。

田清璐看着严贺禹："我想跟你谈谈。"

严贺禹语气冷淡："我跟你没什么可谈的。如果是公事的话，你找康助理预约。"

他现在的态度，她心里没底。钝刀割肉太难受，他还不如给她痛快来一刀。

田清璐自顾自地说："我知道你生我的气。我昨天在气头上，才会跟温笛说到姜昀星，你有不满尽管发出来。"

严贺禹将手搭在车窗上，无声地看了她片刻，说道："置气、吵架那是两口子的事，我要吵也是跟温笛吵，没道理对你发火。”

田清璐用力抠着车钥匙，幸好指甲短，再使劲也断不了。

她自嘲地笑笑，自己跟他还有婚约，他竟然说他和温笛是两口子。

“来找你不是求你原谅，我没觉得我错了，我能忍你跟温笛一个月，两个月？时间久了，我肯定忍不了，就算昨天不找她，也是迟早的事。”

严贺禹说：“你是对是错跟我没关系。你觉得你做得对，那就去做。我也一样。至于后果，我们自己能担着就行。”

他瞥了一眼手表，示意司机开车。

康波终于理清昨晚到底发生了什么。

坐上电梯，严贺禹主动跟康助理说：“温笛跟我闹翻了。”

康波屏住呼吸，询问道：“要不我去找温小姐说说？”

“说什么？”严贺禹道，“没必要。温笛那个傲脾气，又小心眼，她已经知道我订婚了，田清璐又跟她说了昀……”像是意识到什么，那个“星”字他没说出口，略有停顿，改成了，“田清璐又跟她说了姜昀星，你去找她，她不可能跟你聊。”

康波到了嘴边的话又咽下去了。在老板决定把温笛名字加在别墅房产证上时，他就知道老板肯定是认真了，结果节外生枝。

电梯在严贺禹办公室那层停下，康助理摁着开门键，等老板出去后，他跟着出去了。

严贺禹忽然转头：“温笛怨我对她不好，对姜昀星好。”

康波明白了老板的意思，是让他这个旁观者说说自己的看法，他如实表达：“我看到的是，这几年您对温小姐确实不错。”

言外之意，这些也仅仅是他看到的，至于严贺禹心里怎么想，他不好说，也不清楚。

严贺禹点评道：“你说话越来越有水平了。”

康助理：“……”

连着一周，温笛靠褪黑素才能睡着，不管怎样，至少保证了睡眠时间，脸色勉强能看。

周五上午，她接到了母亲的电话。

赵月翎傍晚的航班落地京城，晚上和明见钧一家吃饭。原本明见钧是打算约瞿培和温笛一起去的，但瞿培还在术后康复中，不适宜出来吃饭。

温笛现在脑子转得慢，也懒得思考，直接问母亲："明见钧什么意思？"

"你当初受那么大委屈，我给明见钧打了电话，他说找个机会一起坐坐，带上他老婆和儿子，该澄清的澄清，免得误会越来越大。"赵月翎不可能放任这样的流言发生在自己闺女身上。

女儿觉得无所谓，但她当妈妈的见不得孩子受委屈。

中午吃过饭，温笛前往机场等着接机，母亲傍晚到，她提前两个小时去的机场。在家闲着她就会想些不该想的，不如到人多的地方。

接到人，温笛挽着母亲的胳膊问长问短。

赵月翎心细，看一眼女儿就能看出女儿最近睡眠不足："又在熬夜写剧本？"

温笛下意识抬手摸摸脸："这你都能看出来啊。"

挣扎半晌，温笛还是决定告诉母亲实情，这件事瞒也瞒不了多久。

坐上车，她抓过母亲的手，像小时候那样把玩着："妈。"

赵月翎笑着看向女儿："怎么了？"

温笛张了几次嘴才说出口："我打算把我现在住的公寓卖掉。"

赵月翎脸上的笑僵了一瞬，但很快，她迅速整理好表情，依旧微笑着说："你看着办，不喜欢了就卖掉，房子得住着顺心。"

母亲这么聪明，肯定猜到她跟男朋友已经分手了，但母亲不会刨根问底。

赵月翎开解女儿："我觉得吧，你应该高兴才对。"

温笛拿手抵着额头，笑着跟母亲对视："怎么说？"

赵月翎道："走不到一起说明不合适，合适的人多着呢，你不好奇以后遇到个什么样的呀？反正我好奇。"

温笛笑笑："被你这么说，我还真有点儿好奇。"

她脸上笑着，心里依旧难过得要命。

之后，母女俩刻意避开聊感情的事。

赵月翎收到了明太太发来的餐厅地址。

这次吃饭的餐厅是明太太按照温笛的口味和喜好提前预订的。

六点钟，明太太和小儿子提前到了包间。

今晚一共五个人吃饭，明见钧下午有会，还在来餐厅的路上，赵月翎跟温笛也还没到。

祁明澈坐在包间沙发里看手机，不时地抿咖啡。

明太太给儿子续上咖啡，再三交代："等温笛和她妈妈来了，你别给我拉着脸，不然晚上回去收拾你！"

"知道。"祁明澈应着，关于父亲的婚外情，他知道没那么简单，现在排除温笛，可不代表不是其他人。

"妈，你是自欺欺人还是……"

明太太打断儿子的话："你妈妈在你眼里就这么窝囊？你爸要是真有小三，我能眼睁睁地看着自己拼命赚来的钱给小三花？"

祁明澈无力反驳。

明太太端起咖啡杯，心不在焉地品着。

丈夫的确有婚外情，只是她暂时没拿到证据。她现在要稳住儿子，让儿子不再怀疑丈夫，这么做是打消丈夫的戒备心。

她前段时间才发现，自己信赖多年的秘书居然是明见钧的人，她又气又急，可又不能声张让秘书发现异常。

她决定将计就计，到时一锅端。

之前她纳闷，自己查了那么久，怎么就查不到明见钧婚外情的有力证据，原来不管她做什么，明见钧通过她的秘书知道得一清二楚。

接下来，她陪他演戏，直到他对她毫无防备。

两口子到这个地步，真是悲哀。

六点半，人到齐了。

明太太和赵月翎打过一次交道，见面后，两人寒暄起来，明见钧偶尔插上两句。

温笛和祁明澈在录节目时经常一起吃饭，现在没了误会，有一搭没一搭地聊着，没冷场，但也不热络。

席间，明太太还是不怎么搭理明见钧，但有明见钧爱吃的菜上来，她会给他夹一筷子。

明见钧知道，妻子这种示好是相信他没出轨。

一时间，他心里五味杂陈。他不是没想过跟辛沅彻底算了，好好对妻子，可一想到辛沅跟他在一起七八年，又舍不得分手。

自从妻子怀疑他有婚外情，他跟辛沅就没再见过面。

前两天辛沅给他打电话，说想他了，问他能不能去《如影随形》节目组探班。祁明澈也在节目组，他去探班自己儿子，没任何人怀疑，这样她能借这个机会见他一面。

他还在考虑要不要探班。

明见钧若无其事地道："你们那个节目，录到多少期了？"

温笛回道："下周录第四期。"

明见钧微微颔首，笑道："我只赞助，还不知道节目到底拍得怎么样？"

温笛顺着话说道："等您跟阿姨有空，过去看看。"

明太太摆手道："我可不能去，我跟明澈不站在一起还好，只要同框，没人看不出来是母子。他不想张扬，说什么要靠自己，我要过去指定穿帮。他爸自己去就行。"

这正合明见钧的心意。

几人一直聊到十点钟才从餐厅里出来。

温笛和祁明澈走在长辈后边。

"温笛。"祁明澈喊她。

温笛驻足，等他一道走："什么事？"

祁明澈两手插兜，跟她步调一致："你的房子打算卖？"

温笛盯着他，惊讶他消息这么灵通，毕竟她下午才把房子挂到中介。

祁明澈当初还没住上，那套公寓就被父亲卖了出去，心里一直遗憾，堪称执念，可那个地段差不多的楼层始终没合适的房源，今天终于有一套出手，平台立马通知他，问他什么时候有空去看房。

他一看房源，原来是温笛那套。

至于她为什么要卖房，他并不关心。

"你如果不介意，可以卖给我。"

温笛几乎没有考虑："成啊。"

她提前跟他说明："房子可以先卖给你，我搬出去还要一个月时间。"她暂时没想好去哪儿住，家里的东西又太多，一时搬不完。

祁明澈好说话："两个月也行。"

他们马上要录制《如影随形》第四期，温笛更没时间找房。

这大概是史上最快的交易，一分钟内搞定。祁明澈没还价，她也忘了跟他说价格，如今房产证上不是她一个人的名字，卖房子的话还要严贺禹签字。

回到家，温笛给康助理打电话。

康波接到电话后，发愁要怎么转告严贺禹，他对着文件思忖几秒，又不能不去汇报，起身去了严贺禹的办公室。

他敲门进去，严贺禹正在关电脑。

"严总，刚刚温小姐联系我。"

严贺禹手上动作一顿："她说什么？"但他似乎也猜到了，"要把房产证上的名字去掉？"

"不是。"康波不由得放低声音，"温小姐把那套公寓卖了，跟买家约好下周一办理过户手续。让您到时过去签字。"

严贺禹握着鼠标，看着黑下去的电脑屏幕，半天没说话。

办公室里落针可闻。

严贺禹盯着电脑屏幕，手里的鼠标偶尔还会点两下。

康波记得他刚才进来时，老板已经把电脑关了。

他站在办公桌前，斟酌着接下来的话该怎么汇报才妥当。

严贺禹沉默之后说道："那套房子我没打算出手。"

康波："……"还真被温笛说中了。

温笛在电话里说："你们严总这个人，习惯了掌控，习惯他说了算。不管什么事，不管他需不需要，他要是没打算放手，就容不得别人替他做决定。如果他不想出手房子，你再帮我带句话给他。要是他还不愿意签字，那我只能走司法程序。我不想因为一套房子，闹得不体面。"

"温小姐说，"康波磕巴了一下，把温笛让他传达的话带给严贺禹，"温小姐说，如果换成姜昀星想要卖房子，您肯定痛快签字，不舍得让姜昀星为难，说不定还不等姜昀星开口，您就主动把房子的事处理好了。她还说，希望您看在三年的分上，看在好聚好散的分上，让您为她考虑一次，给她一次被偏心的待遇，把字给签了。"

这是温笛的原话，他只是叙述一遍。

严贺禹望着康助理："她还说了什么？"

"没了。"对康波来说，工作上的事再棘手也难不倒他，但老板私人感情上的事，他左右为难又全然不在行。

严贺禹丢下鼠标，往椅背上一靠："她一天到晚就只会威胁我。"要是他不去签字，不同意卖房子，她就要再次给他冠上对她无所谓、从来不为她考虑的罪名。

"签给她。"

康波询问，是不是委托律师过去。

严贺禹说："我自己去。"

那套公寓是他跟她生活了三年的地方，她就这样把它给卖掉了。

周一那天，严贺禹提前到了房产交易中心。

他去的时候还没到上班时间，他们在停车场里等着。

康波不时地从后视镜里看一眼老板，车里气压低，司机也有所察觉，索性下车找地方抽烟。

严贺禹支着下颌，面色沉静，若有所思地看着窗外路边，眼神并未聚焦。

康波的手机有邮件提示音，那是田清璐给他发来的。

她在邮件里说，最近她要去江城出差，问他京越集团这边派谁过去。

订婚前，田清璐经常来京越集团找他，现在她跟严贺禹有了矛盾，有事只在邮件里告知。

他们在江城投资是利益驱使，可江城偏偏是温笛的老家。

康助理请示严贺禹："严总，下周去江城的行程是不是按原计划进行？"

合作方的范总热情邀请严贺禹和田清璐过去考察，想尽快落实这个项目。

严贺禹之前答应了范智森的邀请，有假公济私的成分在里头，他没去过江城，借此正好看看温笛长大的地方是什么样。

只是还没前往江城，他跟温笛就闹翻了。

"去吧。"他最终说道。

康波心中有数，在邮件里回复田清璐，到时他跟严贺禹一同前往江城。

"温笛什么时候到？"严贺禹忽然问道。

康波也不清楚，温笛后来没跟他联系："我问问。"

他快速编辑："温小姐，你到哪儿了？"

"手机给我。"严贺禹的手从后排伸过来，他问康助理要手机。

康波怔了下，知道老板跟他要手机是想自己给温笛发消息，只是他手太快。

他歉意地道："消息我发出去了。"

严贺禹讪讪地把手拿回去："谁发都一样。"

康波硬着头皮说："要不我撤回？还没超过两分钟。"

严贺禹："……"

他没搭腔，无语地看向车窗外。

在康助理眼里，他已经可怜到需要把消息撤回再重新打几个字给温笛的地步了。

他们一直等到交易中心开门，康波还没收到温笛的回复。

可能她在来的路上，他这么想。

买家本人没到场，委托律师前来办理。

严贺禹对买家来不来根本不关心，对买家是谁更没兴趣。

签字前，他再次问康助理："她还没到？"

康助理摇摇头，老板今天来这么早，是为了看温笛一眼。不知为何，他突然有不好的预感，只怕温笛不会过来。

好的不灵坏的灵，温笛的消息像掐点一样进来了，还真被他猜中了。

"严总。"

严贺禹问："她说什么？"

康助理屏息："温小姐说她不来了，她的律师马上到。"

闻言，严贺禹缓缓点点头，什么也没说。

她那晚说这辈子都不想再见到他，她狠起来，他有时一点儿办法也没有。

所有文件跟合同都有律师和康助理把关，他看都没看，直接签字。

笔尖落在纸上那一瞬，他像在离婚协议上签名字。

手续都齐全，办理得很快。

从交易大厅出来，严贺禹直接去了公司。

康助理在犹豫要不要汇报工作，以此来转移老板失落却又不愿表现出来的复杂心情。

“手机给我用用。”这是严贺禹第二次跟康波借手机。

“好的。”康助理连忙解锁把手机递过去。

严贺禹对着屏幕出神片刻，发给温笛：“是我。你要的，我签了，和姜昀星无关。以后你想威胁我，拿你自己就够了，不用再提其他人。”

消息石沉大海，隔了半个小时温笛也没回复。

严贺禹在对话框里删除这条消息，把手机还给康波。

几乎差不多的时间，温笛也刚删除这条消息。

扔下手机，她去衣帽间收拾行李，明天要去录制《如影随形》第四期。

这期的主题是山城，一共在三座山城取景。

之前几次录制因为祁明澈对她有误会，两人向来各走各的，刚才祁明澈难得主动联系她，问她：“一起过去？”

她回道：“好。”

两人加起来说了五个字，外加两个标点符号。

导演得知她跟祁明澈冰释前嫌，给他们补拍机场同行的素材。

其他三组嘉宾在第一期就拍好了，他们拖到现在。

祁明澈的话不多，只有面对镜头时跟她还算热络，等坐上飞机，他靠在椅子里戴上眼罩睡觉，一直到下飞机他也没有第二个动作。

原来所谓的一起过去，是给导演交代，让导演拍节目素材。

他们到达拍摄的首站城市，祁明澈自己驱车，让温笛坐副驾驶座上：“我不当你的司机。”他带她逛逛还是没问题。

温笛喜欢山城，国内的山城她都去过，也都住过一段时间体验生活，还专门写过一部跟山城有关的剧本。

从机场出来，祁明澈没开导航，到了市区还是没开。

温笛见他轻车熟路，问道：“经常来？”

祁明澈看着前面的坡路，回她：“我在这里住到十二岁。”

温笛点了点头，记得明见钧是京城人，那应该是他外婆家在这里。

温笛没心情聊。

祁明澈其实很健谈，但他不喜欢跟没心情聊天的人硬聊，比如现在的温笛。

所以，大多时间俩人都是沉默。

“你跟严家那位分了？”

“……”

温笛被问得猝不及防，不过祁明澈猜出她和严贺禹分手不足为奇，祁明澈买了那套公寓，知道房产证上是她跟严贺禹两人的名字。

没有特殊情况，谁会卖掉那个位置的公寓。

“你要是分了，我抽空带你去家老店吃火锅。没分的话就算了。”万一被媒体拍到，他无所谓，她还得跟严贺禹解释，他不喜欢蹚浑水。

温笛问道：“哪天请客？”

这是代表他们分了。

“随你。”祁明澈请客算是给她道歉，当初误会了她。

车子在一处民宿门口停下，这是节目组下榻的地方。

前几期节目组的人也是住的民宿，比酒店有特色，包下整个民宿方便拍素材。

其他三组嘉宾已经办好入住手续，正在一楼大厅天南海北地闲扯，桌上堆满本地特色小吃和各类零食。

辛沅见他们进来，热情地招呼道：“就等你们俩了，快来尝尝人间美味。”

不管什么时候，辛沅总是元气满满，脸上始终挂着笑容，对谁都是笑盈盈的，她的路人缘一直不错。

辛沅拿了一杯热乎乎的小吃给温笛：“没放辣，你要是觉得没味，我再给你加调料。”

温笛谢过她：“我不吃辣。”

辛沅又给了祁明澈一杯小吃，里面加了辣。

相处一段时间后，她知道所有嘉宾的口味和喜好，而且记在了心上。

“小祁同学，你的。”

“谢谢。”祁明澈不喜欢热情的人，可对于辛沅这种对谁都一样热情而不是厚此薄彼，勉强可以接受。

只有辛沅边上还有空位，他坐下来吃东西。

他们吃着东西，各自聊开。

辛沅似是无意说起："你跟温笛的机场素材拍好了？"

祁明澈点了点头："嗯。"

"那就好。之前还替你们担心来着，怕你们不投脾气。你可能不了解我们温笛，她看上去不好说话，有时说话还很冲，但人很好，我拍过她的剧本，跟她有过矛盾，后来发现她是为我好。"辛沅替温笛说了一番好话，看在温笛给她做挡箭牌的分上。

因为有温笛，她算是躲过一劫，没让祁明澈和他母亲发现她的存在。

她对明见钧的感情很复杂，有崇拜，但谈不上爱，毕竟谁会真心实意爱上跟自己父亲差不多大的男人呢？可她又离不开他，舍不得离开。

她有现在的无限风光，那是明见钧给的资源。

节目录制的第二天，明见钧来探班，请所有人吃饭。

他的到来让人意外，又觉得在情理之中，毕竟他是这档综艺节目的赞助商。

明见钧说，过来看看老岳父和老岳母，听说节目组在这里录制，顺道来看看。

席间，辛沅看了明见钧数回，跟他无声对望了好几次。

没人发现他们俩的异常。

温笛在吃饭时偶尔走神，更没注意坐她旁边的辛沅在看谁。

散场后，她喊祁明澈一道走。

"你不是要请客？现在吧。"她刚才没吃饱。

祁明澈拒绝了她的要求："第一顿没吃饱，吃第二顿你还是吃不饱，你的心思就不在饭上。"

外头在下雨，不算大。

温笛撑起伞，道："说得好像你了解我一样。"她走向雨中。

祁明澈没撑伞，伞拿在手里，跟在她后边。

雨天的地上映着霓虹，他和温笛穿梭在寂寥的花花绿绿的世界里。

一直到《如影随形》第四期录制结束，温笛也没能吃上祁明澈说的那家老店的火锅，她怀疑那家老店是不是真的存在。

祁明澈说："等你调整好了，我再请你，不然浪费粮食。"

温笛录完节目直接飞去了江城，母亲在电话里问过温笛，想搬到哪套房子里住，她让人去收拾。

母亲从第四期节目开始录制就问，现在节目录完，她还是没决定去哪儿住，索性回家待一段时间。

母亲不在江城，在上海出差。

爷爷奶奶又去旅行了，两人计划把年轻时走过的地方来一次故地重游。

只有父亲在江城。

温长运从妻子那里知道女儿失恋了，还卖掉了公寓。

接到女儿，他只字不提公寓的事。

“在家住几天？”

“两周，也可能三周，不好说。”

温笛双手交握枕在脑后，故作轻松地道：“到时我接你上下班。”

温长运笑道：“行，给你开工资，一个月 5000 块，中午管顿饭。”

温笛快一年没去过家里的公司了，问道：“食堂有好吃的吗？”

“跟以前差不多。”温长运说，“江城新开了一家江景餐厅，里面有几道菜是你爱吃的，过年时忙，没顾得上带你去，我订了晚上的位子。”

把行李送回家，温笛换了一套衣服，跟父亲前往江景餐厅。

餐厅开业快一年了，依旧一座难求。

温长运订了楼上观景最佳的位置。

知道温长运今晚在这里吃饭，餐厅老板亲自过来打招呼：“温董，好久不见，感谢赏光。”

“我是慕名而来呀。”

两人握手，互相恭维。

他们刚说两句，被人给打断。

“温老弟，可算逮着你了，你说说我们兄弟俩多长时间没喝一杯了？走，去我那包间。你跟侄女都过去。”范智森拍着温长运肩膀，比见到亲人还热情。

温笛从小就认识范智森，笑着喊道：“范伯伯好。”

“侄女你什么时候回来的？”

“刚到家。”

“我那个包间，正好有不少年轻人在，你们聊得来。”

盛情难却，温长运没拂范智森的面子。

范智森跟饭店老板说：“温总那个包间点的菜，记我账上。”他和温长运边聊边往楼上走。

温长运瞥他，低声问：“什么应酬？”

范智森实话实说：“还不是建厂那件事，到现在还没定下来。京城那边来了几个人，你帮我去撑撑场子。”

下午他陪同严贺禹和田清璐去老厂区转了转，严贺禹说，江城的企业家，他只认识温总。

能让严贺禹都知道的温总，除了江城首富没别的人，而且温长运跟京越集团的子公司有合作。

刚才秘书跟他说，温总今晚也在这里吃饭，秘书看到温总的车进了停车场，车里下来的是温总和他的女儿，应该是家宴。

这是连老天爷都帮他，他赶紧下楼来找温长运。

他今晚特意请了几个人作陪，还有两个堵在路上没到，反正严贺禹也不知道他是临时找温长运来捧场的。

“他们正在打牌，严总那个人，吃饭时不喜欢谈生意，我们一会儿就纯喝酒闲聊，他们两口子一块来的，侄女不是在京城发展吗？严总又是出了名的广告冠名商，侄女正好跟他们有话聊。”

温长运不知道女儿的前男友就是严贺禹，还附和着范智森说了两句。

温笛走在后面，跟他们有段距离，他们说话声小，她没听到他们聊什么。

到了包间门口，范智森转头对温笛招招手：“侄女，跟上来。”

温笛微微点头，加快步子。

服务员替他们打开门，包间里相谈甚欢。

“严哥，不带这样欺负人的，你怎么还给清璐姐喂牌？”

声音听着耳熟，温笛对“清璐”两个字格外敏感，又觉得不可能在江城遇到严贺禹。

范智森挡在她身前，她看不到包间里到底有谁。

范智森过去打招呼，身前突然没了人，她跟田清璐吃惊的目光撞了个正着。

温笛没再到处乱看，只在刚刚跟田清璐对望时，余光扫到那个身影。

秦醒目瞪口呆，看看旁边的田清璐，又瞅瞅严贺禹，最终把惊诧的眼神落在温笛身上。

他是被田清璐拉来江城的，替她跟严贺禹缓和关系。

他本想着今晚尽情吃吃喝喝，眼下这个情形，他怕连吃饱都难。

温笛在今晚的宴请里只是个小角色，没过来打招呼别人也没在意。

范智森满脑子都是他的生意，根本顾不上她。

她问服务员要了杯温水，安静地坐在那里看手机。

手机有消息进来，备注是康助理。

“温小姐，我们事先不知道范智森还邀请了温董。”

他这是替严贺禹解释，并不知道温长运也来，今天这个尴尬的局面谁都没料到。

温笛从来不为难康助理，客气地道：“没关系。”

有关系她又能怎么办？她已经来了。

她背对牌桌，总觉得有道灼灼的目光刺在她的后背上，不知道是田清璐还是严贺禹的。

“侄女，来。”

范智森这个大忙人终于想起了她。

这不是温笛可以任性的场合，她也不会在严贺禹和田清璐面前失态。

温笛回应范智森，从容走过去。

“我只是虾兵蟹将，来蹭吃蹭喝的，还要这么隆重地介绍呀。”

范智森说：“论做生意，那你肯定是虾兵，要说写剧本，我跟你爸加起来不顶你万分之一。”他转头看温长运，接着打趣，“我记得咱俩小时候，被老师罚写两百字检讨都费劲。”

温长运说：“没见你多费劲，都是抄我的，连错字也抄。”

包间里笑开来。

范智森言归正传，给温笛介绍严贺禹：“这是京越集团的严总。”

严贺禹手里拿着牌，目光笔直地落在她的脸上。

温笛道：“严总，幸会。”

严贺禹点了点头，知道她不可能跟他握手，说：“久仰。”

两人之间分外客套，跟初次见面的陌生人没有差别。

轮到田清璐时，温笛主动跟她握手。

田清璐这人有一点好，在社交场合从不把私人情绪表现在脸上，她笑笑，说："温编剧本人比电视上还好看。"

"谢谢。"

范智森站在一旁热情地道："田总是严总的未婚妻，今年刚订婚，他们是男才女才，男貌女貌。"

温笛顺着说道："确实般配。恭喜啊。"

田清璐淡淡地一笑。

康助理瞄了一眼老板，不知道老板听了这句话心里是什么滋味。

范智森最后介绍的是秦醒。

温笛对这个名字印象深刻，那天她在路上开不了车时，秦醒要给她打急救电话，后来还让交警过去看她的状况。

她也主动跟秦醒握手。被区别对待的只有严贺禹。

但没人放在心上，只以为是严贺禹这个人难以攀附。

牌桌上有人站了起来，要给温笛让位子："你们年轻人打。"

温笛晃晃手机，找托词："不比你们老板，我没下班时间，老板刚给我发了邮件，事情很急，我先回邮件。"

范智森解围："工作要紧。"

温笛到另一边安静的地方坐下，这边牌局继续。

牌桌旁围了一圈人，严贺禹边打牌边跟范智森和温长运闲聊，对范智森他有敷衍的成分，跟温长运说话时，他又是另一种态度。

"听说温董家里藏书不少，快赶上图书馆了？"

他以前听温笛说过。

温长运以为是范智森告诉严贺禹的，他父亲的那个"小图书馆"在江城当地小有名气，电视上报纸上报道过不少次，父亲还给学校捐过很多书。

他笑道："我父亲喜欢看书，还爱买书。"

严贺禹随意出牌，却把秦醒打得找不到出牌规律。

秦醒抱怨道："严哥，你怎么乱出牌呀？"

严贺禹一语双关："因为你乱讲话。"

别人不清楚严贺禹这句话什么意思，康助理明白。

严贺禹后来索性不管其他人还有什么牌，手里能出的就直接扔出去，连范智森都看出他就是陪着他们玩，哪儿是打牌，半开玩笑道："严总这是盲打呀。"

严贺禹似笑非笑，说："旁人都看出我在瞎出，就秦醒眼神不好，说我给田清璐喂牌。"

康波看了一眼严贺禹，老板好不容易找到个机会替自己辩解，他这句话是刻意说给温笛听的，让温笛知道，他刚才没有给田清璐喂牌。

老板怕温笛误会，为了澄清，真是煞费苦心。

一局结束，自然是严贺禹输。

他起身把位子让给范智森："范总你来，我打个电话。"

康波跟着他出去了。

特意绕了点儿路，经过温笛旁边，严贺禹脚步稍顿，他想跟她说句话，可服务员在旁边。时间地点都不合适。

温笛埋头看手机，但好像在走神。

等熟悉的气息远离，温笛喊来服务员："给我一杯冰镇果汁。"

服务员让她稍等。

今天是范伯伯的场子，为了拿下合作，他请了不少江城有头有脸的人来捧场，她不能搞砸，也不能任性地说走就走，到时爸爸脸上也挂不住。

生意得做，人不能得罪。

趁人还没来齐，她看看能不能想到两全其美的办法脱身。

牌桌那边，范智森接到电话，说："就差你们俩了。十分钟能到是吗？行，不急。我们来得早，过来打牌。田总让你们慢慢开，他们还要再打几局。"

温笛一听只有十分钟，留给她的时间不多了。

她喝了口冰果汁，迫使自己冷静下来，打开家庭群，想想这个时候谁的关系能用上，还让人看不出破绽。

离开的理由，暂且她只想到电视台。

她给二姑妈发消息："姑妈，救急。"

"宝贝，怎么了？"

来不及解释太多，她让二姑妈找电视台的熟人把她从饭局叫出去。

“你爸也是，带你去应酬干吗？别急，姑妈马上给你办妥。”

没两分钟，范智森又接到一个电话，他称呼对方为赵台长。

通话内容很短，只听范智森说：“客气什么，你这么说太见外了。”

“侄女。”范智森挂了电话，看向温笛，“赵台长知道你回了江城，跟我要人，说好不容易盼到你回来，他今晚正好跟文旅的人在一起，想跟你当面聊聊我们江城的旅游宣传，我让司机送你过去。”

温笛一怔，二姑妈简直神速。

以温笛的形象、气质和现在的名气，成为江城的旅游宣传大使并不奇怪。

在座的包括温长运都没觉得哪里不妥。

电梯旁边，严贺禹单手插兜，在等人。

今天有两件事超出他的掌控。一是，秦醒下午做和事佬，说既然他跟田清璐订婚了，也快结婚了，两人尽量好好相处。他哪儿知道范智森去而复返，恰巧听到秦醒的话。范智森也不能装听不见，连忙恭喜。

二是，他怎么也没想到，会在这里见到温笛和温长运。

他想过，到时专程来江城拜访温长运，但不是今天，更不是这样让他被动的场合。

今天过后，他在温笛那儿更被动。

康助理疾步过来。

闻声，严贺禹转过头。

“严总，赵台长已经给范智森打过电话。”

“她呢？怎么还在包间？”

康助理顿了下：“温小姐是绕到另一边走楼梯下去的。”

严贺禹沉默了一阵，说：“知道了。”

他知道她在包间难挨，于是想办法让她走。

他等在这里是想看看她，她却避之不及。

康波在心中叹口气，道：“严总，你要有心理准备。”

严贺禹看着他：“什么？”

康波小心翼翼地说道：“一会儿喝酒，温董可能会同时敬你跟田总，祝你们幸福长久之类的。”温笛父亲敬的这杯酒，到时老板该怎么咽下去？

康波提醒老板，其实是想问老板，需不需要避开这个尴尬的场面。

他想要避开总有办法，只要暗示一下范智森，这次来江城是考察，订婚的事是私事。

以范智森的聪明，自然能领会是什么意思，不会在酒桌上再提什么小两口之类的话。他不提，也会提醒他邀请来作陪的那些人不提。温长运同时敬老板和田清璐的情况就不会发生。

严贺禹说："现在都知道我跟田清璐订婚了，提和不提，敬跟不敬，有区别？"他没时间去关心一杯酒，需要考虑的是以后他要在江城怎么破这个僵局。

康波不再多言。

严贺禹收到消息，边走边点开手机。

对方说："已经办妥。"

他回道："替我感谢赵台长。"

对方问："温笛是你什么人？"

严贺禹道："能随便威胁我，我又拿她没办法的人。"

他到了包间，牌局结束了。

温笛离开只是一个小插曲，并不影响饭局。

人到齐后，范智森招呼严贺禹他们入座。

紧挨着严贺禹的那张椅子空着，是特意留给田清璐的。在他们看来，小两口肯定是要坐在一起的。

田清璐从洗手间回来，只有那个位子没人。

她把包挂在严贺禹的椅背上，在空位上坐下来。

即使她跟严贺禹联姻的里子已经千疮百孔，可面子该维系还要维系。

她得假装自己开心，幸福得不得了。

"可惜侄女还有别的饭局，不然你们年轻人有得聊。"范智森提起了温笛。

如今温笛有一定知名度，算不上家喻户晓，但也被大多数年轻人熟知。

当然，她再有名气，也不代表严贺禹和田清璐就一定认得。

"侄女的名字你们可能不熟悉。"然后，他说起温笛做编剧的几部剧。

严贺禹说："我知道温董的千金，冠名过她编剧的电视剧，有才华有灵性的一个编剧。”

温长运谦虚地说道：“严总谬赞。”

秦醒在心里接话：他没有谬赞，现在眼巴巴追不上您闺女呢。

之后的话题全围绕不在场的温笛，因为严贺禹欣赏温笛的才华，又是江城首富的千金，后来大家不约而同地聊温笛。

范智森跟温长运年轻时交情不浅，后来各自事业做大，一年到头难得碰上几面，他不清楚温笛现在的感情状况：“老弟，侄女什么时候把男朋友带回来啊，不能光顾着事业。”

温长运避重就轻地道：“这孩子我一直放养，什么都随她。”

范智森跟田清璐套近乎：“田总认识青年才俊多，要是侄女没男朋友，到时候麻烦田总给留心介绍一个。”

他举酒杯敬田清璐。

田清璐微笑着说道：“只要温小姐看得上。”

她将酒杯在桌面上轻点，做出碰杯的动作，心不在焉地抿了一口。

田清璐吃了几口菜，放下筷子又拿手边的公筷给严贺禹夹菜。

严贺禹侧眸，小声地说：“用不着，我从来不吃别人夹的菜。”

田清璐依旧面带微笑，往他那边靠靠，回戗他：“你以前也不吃姜昀星给你夹的菜？”

这是第一次，她在严贺禹面前说到姜昀星。这个她嫉妒了很多年的女人，像根刺扎在心头，经年累月，不拔出来疼，拔出来也疼。

严贺禹淡淡地看着她，俨然没想到她会挑衅自己：“你不无聊？”

田清璐微笑着道：“就是因为太无聊。”

桌上的人见他们说悄悄话，识趣地没打扰，跟秦醒和康助理热聊起来。

秦醒在饭局上那是游刃有余，几个冷笑话一说，连温长运都笑了。

田清璐细嚼慢咽，瞄了他一眼：“太无聊，所以我想知道你到底吃不吃姜昀星夹的菜。”

严贺禹没搭理她。

田清璐自顾自地道：“刚才那位呢？”

她指的是温笛。

严贺禹满足她的好奇心：“我没指望她能勤快一回给我夹菜，都是我给她夹，她恨不得我能喂她才好，她好解放自己的双手。”

田清璐嚼着菜，味同嚼蜡，却面不改色：“你今晚找的是赵台长还是文旅的老大？”

严贺禹再次瞥她，眼神在问她，什么意思。

田清璐不紧不慢地道：“温笛离开后，范智森又接到一个电话，是文旅的老大，也是来要人。你难不成还找了两拨人来要人？”

严贺禹只让人联系赵台长，没去找文旅那边的关系。

那只有一个可能，是温笛自己找的关系，她在给自己解围。

田清璐最后说道：“你说她得有多不想看到你？你今晚白忙，她不承你的情。”

随后，她坐直了。

“田总，欢迎来江城投资，有需要的地方，不用客气。”温长运见两人聊得差不多了，尽地主之谊敬田清璐的酒。

田清璐忙拿起酒杯：“谢谢温董。”

两人说了几句场面话，田清璐给面子，把一杯酒喝光了。

温长运敬过田清璐再敬严贺禹。

严贺禹的杯子里只有半杯酒，他让服务员满上，端起酒杯站了起来。

“严总你怎么起来了？坐坐坐。”

严贺禹说：“您是长辈，应该的。”

田清璐在心里冷嗤一声，这是今晚他第一次被敬酒主动站起来。

范智森心说：我年纪比温长运还大，敬你时可没见你客气。

他又无比感慨，今晚请温长运过来是最明智的决定，从头到尾，严贺禹对温长运的态度都带着谦恭。

酒过三巡，大家熟络起来。

温长运又同时敬严贺禹和田清璐：“恭喜你们俩，幸福美满。”

这次，严贺禹没站起来，因为他站起来，田清璐也得站起来，这等于接受祝福。

他说：“祝福的话不急，以后您再祝福。”

然后，他把一杯酒一饮而尽。

那句话落在不同人耳中，有不同的解读。

机缘巧合，温笛成了江城旅游宣传大使。

后来二姑妈告诉她，她找了文旅的老大去要人，先是找赵台长，可当时赵台长的手机一直占线，怎么都打不通。

二姑妈着急，怕耽搁事，于是只好再找文旅那边。

不用想，她知道谁找了赵台长。

过了两周，温笛听父亲说，范智森跟京越集团合作建厂的合同已经签了，在严贺禹回京城的第二天开始着手落实。

从前年开始谈的项目，历经两年零三个月，终于尘埃落定。

范智森把温长运和温笛当成福星，嘴上说大恩不言谢，他还是略表心意，给温笛连着订了一个月的江景餐厅包间，她随时可以过去。

温长运应酬不断，不是时常有时间陪她，温笛一个人前往，几天下来，她把餐厅的招牌菜吃了个遍。

一个人吃饭无聊，还冷清。

她带着平板电脑过去，不想吃的时候构思明见钧的定制剧本，过去这么久，她毫无思路，似乎灵感枯竭。

温笛靠在椅子里，望着水雾茫茫的江面。

今天风大，隔着窗玻璃也能听到江面呼呼的风声。

她盯着江面发呆半个小时，爷爷奶奶给她打来视频电话。

他们出去快一个月了，暂时没有回程的打算。

奶奶兴奋地跟温笛讲，二十多年前她跟爷爷去的那家小商店还在，老板娘已经升级当奶奶了，一边带孩子一边看店。

“看到这个孩子没？”奶奶正坐在店门口的桌边休息，指指旁边一个两三岁的孩子，“当初带你来这里，你跟这个孩子差不多大。老板娘当时还专门烧了水，给你冲奶粉。”

温笛没有记忆，只在照片和视频里看过她小时候去的地方。

那时父母忙，爷爷奶奶带她逛遍了大江南北。

别人都夸她有灵性，这个灵性有一大半是爷爷奶奶给她的，他们陪她读书，带她旅游，也可能有遗传的成分，还有家庭的宠爱。

她一路被宠大，包括跟严贺禹在一起的那三年。

只是现在这个所谓的灵性死在一场失败的恋爱里。她不甘心，但它就是死了。

“奶奶，这个地方是哪里？旅游路线您整理给我，等有空我也去玩。”

奶奶说：“是云树村，旅游开发得不错，等回住的地方，我和你爷爷整理好，把两次拍的照片都整理给你，兴许等你下回来，又有变化了。”

云树村，一个风景秀美，坐落在大山里的村子。

温笛记了下来。

在江城待了三个星期，温笛准备明天回京城。

她已经决定好搬到哪套房子里了，也是一套公寓，比之前的还大。房子是前几年装修的，不是她喜欢的风格，她让设计师重新设计，装好最快要三个月。

温笛回京城前和祁明澈商量：“能不能租你的公寓三个月？新家在装修。”

祁明澈回道：“租你半年都行。”

温笛喜欢跟爽快的人打交道，作为感谢问道：“哪天有空？请你吃饭。”

祁明澈回道：“你知道的，我从来不跟心不在饭上的人吃饭。”

温笛之前吃饭总是走神，管不住自己就要走神。

她说：“放心，请你吃饭的诚意还是有的。”

两人约好吃饭的地方。

温笛回京城当晚，跟祁明澈见了面。

这家餐厅她第一次来，是祁明澈选的地方，装修极具特色，只有跟老板熟悉的人才能约到位子，不对外开放。

今晚祁明澈还是穿粉色T恤，温笛看了他身前的图案几眼：“你就这么喜欢粉色？”

“也不是。”祁明澈给她倒水，说，“网上反季买的，当时下单没注意，买了五件，不穿浪费了。”

温笛：“……”

祁明澈托着下巴，喝了口水：“从老家刚回来？”

“嗯。”

“失恋而已，又不是手机丢了，至于这样？”

“谁告诉你我回家是因为失恋？”

祁明澈不说话，接着喝水。

温笛好好跟他说话：“在家调整一下心情。顺便接了个工作，拍宣传片耽误点儿时间。”

她瞅着他：“你呢，谈过几次恋爱？”

祁明澈迎着她百无聊赖的眼神，看她一副敷衍的样子，他也敷衍道：“记不清了。”

温笛只是随口问问，对别人的隐私并不感兴趣。

“很浪是吧？”

“还行。”温笛写过浪子，说，“我闺密沈棠有个朋友是典型的浪子。知道大海为什么那么多浪花吗？就是他晚上浪出来的。”

祁明澈笑道：“他睡着后海里的那些浪花，是我浪出来的。”

温笛拿水杯跟他碰杯：“后浪推前浪。”

祁明澈刚喝几口，《如影随形》节目的导演给他发消息，提醒他更新微博，跟节目有关就行，随便拍几张照片也可以。

明晚《如影随形》的第一期开播。

祁明澈从相册的存货里找出两张发了微博，第二天就上了热搜。

两张照片都是温笛，一张是她撑伞走在雨里的背影照，他随手拍下来的，还有一张是她到了民宿大门口，转头往后看的照片。

《如影随形》播出那天，话题一度冲上热搜榜榜首。

严贺言也在追这档综艺，以前她从不追节目，有空看上两期，这回完全是因为温笛，带着好奇心，她准时收看。

“喝杯牛奶。”叶敏琼给女儿端来一杯温牛奶，在女儿旁边顺势坐下。

严贺言平时住自己的公寓，周末回来陪母亲。

叶敏琼从来不关注娱乐新闻：“这是什么综艺？”

严贺言道：“您以前没看过，刚播第一期。”

节目正在播放辛沅跟她搭档的镜头，叶敏琼看过辛沅演的电视剧：“跟辛沅搭档的是谁，不认识。”

严贺言说：“是摄影师。这档综艺是明星跟摄影师搭档，蛮有意思的。”

镜头一转，换到了另一组嘉宾身上。

叶敏琼看着屏幕上的嘉宾，皱眉道：“这两人我看着有些眼熟，好像在哪儿见过。”

严贺言试探地问道：“妈，您认识温笛？”

“看着谁眼熟？”一道声音插进来，打断母女俩的对话。

叶敏琼抬头问儿子：“你今天怎么有空？”

严贺禹把大衣递给阿姨，说：“顺……”后面那“路”字还没说出口，被严贺言截去话头：“他后院失火，归宿被一把火烧了，不来这里，他能去哪儿？”

叶敏琼拍女儿的脑袋：“好好说话，什么烧不烧！”

严贺禹看了妹妹一眼，在母亲另一边坐下，望向电视。

电视上温笛在艰难地完成任务。

她拍摄第一期时，他跟她还好好的，隔三岔五给她空运私房菜馆的菜和汤。

严贺禹接着刚才被打断的话又问一遍母亲：“妈，您看着谁眼熟？”

“就是温笛和这个摄影师。”叶敏琼突然想起来，“我说怎么眼熟，我昨晚跟你姨妈吃饭，遇到他们俩了，在我们旁边那桌。这个综艺有剧本，故意让他们看上去有矛盾，来制造话题。”

严贺禹问：“什么意思？”

叶敏琼道：“昨晚他们两人吃饭时有说有笑的，根本不像节目上拍的那样，冷着脸。”

严贺禹偏头看向母亲：“只有他们俩吃饭？不是节目组聚餐？”

“不是聚餐。”叶敏琼说，“两个人的餐位，一直吃到结束也没见第三个人来。”

旁边的严贺言忽而笑出声来。

叶敏琼莫名其妙地看着女儿：“你笑什么？”

严贺言道：“没什么。电视上好笑。”

严贺禹靠在沙发里，看似专注地看电视。

自从三年前交往，他和温笛都顾及对方的感受，从不单独跟异性出去，哪怕是工作。现在，她跟祁明澈一起出去吃饭。

接下来一个多月，严贺禹几乎每天都能收到温笛和祁明澈的绯闻推送，首页上也飘着他们的帖子。

随着《如影随形》的播出，他们的名字被捆绑，有温笛出现的地方，留言里必定会提到祁明澈。

网友是侦探，在祁明澈更新的微博里总能找到跟温笛有关的蛛丝马迹，然后肆意放大和解读。

其间，温笛和祁明澈不止一次单独吃饭，被网友拍到的就有三次。

严贺禹卸载了几个App（应用程序）："这档节目只会靠炒绯闻博眼球？"

康助理能说什么呢，出去吃饭是温笛和祁明澈的个人行为，以温笛的性格，肯定不会炒作，她不缺热度，也不靠流量。

节目组只是看到了话题，顺便炒炒。

至于温笛频繁和祁明澈一起吃饭，大概是跟祁明澈聊得来，两人相处轻松。

温笛这个人随心所欲，只要自己认定的人或事，从不管旁人怎么议论。

就像温笛的闺密沈棠，是一个颇具争议的女明星，黑料一堆，所有人都劝温笛跟她保持距离，温笛这些年却只有沈棠一个朋友。

严贺禹沉默片刻，问道："温笛录完节目了吧？"

康助理时刻关注《如影随形》的官方微博："最后一期刚录完。"

"她不是接过明见钧的定制剧本？"

"是的。"

"我跟她见一面。"

康助理迟疑了一瞬，明白过来什么意思："好，我这就去办。"老板是让他借着约定制剧本的名义，约温笛见面。

康波只用半天时间就把事情敲定了，找熟人跟温笛的公司联系，那个熟人也是瞿培的朋友。

熟人问他："严贺禹想干吗？"

他说："就想见温笛，可能有话要当面说。"

熟人道："他早干吗去了？作孽。"

之后熟人通过瞿培联系上了温笛，严贺禹以叶总的名义约温笛面谈。

老板母亲姓叶，称呼叶总勉强说得过去。

严贺禹和温笛约在一家咖啡馆见面，没要包间，约在二楼大厅，严贺禹提前把咖啡馆包了下来。

他们见面的时间是午后。

温笛习惯了提前二十分钟到，约好的座位没人，她随手拿一本杂志翻看。

她虽然答应见叶总，不过没打算接这个活儿。

她不想接定制剧本，当初接明见钧的剧本完全是看在阮导的面子上，谁让明见钧投资了阮导那么多部电视剧。那次算是她还阮导人情。

她在电话里跟瞿培表达过自己的意思，状态不佳，不接。

瞿培说："我那个老朋友太热情，实在不好在电话里拂他的面子，你去见叶总一面，当面委婉拒绝他。"

咖啡馆很静，阳光落在桌角，落在杂志上。

温笛正在翻页，忽然指尖一顿，她没转身看站着的人，熟悉的气息把周遭围住。

严贺禹端了两杯咖啡上来，放了一杯在她面前，另一杯搁在她的对面。

温笛这才缓缓抬头，他绕这么大弯子来见她，让她有几分意外。可她不稀罕了。

严贺禹脱下西装，顺手搭在她的沙发靠背上，然后绕到她对面的位子坐下。

自从上次在江城碰面，他已经两个月没见到她了。

温笛合上杂志，平复几秒，微笑着问："你是叶总？"

既然他自称叶总，她就当他是叶总。

严贺禹没搭腔，隔着桌子，给她搅咖啡。

温笛把杂志搁在临窗的桌角，窗外树叶跟着风乱摆，穿过层层叠叠的树叶落在窗内的阳光也随着晃个不停。

严贺禹给她搅好咖啡，放下勺子："那么多位子，你挑个有太阳的坐。"

温笛没接话，而是说："叶总跟我以前的男朋友长得很像。"

严贺禹看向她，半晌才说："是吗？"

严贺禹的目光笔直地撞进她的眼中，她没避开，声音平和："嗯，很像。叶总不好奇我前男友？"

严贺禹不知道她想说什么，但还是顺着她想掌控的对话走向问："确实有点儿好奇，毕竟长得像。他叫什么？"

"叫严贺禹，以前我喜欢喊他老公。"

严贺禹不再看她，盯着她旁边的杂志，杂志上树影和阳光各自晃动，互不纠缠："和你男朋友分手多久了？"

"三个多月。"

"在一起多长时间？"

"三年零两个月。"

严贺禹的手搭在桌面上，握着自己那杯咖啡，他却没端起来："三年多，挺久的。"

温笛点了点头："是啊。有段时间怎么都想不明白，他为什么那么对我？"她笑了下，平静地说道，"后来发现，其实不是我想不明白，是心里边非常不愿接受事实。后来接受了，我就彻底放下他了。"

在她说出"我就彻底放下他了"时，严贺禹看着她："温笛。"他阻止她再说下去。他语气看似平静，里头的情绪却过于复杂。

严贺禹终于端起那杯黑咖啡，抿了几口。

她毫无波澜地说以前最喜欢喊他老公，说放下他了，这些话最诛心。

严贺禹尝不出咖啡什么味。

"今天来找你，是想当面跟你说件事。"

温笛没有任何反应，手机振动，祁明澈发来消息："几点结束？"

她回道："结束了。马上走。"

严贺禹放下咖啡杯，说："在江城那次，我没预料到你和温董会过去。"她再次遇到田清璐，而且还是田清璐跟他一起出现的情况，是他不愿意让她看到的一幕。

即使他最后想办法让她离开，但范智森介绍她给他们认识时，足以让她觉得痛苦。可她还必须得装作若无其事的样子。

"抱歉。"

温笛一直在看手机，不时地回复祁明澈的消息。

她自己想说的说完了，丝毫不关心他说什么，听了也无动于衷。

她当他是叶总，所以不管他说什么，她都云淡风轻。

祁明澈回消息过来："我在楼下。"

温笛偏头看向落地窗外。

严贺禹看她心不在焉，再次端起咖啡。

窗户旁有几棵老槐树，正是花期，一串串白里透黄的槐花随风摇曳，隔着窗玻璃似乎能闻到清甜味。

严贺禹以为她在看槐树，毕竟她是连路边的槐树开花都能找个理由庆祝的人。

温笛看到祁明澈的车了，转过头对严贺禹说："叶总，失陪，我还有事。"

严贺禹想说的话也说完了，无意纠缠，道："我让司机送你。"

"不用。"温笛站起来，说，"我朋友在楼下。"

严贺禹点了点头。

原来刚才她不是在看槐树。

这一次，他们以陌生人的身份体面告别。

严贺禹目送她的身影从楼梯拐下去，五分钟后，她出现在门口。要是他没猜错，她刚才买了单，而且是只买了一杯咖啡的单。

那杯咖啡，她一口没喝。

他从落地窗看向楼下，温笛打开副驾驶座的车门坐上去，开车的是个男人，他的角度看不清那个男人是谁。

"这么快谈完了？"祁明澈没急着开车，等她系安全带。

温笛把包放到车后座，说："约我的人是严贺禹。"

祁明澈点了下头，等她系上安全带，他缓缓开车离开："怎么这个时候约你见面？"

祁明澈说"这个时候"是指严贺禹跟田清璐已经订婚，严贺禹却还来找她。

温笛理解成这个时间严贺禹来找她，说："因为槐花开了。"

祁明澈瞥了她一眼："你在跟我说话？"

温笛莫名其妙地道："不然？你车上还有第三个人？"

祁明澈道："不懂你什么意思，关槐花什么事？"

温笛能坦然地说起以前的事："没分手前，槐花开了我会庆祝，他有应酬也是尽量推掉，回去陪我吃大餐，礼物必不可少。"

祁明澈觉得新鲜："怎么，槐花开了还有什么特别的说法？"

"没有。"温笛说，"桂花开了我也庆祝。"

祁明澈："……"

他瞄她好几眼，依然词穷。她真是一个奇葩。

温笛的胳膊撑在车窗上，她看着路旁，发现是回她公寓的路："你不是要带我去逛逛？"

"答应过你带你去老店吃火锅，我不喜欢欠人情，趁这段时间没工作，还了。"

录制《如影随形》山城那期，他说要带她吃火锅，到现在都没兑现。

"还要跑去你外婆家那边？"

"嗯。"

他们的机票到现在都没订，祁明澈比她还随心所欲，说去哪儿，拎着箱子就走。

祁明澈让助理订机票，然后跟温笛说："送你回公寓收拾行李，就住一晚，明天回来，你不用带很多东西。"

他们千里迢迢，就为吃一顿火锅。

祁明澈的小助理只订到了晚上十点钟的机票，现在时间还早。

把温笛送到公寓，他打算再去别处逛逛。

温笛邀请他上楼喝咖啡，他买了房子到现在一次没过去，她这个租客确实有点儿不像话。

祁明澈问："要不要给你时间，把家里收拾一下我再进去？"

"不用，我家有住家阿姨，整齐得很。"跟严贺禹分手后，她让崔姨不用再过来，母亲怕她照顾不好自己，给她找了一个熟悉的阿姨。

阿姨手巧，平时喜欢编织。

他们到家后，阿姨放下手里的活，给他们煮咖啡。

温笛打算带祁明澈转转，明明他是房东，现在搞得他像租客。

祁明澈没打算去别的房间："方便的话，我只看看书房就行。"他打算拿到房子把书房重装，改成工作间。

书房没有东西，她放在里面的书已经打包寄到父母在京城的住所，用书房少，以前大多是严贺禹在里面加班。

“你随意看，除了书架和书桌，里面没东西。”

祁明澈去了书房，温笛回卧室收拾行李。

她打开一个衣柜，里面挂着她的夏装。

这个衣柜以前是专门用来放严贺禹的衣服的，后来空在那里，她随意放了一些衣服进来。

打住思绪，她拉开箱子放衣服进去。

她只带了两套衣服，很快就整理好了。温笛拎着箱子去了客厅，祁明澈正坐在客厅喝咖啡，认真看阿姨做手工编织，还跟阿姨聊了起来。

几分钟前，他在阿姨那下了一单，让阿姨给他编一个摆件，《如影随形》节目组给八位嘉宾设计了卡通形象，他让阿姨照着图片编，像不像都没关系。

祁明澈面前的茶几上放着两个档案袋，他见温笛出来，指指档案袋：“落在书房的，你看看重不重要？”

那是京越集团的档案袋，她之前整理自己的书时看到过，打算寄给康助理，后来忙着拍节目，忘得一干二净。

温笛交代阿姨，一会儿把东西寄给康助理，把康波的手机号写给阿姨。

她跟祁明澈出游是件愉快的事，他这个人就叫人轻松。

飞机上，温笛跟他闲聊：“当海王是不是很刺激？”

祁明澈跟空姐要了两根雪糕，两种口味，温笛以为他要给她一根，刚想拒绝，结果他撕开，一手一根，每根咬一口混着吃。

吃了两口雪糕，他才回温笛刚才的问题：“我不当海王，当海王还要养鱼，我懒。”

温笛支着额头：“那你是怎么浪出浪花来的？”

祁明澈风轻云淡地道：“我四海为家。”

温笛：“……”

他们到达山城下榻的酒店时是凌晨三点。

温笛在飞机上睡了一觉，现在不困，她洗过澡开窗看夜景，山城多雨，这会儿又下起来了。

这个季节不冷，温笛一直开着窗。

二姑妈在国外，发了朋友圈，她点了赞。

二姑妈跟她私聊："宝贝，你怎么还不睡？好皮肤还想不想要了？"

温笛告诉二姑妈，自己刚到山城，不困。

二姑妈仔细想想，问道："你晚上不是还在京城？"

温笛笑笑："对啊，来吃火锅。"

"就为一顿火锅，没有别的工作？"

"没有。"

二姑妈感叹道："以前你可不会这么折腾，都是我们空运过去给你。"

她以前不会，现在会了。

要不是有个人陪她来，她应该也不会这么折腾。

二姑妈问："跟祁明澈在一起？"

温笛好奇地道："姑妈，你怎么知道？"

二姑妈说："你们俩不是经常约饭，全网都知道。"

最后，二姑妈催她赶紧睡，来了句："挺好。"

她不知道二姑妈的"挺好"指什么。

第二天下午，康波忙完手头的工作才有空拆这两天收到的包裹，其中有个包裹寄件人他不认识，但寄件地址是温笛公寓附近的快递点。

他快速拆开，里面是两个档案袋。

康波跟严贺禹汇报前，打通快递上留的号码，是位阿姨接听的。

他询问过后，知道是温笛的意思，拿上那两个档案袋去找严贺禹。

严贺禹听到敲门声，对着门口道："进。"

他正在打电话，跟母亲说："您让贺言替我多吃一份。"

"你生日，你妹妹替你吃算怎么回事？是贺言说，想给你庆祝生日。"

之前过生日，他都陪温笛，不在家里庆祝。

难得贺言还有点儿良心。

严贺禹示意康助理坐，对着手机说："知道了。"

“那你尽量早点儿回来。”

“嗯。”

“什么事？”他挂断通话，问康助理。

康波把两个档案袋放在办公桌上：“温小姐让人寄来的，昨天快下班时收到的。”

严贺禹打开档案袋，以为是他留在文件柜最上面那格的重要资料。

他打开档案袋，不是他留的那个，里面是前几年的项目资料，这些资料目前公开，已经没有任何商业价值。

严贺禹把文件放回档案袋：“温笛还说了什么？”

“温小姐没说什么，只让阿姨寄快递，她以为是重要资料。”

严贺禹示意康助理：“你回条消息，谢谢她。”

康助理有了上次的教训，自己没擅作主张发消息，而是把手机递给严贺禹，把感谢的机会让给老板。

严贺禹：“……”

他在康助理眼里越来越可怜。

“‘谢谢’两个字，你不会打？”

这回换康波讪讪地收回手机。

严贺禹的手机有电话进来，是管家。

管家很少在他工作的时间打扰他，除非家里有紧急的事。

他接通电话，管家说：“我收到名表旗舰店送来的一个礼盒，说是温小姐让今天送过来的。”

收件人是管家的名字，但肯定是寄给严贺禹的，而且今天日子特殊。

严贺禹明知道，这应该不是温笛现在给他的礼物，还是迫不及待地想看看：“放在那儿，我忙完就回去。”

一会儿还有个会，他让康助理推到明天上午。

下午四点半，严贺禹离开公司。

管家似乎知道他会提前回来，他到家时，给他煮好咖啡放在茶几上。

他看到礼盒上的 LOGO，基本可以判定是温笛之前预订的礼物。

严贺禹拆开礼盒，里面还有一张卡片。

那是温笛手写的：

老公，生日快乐。今年我接的工作多，不知道你生日那天，我在不在你身边。不管在不在，都不影响我爱你。

其他肉麻的话我就不写出来了。

如果，我那天有工作，你起床时记得把我的枕头压在你的枕头上面。你生日那天，我也得最大。

——你的温笛

严贺禹看日期，是二月份他跟她去交易中心，把她名字加在他别墅房产证上那天。

现在这份生日礼物还能如约送达，应该是她忘记这回事了。

他收起卡片，摘下手表，换上她新送的这一块。

妹妹给他打来电话，严贺禹回过神来，接听电话。

严贺言问他什么时候到家，母亲准备炒菜。

“这就回去。”他在客厅又坐了一会儿，茶几上还是温笛离家时的样子，全是温笛的东西。

管家适时过来，问他晚上要不要在家用餐。

“不用，我回老宅。”

回到老宅，严贺禹去厨房找母亲，母亲只在他和妹妹生日这天下厨。

“妈。”

叶敏琼回头看了一眼：“你爸忙，今天回不来。”

她转过身，接着不熟练地挥动锅铲。

严贺禹早就习以为常，从小到大，父亲基本每次都会缺席他和妹妹的生日。

叶敏琼说：“这几个月，公司跟田家合作了不少项目。”她听说的就有三个。如果儿子愿意跟田清璐好好过日子，那再好不过了。

严贺禹只是“嗯”了一声，确实把三个项目都让利给田家了，至于为何让利，他没多说。

他不想在今天让母亲不悦。

“贺禹，跟你商量一下。”

“您说。”

叶敏琼关火，转头看儿子：“要不，你让田清璐也过来，人多热闹。订婚时你混账，连戒指也不戴。”

“妈，今天我不想说任何让您不高兴的话。”

叶敏琼明白了，不再勉强，强扭的瓜也不甜：“还有两个菜。你去看电视吧，那档《如影随形》还不错，没想到温笛那么幽默。”

严贺禹没去客厅，对《如影随形》不感兴趣，他现在彻底理解蒋城聿的心情，为什么蒋城聿每次看沈棠的电视剧都只听声音，不看画面。

他找出一条围裙：“我帮您洗菜。”

叶敏琼奚落儿子：“终于成人了。”

严贺禹：“……”

他系上了围裙。

叶敏琼打量儿子：“你能行吗？别帮倒忙。”

他说：“我下过厨，会煲汤。”

“哟。”叶敏琼很少打听儿子的私事，他的女朋友她只知道姜昀星，那还是因为同住一个大院，以前两人约会被她看到过。

“给姜昀星做过饭？”

“不是。我前女友。”

“那看来很喜欢呀，怎么就分了？”

严贺禹装作没听见，打开水龙头。

他的手机响了，是康波打来的电话。

下周有个项目要启动，康波找不到相关资料，只好来打扰严贺禹：“严总，那些资料在您那里吧？”

“嗯。在她那儿。”

那些资料在温笛公寓文件柜的顶层。

他跟康助理说：“我晚上过去拿。”

晚上十点钟，温笛和祁明澈还没吃饭，他们刚从机场赶回来。

阿姨回自己房间休息，外面留给他们俩。

两人从昨晚折腾到现在，没吃到火锅。今天他们去山城那家火锅店，很不巧，门口挂着装修升级，六月六号开业的告示。

祁明澈笑了半天，要带她再找一家火锅店吃火锅，她对火锅无所谓，下着大雨，实在不想再走，就近吃了清淡的炒菜。

他们是傍晚的飞机回来的。

祁明澈有强迫症，非要吃到火锅心里才舒坦，于是落地后，他在回来的路上买了火锅底料和食材，说自己动手做。

“我六月六号再去一趟。”

温笛不想再瞎折腾：“你去吧。”她开玩笑道，“到时给我打包一份。”

她找出围裙，准备火锅食材，只有几份青菜要过水，其他的食材可以直接下锅。

祁明澈把笔记本电脑带上来，有朋友找他帮忙修一组照片，让他尽量十点半之前修好，他打开电脑在中岛台上工作：“你把菜放在那儿，我忙完来洗，先煮肉丸。”

温笛无所谓地道：“洗点儿小青菜，累不着。”别的活儿她还真不会干。

“你放那儿。”祁明澈把水龙头关上，不让她洗。

这时门铃响了。

这么晚不知道是谁。

她想过是严贺禹，又觉得不可能。

“我去看看。”她擦擦手去开门。

走到玄关，看着屏幕上的人，温笛恍惚回到她把他拦在门外的那晚。她以为，那天跟他说得那么明白，他不会再找她。

“温笛。”他叩门，“我来拿份文件，下周要用。”

温笛考虑几秒，给他开门。

看到她穿着围裙，严贺禹不禁一怔：“还没吃饭？”

温笛不答反问：“什么文件？”

直到这一刻，严贺禹还不知道屋里有其他人。

他说：“在右边那个文件柜最上层那格，当时用不着，没拿走。”

右边的文件柜是他专用的，放些重要资料，有密码锁。

她以为他那晚把重要文件都拿走了，即便当时没全拿，三个月过去，真要是重要的商业资料，他肯定早让康助理过来取了，所以，她没刻意去检查。

温笛大方地道："那你等着，我去拿给你。"

严贺禹说："文件柜密码是你知道的，没变。"

她想要关门，他拿手挡住："我就在门口。"

温笛看着他："我要是不关门吧，你还以为我故意让你看到什么。"

严贺禹没听懂，但手还握在门把上。

温笛不管他，不想浪费时间，转身回去。

严贺禹略犹豫，还是选择进到玄关处，关上门，但没往里走，站在玄关处等温笛。

"谁啊？"厨房中岛台那边传来一道男声。

温笛回道："是严总，你昨天不是找到两份文件？他又想起还有其他文件落在这里。"

严贺禹听着声音有点儿耳熟，往前走了几步，偏头循声往厨房看去，看到中岛台上的笔记本电脑，还有坐在电脑后的祁明澈。

旁边餐桌上摆着不少盘子，他看不清里面放了什么，桌上还有一个电火锅。

原来她在准备火锅食材，而祁明澈坐在那里看电脑。

"温笛，"严贺禹喊她，"要是不方便，我明天让康助理过来拿。"

温笛头也没回地道："没什么不方便的。"她进了书房。

那里一共有三个文件袋，她顺便检查其他层，都是空的。

她抱着文件袋出来。

严贺禹自觉地退到门外，等她解释。

温笛把文件给他，根本没有说话的意思，打算关门。

严贺禹打破沉默："祁明澈在追你？"他直接下结论，"你跟他不合适。"

他示意她身上的围裙："在一起三年，我自己穿过，什么时候舍得让你穿过？就算有工作，我也会等忙完，自己洗菜，不会让你的手沾水。"

温笛说："你怎么知道他不是？"

严贺禹定定地看着她，最后道："今天是我生日，你送的礼物我收到了，谢谢。"

温笛道："不用谢我，你感谢那个时候的温笛吧。"

然后她把门关上了。

第六章

想见你

整个厨房只有“哗啦啦”断断续续的流水声。

温笛把几样青菜洗了三遍，捞起来放在一旁沥水。

祁明澈不让她洗，但拦不住她，后来就没拦。

水声没了。

她撑在料理台上，走神片刻。

祁明澈在修图，顺手放了一首歌。旋律算不上轻快，也称不上悲伤。

这首歌循环到第二遍，温笛走了过来，把锅通上电，开始煮汤。

“你知道今天是他生日？”她抬头看了一眼祁明澈，继续忙活。

祁明澈修照片，像是没听到。但他听到了。他没承认，却也没否认。

温笛说：“谢谢。”

怕她在严贺禹生日这天难受，他昨天就计划带她去山城吃火锅，因为没吃到，今晚又执意要陪她吃一顿。

“我已经调整过来了，写你爸的定制剧本没问题。”温笛找出几个碟子，把打包回来的蘸料放在里面，说，“等我拿到版权费，分你一点儿。”

祁明澈看着电脑屏幕，抽空回她：“还真得分我一点儿，我给你提供那么多素材，有些细节连我妈估计都不记得了。”

这几个月里，两人每次出去吃饭，他都尽量跟温笛说他小时候父母的事。

“你还要多久修好？”

“马上。”

祁明澈把修好的照片打包，给朋友发过去。

两人坐到桌前，温笛往锅里放肉。

她身上的围裙没摘，祁明澈多看了两眼，说：“以后不能让你再穿，我穿。”

温笛手上动作顿了顿，反应过来他指的是什么，严贺禹说他们在一起三年，严贺禹没舍得让她穿过围裙。

“都听到了？”

祁明澈长臂一伸，把空碗和筷子摆在她面前：“就凭一条围裙被说不适合你，你说谁服气？”

温笛笑笑，当他开玩笑。

祁明澈站起来，走到她那边。

温笛回头问道：“你干吗？”

“围裙解给我。”

“我给你找餐巾。”

祁明澈自己动手，给她解下来，道：“吃完了我收拾。”

这个尺码的围裙套在他身上不合适，只好脱下来简单系在腰间。

火锅里的菌汤翻滚，温笛把青菜放在里面煮着，跟祁明澈聊起了某时尚杂志，她十月份要拍一组杂志封面图：“听说你现在是他们的特邀摄影师？”

“嗯。”祁明澈给她倒了一杯温水，自己开了一罐冰啤酒，说，“到时我给你拍。外景我选好了，在郊区一个小村子里，氛围感不错，符合那期封面的主题，八月中旬拍。”

温笛惊讶地道：“你早就知道我拍那期？”

祁明澈正在喝啤酒，喉结上下滚动一下，他缓缓咽下啤酒，没多言，只是点点头回应她。

温笛问道：“是你跟主编推荐了我？”

祁明澈直言：“这些资源我自己用不着，你不用白不用。”

温笛笑了，没跟他再客套，用水杯跟他碰杯：“等你爸把版权费打给我，跟你五五分。”

祁明澈用啤酒罐跟她的玻璃杯又碰了一下：“我最不缺的就是钱，你请我吃饭。”

“这个好说。”温笛近期正好缺一起吃饭的人。

他们吃完火锅，都是祁明澈收拾的。

他说到做到，没让她动手。

十一点半，温笛送祁明澈下楼。

电梯在一楼停下，祁明澈跨出电梯时，脚步有一瞬的停顿。

温笛顺着他的目光看过去，大厅的休息区里，严贺禹坐在那里看杂志，手里好像是一本财经杂志，他随意翻着。

旁边桌上的茶水没动。

保镖站在他的旁边，低头跟他说了句什么。

严贺禹抬眸朝她这个方向看了一眼，接着看杂志。

“你止步吧。”祁明澈跟她挥挥手。

温笛还是坚持将他送到外面，叮嘱他开车小心。

她转身回公寓，严贺禹在电梯口等她。

大厅前台有保安，她不想闹出动静，若无其事地走向电梯。

严贺禹朝她走了几步：“留一个不熟悉的男人吃饭吃到现在？”

“如果……”温笛刚说这两个字，严贺禹打断她的话：“如果换成姜昀星，我今晚肯定不会在这里等她，肯定会顾虑她心情，你想说这个是不是？”

他说：“确实，我对姜昀星能做到的，对你做不到。”

温笛没什么跟他说的，抬步就走。

她刚走两步，被严贺禹一把扯回怀里，他转头对保镖说：“把二号电梯的监控关了。”

他单手足以揽住她，几步走到电梯前，摁开电梯，将她带到电梯里。

“严贺禹！”

真要动真格的，温笛那点儿力气哪儿是他的对手？

她两手被严贺禹反剪在身后，整个人被箍在他的怀里，身后贴着电梯，根本动弹不得。

严贺禹没有进一步的动作，居高临下地看着她：“我把今晚没说完的话说完。”当时他还没说出口，就被她关在门外了。

温笛也安静下来，眼神冷淡：“不管说什么都没意思。”

“对我来说，有。”他跟她说，“今年我许的愿跟以前不一样，以前是希望你讲理，现在希望你不难过。你怎么威胁我都行，我照单全收。”

电梯停在温笛公寓那层，门开了。

严贺禹把她抱出去，放下她，又退回电梯，摁了数字“1”。

电梯门缓缓关上，他只看到她决绝的背影。

等严贺禹到了楼下，康波已经赶过来了。

康助理从保镖那儿得知，刚才老板跟温笛又有冲突了，保镖让人把二号电梯的监控关了。

保镖还说，原本老板拿到文件袋后，坐上车离开了，车开出去几分钟，他又让司机掉头回来。他一整晚阴沉着脸，一言不发，坐在大厅等温笛跟祁明澈吃完火锅下楼。

“严总。”康波也不知道该说点儿什么合适。

严贺禹只是微微颔首。

车就停在公寓楼门口，几人上车。

严贺禹把文件袋递给康波：“应该都在这里。”

康波接过来：“您刚刚跟温小姐……”

“没事。”

严贺禹看向窗外，静了一会儿，说：“去找她拿文件时，你提醒我，要绅士、体面，我也试着做了一回，看到祁明澈，我给了体面。”当时，他自动退到了门外，可根本不是那么回事。

即使他拿到文件坐上车离开，那股火气也压不下去，还是让司机又开回来了。

“我跟温笛不适合那样。”

康波点头：“我明白了。”

五月底，瞿培给温笛接了新工作。

六月十号是常青娱乐十周年庆典活动，算是娱乐圈里的一件盛事。温笛是常青娱乐九周年庆典的主持人，当晚圈粉无数。

今年她又收到了主持人邀请函。

瞿培给她打来电话，说起庆典当天要穿的晚礼服。

那晚明星云集，红毯上自然是争奇斗艳，她虽是主持人，也不能逊色。

瞿培一共借了两件晚礼服：“辛沅跟你借了同一家的，她的经纪人比我借得早，我看中的那条辛沅也喜欢，后来听说你想借，二话不说就让给了你，说她还有备用的礼服。”

这么好说话的人，在名利场里已经少见了。

“看来你跟她在节目组处得还不错。”

“是不错。”温笛纳闷，辛沅像变了个人，尤其是对她，不管在节目里还是节目外处处体贴。

她把辛沅归为名气大了反倒脾气小了这一类人。

瞿培问她：“是把礼服拿给你试穿，还是你到店里试？”

温笛不假思索地道：“去店里。”

周五那天下午，温笛驱车前往旗舰店试礼服。

等绿灯时，她无意间偏头看向窗外，隔着一条街区，她看到高耸的京越集团大厦，LOGO 在太阳下晃眼。

“嘀嘀”，后车催促她开车。

温笛回神，绿灯已经亮了。

那晚，祁明澈在吃完火锅收拾好餐桌后，对她说了一句：“追你的人那么多，你不考虑一个？”

她说：“我不介意再谈恋爱，只是没遇到合适的。”

祁明澈：“什么才叫合适？”

她听出了祁明澈的言外之意，他觉得他自己挺合适的。

突然“砰”一声，她一脚刹车踩了下去。她还是追尾了前面那辆车。

温笛的魂终于回来了，后背不禁冒出了冷汗。

她开车七八年，一直很小心，除了上次被姜昀星追尾，她撞别人车还是头一次。

这一撞，人似乎彻底清醒了。小命最重要。

缓缓神，温笛解开安全带下来。

被她追尾的这辆车价值不菲，跟严贺禹那辆车一个价位。

前车的司机下车，他拿着手机对着被撞的部位拍了两张照片。

温笛走过去，跟他道歉，问他怎么处理。

司机说：“我请示肖总。”

温笛点了点头，站在车尾等着。

司机拿着手机去请示，后车窗降下来，车里的人将手自然地搭在车窗上，看都没看司机拍的照片，根本不关心车损，惜字如金：“上车，赶时间。”

司机回头跟温笛说：“不用了。”

“那不行。”温笛最不喜欢欠人情，“你给我个联系方式，等车修好你联系我，我把修车费给你。”

手机还在车上，她绕到驾驶座，刚拿到手机，前车已经缓缓驶离。

她只好把车牌记下来，有机会把钱打给对方，应该是一笔不小的修理费。

她的车被剐蹭了一块。

温笛没管，急着去旗舰店试礼服。

礼服是早春新款，她试过之后，连门店负责人都夸她，说跟量身定做的一样。

温笛还没脱下礼服，就接到了瞿培的电话，刚要汇报试穿效果，瞿培语气略急：“你在哪儿？来公司一趟。”

“在试礼服。什么事？”

“田清璐你认识吧？她刚才给我打电话，说起你主持的事。你过来吧，见面说。”

温笛攥着手机，顿了顿，说：“好。”

这么看来，那天的庆典严贺禹应该要去。

时隔三个多月，她再次被人找上门了。

她到了公司，瞿培在等她。

瞿培闲不下来，术后身体还没完全恢复，她坚持每天到公司待上一两个小时。

“坐吧。”她给温笛倒了一杯温水。

温笛跟她不见外，挨着她坐下，盯着她的脸：“您悠着点儿，别累着。”

瞿培不跟她闲扯：“到底怎么回事？我从来不管你的私生活，可你也有个度，怎么跟有妇之夫搅和到一块了？你爸妈要是知道，不得被你气死？你又不缺钱，你到底怎么了你？”

“我跟他在一起三年，那时他单身，今年二月份他订婚，二月底我知道后分手，没纠缠。”

温笛平静地说着。

她握着玻璃杯，不像田清璐找她的那天，她连杯子都差点没拿住。

瞿培愣了下，叹了口气："难受也不跟我说。"

温笛笑笑："过去了。"

最难受的日子她已经熬过去了，一分钟一分钟熬了过去。

瞿培拍拍她的脑袋："你呀。"

别的她什么都没说。

温笛喝口温水，问："田清璐跟您说了什么？"

瞿培转述："她未婚夫收到常青娱乐庆典的邀请函，有可能过去，你要是不想主持，她找人顶替你，不会让你得罪常青娱乐。你要是还想主持，她随你的便，不会插手你的任何决定。"

这就是田清璐的处事圆滑之处。

温笛没有丝毫犹豫："您跟她说一声，让她找别人主持，顺便再谢谢她。"

瞿培也是这个意思，不让温笛去是怕温笛触景伤情，等过段时间，温笛对严贺禹无所谓了，就没必要再有意避开。

十号那晚，活动现场群星云集。

严贺禹在常青娱乐总裁的陪同下，从后台入场，位子靠近舞台。

严贺禹是常青娱乐的财神爷，京越集团旗下的公司每年在常青娱乐视频投入大量广告，经常冠名热播节目。

他很少参加这类庆典，不过常青娱乐的请柬每年都送，以往都是其他人代他出席，今年他亲自来捧场。

八点钟，庆典正式开始。

严贺禹看到台上的两位主持人，没有温笛，目光沉了沉。

旁边的常青娱乐总裁上台致辞，等致辞回来，他问："主持人换了？"

总裁微微一怔，只能用场面话回他："原先找的是编剧温笛，她档期调不开，只好换了。"

温笛主持，是他同意的，后来田清璐找到他，硬给他塞了一个主持人。他要跟田家维护关系，只好临时换下温笛。但刚才严贺禹的口气分明不满他换下了温笛。

他们两口子的事，他一个外人无意掺和，只能敷衍过去。

严贺禹给康波发消息："问问今晚主持是怎么回事。"

他兴致缺缺，坐了半个小时，算是给了面子，中途离场。

总裁将严贺禹送到门口，直觉换主持人一事惹得严贺禹不快了。他知道严贺禹跟温笛有过一段感情，不过听说订婚后他们就断了。

现在他看来，好像不是那么回事。可他做不出把田清璐给卖掉的事，只能装不知情。

严贺禹的车子就在出口，他坐上车，康助理汇报："是关系户把温小姐给挤掉的。"

这种事情见怪不怪。

严贺禹吩咐康波："你跟常青娱乐那边的人说，欺负人别欺负到我头上。"

康波把老板的意思转达给常青娱乐总裁的秘书，让对方尽快给回话。

车驶入夜色之中。

几分钟后，康波接到对方的电话，常青娱乐那边保证，之后会在其他资源上补偿温小姐。

他手机开着扬声器，对方说的话老板也听到了。

严贺禹在看车外，头也没回，沉声道："继续查，我倒要看看，是谁的关系想换下温笛就换下。"

第二天中午，康助理查到结果，立即给田清璐打电话。

田清璐正在跟丁宜争执。

丁宜戴上墨镜："你找人把温笛换下来这事以为能瞒得过去？"

"谁说要瞒你？"

"你的胆子越来越肥，要是被严贺禹知道你这么干，你想过后果没有？"

田清璐没吭声，发动车子。

现在她是迫不得已，不想这个时候严贺禹跟温笛经常碰面，他们是一点即燃。

她怼丁宜："我是行使我的权利，又没干违法缺德的事。"

也许，这事是缺点儿德，不过该给温笛的补偿她会加倍给。

"其他综艺，我再给她两个。"

“我看你八成是疯了。”

“我没疯。”

田清璐默了默，道：“严贺禹打算跟我解除婚约。”

丁宜激动不已：“这么好？”

田清璐：“……”

“只是有可能，说不定他觉得追不回温笛，就放弃解除婚约了。”毕竟，他们解除婚约代价很大。而田家失去的将更多。

不论感情上还是理智上，她都希望他能继续履行婚约。

车开出没多远，她接到了康助理的电话。

康助理问她下午什么时候有空，能去京越集团一趟不，说严贺禹今天下午都在办公室，她随时可以过去。

严贺禹素来是公私分明，去他办公室谈的事自然是工作。

田清璐先把丁宜送回公司，自己驱车前往京越集团。

上次见到严贺禹还是他生日那晚，他开车从家里出来，遇到她回家，会车时，她打了声招呼。

之后她出差，等她回来他又出差，其间她给他打过几次电话，不过都是以工作为借口。

丁宜问她，什么时候能不那么卑微。

车拐进京越集团大厦地库，田清璐熄火，从包里拿出化妆镜，仔细补妆。

她不知道补妆的意义，反正严贺禹也不会看她。

康助理在办公室门口等着她：“严总在里面。”

田清璐问康助理：“找我什么事？”

康波说：“严总会跟您聊。”

田清璐点点头，敲门进去。

严贺禹在看邮件，头也没抬，只让她坐。

秘书给她送来一杯咖啡，门关上，办公室里只有鼠标偶尔点击的声音。

田清璐在办公桌前的椅子上坐下，借着咖啡，不时瞥他。

他穿着白衬衫，腕上的手表似乎被平整有质感的袖口压住表盘边缘，他拿杯子喝水时，表盘又全部露了出来。

她又注意到，他今天佩戴的袖扣是新的。手表也是新款，以前没见他戴过。

严贺禹没开口，专注地看电脑。

田清璐知道他沉默是什么意思，今天不是来找她聊工作的，他在等她主动坦白。

她故作不知："找我什么事？"

严贺禹的视线一直在邮件上："你自己想清楚，有什么事该跟我说。"

平平淡淡的语气里全是压迫感。

田清璐嘴里的咖啡瞬间变得苦涩："你知道了？"

他没吱声，脸色毫无波澜。

田清璐下意识解释："是温笛自己做的决定。"

严贺禹道："她以后出席的场合多了去了，你是不是该封杀她？"

田清璐扯出一抹笑容："你这是欲加之罪。看来你消息不灵通，不知道我又牵了几个节目给瞿培，至于温笛接不接，那不是我能左右的。她也不听我的。"

严贺禹不喜欢跟人逞口舌之快，道："你可以提一个条件，只要我办得到。"

田清璐虽然有心理准备，可当他亲口说出来时，又是另一回事，心里翻江倒海："你还是决定解除婚约？"

严贺禹反问："不然？你来给我找一个我还能继续履行婚约的理由。"

田清璐自顾自地道："那你也没必要把所有合作都剥离得那么彻底。"这完全超出了她的预料，她没想到他那么狠。

他把近期几个项目让利给田家后，以前的合作正在一点点剥离，以后不再有任何瓜葛。

严贺禹回完邮件，关掉页面，回她："你当初去找温笛摊牌时，就该想到会有这么一天。订婚前，我不止一次提醒你，我们各玩各的，互不干涉，你别想着管我。我也在电话里跟你说过，我害怕让温笛知道。结果你呢？"

田清璐哑口无言。

她知道当初找温笛的后果。

可就算回到那天，她还是会去找温笛。那种情况下，换任何一个女人恐怕都控制不了自己，谁还会把后果放心上？

严贺禹拿过旁边需要签字的文件，翻开："订婚并不符合我的预期。订婚后，我有想放却放不下的人，你也不适合纯利益的婚姻，连起码的遵守游戏规则都做不到。所以，不管是我，还是你，及时止损。"

田清璐抓紧咖啡杯："不说以后损失的利益，你不是不知道现在解除婚约代价多大。"

"我乐意买单所有的代价，又付得起时，对我来说就不算什么。最多浪费我一些时间和精力去处理。"严贺禹跟她聊着，却不耽误工作。

田清璐暗暗吸口气："什么都得按照你的想法来，你要怎样就得怎样？"

"我不按自己的意思来，难不成按别人的？"

田清璐不甘地道："你就算解除婚约，温笛也不会再回头。这又何必呢？"

"她回不回头是我的事，不影响我跟你解除婚约。"

他的心意已决，田清璐还是希望他能冷静冷静，如今只有一个办法。

"之前我家有个项目。"她把项目名告诉他，"很多人看我们订婚后，觉得那个项目有你加持肯定稳赚，不少资金大量涌入，包括姜家。姜家是以别人公司的名义入的股，但幕后操作人还是姜家。你要是现在解除婚约，投资没了价值，他们家的资金一下撤不出来。"顿了下，她说，"可不是十亿八亿。"

严贺禹签完字，合上文件，看了一眼手表，晚上还有应酬，他下了逐客令："你回去好好想想，提什么条件。"

田清璐没想好提什么解除婚约的补偿，心里也排斥提条件，希望跟他继续履行婚约。

她起身告辞，不知道她刚才那番话他听没听进去。

一直以来，他处处为姜昀星考虑，现在只是给姜家一点儿时间撤出投资，也不损害他的利益，对他来说，只不过是维护姜昀星的常规操作。这并不为难。

但凡有其他办法，她也不稀罕用姜昀星这个借口。

她对他这个人彻底不抱幻想了，但还是得为利益妥协。

要是他愿意给姜家撤出投资的时间，她跟他之间还有缓和的余地。

分手后前几个月最难熬，过了这段时间，兴许他就没有那么强的念头要解除婚约了。

严贺禹今天的应酬还是安排在私人会所。

会所的菜单每半年更新一次。

今天又有汤是以前没尝过的，大厨创新的煲法。

严贺禹还没喝，第一个想到的就是温笛。

以前再远，他都会给她送去。他暂时失陪，起身走出包间。

康助理向在座的其他人抱歉地点点头，也随之出去了。

听到脚步声，严贺禹回头："没事，你进去吧。"

康助理问："要不要来一粒解酒药？"

"不用。"

严贺禹喝了三杯，有点儿多，状态还可以。

他靠在窗边，衬衫领口的纽扣敞开两颗，透透气。

康波见老板拿出手机，在找号码，他返回包间。

严贺禹拨出号码，说："是我。"

"严总，您好，有什么指示？"范智森在这个时候接到严贺禹的电话，心里犯嘀咕，建厂项目，他都是跟田清璐对接的。

当初他存了严贺禹的号码，一直没联系过。

严贺禹不习惯铺垫，直接道明来意："想给温笛送罐汤。"

范智森的第一反应是："我们小秦总想追侄女？"反正他怎么都不会想到是严贺禹。

那天饭局上，只有秦醒是单身。

严贺禹说："是我想送。"

范智森："……"

电话里突然没了声。

他这个岁数的人，什么没见过，男人有未婚妻，外面还养着几个情人，多的是。

他突然间说不出话，是因为温笛是温长运的独女。她怎么着也是江城首富的千金。

严贺禹三言两句说明原委："我现在身份不方便。等我跟田总解除了婚约，恢复单身，我自己来。"

范智森一听他们要解除婚约，那他项目的后续资金怎么办呢？他不敢想。

严贺禹仿佛会读心术，给他吃定心丸："钱一分不少。"

范智森把心放回肚子里，感情上的事，尤其还是严贺禹的感情，他不好多问。应该是在江景餐厅那晚，严贺禹对侄女一见钟情。

他恍然，难怪那次饭局上严贺禹对温长运毕恭毕敬，还特意站起来敬酒。严贺禹终究是难过美人关。

生意要做，可最起码的良知范智森还是有的，他跟温长运不是酒肉朋友的关系，那是实打实的感情。

"严总，有些话不该我说，也轮不到我说，可我还是想多一句嘴。长运兄弟姐妹四人，小辈里只有温笛一个女孩，从小宠着长大的。"他顿了下，又说，"严总，您知道我什么意思吧？"

"知道。"严贺禹说，"那么多钱都投给你了，我追她，不是心血来潮。以后，我还想在江城安个家。"

"那再好不过，欢迎当我们江城女婿。是我小人之心了，严总您大人大量。"关于保守秘密，他不等严贺禹暗示，自己先承诺，不会有第三个人知道。

范智森现在更感激温笛和温长运，项目能进展得这么顺利，温笛是大功臣："严总，您想送什么汤？"

"我这边会安排专人送去，你只要跟温笛说，是你的心意。至于给她送汤的理由，你自己想。"

温笛接到范智森电话时，阿姨正好在问她，晚上想吃什么。

"阿姨，您等一下。"她先接电话，"范伯伯，好呀，什么风把您的电话给吹来了？"

范智森难掩喜悦："秘书刚汇报，项目前期的资金全部到账。你不知道，即使合同签了，我心里也没底，钱一天没到，就什么都不作数。"

温笛也替他高兴。

"侄女呀，你和你爸爸真是我的福星。上次我给你在江景饭店订的位子，你说你，就去了几次，伯伯过意不去。江城你不常回，我在京城给你送半年的餐，可不许拒绝。你要是客气，我跟你爸爸翻脸。”

温笛笑了：“我还真想看您跟我爸翻脸是什么样子。”

范智森说起小时候的趣事：“打呗，小时候我们俩玩纸牌玩恼了，打得鼻青脸肿，第二天肿还没消，又玩到一块去了。”

温笛最终没驳范智森的面子，但也提出：“范伯伯，我得保持身材，天天吃饭店的菜，吃不消。”

范智森抢过话：“隔三岔五给你送一回，这行了吧？”

于是当天晚上，温笛就吃到了范智森送来的饭菜，还有一盅汤。

无论菜和汤，都清淡爽口，鲜而不腻。

只吃了六分饱，温笛狠心放下筷子，倒了一杯水，去露台上消食。

祁明澈发来消息时，温笛正在看爷爷奶奶给她录制的小时候的视频，没听到手机振动。

她盯着电脑时间有点儿久，眼发酸，揉揉眼角，杯子不知什么时候空了，她拿着玻璃杯起身去倒水。

她再回来时，手机屏幕亮起。

祁明澈一共发来两条：“怎么回事？”“你人呢？”

温笛喝口水，问：“什么怎么回事？”

祁明澈反问：“你说呢？”

温笛想了想：“你是指没去常青娱乐的庆典？”

常青娱乐定下她当主持人，临时又把她换了，这件事足以让人买通稿拉踩她，毕竟不是所有人都是她朋友。不过，她相信田清璐会处理妥当，不可能让不利于她的流言蜚语满天飞。

“我被嘲了？”

祁明澈：“没。”

热搜上，他看到庆典的一些视频传出来，拍到了台上的主持人，没看到温笛，但网上也没有词条讨论温笛。他好奇怎么回事。

温笛说：“我提前知道严贺禹有可能过去，突然就不想去了。”

祁明澈笃定地道：“田清璐找你了？”

温笛开玩笑地道：“你是神算子？下次有空给我算算，我桃花什么时候来？”

祁明澈说："明天中午。"

紧接着，他又发来："请你吃饭，借你家餐厅。"

温笛笑了，还以为桃花明天中午来，结果是他一条消息分两段，明天中午要借用她家餐厅请客。

温笛还以为是什么山珍海味，第二天，看到食材时，原来又是火锅。

她今天早上起得晚，早饭没吃。

火锅汤底的香味扑鼻，让她食欲大振。

所有食材都是现成的，可以直接下锅煮。

"你还是在那家生鲜超市买的底料？"她闻着味道又觉得不像。

"不是。"

祁明澈正忙着把蘸料倒出来，今天他没让温笛动手，她只负责吃就行。

"那家老店重新开张了。"他说。

温笛正喝果汁，一顿，看着满桌的菜和锅里的汤，不可思议地道："是你从千里之外打包回来的火锅？"

祁明澈点头："不是跟你说过，我六月六号要去吃一顿吗？"

他那天中午飞过去，排了两个小时的队，终于吃到了。

本来是想当天就给她打包回来的，考虑到她几天后要主持节目，肯定要节食保持身材，说不定连水都不敢多喝，怕穿礼服有小肚子。

他在那里多住了几天。

温笛那天只是随口说说，谁知他会当真，真给她打包回来了。

祁明澈把每样蘸料都打包一点儿带回来，让温笛根据自己喜欢的口味调。

这家老店的火锅蘸料在别处吃不到，是店里的一大特色。

他给她一个小碗和勺子："自己调。"

温笛谢过，放下果汁，给自己调蘸料："这是顿天价火锅。"

祁明澈说："不用过意不去，权当是我给你的报酬。"

温笛看了他一眼："报酬？怎么个说法？"

祁明澈直白地道："跟你待在一起，我有摄影灵感。"

她拿了一片生菜直接蘸酱料吃："像这样的灵感能维持多久？"

“谁知道。”祁明澈也学她，用生菜裹蘸料吃，“你是第一个。等没有灵感时我才知道。”

“不知道的还以为你是纯情小男生。”

祁明澈笑道：“不带这样损人的。我当初谈恋爱时不务正业，相机都不摸几下，女朋友就算能给我带来灵感，我也不清楚那是灵感。”

他又卷了一片生菜，里面裹了一点儿腐乳，递给温笛。

“谢谢。”温笛接过来。

她没有照顾人的习惯，在餐桌上都是别人服务她，包括严贺禹。她喜欢吃的东西根本不会动手夹到盘子，他们总能记住她的喜好，直接夹给她，且挑最好的夹。

久而久之，她习以为常，甚至潜意识里觉得理所应当，就该被这么照顾。

祁明澈感叹：“让你高兴不容易。”

因为用私人飞机给她空运惊喜，严贺禹不知道做过多少回。

严贺禹给她的都是恋爱时的天花板。

“没你说的那么夸张。”她晃晃手里的生菜，“现在我就很满足。”

祁明澈岔开话题：“就因为田清璐找你，你就不去主持？”

温笛把最后一点儿菜叶塞嘴里：“我自己也不想看到他，正好有人替我主持，不影响庆典，没什么。”

锅里的汤翻滚着，祁明澈把火调小，又拿了一个空碗给温笛放菜，说：“下午我们看电影，电影票我订好了。”

他如此跳跃的话题总是让她无法预料。

电影是下午三点十分的场次。

吃过饭，祁明澈收拾餐桌，温笛回房间换外出的衣服。

今天的厨余垃圾有点儿多，祁明澈收拾好，先下楼扔垃圾。

他跟温笛说，在楼下车里等她。

温笛拿上包出门，叮嘱阿姨，晚上不用准备晚饭。

到了楼下，她不清楚祁明澈的车是哪辆，他车多，总开不同的车来接她，车牌号她不怎么熟悉。

她不爱记车牌号，那时连严贺禹的车牌号都不记。

温笛给祁明澈打电话:“你在哪儿?”

祁明澈说:“我去洗手间,右边第三辆黑色的车,车没锁,你到车上等我。”正好踏入洗手间,他挂断电话。

温笛撑起遮阳伞,直奔第三辆车。

停车位的右侧紧挨着路边的灌木丛,只有左侧的驾驶室门和后排车门方便打开。

她在后车门停下,收伞,另一只手几乎同时拉开车门。

车里有人。

男人穿着白衬衫,裤子应该是黑色的,或是黑蓝的。

外面阳光刺眼,温笛没仔细看,也没来得及看。

男人长腿自然交叠,低头在擦眼镜。

被突如其来的开门惊了一下,他偏头看过来时,温笛猛地关上门。

这时身后传来祁明澈的声音:“温笛!你上错车了!”

温笛隔着车窗,对车里的人道歉:“不好意思,我认错车了。”车膜反光,她看不清车里的人是什么表情。

祁明澈从公寓楼里跑过来。

温笛对着车窗微微欠身,尴尬地离开。

祁明澈跑到跟前,呼吸不稳,把手放在她的前额给她挡太阳,她鼻尖冒了一点儿汗。

温笛冲他翻个白眼。

祁明澈笑笑,这时候莫名想把她抱在怀里。

他已经很久没看到她这么鲜活生动的一面了。

最近几个月,她任何时候看上去都冷静得不得了,似乎感知不到喜怒哀乐。

不管什么事,很难让她情绪有波动。

他刚认识她那会儿,录制《如影随形》的第一期,她给人的第一印象是高冷、难以接近。等熟悉后,他发现她风趣幽默。

她收工给严贺禹打电话时,是另一副模样,狡黠又不失骄傲。

直到刚刚,她瞪他时,才是以前的她。

“对不起。”祁明澈指指后面那辆车,“我的车是这辆。”

温笛被气笑了:“你不会数数？这是第二辆，哪儿是第三辆？！”

祁明澈也很无辜:“我去洗手间时，后面有车，谁知道这么快开走。”刚才温笛认错的那辆，跟他的车是同一车型。

停在这栋公寓前的车都价值不菲。

十辆车里有一两辆是同一个车系再正常不过。

祁明澈拉开车门，让她先坐上后座凉快:“今天我给你当司机。”

他坐上驾驶座。

汽车驶离。

“肖总，刚才那位女士叫温笛，之前就是她追尾了我们的车。”司机详细汇报。那辆车还在4S店维修。

“嗯。”肖冬翰慢条斯理地擦好金边眼镜，戴上。

他似乎对温笛并不关心。

他来这里等个人。

坐在副驾驶座上的秘书正在查看邮件，转头跟肖冬翰说:“肖总，对方回话，说姜家也许是个突破口，之前他们的资金大量地流入其中一个项目，目前在往回撤，估计项目出了问题。”

他们肖总是肖宁集团的总裁，眼下肖宁集团内部争斗得厉害，都想争夺集团的控制权。肖总想靠自己彻底打开国内的市场，不仅打开，还要站稳。

肖总的资金进来后，势必抢占同行的利益蛋糕。肖总出生在国外，后来一直负责欧美的市场，国内的人脉和资源弱了一点儿，需要严贺禹那个权贵圈里的资源。

可他们那个圈子外人很难进入，他们的信息和资源基本圈内共享。

略思忖，肖冬翰说:“那就从姜家下手找突破口。”

秘书顿了下，道:“如果有可能，跟严贺禹合作是最佳的，他这个人只看利益，合作中也没那么多事。”

肖冬翰:“到时是我听他的，还是他听我的？”

秘书:“……”

一山不容二虎。合作只能泡汤。

自从发生了上错车的事，祁明澈每次来接温笛，总是把车牌号发给她，包括车型和颜色，甚至还要给她副钥匙。

他说："用钥匙找车，绝不会错。"

温笛自然拒绝，他们只是朋友关系。

祁明澈没勉强，收起副钥匙："封面拍摄提前到七月中旬。"

"提前这么多？"

"嗯，我又去看了一下，这个时候景色最适合。"

七月中旬，是最热的时候。

祁明澈说："天不亮我们就出发，早上拍，保证不热。"

他们选了一个有风的晴天，那天温笛四点钟起床，祁明澈已经在楼下等她了，接她去郊区的那个小村镇。

她忘记是小村还是小镇。

外景一共选了三套衣服，全是祁明澈借来的今年新款。

他在国外不务正业的那几年，结交了不少时尚界的朋友。

今天司机开车，她跟祁明澈坐在后排。

"以前上没上过杂志封面？"路上，祁明澈问她。

温笛点头："上过一次。沾棠棠的光，她带我上的。"

那期主题是姐妹，她是沈棠唯一的好友。

说起沈棠，她好长时间没见到沈棠了，沈棠上部剧杀青，现在又进组了，拍摄地就在海棠村。

祁明澈瞅着她："走什么神？"

温笛转头道："在想哪天去探班棠棠，再去看看沈爷爷，想他们了。"

祁明澈对海棠村印象不错，说："你去的时候叫上我。"说完，他靠在椅背上，"我睡会儿。"

昨晚他忙到十一点，早上不到三点就起床了，困得睁不开眼。

车开了两个多小时，在小村口停下。

温笛看着车外，记起来，自己来过这个小村，还是在大学时，跟同学来这里秋游，小村的秋天特别有意境。

小村夏天的景色也不错，整个村子掩映在一片苍翠之中。

村口有一棵槐树，要几人才能合抱起来，得有上百年的树龄了。

车停稳后，祁明澈醒了，拿了一罐咖啡打开，喝几口提神。

今天他们开了两辆车，助理和造型师在后面那辆车上。

“我来过这里。”温笛说，“村里有口井，水很甜，我喝过。”

“等拍完带你故地重游，看看那口井。”祁明澈推门下车，去布置拍摄场地。温笛去了后面的保姆车，准备换衣服化妆。

几个取景的地点在温笛眼里跟别的地方没有什么不同，这大概就是内行跟外行的区别。

祁明澈工作起来的样子是温笛陌生的，要不是她了解他，绝不信他以前是个不务正业的人。

拍摄时间比预算的短，提前一个小时完成了拍摄。

助理都说祁明澈拍温笛，每一张都是有灵感的大片，甚至不用修图。

祁明澈不忘承诺她的事，带她去看那口井。

温笛依稀记得路怎么走：“好像是顺着这条小路一直走，走到底右拐。”

祁明澈说：“左拐。”

“你也知道那口井？”

“不知道。”

“……”

“导航上说在左边。”

温笛这才注意到他手里拎着一个矿泉水瓶子，水快见底了。之前他喝水都是把水倒在杯子里，现在手上没拿杯子。可能水剩得不多，他要对着瓶口直接喝。

井在村子后，现在还有人家用里面的水，大多用来浇花、浇树，也用来洗衣服。

温笛和祁明澈过去时，村里人在井里打水。

祁明澈把矿泉水瓶里剩下的水倒在旁边的灌木丛里，问村里人讨要井水。

温笛问道：“你干吗？”

祁明澈往瓶子里装水：“你不是说这里的水甜？带一瓶水回去，烧开后给你泡茶喝。”

温笛看着他专心装水，欲言又止。她只是随口说的一句话，他却记在了心上，专门买了大桶矿泉水，喝光后用来装井水。

她走到井边，帮着村里人打水，以前来这里时也打过水，蛮好玩的。

“水这么多？”她把手机揣兜里，看了井口一眼，水面离井口不过两三米。

村里人告诉她：“最近雨水多，所以井里的水多。”

温笛点头，说：“我以前来的时候，要用十多米的绳子打水。”

“家里有亲戚是我们村的？”

“没有。就是过来玩，这里风景好。”

“哦。这几年不少年轻人过来，说什么打卡。”

他们闲聊几句，那人用手推车把几桶水推回了家。

祁明澈担心她无聊，逗她：“井里说不定有小鱼。”

温笛不信，却也顺着他的话说：“真的假的？”

“你仔细找找。”

温笛趴在井台往下看，井水像面镜子，照着七月的天，还有井旁的老树。

没等她看清自己，一个黑色物体掉了下去。

“哎！”

她伸手去抓，却抓空了。

“咚”的一声，那东西落入井里，连水花都没有，只荡起一圈圈水波，里面所有的景都碎掉了。

“怎么了？”祁明澈大步走过来。

温笛看着井水，半天才说：“我手机掉里边了。”

祁明澈把手里的矿泉水瓶往井边一扔：“我帮你捞出来。”

温笛挡住他：“算了。这口井几十米深，井底说不定有淤泥，怎么捞？等捞上来，手机也废了。算了。”

祁明澈知道她喜欢随手记录灵感，即便手机里现在保留的内容跟严贺禹没有直接关系，但那些写作灵感肯定来自那三年的点滴。

他坚持说道：“我想办法帮你把它捞上来。”

“不用。不想要了。”温笛提起被他扔在一边的矿泉水瓶，“回去再补张卡。换新手机。”

她笑笑："我用节目组发的那个手机。走吧。"

祁明澈看看她的背影，又看看那口井，收回视线，跟在她身后往回走。

他拿出手机，边走边快速发消息。

作为补偿，祁明澈请温笛吃饭，要是他没说井里有小鱼，她应该不会趴着井沿往下看。

他还说过她，失恋而已，又不是手机丢了，至于吗？

现在手机掉井里了，比失恋严重。

他们回到市区已经快两点钟了，祁明澈找饭店老板，让厨师临时给他做几个菜。

他不是第一次找老板订位子，老板蹙眉："你今天怎么了？想不开？"

"我像想不开的样子？"

"今天点的菜都是你不爱吃的。"

"现在爱吃。"

这家饭店温笛没来过，跟祁明澈出来吃饭，总能去一些她从没去过的地方，且装修风格让人眼前一亮。

饭店在胡同里，不是很容易找，看来做的是熟人生意。

司机在胡同口停下，温笛和祁明澈走路过去。

祁明澈手机有消息进来，对方说："手机捞上来了，我让人给你送过去。"

他关心地道："手机屏没碎吧？"

"没，有点儿淤泥，进没进水不清楚，防水性应该还可以。"

祁明澈道："谢谢，辛苦了。"

对方道："我不辛苦，辛苦了你的钱。"

为了抽水捞手机，祁明澈给了村里人补偿，村里人表示没什么，不需要给钱，本来也不怎么用井里的水，就算水被抽干，正值雨季，很快就能存满。

但祁明澈坚持给。

有几户村民家里有水泵、水管，十来个人热情帮忙，很快就搞定了。

下井找手机费了点儿时间，但有专业人员下去，也不算麻烦。

温笛转头找祁明澈说话，他落在她后面很远："你看着点儿路。"

祁明澈说："不要紧。"

他回了对方的消息，退出聊天框，几步追上温笛。

“看到没，人家过得很精彩，压根儿就没把那个渣男放在心上。”丁宜收回视线，示意田清璐开车。

她们俩今天中午也在这家饭店吃饭，刚吃过回到车上，看到温笛从一辆越野车上下来，旁边还有一个帅哥。

田清璐认出那个帅哥，是跟温笛一起参加《如影随形》的摄影师，叫祁明澈。

祁明澈光凭那张脸就吸粉无数。

丁宜也觉得他帅。

“姐姐，开车。”丁宜耐着性子再次催促道。

田清璐系上安全带，又靠回座椅里，没有发动引擎的意思。

她看着胡同口，温笛和祁明澈的身影已经不见了。

“他还是决定解除婚约。”

从六月十号到如今七月中旬，一个多月过去了，他给了姜家一点儿时间撤出投资，虽然姜家也亏了不少钱，但至少还撤出来一部分。

他还是没改变主意，昨晚让康助理打电话给她，问她条件考虑得怎么样，他不是无限期等她，再拖下去，表示她主动放弃。

丁宜见她没有要走的打算，调整座椅，半躺下。

车停在老槐树下，全是阴凉，车里也开着空调，凉快得很。

她侧脸看着田清璐：“知道你不爱听，我还是想说，你学学温笛。”

田清璐自顾自地道：“订婚前，我应该听家里人的话，听你的劝。”

她非得撞到南墙，撞个头破血流才愿意回头。

只有她脑子有坑，父亲自始至终都是清醒又冷静的，至今还在生她的气，气她非要跟严贺禹订婚，弄得他毫无颜面不说，她自己也一点儿自尊都没有。

前两年，父亲给她安排过相亲，她不喜欢那个人，连面都不愿见。

父亲说，喜欢不喜欢不重要，婚后能跟她过日子才重要。

父亲还说，她想和严贺禹结婚，还得有那个本事。

所谓的本事是管住严贺禹的本事。

因为那次相亲的事，她跟父亲闹得很僵，后来干脆离开京城，去南方创业了。

父亲不愿妥协，她就更不用提了。

两人僵了好几年，她一年到头只在过年时回家一趟，回到家也不跟父亲说话，父女俩就这么怄着气。

母亲心疼她，担心她在外面受苦。

于是，母亲跟父亲冷战，冷战了快一年，父亲最终妥协了，去严家找严家老爷子决定两家联姻。

他们订婚后，母亲后悔过。

在订婚宴上，严贺禹连戒指都不愿意戴，母亲生了好几天的气，可叶阿姨也尽了力，她实在管不了儿子，总不能让人强行给他戴上。所以，母亲有气也没处发。

父亲撂了一句："他们长不了。"

那晚她跟父亲又吵了一架，仅仅因为那句她跟严贺禹长不了。她没想到父亲一语成谶。

昨晚，她跟家里说清楚了，严贺禹坚持解除婚约。

父亲这半年已经被气得没了脾气，只觉得是解脱。

她以为父亲会勃然大怒，后来父亲只是拍拍她的头，说："以后你长长记性。"

她问父亲："提什么补偿条件？"

父亲说："条件的话，让他以后好好做个人。"

父亲是放弃了利益补偿。她猜测，父亲并不想因此跟严家彻底闹翻，就算看不惯严贺禹，可严父那辈的人和田家都有交情。

丁宜问她："你打算提什么条件？要我说，放弃得了，潇洒点儿，像温笛那样。"

田清璐回过神来，不满地道："你能不能别三句话不离温笛？"

丁宜说："能，哪天你像她那样看得开，我一天提你三次，饭前拜拜你。"

田清璐道："闭嘴！"

丁宜哪儿是个说闭嘴就闭嘴的人："庆祝你跳出火坑，我请你去唱歌，你要想哭就尽管哭。"

田清璐睨了她一眼，没搭理她，发动车子离开。

“你打算什么时候找严贺禹提条件？”

“不知道。可能是今天，也可能是明天。”

温笛没想到，手机能失而复得。

吃过饭，祁明澈说开车带她逛逛，一逛就逛到手机修理店。

老板说手机没进水，听筒里的淤泥也清理干净了，不影响使用。

他们走出手机修理店，温笛问道：“你花了多少钱让人捞手机？”

祁明澈倚在树干上：“没花钱，只是欠个人情。”

他下巴一点：“试试通话功能受没受影响？”

温笛没看手机，直接塞回包里：“手机店老板都说没问题，不用试。这个手机我不打算用了。”

她还是很感激祁明澈，手机里有些东西她并没有备份，要是不能用了，还真的找不回来。

“你欠别人的人情，我欠你的人情，加上杂志封面，已经两份人情了啊。”

“别说欠不欠的，我是自愿的，那就不叫欠。”祁明澈说，“走，带你去买个新手机。”

温笛摇头道：“家里有旧的，一样用。”

“送你回去。”两人往车那边走。

温笛的墨镜刚才落在车上了，她忘了拿下来，祁明澈把自己的墨镜摘下来，卡在她的鼻梁上，又拿手挡在她额头上，给她挡太阳。

温笛说：“我皮肤好，大学军训时，全班只有我一个人不但没黑，还越晒越白。”

祁明澈依旧给她挡着：“那也得防晒。”

温笛指指不远处的车：“才十几米，不要紧。”

祁明澈没听她的，一直到车跟前才把手拿下来。

回去的路上，温笛接到了母亲的电话。

赵月翎来京城看女儿，女儿失恋，她始终不放心，好不容易腾出空，过来陪陪女儿。

“妈妈刚从机场出来，你在家还是在哪儿？”

“我今天上午有工作，正在回去的路上。”说着，温笛看下车外，估算了一下从这里开到家的时间，“应该跟你差不多时间到。”

温笛挂了电话，祁明澈问她：“是阿姨？”

“嗯。”温笛笑着自我调侃，“我妈怕我失恋想不开，过来看我。”

祁明澈笑笑：“你跟阿姨说，我不会让你想不开。”他适时地打住话题，问她听不听歌，随后打开音乐。

温笛靠在座椅上，听着陌生的旋律，在这个旋律里想象着三十年前的明见钧和明太太。

不知不觉，汽车停在了小区门口。

温笛转头看他：“怎么在这里停？”

祁明澈给她解开安全带：“我看到阿姨的车了。”

温笛看向车外，母亲的车子停在路边等她回来。

祁明澈和赵月翎吃过一次饭，不算很熟，但也不陌生。

他过去打招呼：“阿姨，您好，好久不见。”

赵月翎笑道：“你们今天又录节目？”

祁明澈道：“不是，给温笛拍了个杂志封面。”

赵月翎对祁明澈的第一印象不怎么样，毕竟他误会了温笛是他父亲的小三，还对温笛冷嘲热讽。

后来，明见钧安排两家人吃饭，席间，他态度还不错，她对他的态度才有所改观。

她客气地邀请他：“上楼喝杯咖啡？”

“不了，我回去还要修照片。”

打过招呼，祁明澈跟温笛道别：“今天被晒了一天，回去敷个面膜。”

温笛点头，跟他挥手告别：“开车慢点儿。”

温笛坐上母亲的车回了小区，赵月翎直白地道：“祁明澈这是在追你。”祁明澈看女儿的眼神温柔得跟以前判若两人，估计离表白不远了。

赵月翎开解女儿：“五个多月过去了，别人有别人的生活，你也该有你的生活。”

这个别人是指她的前男友。

只是母亲还不知道她前男友是严贺禹。

温笛笑笑：“妈，您不用操心，您闺女不会放着大好日子不过，成天以泪洗面。有合适的，我肯定谈。”

她语气轻松：“妈，您这次待多久？”

“一两个星期吧，具体时间不好说。”赵月翎想尽量多陪陪女儿。

回到公寓，温笛先泡澡卸妆，上午拍封面头发做了造型，这会儿有点散了下来，很不舒服。

她去衣柜里找睡衣，在一排睡衣里，她翻找自己最近想穿的颜色和款式，无意间翻到一件男士白色衬衫。

她怔了下。

她把他所有的物品都打包处理了，这件衬衫可能以前她当睡衣穿过，洗过之后顺手跟其他睡衣挂在一块了。

那一瞬，呼吸有点儿急促。不过只是一瞬间，之后呼吸恢复正常。

温笛找来一个手提袋，把白衬衫从衣柜里拿出来，放在沙发上平铺，仔细叠好，装到手提袋里，她提着去找阿姨。

阿姨在客厅，正给她收拾茶几。

“阿姨。”温笛把手提袋递过去，“等明天您下楼，把这个扔到旧物回收箱里。”

阿姨看了一眼，见是白衬衫，明白是怎么回事：“好，我一会儿就扔。”

温笛找了开瓶器，从酒柜里取出一瓶红酒。

她好几个月没喝酒了：“妈，你要不要喝一杯？”

“我不喝。”赵月翎心不在焉地道，她在看最新一期的《如影随形》。

温笛倒了一杯红酒，又从冰箱拿了两枝玫瑰，回自己屋了。

瞿培给她打电话时，她正躺在浴缸里，品着红酒。

“忙吗？”

温笛说：“不忙，在家。”

瞿培跟她商量：“再给你放一个月假？两个月也行。最近不少节目找你，我还没答复，不确定你的状态。”

温笛坐直，道：“接工作没问题，随时可以。”

“确定？”

“我在喝红酒，你说我确不确定？”

瞿培知道温笛难受时从不碰酒，她说醉酒醒了后更难受。喝红酒那说明她心情还行，至少不再那么糟糕，瞿培欣慰不已。

泡过热水澡，温笛换上舒适的睡裙出去，头发没吹干，在肩头垫了一条干毛巾。

赵月翎还在看电视，见女儿头发湿漉漉的，去洗手间拿来电吹风。

温笛调整坐姿，方便母亲给她吹头发。

她放下手机，从茶几上顺手拿了一本杂志。

茶几上有个玻璃花瓶，里面一共五六朵花，什么都有，还有白色的洋桔梗，看着不像是追她的人送的。

赵月翎觉得奇怪："你买花怎么才买几朵？"

温笛说："这些花是饭店送的。范伯伯不是给我订了半年的餐吗？饭店经理说，他们给 VIP 送餐时，会额外赠送一份小礼品，问我要鲜花，还是小饰品。"

她不缺饰品，选了鲜花。

每次送餐员来送餐，都会带一小束花，有时五朵，有时六朵。

不是什么名贵的花，胜在新鲜，让人看着心情好。

说起范智森，赵月翎道："他不只请你，还请我跟你爸爸，又送了一些书给你爷爷。那个项目拖了他两年多，眼瞅着无望了，这不有人投资，他高兴坏了。

"笛笛。"她问女儿，"今晚想吃什么？妈妈下厨给你做。"

"不用，饭店送餐过来。"

饭店经理中午联系她，问她什么时候在家，说收了范总那么多钱，再不多送几次，他们实在是过意不去。

她让他们晚上送来。

巧了，母亲过来看她，正好尝尝他们家的厨艺。

温笛点开手机看时间："最多半个小时，他们应该就能送到了。"

此时，送餐员正在一千米外的花店门前等着拿鲜花。

花店里，严贺禹挑了一朵粉玫瑰和一朵香槟玫瑰，盯着满屋的鲜花，他又选了一枝多头蔷薇，再配上点儿尤加利和相思梅。

他并不懂怎么搭配，完全根据感觉来。

最后，他又从花桶里拿了一枝白蝴蝶兰。

“就这些。”他把选好的鲜花递给店员。

康波疾步从店外进来，把手机递给老板：“是田总。”

现在田清璐不管什么事，即使是找严贺禹，也是直接打给康波，让康波把电话转过去。

康波留在花店里等店员包鲜花，严贺禹拿着手机出去了。

坐上车，他问：“什么条件？”

田清璐：“没什么条件，你之前给的补偿足够了，再开口，那就有点儿贪心不足了。”她也有过偏激的想法，自己不好过，也不想他好过，可突然觉得没意思。

丁宜说：“你好聚好散一回，别因为一个男人，把自己逼得那么刻薄。”

她决定听丁宜一次劝。

严贺禹语气平静，劝她：“你回家再跟你家人商量商量。”

田清璐现在就给他答复：“用不着。我的意思就是我爸妈的意思。”

不过，她也有个小请求：“我打算出去散散心，主要是不想被人议论，不过临时走不开，最迟八月初就能结束手头的项目，你给我点儿时间，下个月初再对圈里人说我们解除了婚约。”

她问：“可以吗？”

严贺禹回答得很干脆：“可以。”

即便田清璐没提补偿条件，他也吩咐康助理，该补偿的一点儿不少补给了她。

他不喜欢欠别人的。

“花送过去了？”他问康助理。

康波点头：“送餐员刚走。”

每次给温笛送餐，会另外再送几朵花，之前几次都是店员随意搭配的一小束，今天他们的车刚好路过花店，于是老板下车，亲自给温笛挑了一次花。

温笛花瓶里的鲜花换了一茬又一茬，有时阿姨给换水，她闲着没事时，偶尔也自己换。

周末那天清早，温笛刚给花换完水，接到祁明澈的电话，他说把井水送给她。

离他们去小村拍封面那天，已经过去十天了，母亲在这里陪了她十天，当然，其间没耽误母亲出去谈合作，晚上母亲回家陪她看看剧。

时间有点儿久，温笛担心井水不能喝了，毕竟在井里跟装在瓶子里不一样。

祁明澈说："今天一早天不亮，我给你从井里刚打来的水。"

那天在小区门口遇到赵月翎，光顾着打招呼，把井水这件事给忘记了，等他想起来已经是晚上，又不方便打扰她。

温笛抱着花瓶，从洗手间出来："你怎么还当回事了？"

"答应过给你用井水泡茶的。"

温笛放下花瓶："你等着我，马上。"

她下楼去拿水。

祁明澈准备了两大瓶井水，交代她："让阿姨先在净水器里过滤，茶泡好了后，放凉，凉透再放冰箱半个小时，冰镇后味道更好。"

两人简单聊了几句，温笛上楼了。

赵月翎看女儿抱着两大瓶井水回来："家里的水那么多，你怎么还下楼去买？"

温笛放下水，告诉母亲事情的始末。

赵月翎夸祁明澈："还不错，挺细心。"

"嗯，是不错。"温笛挽着母亲往餐厅走，"吃过饭，我送你去机场。"

赵月翎打算今天回江城，陪了女儿十来天，觉得女儿状态不错。

原本她订了中午的机票，临时有事，改签到晚上，所以不用女儿去送。

温笛听说母亲改签了航班，关心地问道："是不是公司有什么要紧事？"

"不是。是范智森公司的事。"赵月翎问女儿要不要吃蔬菜沙拉。

温笛点头："多放苦菊。"

她问："范伯伯在京城？"

"嗯。他不是跟京越集团合作在江城园区建厂吗？"赵月翎往盘子里夹苦菊，接着说，"有些手续复杂，要京越集团这边出面。"

"那范伯伯让你去干吗？"

温笛夹了一片紫甘蓝放在嘴里，慢慢嚼着。

“中午他跟严总约了吃饭，就是严贺禹。你上次回家，不是在饭店见过他跟他未婚妻吗？”赵月翎见女儿吃紫甘蓝，又夹了一些紫甘蓝在盘子里，淋上沙拉酱，递给女儿。

温笛“嗯”了一声，把沙拉酱拌匀。

赵月翎给自己拌蔬菜沙拉，没放沙拉酱，只淋了一点儿醋：“我们家公司跟京越集团子公司有合作，你范伯伯的意思是，上次江城的饭局我没参加，这次过去熟悉一下，方便以后的合作。”

温笛不希望母亲跟严贺禹见面，但母亲已经答应了。这是再正常不过的关系网维护，要是她多说什么，母亲那么聪明肯定会怀疑。

赵月翎道：“你二姑妈昨晚给我打电话，问你有没有新恋情。”

“哪儿有那么快？”

“快慢无所谓，妈妈希望你开始下一段恋情，是因为开心。”

“那肯定的。”

赵月翎说：“你二姑妈跟我是一个想法，她希望你找个能让你开心的人，谈一场轻松的恋爱。”

说起能让她开心的人，她想到的是祁明澈。

温笛今天没工作，在家看了一上午电视剧。

还没到中午，母亲去应酬了。

她一个人无聊，趴在沙发上睡着了。

她刚睡半个小时，就被祁明澈的消息吵醒了。

他说：“带你去个地方。”

温笛捡起地上的毛毯，问他：“去哪儿？”

“一个你肯定会喜欢的地方。我在楼下。”

温笛换上外出的衣服，找出一把遮阳伞。

“要出去？”阿姨问。

温笛戴上墨镜，点头：“嗯，去逛逛。”

“中午想吃什么？”

“不用做我的饭，我逛街时随便吃点儿。您就专心给祁明澈编玩偶摆件吧，他着急。”

阿姨开玩笑道：“早知道就不接他这单了。”她推推老花镜，“他这个玩偶不怎么好编，颜色复杂。”她已经编了好几个，细节不行，这是第四个。

温笛下楼了，祁明澈就在电梯旁边等她，手里拿着一瓶苏打水。

他伸手道:“伞给我。”

“我自己撑。”

祁明澈还是坚持把伞拿过去，走出楼，他撑着伞，将手里的苏打水递给她:“在店里买的，不是你常喝的那个牌子。”

“一样喝。”温笛转头看他，“你今天不忙？”

“忙。”顿了下，祁明澈偏头，跟她对望，“因为想见一个人，早早就忙完了。”

他的告白来得猝不及防，温笛在拧苏打水的瓶子，手一滑，没拧开。

祁明澈停下脚步，温笛也站定。

他倾斜遮阳伞将她那边的太阳挡住。

别说温笛，连他自己也没想到，那句想见她的话会脱口而出。

除了早上给她送井水，他十天没见到她了，思念疯涨。

今天早上实在挨不住，找了个送井水的借口见了她一面。可那一面只有几分钟，话都没说上几句。

他认真打算过，找个特别的日子，准备得充分一些，给她一个有仪式感的表白。

哪儿想到，节奏被自己打乱了。

“温笛，要不要跟我试试？我知道，以你的性格根本不需要用一段感情去忘记什么，你也不用刻意去忘掉什么，我们只是开始一段新生活，一段跟你以前完全不一样的生活，跟过去无关。”

她肩头落了一道阳光。

那是祁明澈没拿稳伞，让阳光有机可乘。

他十分清楚，她之前跟严贺禹的那段感情，她毫无保留地投入，被伤得很重，她很难再像以前那样，谈恋爱是为了爱。

她不可能再轻易去爱，也一时爱不起来，现在她只是图开心和轻松。

她目前，或者说以后很长一段时间，对爱情的态度应该是随遇而安。

他不强求她爱他，只要她开心就好。

他笑笑，让自己看上去洒脱一点儿："我觉得我算是适合你的人，认识这么长时间，你跟我在一起不反感，有时还挺开心。我没不良嗜好，长得还行，赚的钱能养活我跟你，家里和你家门当户对，不管是谈恋爱，还是想走得再远一点儿，我们都没障碍。最重要的是，我喜欢你。喜欢很久了，比认识你的时间久。"

祁明澈不知道自己说到了哪儿，想到什么说什么："参加《如影随形》录制，跟你同组，都是我的私心，那时我以为你单身。后来痛苦过一段时间，因为发现你跟我爸有'关系'，我一度想放弃参加节目录制，不知为什么最终又没放弃。导演看我在节目里不配合你，找我谈心，准备给我换搭档，我还是拒绝了。"

说着，他抱歉地道："我说得有点儿语无伦次。"

温笛一直看着他，那瓶苏打水始终没拧开。她没说话，或者说，是没想好怎么回答。

祁明澈伸出一只手："把你的右手给我，或者，把你左手的苏打水给我，我帮你打开。"

他给了她这样的选择方式。

他缓和气氛："放心，你就算给我苏打水，我也照样带你出去玩。不过有可能就不想开车了，让你挤地铁。"

温笛笑了，直接把右手给他。

祁明澈愣了愣，忽而欣喜地一笑，紧紧攥住她的右手，然后用撑伞的那只手臂轻轻抱住她。

他朝旁边挪了挪，让那道原本落在温笛肩头的阳光照在他自己的后背上。

第七章

温笛公开恋情

赵月翎是第一个知道他们恋情的，饭局刚散，她收到了女儿的消息：“妈妈，祁明澈今天中午跟我表白了，我们在一起了。我很开心。”

赵月翎正在往电梯走，用语音回复她：“妈妈恭喜你。”

严贺禹和范智森走在赵月翎旁边，她那句语音，严贺禹听见了，他没多想，以为温笛又卖出一个天价剧本。

温笛和祁明澈恋爱的事，两周后曝光了。

两人经常打卡胡同的小店，先是被网友拍到两人吃饭时挨在一起，同坐在餐桌一边，祁明澈还给温笛夹菜。

后来，天明被娱乐记者蹲守到，被问到了恋情。

祁明澈想说只是朋友逛街，因为他不清楚温笛愿不愿公开。

反而是温笛大方承认了，说：“我们刚确定关系，希望给我们一点儿私人空间，谢谢。”

当晚他们的事就在热搜上爆了。

《如影随形》刚播第六期，不少粉丝嗑他们CP（一般是观众给自己喜欢的银幕情侣的称呼）。

在节目里，有人早就发现祁明澈看温笛的眼神不对，眼睛里面都是温柔，应了节目的名字，如影随形。

这跟他在第一期和第二期的表现完全是两个人。

原来两个人在一起待久了，碰撞出了火花。

也是当天晚上，严贺禹才知道他们在恋爱。

他出差刚回国，跟赵月翎和范智森吃饭那天，他晚上的航班出国，在国外待了两周。

之前他补偿给田家的几个项目，后续有些问题要解决，他这次出差就是一次性把问题处理好。

从机场出来，他直接回了老宅。

今天父亲在家，一家人难得一起吃顿饭，上次碰面还是在他的订婚宴上。

严贺禹刚在沙发上坐下，就听对面的严贺言说："还真在一起了。"

他置若罔闻，拿遥控器打开电视。

严贺言起身坐在他的旁边，把手机放在他跟前："温笛的新恋情。"

严贺禹看着视频里的人，温笛穿着吊带长裙，微卷的长发散在肩头，两只手抱着祁明澈的胳膊，眉眼带笑，跟记者说："我们刚确定关系，希望给我们一点儿私人空间，谢谢。"

他定定地看着视频，温笛在视频里的说话声也似乎忽远忽近。

严贺言问："你在想什么？"

严贺禹没听见，突然间，他站了起来，拿起茶几上的车钥匙，抬腿就往外走。

"手机给我！"

严贺言对他喊道。

严贺禹顾不上转身，把手机丢在路过的吧台上。

他快步走去院子。今晚他打算留宿老宅，司机把他送过来便离开了。刚才他随手拿的是严贺言的车钥匙。

坐上车，严贺禹两手握着方向盘，半天没发动车子。

缓了缓，他喊来母亲的司机开车。父亲的司机他请不动。

司机问他去哪儿。

严贺禹顿了下。

司机眼神发出疑问，这么着急出去，您不知道去哪儿？

严贺禹确实不知道，不知道去哪里才能找到温笛。

现在是下午六点钟，她肯定在跟祁明澈约会，不可能在公寓。

明知她不在，他还是去了。

半路，康波给他发消息："严总，热搜第一那条，您看到没？"

"我看到了。"

"要不要我过去？"

"没事。"

严贺禹关了手机。

和他预料的一样，温笛不在家。

他按门铃，阿姨回复的：“你是笛笛的朋友啊？她不在家，你打她电话。她恋爱了，你知道吧？”

严贺禹：“嗯。谢谢。”

他给保镖发信息：“你过来一趟，把有我出现的监控镜头全部剪掉。”

他没说人在哪儿，但保镖猜得到。

田清璐好几个月没单独跟严贺禹联系了，今晚看到热搜，没忍住：“热搜第一，看到没？”

她又发来一条：“如果你没给姜家一个月撤出投资的时间，现在会不会不是这个结局？”

严贺禹没回。

当然，田清璐也识趣地没再发消息过来。

在等温笛回来的期间，严贺禹接到了范智森的电话。

所有人开头似乎都是那句：温笛恋爱了，你知道吧？热搜第一。

范智森说这话不是为了扎他的心：“我问过长运老弟，他说温笛确实在谈恋爱，不是节目组炒作。两周前就在谈了。”

严贺禹单手插兜，靠在走道尽头的窗沿，往楼下看。

楼层高，闪烁的示廓灯分不清是哪辆车，一辆挨着一辆。

他淡淡地反问：“打电话就为了告诉我这个？”

“严总您误会了。”范智森知道他心里现在不爽，换谁谁也不痛快，“论实力，祁明澈跟您没法比。”

可你们没缘分。

如今送餐这件事，他不确定严贺禹是什么意思。

“餐继续送，花再加两朵。”严贺禹挂断电话。

严贺禹等了一小时三十二分钟后，温笛回来了。

她今晚没约会，祁明澈有工作，她跟瞿培在公司聊了聊工作，又讨论要不要降降恋情热度。

温笛没注意走廊尽头有人，从电梯出来，径直地往家门口走。

“温笛。”

她脚步一滞，转身往后看。

严贺禹已经走近。

“你又来找文件？”温笛把手机塞到包里，“所有文件柜我都看过一遍了，没有文件了。”

他说：“来找你。”

温笛跟他无话可说，还不等她迈步，就被严贺禹拽着胳膊拉到怀里。

两人之前经常对峙，身高和力气差距太大，他总能轻而易举地把她箍住。

严贺禹抵住她的长腿，没像上次那样反剪她的手，而是跟她十指紧扣，胳膊贴在墙上。

她试图挣脱，结果是徒劳。

两人无声对望。

在彼此眼里，是熟悉的情绪，又是陌生的，最后是碎裂的。

温笛说：“不是炒作，祁明澈现在是我男朋友。放手。”

“我都来了，你觉得我会放手？”

她低声警告：“你有点儿道德底线。”

他道：“对你，我没有。要那个干什么？”

“……”

温笛偏头，胸腔里燃烧着怒火。

严贺禹看着她的侧脸：“你在我手机里改的备注，我一直没改过来。”

温笛像没听到。

“我已经解除婚约了。”

“那是你的事。”

他静默了几秒，说：“那三年，你都忘了？”

“是你先放弃先不要的。”

他低声说：“没有不要。”

温笛笑笑：“现在说这个没意思。”

她重申：“我现在有男朋友，各自安好。”

严贺禹调整姿势，低头，跟她额头相抵：“你跟我说说，怎么个安好法？”

温笛的手动弹不得，她拿不到手机。

她现在唯一能求助的是阿姨："你再不松开，我就喊人了。"

严贺禹不惧威胁："你可以喊，我正好有理由堵你的嘴。"

温笛只好放弃。

他现在这个架势，能做出直接亲她的举动。

她让自己平静："你来找我什么事？有话好好说，你这样算什么？"

严贺禹依旧没放开她，站直，说："没想好为什么来找你。"他就这么来了。

"你跟他不合适。"这是严贺禹第二次下定论。

温笛仰头跟严贺禹对视："我觉得合适就行，现在我就喜欢他那样的。"

严贺禹看了她几秒，忽而再次低头。

温笛躲得快，他的吻落在她的脸颊上。

"严贺禹！"

"我就当不知道你现在有男朋友，当你还是我的。"严贺禹松开她。

他知道她接下来要干什么，在她巴掌落下来前，拦住她那只手，攥在手心。

上次在公寓，她扇他，他不会动。

他允许她为自己扇他耳光，但不能允许她为别的男人扇他。

他掏出手机给保镖打电话："哪部电梯方便现在关监控？"

"一号。"

"我这就过去。"

他挂断通话，看着她："要不要送送我？下次再见，你就是别人的女朋友了。"

温笛没搭理他，用力从他手里抽出自己的手。

严贺禹知道她不可能送他下楼，但也没抱她进电梯。

他抬手，捏了她一小撮头发，在指尖绕了一圈："对不起，为田清璐约你见面那次。"

温笛从他手上扯过头发，转身就走。

严贺禹目送她进屋，走进电梯。

回到车里，他跟司机说："随便开。"

司机说："家里在等您回去吃饭。"

司机到底不是自己的人，都不怎么听他的，严贺禹示意他回老宅。

他回到家，父亲在客厅，正跟妹妹聊天。

严鸿锦瞥了一眼儿子："干什么去了？一家人在等你。"

严贺禹不紧不慢地道："平常只能趴在电视上找您，今天突然见到本人，有点儿激动，到外面抽了支烟，压压惊。"

他话音刚落，被母亲一把拉到旁边："行了，非得杠你爸。"

菜上齐了，一家人坐到餐桌前。

严鸿锦刚刚被女儿拉着看了半个小时的《如影随形》，且都是温笛和祁明澈的镜头，女儿给他说两人的感情。

她说到一半，儿子回来了，被打断了。

他问女儿："然后呢？"

叶敏琼不明所以："什么然后？"

严鸿锦道："贺言喜欢的明星，说两人后来在一起了。"他问，"现在结婚了？"

严贺言摇头："没，刚公开恋情。"

叶敏琼："你现在不是喜欢温笛和那个……"

"祁明澈。"

"对，叫祁明澈。"叶敏琼惊讶地道，"他们在一起了？在现实中？"

"嗯，今天上了热搜。"

叶敏琼刚忙完，没关注娱乐新闻，她看过两期《如影随形》，对这对搭档印象深刻，又在饭店遇到过，见过真人。

她客观地评价道："两个孩子挺般配的。"

严贺言让母亲赶紧打住："妈，您可千万别这么夸，这是戳某人的心戳某人的肺呀。"

叶敏琼一开始没明白什么意思，见女儿的下巴对着儿子那个方向努了努，而严贺禹面无表情，坐在那里只顾吃饭，一言不发。

她忽然回过味来："你哥喜欢温笛？"

严贺言给她竖大拇指。

叶敏琼瞅着儿子，想想温笛的颜值、气质，儿子喜欢她，不奇怪。

严贺言在心里打了个腹稿，觉得没问题，于是她说道："我哥就是为了温笛才跟田清璐解除婚约的。”

此话一出，如惊雷落地，把严鸿锦跟叶敏琼给炸蒙了。

严贺言趁机和盘托出：“温笛跟某人谈了三年，某人订婚还不告诉她，直到田清璐找上门才知道自己的男朋友是别人的未婚夫。”

叶敏琼指着儿子半天，气得不知道说什么。

“爸，我坐你旁边。”严贺言端着自己的碗，躲到父亲身旁。

严鸿锦把餐椅往旁边挪，给女儿让位子：“我跟你妈在家，你还怕他不成？”

严贺言矢口否认：“谁怕他？我不是想跟您坐近一点儿嘛。”

严贺禹始终沉默，一碗米饭吃完，他忘了夹菜。

叶敏琼数落他：“你简直作孽。”

严贺言专挑扎他心的话说：“当时温笛被田清璐找上门，和你之前看到那个视频是一样的心情。她应该更难受。”

严贺禹还是不吱声。

快吃完时，叶敏琼说：“人家现在有男朋友了，过去的就过去吧，谁让你犯浑在先。”

严贺禹终于开口了：“他们长不了。”

严鸿锦奚落儿子：“你什么时候改行算命了？连人家谈多久都知道。”

严贺禹拿起手边的水杯，喝了几口，说：“比算命准，因为我不会让他们长。”

严鸿锦气急：“我告诉你，你别胡来，我丢不起这个人。”

严贺禹看着父亲：“您不用担心，又没让您去搞破坏，我自己动手，丢也是丢我自己的人。”

严鸿锦：“……”

严贺言赶紧放下筷子，给父亲拍后背：“爸，您别生气，随他去吧，反正您管不了他，管了他也不听。他想追就追呗。”

严鸿锦揉揉女儿的脑袋：“你怎么是墙头草呢？”

严贺言并不是墙头草，一开始她就有心帮严贺禹，虽然看上去在看热闹，恨不得落井下石，但说出来的每句话，她都深思熟虑过。

她把真相告诉父母，让父母知道，温笛不是朝三暮四的人，也不是人品有问题，是被哥哥坑的。

这样一来，父母听到跟温笛有关的闲言碎语，才不会当真。

“爸，您不用担心，就算我哥追，也追不回来。人家是江城首富的女儿，你们说她缺钱还是缺追求者？”

“等等。”叶敏琼跟女儿确认，“温笛是温长运的女儿？”

严贺言点头。

叶敏琼气得脑仁痛，温笛是温长运的女儿，可不就是赵月翎的女儿吗？

她跟赵月翎虽说没什么交情，但要提大学时印象最深的人那肯定是赵月翎，大家都喜欢把她跟赵月翎放一起比。比谁更好看，比谁能力更强。

结果，她的混账儿子把人家闺女给抛弃了，现在还要厚着脸皮去追。

严贺言刚才的话还没说完，提前给父母打预防针：“假如，哪天温笛跟我哥又在一起了，绝不是温笛的本意，肯定是被我哥逼的。你们也知道，我哥什么德行。”

严贺禹瞅了一眼妹妹，看在她今晚替温笛说话的分上，没计较她说话难听。

他刚才吃得太快，胃不舒服。

杯子里的热水喝光了，他搁下筷子。

严贺言离饮水机近，伸手道：“杯子给我，我倒。”然后她来了一句，“胃难受是不是？我跟你说，你那不是胃疼，是心疼。”

严贺禹：“就你话多。”

当晚，严贺禹去了会所。

他原本不想去会所，吃过饭，父亲瞅着他说：“你戳在那里干什么呢？”

他明明坐在沙发里，没碍着他们任何人看电视。

父亲已经说得再明显不过了，嫌他坐在那里碍眼。

他到了会所，蒋城聿和傅言洲都在。

秦醒也在，哪里有牌局，哪里就有他。

“严哥。”秦醒向他挥手。

他声音一出，原本在讨论温笛恋情的人立马噤声。

蒋城聿摸了一张牌丢出去，觑他：“你还敢来？”

有人给严贺禹让位子，严贺禹在旁边坐下，道：“我有什么不敢来的？

我要不来，你跟谁比惨，到哪儿找幸福感？”

傅言洲说：“你们俩唯一不缺的就是自知之明。”

在严贺禹和温笛分手那晚，蒋城聿跟沈棠也分手了。

最近一段时间，圈子里议论得沸沸扬扬的，莫过于温笛和沈棠这对闺密，她们把严贺禹和蒋城聿两个发小给踹了。

沈棠看到温笛和严贺禹的结局，也似乎看到自己跟蒋城聿的结局，他们那个圈子的男人不会轻易许给别人婚姻。

那段时间，沈棠正好在拍一部古装剧，对帝王的薄情，对男人的无情，她深有体会。陪他征战沙场、陪他出生入死的人，也不会影响他在权势上的权衡，更何况女人。

剧本里，长安城的权贵们，为了巩固家族势力，稳定既得利益，只会强强联姻，哪怕是不务正业的纨绔子弟，在婚姻大事上，也决不会一时昏头，更别说有野心的世子了。

一般人家的姑娘，即便是商贾之女，也压根儿不在他们考虑范围之内。毕竟富商有的，他们也有；富商没有的，他们还有。

即使剧本最后为了追求大团圆结局，让门不当户不对的两人在一起，那也是吃尽苦头，放在现实里，怕是不存在。

在戏里，沈棠忍受煎熬。

戏外，跟剧中一样现实，尤其是她看到田清璐高高在上的样子，他们那个圈子她和温笛遥不可及。

蒋城聿明确表示不婚，她看不到希望，于是果断分手。

如果不是田清璐跟温笛摊牌时的一番话被沈棠听到，蒋城聿跟沈棠不至于走到分手这一步。所以，他心里多少对田清璐有气。

秦醒给蒋城聿倒杯茶：“蒋哥，消消火。”

他又亲自给严贺禹倒了一杯酒，不敢贸然提温笛恋情的事，若无其事地问：“严哥，你不是说今晚在家吃饭，不过来吗？”

严贺禹敷衍道：“嗯。”他拿起酒杯抿了几口。

这个回答过于敷衍，秦醒表示理解，毕竟他失恋了。他不只失恋，说不定还被催着订下结婚的日子。秦醒听说，严伯伯回来时，车子直接停在了田家老宅门口。

除了婚姻大事，他想不到别的事情能劳严伯伯大驾。

包间里过于安静。

严贺禹说：“我爸妈他们知道了我跟温笛的事。”他顿了下，“你们该聊什么就聊什么，不用顾忌我。”

原来他已经看到热搜上的新闻了。

“严哥，你放心，祁明澈和温笛姐长不了，这可不是我瞎编乱造。”

秦醒看上去是在宽慰严贺禹，其实是在给他扎刀子：“好多网友这么觉得，说祁明澈肯定是想靠温笛红，温笛八成也是看上他那张脸了，总有腻的一天。要我说，腻了就再换一个，有什么大不了的。”

傅言洲踹秦醒的椅子，让他闭嘴。

秦醒跟严贺言年纪相仿，两人还都喜欢损人。

他假装不懂傅言洲的暗示，语重心长地对傅言洲道：“蒋哥和严哥是你的前车之鉴，你一定要好好想想，免得哪天被你媳妇甩了，你走上他们俩的老路。”

傅言洲：“……”

秦醒见好就收，今天没参与牌局，坐在旁边喝酒刷手机。

他平常对娱乐八卦消息不感兴趣，因为跟温笛有关，他多瞄了几眼。

那天他在路上碰到温笛的画面，印象实在过于深刻，温笛当时坐在车里，脸色惨白，连车都不会开，他以为她熬夜熬得心脏出了毛病。

秦醒刷新热搜，温笛和祁明澈恋情的词条排在热搜第一。

他们俩微信用了情侣头像，据说是《如影随形》节目组的工作人员爆料出来的。

他换了小号，给这条微博点赞。

秦醒看一眼严贺禹，在心里叹口气，又把小号点的赞取消了。

严贺禹的酒杯空了，秦醒给满上，自己也倒了半杯。

“严哥，来支烟？”

严贺禹道：“你抽吧。”

秦醒倒支烟出来，含在嘴里，半天没打火。

他把玩着打火机，忽然拿下嘴里的烟：“我让人把热搜撤撤？钱我来出。”

严贺禹从不干自欺欺人的事："用不着。"

他手机有消息进来，随手点开。

那是康助理发来的工作汇报。

秦醒不是故意要看他的手机，是无意间瞄到的，置顶的那个微信备注是"老婆"。

要不是有结婚的打算，以严贺禹的性子，不会随便给谁备注"老婆"。

今天严伯伯回来，应该是商量严贺禹和田清璐的婚事。难怪用不着撤温笛的热搜。

"清璐姐什么时候换了头像，我还没注意。哥，你们打算近期结婚还是偷偷领了证，没告诉我们？"

严贺禹和田清璐解除了婚约，暂时没对外公开，他答应田清璐，八月初再对外公开。

如今只有他们两家人知道，包括他一众发小都不知情。今天父亲去田家也只是过去表示一下歉意。

"不是她。"

秦醒没听明白："啊？"

"那个微信不是田清璐。"

秦醒很肯定，那也不是温笛，因为温笛跟祁明澈的情侣头像很特别，绝不是严贺禹手机里置顶的那个头像。

他有点儿凌乱。

难不成严哥又找了个女人？

秦醒不敢乱说："不是清璐姐，那是……"

"温笛。"

"……"

秦醒点上烟，抽了几口，恍然，温笛把严哥拉黑了，所以，严哥手机里暂时还是温笛以前使用的头像。

刚才严哥收到消息，却排在温笛的对话框的下面，那就是说严哥只置顶了温笛一人。

秦醒吐出烟雾，掐灭烟头："热搜上的内容你都看到了？"

严贺禹直接问："情侣头像那条热搜？"

“嗯。”

“看到了。”

秦醒一时不知道怎么接话。

严贺禹也没再吱声，手机里的备注是温笛自己改的。

当初他手机里置顶的联系人和各种群有几十个。有一回她发消息给他，被其他消息给压下去了，他没及时看到。

她说：“你怎么置顶那么多？”

后来，他把其他置顶都取消了，只留了她一个。

她知道后，一高兴，送给他一块手表，那是她送给他的第十一块表。

结果时间久了，她忘记那块表是她自己送的。

每次她看他戴那块手表都有审视的意味，尤其她把他关在门外，改密码那次，看到他腕间的表，恨不得把表盘看出洞来。

她以为他收了其他女人的礼物。

后来，他让她把衣帽间里她送他的礼物好好看一遍。但直到分手，她也没看。

严贺禹码好牌，看了一眼秦醒：“还有什么好奇的？”

秦醒摇头，又点了支烟。

人家温笛已经换了头像，跟祁明澈是一对，可严贺禹还留着温笛之前的对话框，备注还是老婆。他再次叹气。

三天过去，温笛和祁明澈恋爱的热度才慢慢退去。

原本不会连着三天挂在热搜上，节目组不愿放弃这个大好的机会，于是各种助力，跟恋情有关的词条有十几个。

这个下去，另一个上去。

网友意犹未尽之时，节目组果断离场，停止所有营销。

温长运给女儿打来电话，早知道女儿的恋情，但跟以前一样，他从来不多问。

只是这次不同的是，女儿的恋情上了热搜，还是女儿公开承认的。

“这次声势浩大。”

父亲用了这样的形容词。

温笛笑道:“没办法，谁让我男朋友太红。”

“我对小祁不了解。”温长运实话实说，“感觉不是你喜欢的类型。”

“现在喜欢。”

“确定？”

温笛明白父亲的意思，担心她破罐子破摔:“爸，不至于。我就是换个方式谈恋爱，谈一段跟以前不一样的恋爱。我感觉还不错。”

“你觉着好就行。”

温笛在键盘上敲下最后一段的句号。

温长运听到键盘声，问:“在写剧本？”

“嗯，今天的内容写完了。”温笛保存，关掉文档。

温长运听了，心情放松不少:“状态不错。”

“还行，找到一个想写的故事，能投入进去。”

“明见钧的定制剧本，你写完了？”

“没，先放几个月。找不到状态，不能硬写。”

她靠在椅子里，跟父亲闲聊:“我这次写的是以前没写过的风格。”

温长运问道:“名字叫什么？”

温笛说:“《大梦初醒》。”

她关了电脑，起身去客厅。

父亲开玩笑道:“能得奖的剧名。”

温笛笑道:“哎呀，借您吉言，到时得奖了我把奖杯送给您。”

父女俩聊了大半个小时。

跟父亲打完电话，温笛换衣服出门。

她在公司群里得知，瞿培身体不太舒服，她过去看看。

瞿培住的地方离她的公寓不远，只有二十分钟的车程。

阮导不在家，瞿培正靠在沙发上看电视。

阿姨给她开门，接过她手里的一大束鲜花。

“你这孩子，买什么花呀！”瞿培坐起来。

“鲜花看了心情好。”温笛放下包，在瞿培旁边坐下。温笛现在就爱摆弄鲜花，家里花瓶里的几朵花，她经常换水。

瞿培的脸上毫无血色，温笛担心地道：“您这样不行呀。”

“我心里有数。”瞿培说，“明天约了专家号，再过去看看。”那个专家的门诊很难约，提前好久才能约到。

阮导新剧马上开机，忙得不可开交。

温笛明天没接其他工作：“我陪您去。”

“不用，阿姨陪着我就行。”

温笛还是坚持陪着瞿培。

瞿培拗不过她，只好随她去了。

她拍拍温笛：“跟你商量件事。”

温笛给她揉腿放松：“您说。”

事关温笛以后的发展，瞿培在给她找合适的经纪人：“我的身体，自己都没把握，也想退休歇歇。”

她跟温笛的二姑妈是老朋友，关系不错，人家把侄女交给她，她不能不负责。

“你这个脾气，得找个厉害点儿的经纪人。”

温笛什么都顺着瞿培，对找什么样的经纪人无所谓，要是不投脾气，多磨合磨合：“您看着合适就行。”

她陪瞿培吃了午饭，直到瞿培午睡，睡得还算安稳，温笛才离开。

离开前，她交代阿姨，有事打电话给她。

温笛不适合闲下来，思维容易发散。

以前工作忙完时，她总会给自己找点儿事干，但现在似乎有点儿提不起精神。

她想了半天不知道要做什么。

她给祁明澈发消息：“晚上几点忙完？我接你下班。”

祁明澈问道：“你是不是无聊？”

温笛回道：“你换个说法。”

祁明澈笑了，说：“好。你是不是想早点儿见到我？”

“对啊。”

祁明澈在摄影棚，不在工作室，她去了更无聊。

他发给她一个书店的地址：“我朋友的朋友的爷爷开的，是一家二手书店，书店里有你在别处淘不到的书。”

温笛听说是书店，立刻有了精神。

“怎么不早说？”

祁明澈解释：“本来想周末带你去。你先过去看书，我忙完去书店接你。晚上想吃什么？我提前订好位子，或者做给你吃。”

为了温笛，他学会了下厨，虽然厨艺不精，不过有几道菜做得还可以。

温笛打算节食，最近跟祁明澈几乎天天约会吃饭，再吃下去，肯定要吃胖了。

最近两三年，她体重一直很稳定。

“我不吃，晚上陪你吃，我再吃就要吃出幸福肥了。”

祁明澈道：“那就吃一两口，吃完我陪你走回家。你记得出门时穿平底鞋。”

温笛没开车，书店附近很难找到停车位，她叫了车过去。

书店的门面不起眼，招牌上的字也褪了色。

温笛推门进去，舒适的空调凉风兜头而来，里面极为宽敞，跟门头形成强烈的对比，一排排红木书架错落摆放着。这些书架价值不菲，和堆放在上面的书一样，有岁月的厚重感。

店里生意不错，几乎每个书架前都有一两个顾客在挑书，靠窗摆放着几张有质感的木桌和木椅，是给喜欢看书的人坐的。

椅子坐满了人，有些人干脆倚在窗台边看书。

温笛仔细找了找，没有明确的书籍分类。

右手边第二个书架前的顾客移步另一个书架，她走了过去。

她看着书架上的一排排旧书，感觉自己没白来。

她发消息问祁明澈：“这家书店什么时候开的？我之前没听说过。”

祁明澈道：“去年年底吧，具体时间不记得了。你现在待的地方，以前是老板家的书房之一。还有好几个书房不对外，据说都是珍藏的书籍。那片房子都是他家的，他家藏书有十多万册，后来直接在沿街那扇墙上开了个门。”

温笛好奇地问道：“老板怎么舍得卖这些书？”

祁明澈道：“因为他家那些不肖子孙都不爱看书，留着浪费，还不如卖给那些喜欢看书的人。”

温笛："……"

"你看书吧，我去忙了。"

温笛把手机揣兜里，挑选自己没看过的书。

一个书架前，她驻足了大半个小时，心满意足地淘到三本书。

她抬步去后面那个书架，拐弯时，跟迎面的人差点儿撞个满怀。

她看清对方后，两人都是一怔。

严贺禹先打招呼："来买书？"

温笛点了下头，从他旁边错身过去。

过道窄，她贴着书架过去，尽量不碰到他的衣服。

这时店员过来，说道："严总，您要的书都打包好了。"

严贺禹颔首，过去付款。

店员把单子给他看，严贺禹没看单本价格，扫了一眼最后的总数。

这些书是在老板不对外的几个书房淘的，分外珍贵。要不是他托关系找到老板，给再多的钱，老板也不舍得卖。

老板能割爱的书都放在这个二手书店了。

他付款之后，保镖抱着一纸箱旧书离开了。

严贺禹跟老板熟识，也不是第一次过来买书。今天老板外出不在，他没多逗留。

走之前，他下意识转身往里看，能看到的过道上没有温笛的身影。

他凭直觉，觉得她应该在第四个书架后面。

店员问："严总，您找人？"

严贺禹回过神来，说："看错了。"

回到车上，他跟康波说："温笛在店里。"

康波明白老板的意思，司机也明白，于是没发动车子。

司机借口买烟，解开安全带下去了。

康波打开笔记本电脑递给严贺禹，在车里办公，他则一瞬不瞬地盯着车外，等温笛从书店出来。

"刚才那些书……"康助理不确定老板的打算，于是问道。

严贺禹让他联系范智森，以范智森的名义送给温笛爷爷。

听说温笛爷爷家的书房又扩大了五六十平方米，多了十多个书架，至于温笛回家能不能看到他刚才买的那些书，只能随缘。

康波收到邮件，拿到了祁明澈的资料。

他怎么都没想到，祁明澈是明见钧的小儿子。

他们都知道明见钧的大儿子负责公司的日常，从不知道还有个小儿子随母姓。

康波一五一十汇报给老板，静等老板的吩咐。

严贺禹正在看项目书，漫不经心地道：“明见钧小儿子？”

“是。”

“知道了。”

之后他就没了下文。

可康波感觉，没有下文，比有下文情况更复杂，但老板的心思，他不好随意揣测。

直到太阳落山，天色渐暗，司机买的那包烟抽了快一半，康助理发消息给他，说：“回来吧。温笛应该快出来了，书店七点钟关门。”

停车的地方是从书店出来的必经路段，严贺禹等了快三个小时。

司机坐上车没过两分钟，温笛出来了，拎着书店的袋子，里面有四五本书。

司机告诉严贺禹：“温小姐马上走过来了。”

严贺禹关上笔记本电脑，说：“我不下去。”要是被网友拍到他跟她在一起，还不知道被人传成什么样。

他在一些人眼里有婚约，而她刚公开恋情。

这里离书店近，他没耽误处理工作，完全能静得下心来。

严贺禹把笔记本电脑递给康波，转头看着窗外，他坐在后排，看不到从后面过来的温笛。

司机是从倒车镜里看到温笛由远及近的。

这条路的路边停满了车，一辆挨一辆侧停着，温笛在跟祁明澈打电话，没留意任何车的车牌号，也不知道哪辆车里有人。

温笛对手机断断续续说着：“不渴。书店有免费的咖啡，我喝了一杯。

“我买了五本书。

“不是，好书很多。你不是说吃完饭陪我走回去，我怕你拎那么多书手酸，这几本够我看一段时间了。

“你在路口等我，不用开进来。”

路过那辆黑色轿车，温笛的裙摆蹭到车门上，她在路灯下的影子映在车窗玻璃上，也落到车里人的身上。

几乎没有停留，影子一晃掠过去了。

严贺禹的手肘抵在车窗上，他看着她从他旁边走过。

他们比下午在书店的距离还要近，却隔着一道车玻璃。

温笛走过去后，车里一片沉寂，严贺禹不发话，司机不知道是开车还是继续停在原地不动。

他看了一眼康助理。

康波用眼神回答，他也不清楚。

这时候，沉默最好，不管说什么都是打扰老板。

司机轻轻降了一下车窗，没敢降到底，只留了一条缝。

风绕在树叶间，发出细微的声音。

车里静得让人心发慌，还是有点儿杂音好，能喘上气。

直到手机“嗡嗡”振动起来，打破车厢里的压抑。

严贺禹看了一眼号码，是妹妹，他接听了。

严贺言问他在哪儿。

“外面。干什么？”

“天黑了，吃饭呀。”

严贺禹道：“我忙。”

严贺言不是让他回家吃饭，她刚忙完，一个人吃饭无聊，思来想去，比她还无聊的应该就是严贺禹了。

“我请你。你请我也行啊。”

严贺禹拒绝的话还没来得及说出口，严贺言让他三思：“你确定？如果以后不需要我帮忙的话，你可以拒绝陪我吃饭。”

向来只有他威胁她的份，终于他也有软肋被她抓在手里了。

最终他说：“去哪儿吃？”

“我把饭店地址发给你。”

严贺言赢了，以后拿捏他妥妥的。

严贺禹看了一眼妹妹发来的消息，是饭店名和地址，那是他都没听过的一家饭店，不知道她怎么心血来潮要去那么一个不好停车的地方。

他吩咐司机去那家饭店。

车缓缓地开出胡同，在路口也没碰见温笛。

她应该已经坐上祁明澈的车离开了，康助理这么想，松了口气，终于没看到温笛和祁明澈在一起的一幕。

他都不想看到，更别说老板了。

车子七拐八拐终于到达了饭店附近。

饭店招牌过于低调和抽象，他们看了半天才看清上面是什么字。

严贺禹拿出手机，拨妹妹的电话。

严贺言从身后拍了他一巴掌，挂了他的电话。

严贺禹回头道：“下次想吃什么，我让人给你打包回去。”

“那多没劲，出来吃饭不就是吃个氛围吗？”

严贺言告诉他，这家店最近被带火了，吃饭要提前预约，还说他命好，有口福，要是她闺密没出差，哪里有他什么事？

严贺禹对妹妹的话没上心，不关心店被什么带火。

店面不大，楼上楼下两层，布局紧凑，却不显得拥挤，老板在设计装修上下了功夫。

来吃饭的年轻人基本是冲他们家的就餐环境过来的。

“怎么样？”严贺言在前面带路，“是不是让你眼前一亮？”

严贺禹淡淡地道：“还行。”

不过，温笛应该会喜欢。

她总喜欢一些稀奇古怪的地方，就像会所三楼那个镜子和茂盛植被的设计，她说那里能给她带来灵感。

严贺言提醒他：“注意脚下。”

木质楼梯，窄而高。

严贺禹收回思绪，沿着楼梯上了二楼，他脚步一顿。餐厅里，灯光是暧昧的暖黄色，朦朦胧胧不真实，又让人着迷。

越过餐位之间的隔断，他一眼就看到了温笛，还有祁明澈。

他们像文艺电影里慢镜头下的男女主角。

严贺言没看到他们，直奔自己订的餐位。

严贺禹驻足两秒，跟在妹妹身后走了过去。

坐下后，他瞧着严贺言：“谁带火的这家饭店？”

“啊？”

“别装。”

严贺言本来就没打算隐瞒，说：“温笛和祁明澈。”她振振有词，“我跟温笛口味差不多，她喜欢去的饭店，肯定有我喜欢吃的菜。”

她跟温笛在哥哥别墅里吃过几次饭。

有时她过去找哥哥，碰到温笛在家，没什么可避讳的，几人就一起吃饭。

“你怎么突然问谁带火的？”严贺言到现在还没看到温笛在这家饭店。

严贺禹没回应，而是看向她的斜后方。

严贺言猛地回头，看见祁明澈夹了菜正往温笛嘴里送，温笛似乎等了一下，咽下嘴里的东西，才去吃祁明澈喂她的菜。

以前严贺言跟温笛一起吃饭时，哥哥也会喂温笛，主要是温笛吃饭太慢，细嚼慢咽的，半天不咽一口，哥哥可能怕菜凉了，索性喂到她的嘴里。

“点菜。”严贺禹把餐单扔在她的面前。

严贺言转过身，这个时候她再不懂事也不会拿他开涮：“我不知道他们今晚在这里吃。”

严贺禹没吭声，下巴对着餐单扬了扬。

严贺言先点了几道他爱吃的，最后加了一道自己爱吃的菜。

她不时地看一眼哥哥，发现他一直在看手机，没再朝温笛那桌的方向看。

“哥。”

“有话直说。”

严贺言还是很谨慎，考虑几秒：“你后悔吗？”

“后悔什么？”严贺禹头也没抬。

“后悔订婚。”

“有什么可后悔的？”

好吧，严贺言闭嘴了。

桌上果盘里，有各类小零食和糖果。

严贺言拿了一粒薄荷糖撕开，丢进嘴里。

她跟哥哥很少有这么安静的时候。

严贺禹在几分钟后收了手机，抬头问道：“爸那边怎么样？”

余光里，还是有一抹熟悉的身影。

他微微调整坐姿，避开看那个方向。

“你说爸去田清璐家那天？”

“嗯。”

严贺言指间玩着糖纸：“还行吧，但他肯定生气。换成你，你家孩子这样，拿婚姻当儿戏，订婚不到半年就悔婚，你不气啊？”

严贺禹说：“换个话题。”

“不是你先问的吗？”严贺言知道，他嫌她啰唆了后面一句。

“没事你多开导开导爸，让他有心理准备。”

严贺言盯着哥哥：“什么意思？”

严贺禹道：“我气他的日子还在后面。”

“……”

这时服务员来上菜，他们的话题告一段落。

一顿饭吃下来，严贺言发现哥哥喝了两杯水，揉了几次肚子，似乎不太舒服，他今晚吃得也不多。

“你又胃疼？”

“没什么。”严贺禹剥了一粒薄荷糖给妹妹，“走吧。”

他结过账，两人下楼。

他们走到楼梯口，严贺言特意转身看了一眼温笛之前坐的那桌，已经翻台，换了一对小情侣坐在那里。

到了饭店楼下，严贺言问他，晚上回不回老宅住。

严贺禹点头，但现在还要回公司加班：“客厅的灯给我留一盏。”

他现在都回老宅住，别墅那边，自从温笛公开恋情，他就没回去住过。她的枕头还摞在他的枕头上。

别墅太冷清，连个说话声都没有。

他回老宅那边，至少能听到严贺言的废话，图个人气。

路上堵车，车走走停停。

康助理也发现了老板不时地揉肚子，看上去很不舒服，问道：“严总，要不要去医院看看？”

“用不着。”严贺禹突然问起明见钧公司的情况。

康波会意，让人去调查。

严贺禹又吩咐：“把明见钧公司所有上下游企业都汇总给我。”

康波没问老板要干什么，依言照办。

严贺禹撑着下颌，心不在焉地看着窗外。

今天，他第三次看到了温笛。

他在路边人行道上看到她，并不奇怪，她跟祁明澈在那家饭店吃饭，回公寓要走这条路。

祁明澈一手拎着二手书店的袋子，右手牵着温笛。他们今晚用餐愉快，并没看到严贺禹。温笛多吃了几口，祁明澈让司机把车开回去，陪她散步回家。

温笛鞋带开了，从他手里抽出手，准备系鞋带。

“我来。”祁明澈把装书的手提袋让她拿着，后退一步，蹲下来给她系鞋带。

温笛刚才一直盯着他手上的动作：“你这个系法很特别。”

“以前喜欢打球，鞋带经常散，自己琢磨了一个系法。”祁明澈站起来，从她手里拿过书。

温笛把手递给他牵着：“等回去你教我怎么系。”

“你不用学，以后我负责给你系。”旁边没人经过，祁明澈抓着她的手，把她带到怀里，低头在她唇上落了一吻，然后两人自然而然地手牵手，慢慢悠悠往前走。

路旁，树影婆娑。

机动车道上，那辆车驶过去，车里的人收回视线。

车厢昏暗，康助理看不清老板的神情。

次日，温笛早起，天刚亮便洗漱好了，今天她要陪瞿培去看医生。

她事先给瞿培打了电话，半个小时左右到。

瞿培：“你怎么起那么早？”

“您不也起来了吗？”

温笛简单吃了早饭，拿上车钥匙出了门。

公寓楼门口，停着一辆豪华座驾。

她对这个车型现在很敏感，之前追尾的就是这个系列。有时在路上看到同样的车子，她会下意识地看一眼车牌号。

温笛还没走到楼门口，有个身影步履匆匆从她旁边大步走了过去。

男人中等身高，四十岁左右，给人严肃又干练的感觉，他在打电话："肖总，我已经下楼了。"

那个男人拉开副驾驶座的门，等他坐上去，车掉转方向。

温笛记得，那次追尾的车，老板好像也姓肖。刚才汽车侧停，她没看到车牌号，现在车尾对着她这个方向，车牌很熟悉。

温笛很确定，就是被她追尾的那辆车。

现在她遇到了，修车费得给人家。

她几步追了过去，示意司机停一下。

汽车有短暂的停留，司机应该是从倒车镜看到了她，也听到了她的声音，然后还是开走了。

"肖总。"刚坐上车的秘书转头对着后排的人说，"确定不停一下？温小姐刚才追了几步。"

秘书刚刚从温笛旁边经过时，见她盯着他们的车，认出了她。

肖冬翰终于开腔了："她是钱多得没地方花了？"

秘书说："可能吧。"换别人，都说了不让赔，那是求之不得，"温笛是江城首富温长运的女儿，不差钱。"

肖冬翰未予置评。

秘书接着道："在江城本地，运辉集团综合实力最强，我们要进军江城市场的话，绕不开跟温长运合作。"

肖冬翰微微颔首，表示知道了。

很快，他们的车驶入主路。

没几分钟，温笛的车子也开了过来，不过跟肖冬翰的车子相向而行。

温笛到了瞿培家，接上人，直奔医院。

瞿培夜里没睡好，脸色憔悴。

"老师，您眯一会儿。"

"不困。"

身体难受，睡也睡不好。

“阮导要是知道您这样，得有多担心？”

所以她不能告诉他。她只跟他说，找个专家瞧瞧，算是例行复检。

瞿培道：“多亏了你。我儿子和媳妇说，等回国后好好感谢你，忙前忙后的。”

“您要这么说，那是把我当外人了。”

她们到了医院，看过专家门诊，做了系列检查后，情况比预想的要糟糕些。

当天，温笛帮瞿培办理了入院手续。

虽然有阿姨还有一个护工陪护，但温笛不放心，每天忙完都要去病房待一段时间，陪瞿培说说话。

在她第四天去医院的时候，瞿培的精神好了不少：“你不用天天来，电话里问问就行了。”

温笛：“我要不来，谁知道您会不会又忙不迭地办出院，偷偷跑公司转两圈？”

瞿培笑了：“这次不会。”虽然她很不喜欢消毒水的味道，但要是再不听劝，她就得把命搭进去。

瞿培记得温笛要去探班沈棠，快到月底了，她还没去。

“你不是打算去海棠村？你去你的，别因为我耽误了。我现在好多了。”

温笛说：“就这两天吧，等祁明澈忙完，他陪我去。”

提起祁明澈，瞿培问：“你们俩怎么样？”

温笛笑道：“挺好，甜甜蜜蜜。”

瞿培没再多言，温笛她觉得好那就好吧。

可能她现在想要的就是一段平平淡淡的感情。

温笛看了一眼手表，之前瞿培做了检查，时间差不多了，她道：“我去拿片子。”

她拿上单据，去隔壁楼取检查结果。

取到片子，她看不太明白，去找主治医生。

一楼电梯口，人声嘈杂。

她站在单号电梯前排队，戴着口罩和眼镜，没人认出她。

“温笛。”不大的声音，在周围一片嘈杂声中传到她的耳朵里。

那一瞬，她怀疑自己是不是也病了，竟然再次出现幻听，听到严贺禹在喊她。

之前一次也是这样，那次是几个月前，在机场，她恍惚中听到他喊她，她回头去看，周围根本没人。

“你怎么了？哪儿不舒服？”严贺禹原本要走楼梯上楼，看到温笛的身影，他疾步走了过来。

这次不是幻听。

温笛道：“是瞿老师。”

她往边上挪了两步，跟他保持距离，没再跟他说话。

严贺禹等着她问他，怎么也在医院，可没等到。

温笛有电话进来，严贺禹扫到了手机屏上的备注，只有一个“澈”字。

温笛接听：“嗯，在医院。”

“瞿老师怎么样？”

“不错，比前两天状态好。”温笛蹙眉，“你是不是感冒了？鼻音那么重。”

“没事。”

“多喝热水。”她看了一眼电梯，马上到一楼了，“我一会儿给你买点儿药，晚上还不舒服的话，就把药吃了。回头再聊，电梯来了。”

温笛挂了电话，随着人群往前走。

严贺禹略微犹豫，还是抬步进了电梯。

他站在门口，按了数字“3”。

温笛站在后面，他看不到她，两人的影子在电梯门上重合，电梯在三楼停了，门缓缓打开，影子没了。

严贺禹下去了，严贺言站在安全通道门口冲他招手。

待他走近，严贺言道：“你不是说走楼梯上来？”她推着他的胳膊，“快点儿吧，马上到你的号了。”

这几天他的胃一直不舒服，严贺言不放心，给他挂了号，通知他必须来一趟，做个检查好放心。

一系列检查做完，严贺禹没什么问题。

严贺言松了口气，没病就好：“估计你是最近没睡好，精神压力大，今晚回家好好睡一觉。”

严贺禹说：“我就不该来。”

现在他的胃更疼了。

要是他不来医院，也遇不到温笛，就看不见她手机里给祁明澈的备注，也听不到她那么关心祁明澈。

严贺言不知道他碰见了温笛，不以为意：“还是来一趟好，我跟妈都放心。”

兄妹俩下楼。

这一次，严贺禹走楼梯下去。

“哥。”到了楼下，严贺言在他身后喊他。

“怎么了？”

“要不要我给你买点儿助睡眠的药？”

“不用，家里有。”

严贺言跟他挥挥手，去停车场取车。

她边走边给母亲发消息：“放心吧，我哥身体没问题，应该是心里难受，他以为是胃不舒服。”

严贺禹的车停在门诊大楼旁边，见他人出来，康助理迎上去，关心地问道：“严总，医生怎么说？”

严贺禹道：“没什么。只是贺言大惊小怪。”

他说没什么，可康助理发现，坐上车后，老板按了两次肚子。

回到公司，严贺禹询问明见钧公司那边怎么说。

康波说：“我已经在整理了，马上汇总给您。”

调查明见钧公司的情况，费了一点儿时间，他在一个小时前，刚拿到反馈过来的资料。

不查不要紧，这一查，发现明见钧公司陷入了财务危机。

一切都是由他的婚外情引发的，明太太最终找到他的出轨证据，虽然不全，但足以证明他确实出轨辛沅。

两口子为了争夺公司的控制权彻底翻脸，牵连到资金链出问题不是他们的本意，但在气头上没顾得上。

等他们意识到财务危机，已然来不及了。

外界还不知道他们公司出了问题，他们在想办法挽回损失，由于不敢声张，解决资金问题难上加难。

严贺禹合上资料：“这个时候资本进入他们公司，是个好时机。”

康波点头：“是。”而且他们还能压低条件。

有时候人缺钱，就像案板上的鱼任人宰割。

严贺禹没打算这么做，道：“给我办张储蓄卡。”他在便笺纸上写了一个数字，一大串零。

写好，他撕下便笺纸递给康助理：“把钱转到卡里，再替我约祁明澈。”

康助理明白了，老板这是要横刀夺爱，拿钱让祁明澈跟温笛分手。

他看看便笺纸，欲言又止。

严贺禹看了一眼助理：“怎么，觉得我从明见钧那儿入手，不厚道？”他不紧不慢地道，“都开始抢人了，还扯那些干什么？”

康波：“对。”

他的三观马上也快歪了。

严贺禹合上笔盖：“我拿钱给他们家度过财务危机，这样的好事不是什么时候都有的。”

第八章

赴她的约

翌日中午，康波办好严贺禹交代的事，钱也存到了卡里。

康波接到祁明澈工作室回复他的邮件消息，说祁明澈近期不在京城，等回来再跟他联系。

祁明澈最近不仅情场得意，职场更是如鱼得水。

他趁着热度，工作室开起来了，有专人负责。

“严总，祁明澈不在京城。”

“那在哪儿？”

祁明澈的去向得问他的工作室，他们肯定问不出来。

康波说：“我马上让人去查。”

不等他去查，万能的网友帮了大忙。

温笛和祁明澈又上了热搜，两人在机场被粉丝遇到。

那个要签名的粉丝在留言里回复网友说：“祁明澈真的好温柔，一点儿不像高岭之花，他带着我的女神去他们定情的海棠村。原来他们拍第二期就有那个意思了。”

康波没敢跟严贺禹说什么定情的地方，只道：“温小姐去探班沈棠。”

沈棠正在拍戏，剧组在海棠村取景。

严贺禹见康波这么快就确定了祁明澈的去向，问道：“又上热搜了？”

“嗯。”

“词条是什么？”

“跟粉丝要签名有关。”

严贺禹神情微变：“要签名不是常见吗？这也能上热搜？”

康波眼看瞒不过去了，只好如实相告：“粉丝一下要到两人签名，祁明澈把自己的名字紧挨着温笛的名字签的，还签了日期，具体到几点几分，地点也写上去了。CP 粉在嗑糖。”

严贺禹正在翻记事本，手一顿，他现在看的正是温笛在他本子上练的签名，每页都有，有的字体正常，有的写得跟小米粒似的，不仔细根本看不出来是“温笛”二字，笔画连成一团。

他翻到的当前页，还有“严太太”三个字，那也是她写的。

那时她恨不得把家里所有地方都写上她的名字，还在他的手背上写过。

等墨水干了，她拿橡皮擦去擦。没有她干不出来的事。

“严总？”

康波在等老板发话，如果老板要去海棠村找祁明澈，他现在得订机票。

严贺禹说：“海棠村就算了。”

应该是因为温笛跟祁明澈一起去的海棠村，老板找祁明澈摊牌不方便。康波这么想。

老板的水杯空了，他帮忙去倒水。

这段时间即便是应酬，老板也只喝热水，胃一直不舒服。

温笛和祁明澈到达海棠村快傍晚了，沈棠今天没戏份，在家陪爷爷。

沈爷爷知道祁明澈，孙女给他看了那张温笛骑电动车载他遛弯的照片，说拍摄的人就是祁明澈。

沈爷爷见到祁明澈后，一通夸奖。

院子里，有辆老式的自行车倚在墙边。

温笛问沈棠：“你哪儿来的古董？”

沈棠说：“这是剧组的道具，我推回来练练，后天要拍这场戏。”

“你还不会骑自行车？”

“会。就是这个车子，上车的姿势不是很仙女。”

温笛笑了，有点儿想象不出沈棠骑车的样子。

“等你哪天换上有年代感的衣服，车子瞬间变洋气了。没人关注你上下车仙不仙。”

沈棠拿毛巾把车上的灰尘掸掸。

温笛按车子的铃铛，铃声格外清脆。

她一直按铃铛玩：“这车子在那会儿可不是谁家都能买得起的，听我爷爷说，当时买自行车都得有票，一个市，一次来不了几辆。”

沈棠下巴微扬：“走，骑车找优越感去。”

祁明澈留在家里陪沈爷爷下棋，她们俩戴上墨镜，推着这辆年代感满满的车子出了门。

海边公路上，游客络绎不绝。

沈棠没骑车，推着车子，跟温笛边走边聊。

“我感觉沈爷爷精神头不错，比我上次来好多了。”

“我在家，他高兴。”

沈棠拍拍自行车后座：“你上来坐，我推着你走，等我推累了，你再推我。”不然两人都走路，不划算。

温笛不敢坐，打趣她：“你这个样子，我怕你把车推到海里去。”

“掉海里我把你捞上来。”沈棠言归正传，“放心坐，我的车技不错。在伦敦时，我经常骑车出行。”

“跟初恋？”

沈棠笑道：“你现在有点儿小八卦。”

她再次拍后车座：“坐不坐？”

温笛：“我又不傻。”她当然坐。

沈棠站稳了，两手用力握住车把：“好啦，上来吧。”

腿长就是有优势，温笛轻而易举坐了上去。

车子刚开始有点儿不稳，摇摇晃晃的，在路人眼里，东倒西歪，吓得温笛脚尖点地，怕车子倒了。

推了十多米远，沈棠掌握好平衡，两人接着聊。

温笛说：“好像少了点儿什么。”她一手搭在车座上，另一只手没事干，似乎也没地方放。

“少什么？”沈棠问。

“少一包瓜子。”她坐在自行车后座，不嗑瓜子，多浪费。

“温笛，你有点儿良心。我推着你，你吃瓜子？”

“哈哈。”

路过街边一家小超市，沈棠停下来，对小超市的老板喊：“沈叔，给我来袋瓜子，再顺便拿个塑料袋，装瓜子壳。”

海棠村的人大多姓沈，村子不大，基本都沾亲带故。

沈叔拿着一袋焦糖味瓜子和一个塑料袋走了出来，沈棠和温笛出门时没带手机，身上也没现金。

“沈叔，我没带手机，等回来我给钱。”

沈叔手一摆：“不用不用，一袋瓜子不值钱。”

“那不行。”

车子推出老远，沈棠微微侧脸，只看到温笛的肩膀，说：“我是第一次赊账，为了一个吃货。”

温笛嗑开一粒饱满的瓜子，听沈棠这么说，笑得更欢。

“你跟祁明澈……”

“还不错。我认真，他也认真。”

沈棠发现，祁明澈什么都迁就温笛，过于迁就，温笛成了他生活的全部。而温笛变得跟她的新恋情一样，情绪平平淡淡，没什么波澜。

那个生动有趣又不讲理的温笛不见了。

她总觉得这样下去，他们长久不了。但愿她多虑了。

自行车没有后视镜，温笛又是侧坐，沈棠看不见她的表情。

她们又走出一段路，沈棠提醒某人：“你就不问问我，推这么长时间累不累？要不要换你来推我？”

温笛回神，说：“我不想问。我觉得你不累。”

两人同时笑了起来。

温笛又嗑了几粒瓜子，从后座上跳下来，把瓜子和塑料袋给了沈棠，换她推车。她刚才不知道思绪飘去了哪儿，忘记沈棠一直在推她。

“你跟蒋城聿怎么样了？”这次换温笛问了。

“分都分了。”

“他不是想复合？”

“我不想。”

温笛也看不到沈棠的表情，只有沈棠嗑瓜子的声音。

沈棠岔开话题，说道：“上个月，我在机场碰到了肖冬翰。”

温笛知道这个名字，听沈棠提起过不少次，肖冬翰是沈棠舅舅家的二表哥，也是肖宁集团的总裁。

肖宁集团总部在伦敦。

肖冬翰在商场上行事手段狠辣，狼子野心，想控股肖宁集团。肖家老爷子也就是沈棠的外公，一直在联合大股东全力压制他。但这几年，肖老爷子明显心有余而力不足。

肖家老爷子年轻时也是一个狠人，可就是这么狠的一个人，完全掌控不了肖冬翰。即使多方牵制肖冬翰，还是影响不到他，没耽误他扩大自己的实力。

如果肖宁集团到了肖冬翰手里，那就没有肖家其他人什么事了。肖老爷子现在头疼，已然不指望能掌控他，只求能制衡他。

温笛多问了一句：“他去京城干什么？”

沈棠摇头：“谁知道？他也不可能跟我说。”

说起肖冬翰，温笛想起她之前追尾的那辆豪车：“我撞了一辆车，车主姓肖，你说巧不巧？”但可惜，两次她都没能见到车主本人。

追尾时她看到的是司机，第二次在公寓楼下，她看到的那个四十岁左右的干练男人，应该是车主的秘书或是助理。

她问沈棠：“你知不知道肖冬翰京城的车牌照？”

“不知道。他应该没有京牌车，他的商业版图都在欧美，很少来国内。”

那看来车主不是肖冬翰。

两人吹着海风，坐在自行车上嗑瓜子，聊到天黑才往回走。

院子里摆了一张折叠桌，祁明澈坐在桌前工作。

满天的星星，海风穿过海棠树叶，沙沙作响。

“你还要不要吃晚饭？”他问道。

“不吃了，吃瓜子吃得差不多了。”

祁明澈陪爷爷在家吃了一点儿清淡的晚饭，沈爷爷体力不支，这会儿已经睡下。

温笛靠在祁明澈背上，胳膊搭在他的肩头，她支着下巴，看他处理图片。

祁明澈闻到了甜味，回头看她：“在吃糖？”

温笛点头：“橘子味水果硬糖，民宿老板家小儿子给我的，也给了沈棠一块。”

“小小年纪就知道献殷勤。”

“我觉得你小时候应该跟他一样。”

祁明澈反手在她头发上揉了几下。

温笛笑了，从他背上起来，在他旁边坐下。

他握着她的后脑勺，低头亲她，尝到了一点儿水果糖的甜味，跟小时候吃的橘子糖味道很像。

“你要是喜欢吃，我给你买一盒。”

温笛摇头，开始嚼糖。

她接着刚才的话说：“我很少吃糖。那么小的小孩子，两三岁，他给我糖，我觉得有意思才收下的。”

她忽然站了起来。

祁明澈仰头：“干吗去？”

“渴了。吃了半袋瓜子。”

“你吃瓜子不买水喝？”

“沈棠没带钱，瓜子都是赊账的，不好意思再去赊水。”

祁明澈：“……”

他起身，按着她的肩膀让她坐下：“我给你去倒。”

祁明澈给她倒了一大杯花茶，她喝下去凉凉的。

温笛安静地喝茶，不再打扰他工作。

海棠村到了晚上清凉又宁静，能让人忘掉很多不愉快。

温笛和祁明澈在海棠村只待了两天，瞿培给她打电话，说她之前卖出去的一个剧本项目已经启动，正在筹备阶段，资方组织了一个饭局，让她过去。

这样的应酬推不掉，她订了当晚的机票回来。

他们回来的第二天，康波联系了祁明澈。

他直接给祁明澈发消息，自报家门：“祁先生，您好，我是严贺禹的助理康波，请问您什么时候有空，严总想见您一面，跟温笛有关。”

祁明澈回：“在哪儿见？我随时有空。”

康波看完消息后，抬头看向了严贺禹。

严贺禹问：“他怎么说？”

康波道："问在哪儿见，现在就可以。"

他们的见面地点选在祁明澈工作室楼下，严贺禹的车开到附近，司机找了个停车位。

今天他们见面只为谈条件，用不了太长时间，没特意找地方坐下来聊。

祁明澈姗姗来迟。

康助理下车，打开后座的车门，请祁明澈上去。

"不用麻烦。"祁明澈看了看手表，"我只有十分钟时间。"

康助理："……"

这种话向来只有老板对别人说，这是头一回别人给老板限时。

康波关上车门，回到后面的那辆车上，让出空间给老板谈判。

车窗降下来，严贺禹淡淡地看着祁明澈："你家公司资金链出问题了，你应该知道吧？"

祁明澈答非所问："我知道你跟温笛的事。你这是不甘心？"

"既然知道，那就好谈。"严贺禹把卡递过去，"你们家公司正是缺钱的时候。找个合适的时间，跟她分手。"

祁明澈笑了一声，接过了那张卡："里面有多少钱？"

严贺禹说："比你想的多。"

祁明澈左右看看，不远处有自动取款机。

他指指那边："我过去一趟。你找个人跟着。"

"用不着。"严贺禹把密码告诉了他，以为祁明澈是去查里面的余额。

祁明澈去了自动取款机，下楼时带了钱包，但钱包里没现金，从卡夹里抽出一张卡。

康波不可思议地看着那个背影，这么顺利？他又替温笛感到不值。

自从老板要抢温笛，他快要分裂了，一会儿同情老板，一会儿又觉得温笛不容易，该好好有段自己的感情。

很快，祁明澈回来了，手里拿着几张现钞。

他站在车前，瞧着严贺禹。

不得不说，严家这位就算坐着，气场也是碾压站着的人。

"严总很大方，给的钱确实比我想的还多。"顿了下，祁明澈说，"摄影只不过是我的爱好，我不是靠这个赚钱吃饭。当然了，我的那点儿身家，跟你的财富没法比，但我还真不到缺钱的地步。这几年花在玩跑车、玩游艇上的钱，我都不记得有多少了。至于我家公司是不是资金链断裂，那是明见钧该操心的事，跟我无关。他要真缺钱，我可以考虑借点儿给他，免他利息。”

严贺禹目光略沉，一言不发。

祁明澈把那张卡连带从自己卡里提的200块钱拍在严贺禹身前的西装上：“收好了。这200块是油费。”

他没再废话，说完，扬长而去。

后车的车窗开着，康助理立马下车。

那张卡和200块钱，从严贺禹身上滑到了座椅上。

康波收起来，忙说：“对不起，严总，是我工作失误。我马上让人再查一下他在国外的投资。”

严贺禹沉声说：“回公司。”

康波看得出来，老板已经在极力隐忍脾气。

他看看手里的钞票，只好给祁明澈充了200块钱话费。

两辆车，依次驶向京越集团大厦。

温笛给祁明澈打电话，没人接，十分钟后，他回来了。

当时祁明澈在楼下，正给严贺禹甩卡，手机振动他没看。

“刚刚有事。”他问，“还没去饭店？”

温笛：“在去的路上，瞿老师给我安排了司机，晚上不用你接。”

“行，那我在公寓等你，给你煮点儿醒酒汤。”

今晚的饭局，温笛只认识导演，资方那边的人她没听过。

导演姓倪，和瞿培还有阮导是多年的朋友，他说只是吃饭，互相认识一下，绝不劝酒，让她放心过去。

倪导当初看了她的剧本，没有丝毫犹豫，第二天就跟瞿培签订了合同，说喜欢那个题材和故事，是跟山城有关的剧本，《人间不及你》。

现在，她写不出能感动自己的故事了。

《大梦初醒》里，只有现实，没有天长地久。

她到了饭店包间，人来了大半。

倪导招呼她过去，一一给她介绍，还没介绍完，门口响起嘈杂声，温笛和倪导循声看过去。

在这里见到蒋城聿，在温笛意料之外，但她想想，又觉得是情理之中。

蒋城聿和严贺禹一样，到哪儿都是众星捧月，是别人奉承的对象。

寒暄过后，蒋城聿坐在了温笛旁边。

在座的人，都知道蒋城聿之前的心上人是温笛的闺密，所以蒋城聿坐过去，他们丝毫不惊讶。

蒋城聿不是剧本投资人，只是以投资人的朋友的身份过来参加饭局的。他的身份，谁能请得动他作陪？既然他能来，自然是醉翁之意不在酒。

温笛微微点头："蒋总，好久不见。"

蒋城聿口气熟稔："什么时候回来的？"

看来他知道她去海棠村了。

温笛道："昨天。"

"棠棠怎么样？"

温笛笑笑，不像以前那样热络，说："想知道的话，蒋总自己去看。"

蒋城聿是打算过去，只是最近忙，抽不开身，连这顿饭，他也是推了其他应酬过来的。

他道："我过几天去。"

温笛心里还是希望沈棠能和蒋城聿在一起的，沈棠对蒋城聿心理上的依恋，她感觉得到，也只有蒋城聿能包容沈棠的偏执。

她多透露了一点儿："沈爷爷身体不是太好，但看上去精神不错，后来我发现他是硬撑，不想让棠棠担心。"

蒋城聿点头，心里有数了："谢谢。"

他们刚聊几句，包间又迎来一位重量级贵客，连今晚做东的关向牧也很纳闷，他没请严贺禹，只请了蒋城聿。

也不是他请的蒋城聿，是蒋城聿知道他要投资温笛的剧本，说要过来。

其实，他跟蒋家和严家的这两位都不熟悉，只是认识而已。

今天他面子够大，蒋家二公子和严贺禹都来捧他的场。

关向牧自然不会问严贺禹怎么来了。

他热情迎接，睁着眼说瞎话："我还以为你不来了呢。"

两人握手，严贺禹笑笑，说："你的场子，我敢不来？"

关向牧腹诽，还有你不敢的事？

今晚这个阵仗，关向牧没经历过，倪导更不用说，但都隐隐嗅出点儿别的味道，严贺禹过来是为温笛，直奔温笛那个方向。

蒋城聿睨着严贺禹，压低声音："你怎么来了？"

这时候，他迫切要与严贺禹划清界限，不能让温笛误以为他和严贺禹是一伙的，不利于他追回沈棠。

严贺禹故意说道："不是你让我来的？"

蒋城聿："……"

他百口莫辩。

严贺禹在温笛另一边的空位上坐下，隔着温笛，对蒋城聿说："秦醒说，你今晚在这里。"

这是他特意解释给温笛听，自己不是蒋城聿叫来的。

人都到齐了，关向牧问他们喝点儿什么，今晚不是能劝酒的饭局。

蒋城聿看向温笛："你喝什么？水还是果汁？红酒也行，关总带了几瓶好酒。"

温笛说："那少来一点儿红酒。"

"严总，你呢？红的还是白的？"关向牧问。

严贺禹指指跟前的水杯："我喝温水。"

"怎么了？身体不舒服？"

"胃不舒服。"

"那还是别喝了。我前段时间喝得胃出血，好些天不敢碰酒。"

温笛拿起酒杯，抿了一口。

严贺禹用余光看她，她没什么反应。

席间，资方另一个人问起："我怎么听说严总订婚了，又解除婚约了，真有这回事？"说罢，他拿起酒杯敬酒。

严贺禹以水代酒，喝了几口，道："我已经解除婚约了。"

"看来传言不假。"

这个话题不适宜深聊，关向牧适时转移话题，跟温笛闲聊："温编剧最近在忙什么？手头还有新剧本吗？"

温笛点头:“有一个，还没完成。”

“是吗？”关向牧在投资温笛的《人间不及你》之前，把她的其他作品都认真看了一遍，看完后，对温笛的认知不再是她长得好看这么肤浅。

她讲故事的方式跟别人不一样。

“这次是什么题材？”

温笛没细聊，道:“如果关总感兴趣的话，等我写好，请您指导。”

“指导可不敢，我是门外汉。剧名取好了没？”

“《大梦初醒》。”

关向牧说：“光听剧名，就跟以前的风格不一样。方便的话，你留个联系方式。写完你给我打电话。”

“没问题。”

关向牧解锁手机，点开二维码，让服务员帮忙，把手机送到温笛那里。

温笛扫描二维码，添加了关向牧的微信。

严贺禹端起水杯，半天才喝了一口。

她的《人间不及你》写在他们刚恋爱时，现在的《大梦初醒》听名字他就知道结局是什么。

他往后靠在椅背上，右手拿着水杯，左手的手心虚虚搭在她椅背的边缘。

她在旁边，他感觉胃好像没之前疼了，可饭局总要散。

聊天还在继续，温笛原本是无足轻重的角色，就因为她左边是蒋城聿，右边是严贺禹，他们把她捧成今晚的月。

关向牧作为《人间不及你》最大的资方，整晚的话题都围绕她。

温笛吃饭慢，“慢条斯理”放在她身上都是快的。她小时候养成的这个习惯，长大后改不过来了。

后来严贺禹又惯着她，她吃得再慢他也耐心陪着，也不觉得有改的必要。

关向牧心细，每次说话都是等温笛咽下嘴里的食物才开口。

“温编剧是江城人？”

温笛点头，用江城方言问道:“关总去过江城？”

江南的方言外地人很难听得懂，但听不懂也觉得好听。

关向牧笑道："这句简单，我总算听懂了。"

他说："大学时去过一趟。"

那是二十多年前，那时温笛还没出生。

"江城首富温长运，跟你是本家还是……"

既然他这么问了，肯定知道一点儿，又不怎么确定，所以温笛说："他是我的父亲。"

关向牧拿起酒杯，隔空敬温笛："感觉有点儿像。"顿了下，他又道，"你们温家人长得都有点儿像。"

温笛笑笑，其实她最像二姑妈，二姑妈带她逛街，营业员以为她们是母女。

饭桌上的几个资方代表没听过温长运，甚至还有人拿手机搜索。

他们奇怪，关向牧怎么会知道江城的首富。

关于江城，关于江城首富这个话题，其他人明显插不上话，因为不了解，也不能乱扯。唯一能说上话的是严贺禹。但全程，他都在沉默。

关向牧活跃气氛，跟其他几个朋友说："江城的运辉集团你们可能有点儿陌生，运辉集团还有家持股公司，你们应该听过，是新能源汽车电池生产厂商之一。"

话题这才接上去。

其他几人附和说起新能源的电池，说期待充电和续航问题有所突破，然后开始敬温笛酒。

敬酒的理由有点儿滑稽。

温笛很是淡定地回敬过去，她知道，他们并不了解运辉集团，说不定还是第一次听说她父亲的名字。

在江城，她家的公司家喻户晓，是明星企业，可放在京城，在关向牧这些人眼里根本不够看。

关向牧有钱，公司实力很强，也有点儿背景，但是跟严贺禹和蒋城聿显赫的家世背景又不可同日而语。

所以，今晚她沾旁边两位的光，成了焦点，成了被奉承的主角。

她甚至觉得，关向牧对她家公司的了解，是不是在网上查了，故意找的话聊。

这时终于有个人想起来了："新能源汽车电池的那家公司，研发负责人是不是温其蓁？"说着，那人还瞥了一眼关向牧。

而关向牧倒了一支烟含在嘴里，没搭话。

温笛说："温其蓁是我二姑妈。"

那人缓缓点头："难怪，长得是像。都说侄女像姑姑，这话说得一点儿都不假。"他再次敬温笛，"年轻时，跟你二姑妈有过一面之缘。"

温笛说："您现在也不老。"

那人一杯酒喝光："快做你们父辈的年龄，还不老？我和向总，我们都是四十多岁的人了，马上奔五十岁了。"

"看不出来。"

她是真的看不出这些人的实际年龄，尤其是关向牧。他们这个岁数的男人，只要没有啤酒肚，身材保持得当，有气场加持，根本不显老。

关向牧只抽了一口，把烟头摁灭，看向朋友："行了，变着法子让年轻人夸你不老。"

桌上其他人笑了。

"蒋总去过江城没？"关向牧话锋一转，把话题抛给蒋城聿。

蒋城聿说："以后应该有机会过去。"

关向牧了然，这个有机会是指追回沈棠，陪沈棠去温笛家做客。

蒋城聿说起严贺禹："他去过，在江城有投资。跟范智森合作建厂。"

范智森他们不熟悉，没听过，不过知道严贺禹大手笔建厂的事，纷纷表示："看来江城招商环境不错，到时候过去看看。"

严贺禹今晚惜字如金，这会儿终于舍得说两个字："欢迎。"

他欢迎他们去江城投资。

有人打趣："严总这是成了半个江城人？"

严贺禹意有所指："在争取中。"

"那祝你马到成功。"

他们拿酒敬他，严贺禹以水代酒，一杯温水很快喝完。

旁边还有一杯水，是温笛的。

严贺禹拿过来，往自己杯子里倒了一半水，之后放回原处。

有人看到他倒温笛喝过的水，假装什么都没看见。

以前严贺禹跟温笛闹矛盾，他会喝温笛杯子里的水，那是情侣间的示好，甚至是妥协退让。

被严贺禹倒了一半的那杯水，温笛没再碰。

今晚饭局的话题，从《人间不及你》到《大梦初醒》，再到新能源汽车电池的续航问题，无一不是围绕温笛展开的。

现在他们聊起江城的投资环境。

蒋城聿发现一个问题，就是温笛吃饭真的很慢，慢到让他觉得有点儿不可思议的地步，沈棠的小毛病够多了，原来温笛不比她好多少。

盘子里那点儿菜，她吃到现在还没吃完。吃饭的速度还停留在三岁小孩的阶段。

“关总。”

关向牧手机有消息进来，刚点开，还没来得及看，严贺禹喊他。

他抬眸：“严总，什么指示？”

严贺禹问：“今晚的菜里有没有汤？”

“这我不清楚，是饭店经理给安排的菜谱。”

服务员立即回话：“有一道，还没上来。”

严贺禹颔首，说：“尽量快点儿上。”

他们以为他胃不舒服，要喝点儿汤。

关向牧接着看手机，消息很简短：“温跟严谈了三年恋爱，严和田订婚，温知道后分手，严后悔，悔婚后在追温。”

看完，他删除了消息。

他刚删除，手机又进来一条信息。

“严和田订婚后，他把别墅加上了温的名字，不知道那个时候是不是已经放不开手，权衡之后决定和温在一起，只是还没处理好婚约就被发现了。以上仅是个人猜测。”

关向牧再次删除了消息。

他放下手机，不动声色地看了一眼严贺禹。

严贺禹正在倒水，温笛不喝的那半杯水，他又倒在自己杯子里。

这顿饭吃到十点半还没散。

温笛手机有电话进来，祁明澈担心她，问她现在到哪儿了。

她小声说："还没结束，没事，我只喝了小半杯红酒。"

她的话，严贺禹听得一清二楚。

等她挂上电话，严贺禹看向关向牧："关总，要不今天就到这儿？"

关向牧假装看手表："哟，这么晚了，聊得尽兴，没注意时间。行啊，下次有空再聚。"

其实，桌上的人是迁就严贺禹，让他有时间跟温笛多待一会儿。

现在已经十点半了，能留到几点？顶多半夜，她还是要回家的。

一行人起身，三两闲聊地走出包间。

服务员替他们按了两部电梯，温笛和蒋城聿在说话，他们走进左边那部电梯。

严贺禹的脚步迟疑一瞬，他还是迈向了另一部电梯。

关向牧说："不坐蒋总那部？"

严贺禹："都一样。"

关向牧笑了下，没再多言。

大家到了楼下，说了几句告别的话，车开了过来。

"等着你的新作完成。"

关向牧替温笛拉开车门。

"谢谢关总的款待。"

"客气，这是我们这些人的荣幸。"

温笛挥挥手，上了车。

车子从严贺禹旁边经过。

"严总，"关向牧走过来，"借一步说话。"

其他人的车子先后离开，只剩他们俩。

关向牧递了一支烟给严贺禹："平常没怎么见你抽烟。"

"没烟瘾。"严贺禹却接了关向牧的烟。

"什么事？"他问。

关向牧替他点上烟，又给自己点着，说："你跟温笛走了我的老路。"

严贺禹抽了一口，缓缓吐出烟雾："你查我？"

"是关心你。"

“是吗？关总什么时候这么有爱心了？”

关向牧笑了出来，之后说了句：“温笛是温其蓁的侄女，我自然多一份关心，反正不是害你。”

两人之间沉默下来，烟雾缭绕。

严贺禹弹弹烟灰：“温笛前几年在娱乐圈顺风顺水，是你的功劳？”

关向牧摇头：“那倒不是，应该是实力加上运气。我一年有一多半时间在国外，哪儿有闲工夫关注一个编剧？”

温笛这段时间很火，他无意间看到她的娱乐八卦，觉得她像一个人。

这才有了今晚的饭局。

“你跟温笛的二姑妈……”

“曾是恋人。后来跟你和温笛一样。你知道我的下场吗？”

下场这个词就不是什么好词。

关向牧说：“其蓁两嫁，跟别人生了孩子，至今没原谅我。她两次嫁的都是江城本地有权势的人家。”

他们没有感情，只图利益交换。

以前她不是那样的，她跟他分手前是爱情至上。

后来，她就只看利益，只嫁有权势的人，家里人也管不了她。

“温家的姑娘，人长得漂亮，但心也狠。”

他瞥了一眼严贺禹：“要是早知道温笛是其蓁的侄女，又跟你谈恋爱，我提前给你敲敲警钟，不至于走到这一步。”

严贺禹掐灭烟，说：“我不会像你那么惨。”

“那是求之不得。”关向牧把烟头摁灭，丢进垃圾桶，“你想追回温笛，温其蓁那关轻易过不去。”

严贺禹道：“那你就追回二姑妈。”

“要是追得回，至于等到她生了孩子？”关向牧自嘲。

两人的车过来了，各自上车。

十一点十分，温笛的车子停在公寓楼下。

祁明澈正站在台阶上看手机，听到动静抬起了头。

看清车牌，他走了过来。

温笛下车："你怎么不在楼上等？"

祁明澈说："陪你坐电梯。"

"楼下有蚊子。"

"还行，拿了你的驱蚊贴。"

温笛抱抱他："以后不许在楼下等我。"

祁明澈揽着她的腰，顺势把她抱在怀里，忽略她的话，低头闻闻她身上的酒味，很淡，他在她的唇角亲了亲："上楼，楼下热。"

他松开了她。

"谈得怎么样？"

温笛点头："不错。投资方之一是关向牧。"

祁明澈知道此人，关向牧向来低调。

温笛说道："蒋城聿今晚也去了，坐在我旁边。"她没提严贺禹，提了会给祁明澈添堵。

"蒋总还没放弃追沈棠？"

"没。有他在，我今晚是主角。"

"难怪没人劝你酒。"他还特意给她准备了两种醒酒汤。

温笛没浪费他的心意，回家把两种醒酒汤都喝了一点儿，说晚上正好没吃饱。

因为吃得慢，她在饭局上很少吃饱。

"我月底搬家。"她把搬家的日子告诉了他。

她在回来的路上，接到装修公司经理的电话，说装修彻底完工，晚上加班做好了卫生。

祁明澈把剩下的醒酒汤喝了："这么快就搬？再散散味道。"

"散到月底够了，家具什么的都是以前的，新换的东西不多，只是布局得改改。"

祁明澈问她："要不你先搬到我那儿住？散两个月味道再搬过去。"

温笛靠近他的碗边，喝了一口汤："你知道的，我喜欢住自己的房子。"

祁明澈点头，随她了。

她跟严贺禹在一起三年，基本也是住在这套公寓里，可能住自己房子让她有安全感。

他没勉强她。

这套公寓，等她搬走，他打算卖掉。

以前没跟她恋爱时，他还能住，现在肯定没法住。

“到时我帮你搬家。”

“行，你不忙就来。”

安静了几秒，他跟她说：“往后几个月，我可能没那么多时间陪你，家里公司出了点儿状况，我帮我妈分担一点儿。”

可能会涉及商业机密，温笛没多问：“不要紧，我不忙了去找你。”

八月底，温笛挑了一个周末，乔迁新居。

乔迁这天，祁明澈有工作，推不掉，他之前把她所有的东西都搬到新家，亲自动手给她整理好。

今天只是个仪式，他晚上来陪她庆祝。

赵月翎和温其蓁在京城，中午陪温笛吃饭庆祝。

温其蓁得知祁明澈中午没空过来，遗憾地道：“以为能见见他，听你妈妈说，他本人比电视上还帅。”

温笛跟二姑妈说：“晚上他来吃饭，要不你跟我妈今晚住我这里？”

温其蓁摇头：“算了，打扰小情侣约会不厚道。”

温笛刚收到一束粉玫瑰，是沈棠让花店送来的，她把花捧到温其蓁面前：“姑妈，你闻闻。”

“香。”温其蓁回头看看在厨房洗水果的赵月翎，转过身来，小声对侄女说，“我昨天跟赵台长吃饭的时候说起了你。”

温笛瞅着二姑妈，示意她说。

温其蓁道：“你跟严贺禹怎么回事？”

看来瞒不过二姑妈，温笛只好实话实说：“我之前谈了三年的男朋友是他。”

“他跟田家联姻，所以放弃了你？”

“嗯。”

“你爸妈现在还不知道是他？”

温笛摇摇头。

“行，我有数了。”

温其蓁揉揉侄女的长发：“没什么大不了的。你看我，不是也过得挺好？”

温笛笑道：“我跟祁明澈过得也不差。”

温其蓁一针见血地说：“你们俩还算不上是过日子，差得远着呢。”

温笛把花放在柜上：“姑妈。”

“嗯？”

“我半夜坐飞机去吃火锅那次，你最后发了一句挺好，是什么意思？什么挺好？”

温其蓁还记得那回事：“挺好是指，我们家宝贝知道换个生活方式，没有一蹶不振，愿意尝试新的恋情。”

“你们俩在聊什么？”赵月翎端着盘子过来。

温其蓁说：“在聊小祁，我说今天可惜，没机会看到他。”

赵月翎：“等下次过来，约上一起吃饭，明太太前几天还跟我说，有空一起去坐坐。”

温其蓁往侄女嘴里塞了几颗樱桃，看向赵月翎：“这是打算见家长了？早了吧。”

“也不是。”赵月翎道，“两家大人本来就认识，吃个便饭。他们刚谈恋爱不久，成不成不好说。”

她从不强求女儿跟祁明澈最后怎么样。

当天晚上，祁明澈忙完陪她庆祝乔迁。

他紧赶慢赶，在约好的时间里准时出现。

他带来一大束玫瑰花，发现柜上也有一束。

温笛说：“沈棠送我的。”

祁明澈把两束花并排放着，不一样的颜色，他的红玫瑰更抢眼。

温笛看着他：“你怎么瘦了？”

祁明澈笑道：“上镜好看。”可能是他最近太忙。

他陪温笛喝了半杯红酒，本来还想再来一杯，温笛说：“少喝点儿。”

祁明澈作罢：“行，听你的。”

陪温笛到十一点钟，祁明澈离开后，直接去了酒吧。

他没叫朋友过来，一个人坐在吧台边，要了四杯酒。

调酒师认识他，说："好久没看到你了。"

祁明澈笑笑，举杯回应。

是啊，自从他跟温笛谈恋爱，他就没来过这儿。

他不只没来酒吧，连和朋友出去玩的次数也少得可怜，他们说他重色轻友，随便他们说吧。

他现在连跑车也不再玩了，各种聚会基本跟他绝缘，他一心陪着温笛，有一点儿时间就想见到她。

这段时间，家里的糟心事一件接一件。

有时他也累，想跟她说说，每次话到嘴边又咽了下去，怕她听了也会糟心。

他想尽办法让她高兴，但每次给她的惊喜，她都尽力表现得很开心。

他知道她不是敷衍他，只是那些惊喜她经历太多，实在惊喜不起来。

本来他想在她搬家时，送给她一套珠宝。

他到了店里，负责人推荐了一套，说京越集团的严总去年就定制过一套。

他不用想，严贺禹那套肯定是送给温笛的。

那套珠宝比他的公寓还贵。

他长这么大，从来都是女朋友讨好他，只有温笛，他小心翼翼地讨好着，每天醒来的第一件事就是想着今天该怎么让她高兴。

他不可否认，这几个月的挫败感，有时无处释放。

她唯一感兴趣又稀缺的，是心动。可偏偏，他给不了她。

祁明澈拿起一杯酒，一口喝了下去。

酒吧明明很吵，他这儿却无比寂寥。

搬进新家的第一晚，温笛失眠了。她以为晚上喝了半杯红酒，可以很快入睡。

不知道是不是换了床，换了地方的缘故，她辗转反侧，毫无困意。

她打开灯，从抽屉里找出一粒助睡眠的药，含在嘴里，就着温水服下去。

温笛看了一眼时间，马上凌晨一点钟了。

她关上灯，闭上眼，后来不知道几点睡着的，可能是凌晨两点，也可能更晚。

迷迷糊糊中，她好像在做梦，又感觉不是梦。

周围的一切都非常清晰，她从一家饭店出来，严贺禹说在地库接她，可等她到了地库，怎么都找不到他的车。

她明明记得就在那里。

于是，她打电话给他："老公，你在哪儿？我找不到你。"

电话那边没人回应。

她再打，后来怎么都打不通了。

忽然间，她跌入一个熟悉又温暖的怀抱，他说："我不是在这里？看了三集电视剧，手机没电了。"

她想转身抱他，可怎么都动不了，也看不见身后的他。

一急之下，温笛醒了。

她去摸手机，五点三十二分。

缓了缓，她扔掉手机起了床。

她拉开窗帘，天光渐亮。

在落地窗前站了会儿，她去浴室洗脸，开着水龙头，一直用冷水洗脸。

这是半年来，她第一次梦到他。

她不该梦到他，不应该的。

温笛额前的头发都湿了，五指将长发拢到脑后，她站直，扯下干净的毛巾擦擦脸上的水。

她突然想给祁明澈打个电话，快步走到床前，拿起手机，又犹豫了，现在还不到六点，他应该还在睡觉。

她放下手机。

几秒后，她又拿起手机，放了一首粤语版老歌。

温笛靠药物维持睡眠的情况，一直持续了一个多月，最近才慢慢改善，可能是适应了新床。

不知不觉已经初秋。

十月中旬，严贺禹去了一趟上海。

中午他在一家私人会所吃饭。

有人说：“明见钧公司好像资金链出了问题，问题还不小。是不是该抛售，然后抄底？”

其他几人看向严贺禹。

严贺禹说：“我又不是 5G 网络，看我干什么？”

他们笑道：“你是 6G。”

严贺禹的杯子空了，服务员给他加上热水，一桌人，只有他跟前没有分酒器，也没有酒杯。

他道：“随你们的便。”

他们心里有数了，严贺禹应该要接手明见钧公司的烂摊子。

“我还听说，肖宁集团要在江城布局，想分一杯羹。”

“肖冬翰负责？”

“应该是，他正在跟运辉集团接触，结果怎么样，暂时还不知道。”

“运辉集团？”

“对，运辉集团是江城本地一家最具实力的企业。”

严贺禹没参与这个话题，包间的窗半开着，正对着后面的院子，不时就有香气吹进来。

他问服务员：“你们院子里有桂花？”

“对，刚开没几天。”

“有没有小点儿的盆栽？”

那都是一棵棵多年的桂花树。不过顾客的要求，那是绝不能扫兴的。

服务员微笑道：“严总，您要几盆？”

严贺禹道：“一盆。精致一点儿的。”

“好，马上给您准备。”服务员立刻去找经理，得在饭局结束前买来精致的桂花盆栽。

饭桌上，有人问：“你喜欢桂花？”

严贺禹道：“不是我。”

饭局散后，一盆桂花盆栽放在了严贺禹座驾的后备厢里。

车驶离私人会所，康助理汇报，说辛沅打电话过来，要约时间见面。

“辛沅？”严贺禹对这个名字有点儿印象。

“她是明见钧婚外情的对象。现在明见钧自身难保，肯定无暇顾及她，她估计受到明太太针对，又不想放弃现在在娱乐圈的地位。”

辛沅手里的东西应该是老板十分在意的，她想搏一把，跟老板做交换，让老板保她的资源。

严贺禹没什么特别的反应：“就她，也要跟我谈条件？”

康波猜测：“应该是跟温小姐有关，她觉得您在意。”他问老板，“见不见？”

严贺禹几乎没有考虑：“后天下午。”他又吩咐下去，“今晚把那盆桂花送到温笛公寓。”

康波点头：“好。”

他突然想起来，槐花开了，桂花开了，温笛都是要庆祝的。

难怪这一个多月来，饭店给温笛送餐时，老板让他们改送各种盆栽，不再送鲜花，原来是为今天做打算。

这样一来，他送桂花盆栽不会显得突兀。

约辛沅见面那天，严贺禹临时有视频会议。

辛沅只好在会客室等着，秘书给她送来一杯咖啡。

她很少喝咖啡，这时候也不再讲究，心提着，七上八下的。

会客室跟严贺禹的办公室只有一墙之隔，窗户临街，望下去有种俯瞰众生的错觉，而她就是众生里微不足道的那个。

她不知道征服严贺禹那样的男人是什么感觉，关于他的传闻，她听过很多版本，唯一没想到的是，他跟温笛在一起三年，她还是通过明见钧得知的。思绪跑偏时，门开了。

辛沅整理好表情，转头看过去，即使有准备，还是被他骨子里的强势给震慑住了，她暗暗呼口气。

他再正常不过的穿着，白色衬衫黑色西裤，可不知为什么，她莫名感觉到一种压迫感。

接下来的谈判会不会顺利，她忽然没了底。

“严总。”她起身，打了声招呼。

严贺禹点头，示意她坐。

秘书把他的水杯送过来，离开时并未关门。

门敞着，对面就是秘书办公区，每个人都在低头忙碌。

辛沅在等他说话，可他没事人一样，不紧不慢地喝水。

气氛尴尬，至少她这么认为。

严贺禹抬起手腕，看了眼手表。

辛沅明白这个动作的意思，他有点儿不耐烦了。谈判时，谁先开口，气势上谁就输了一半，但她又不得不主动开口。

“我和明见钧八年前就认识了……”

“说重点。”

她的话被他冷声打断。

严贺禹没兴趣听别人的恋爱史，也没空听。

辛沅抿抿唇，这几年红了后，还没人敢用这样的口气跟她说话。

辛沅喝口咖啡压压火气：“我被明太太威胁，她让我退圈，把钱全部还给她，只给我两个月的期限。”

她辛苦得来的今天，凭什么要退圈？

她怎么可能甘心，但现在明见钧也没辙，他说他太太彻底疯了，一点儿情面都不留，闹到现在这个局面，他已经掌控不了了。

现在她只剩一条路可走，找严贺禹。

“我没办法，所以想跟严总合作。”

严贺禹抬头看着她：“你拿什么跟我合作？”

辛沅顾不上他轻视的口吻：“自然有严总在意的东西。”说着，她点开自己的手机，播放了一小段视频。

那是在不动产交易中心的停车场，他跟温笛拥抱分别的画面。

“那时严总已经订婚。”她提醒严贺禹。

辛沅关掉手机：“还有其他视频，全部是你订婚后的。没办法，我只能赌一把。我自己都不好过了，顾不上其他。”

如果他不顾及温笛的名声，那算她倒霉。

严贺禹双腿交叠，靠在沙发里喝水，水杯里冒着丝丝热气。

他不是喜形于色的人，到底在不在意，紧不紧张温笛，辛沅难以捉摸，这一度让她很被动。可事已至此，她只能接着往下说。

“这些视频传出去，对温笛会造成什么影响，你应该比我清楚。我也不想跟她撕破脸，不想跟谁为敌，我没其他要求，只想维持我目前在娱乐圈的现状。”

辛沅沉默了几十秒。

严贺禹道：“说完了？”

辛沅吸口气，点了点头。

严贺禹轻哂：“明见钧把算盘都打到我头上来了。”

辛沅矢口否认：“跟他有什么关系？”

“都这个时候了，你还替他说话？你以为凭你能拿到那些监控视频？”

辛沅还是努力替明见钧洗脱，不能让严贺禹迁怒到明见钧身上：“想拿到总有办法。他现在自身难保，哪儿顾得上我？他也没那个好心，还是向着他的老婆，嘴上说让我等等，我等到哪天？”

严贺禹无意争辩：“你告诉明见钧，还轮不到他来威胁我，要是谁都能威胁我，那京越集团的这个老板，我不当也罢。”

辛沅放在膝头的手指微微弯曲，脸上仍然带着笑：“看来我找错人了，我只能去找祁明澈，他不会不在乎他女朋友的。”

严贺禹说：“激将法对我没用。明见钧也不会让你去找他的小儿子，因为祁明澈根本帮不了他。”

辛沅脸色微变。

严贺禹点破她的心思：“他让你来威胁我，表面上看，是为了保住你在娱乐圈的资源，其实是想借我的手摆平他的老婆，这样他就能轻而易举地拿回公司的控制权。他承诺了你什么？他拿到公司，离婚后娶你？他连儿子都能利用，会娶你？”

辛沅彻底不说话了，脸颊火辣辣的。

严贺禹不想再费口舌，喊来康波，让他把明见钧婚外情的资料拿来。

辛沅一听，愣住了。

康助理把相关资料放在桌上，厚厚一沓，他还拿来了平板电脑：“这里是电子版，辛小姐要是不想看纸质的证据，直接看视频。”

辛沅脸色煞白，没想到严贺禹手里有她的东西。

明太太费尽心思拿不到的证据，他轻而易举就找到了。

辛沅不知道的是，严贺禹早在一月份就开始着手调查她跟明见钧的婚外情。

当时明见钧拿温笛做挡箭牌，让温笛被误会，严贺禹不高兴，吩咐下去让人查清楚明见钧的婚外情对象到底是谁。

他查了才发现，原来明见钧一直在利用温笛，包括那个定制剧本，也是为了给辛沅挡箭。

因为明见钧跟瞿培公司签了合同，明见钧又是阮导多部剧的投资人，要是跟明见钧撕破脸，损失的是瞿培那边。

后来，瞿培又动了手术，情绪不宜波动。

瞿培对温笛来说，不仅是老板那么简单。

各种原因，让严贺禹稍微犹豫，暂时没动明见钧。

现在，对方竟然主动找上门来了。

严贺禹对康波说："这些资料，你现在就发一份给明太太。"

"好。"

"你们要干什么？！"辛沅情绪激动，"严总，你发之前想清楚后果，大不了鱼死网破。"

她要跟温笛鱼死网破。

严贺禹看着她："威胁我，你还不够格。"

康波手机里有资料备份，明太太的邮箱他也早有准备，直接发了过去。

严贺禹转头又知会康助理："你再跟明太太打电话，我帮她拿到公司控制权，条件是我要进入他们公司董事会。"

这算商业机密，可他无所谓，当着辛沅的面毫不避讳，也不介意让明见钧知道他的举动。

辛沅蒙了，怎么都没料到是这个走向。

本以为温笛是她最后的浮木，却不承想是块铁，直接带她沉入海底。

"你真对温笛无所谓？"

严贺禹说："我对她的感情用不着跟你交代。"

辛沅道："那别怪我拉她垫背。"

严贺禹面不改色地道："你可以试试。我当初敢在订婚后，跟她同进同出，就不怕别人威胁。”顿了下，他喝一口热水，“既然明见钧告诉你，我订婚了，那你肯定知道跟我订婚的是谁。”

辛沅知道，是田家，好像叫田清璐。

“田清璐那样的性子，她都不敢拿温笛来威胁我，就你跟明见钧？”

辛沅没接话。

“你要是不死心，可以试着把我跟温笛的视频发出去，你看看是不是跟你想的那样，铺天盖地发酵。”

严贺禹没把话说得那么满：“当然，你也不是没希望，可以去找跟我差不多背景的人帮你。比如，蒋家、叶家、任家，还有秦家，看看他们哪家愿意帮你。叶家就别找了，那是我外公家。”

辛沅的指甲从咖啡杯上划过，她刚做的指甲差点儿折断。

严贺禹喝完杯子里的水，喊来秘书：“招待好辛小姐，给她续杯咖啡。”

他起身回了自己办公室。

他刚坐下来，康波敲门进来。

“严总，我跟明太太联系过了。”

“她怎么说？”

“明太太答应了您的条件。”

现在明太太别无选择，如果不跟老板合作，她短时间内找不到这样一个靠山。她又不甘心把公司拱手让给明见钧，只能答应老板苛刻的条件。

康波又汇报：“辛沅回去了。”

“嗯。”严贺禹不关心辛沅怎么样，“你告诉明见钧，下不为例，让他好自为之。”

“我马上联系。”

看来明见钧在知道老板跟温笛的关系后，就开始做打算，先把老板的把柄拿到手，在自己被动时利用一把。

只是明见钧打错了算盘，老板这人，最恨的就是别人威胁他，不过温笛除外。

十月底，天渐渐凉了。

桂花花期即将过去，香气不如之前。

温笛给阳台上的一排盆栽浇过水，手机响了。

祁明澈给她打电话，问她在不在家。

“在呢，你直接过来吧。”

今天是周末，祁明澈休息，早上起来后一个人在家里走了半个小时神，他还是想见温笛。

他很疲倦，可还是想她。

即使那次在酒吧喝得半醉，脑子里依旧是她。

他住的地方离她的公寓不远，开车十几分钟就到。

温笛挂电话前说：“我煮咖啡给你喝。”

祁明澈有温笛新公寓的密码，进来前，先按门铃，让她知道他到了，这才输入密码进屋。

温笛煮好咖啡，倒了两杯。

祁明澈不喜欢喝黑咖啡，只是因为她爱喝，每次陪她喝咖啡，他都跟她点一样的。

久而久之，她以为他喜欢喝黑咖啡。

“香吧。”她端起来，放在他鼻尖让他闻闻。

祁明澈笑道：“你煮的咖啡肯定香。”

煮咖啡是她唯一会干的活儿。

祁明澈把两杯咖啡端到露台的吧台桌上，又给温笛准备了一小块蛋糕。

有个冰箱里常备着玫瑰花，他修剪两朵，放在一只透明的玻璃杯里，加点儿水，拿到吧台桌上。

温笛坐在高脚凳上，支着下巴，拍拍旁边的凳子，让他坐。

祁明澈没坐，走到她身后，将她拥在怀里，俯身，下巴搁在她的肩头。

温笛反手摸摸他的胳膊：“累了？”

“有点儿。抱抱你就行了。”他在她的脖子上亲了下。

温笛转身面对他，双手搂着他的脖子。

祁明澈松开她，两手撑在吧台桌的边沿。

“你家里的事还没处理好？”

“早着呢。”

祁明澈抵着她的额头，不想让她担心：“我跟我妈应付得过来。”他今天过来，还有件事要跟她说，“我要去国外一段时间，工作上的事，也有家里的事。”

“去吧，正好散散心。”温笛略有迟疑，还是说，“等你回来，我陪你听演唱会。”

她告诉他，是谁的演唱会。

祁明澈脱口而出：“你不喜欢。不去了。”

她说：“你喜欢。”

也许是他们最后一次一起听演唱会了，他说：“那行。”

他累，她感觉到了。

他们从最初的开心，到后来努力适应彼此，到现在两人都感觉到痛苦却又有点儿不甘，明明他们都认真了，也都努力在为对方考虑，但还是这样。

“对不起。”

温笛拿手指堵在他的唇间：“就陪你听场你喜欢的演唱会，哪儿来什么对不起？”她问，“你哪天的航班？我送你去机场。”

“明天中午。”

温笛点头：“早上我去接你。”

她搂着他的脖子晃了下：“跟你说件事。”

“你说。”

“我想抽空去找严贺禹一趟，他别墅的房产证上有我的名字，到现在他都不愿意把名字去掉，我跟他当面聊聊，实在不行，我只能走法律程序。”

约严贺禹见面，还有一件事，她不知道祁明澈家公司出问题，是不是跟他有关。

祁明澈说：“这件事你不用跟我报备，我们之间，这点儿信任还是有的。”

“那不行，谁让你是我男朋友呢。”

祁明澈亲她的侧脸，很是依恋。

中午时，之前那栋公寓的物业管家给她发消息，说有她的包裹，是大件，让她别忘了取，如果她没空，他们送上楼。

那应该是爷爷给她寄的书到了，爷爷昨天给她打电话，说淘到些旧书，是她喜欢看的，给她打包寄了一箱。不过爷爷一时忘记她搬家了，习惯性填写了她以前的公寓地址。

她谢过物业管家，说下午过去拿。

阿姨听说她要回原先的公寓，要跟她一起去："我把炊具拿来，之前的用惯了，顺手。"

温笛让她在家："我过去拿。"

阿姨坚持要去："你不知道我要拿什么，那么多锅，你分不清哪个锅是干什么的。咖啡机我也拿来，现在这个不如之前的好用。"

温笛于是带上阿姨，路上正好有人聊聊天。

阿姨问她："你去度假村待几天？"

祁明澈要去国外，估计一时半会儿回不来，温笛打算去度假村住一段时间。创作剧本期间，她喜欢待在安静的地方。

温笛跟阿姨说："看情况，少说也要一个月。"

阿姨听她去那么久："那我跟你一起去，你想吃什么我给你做。"

"不用，度假村有厨师。"

"那也做不出地道的江城菜。"阿姨说，"你妈妈每月给我那么多钱，我不能光拿钱不干活。"

为了让阿姨安心，温笛决定带阿姨一起去度假村，反正她住的是套房，有多余的房间给阿姨住。

到了公寓楼下，温笛将车停在停车位上。

阿姨说："你去拿快递，我自己上楼。"

温笛锁车，随阿姨上楼："快递不着急，等拿了炊具，我把车倒在门口，一并放上去。"

阿姨收拾了一箱子东西，把咖啡机也装箱带下来。

温笛到物业管家那里拿快递，一个大纸箱，很重，保安问她是不是拿回楼上，他们帮忙送过去。

"我去开车，一会儿麻烦你们帮忙送到门口。"

"不麻烦，应该的。"

温笛去取车，车子旁边不知道什么时候停了一辆越野车。

车主给她留了空出来，可太高估她的车技，车头根本出不来。

她记得这辆黑色的车，当初祁明澈来接她，她上了错车，就是这辆。

她两次遇到这辆车，那人应该是这里的业主。

温笛下车，准备找保安，联系车主挪车。

她还没走几步，有个身材挺拔的男人走了过来，戴着墨镜，下颌线线条流畅清晰，正在打电话，说的是英文。

他在车子后门那儿停下，靠在车门上。

温笛走过去，忽然驻足，她想起来，那次开错车门，看到的擦眼镜的男人应该是这位，腿长，气质不一般。

她转过身来：“你好，请问这车是你的吗？”

肖冬翰刚好挂断电话，车不是他的，是朋友的车，来接他的，人去了洗手间。

他反问：“什么事？”

温笛说：“你的车子挡了我的车，麻烦挪一下，我车子开不出来。”

肖冬翰没有车钥匙，他的车被温笛追尾送去修理时，借用过朋友的车几天，后来副钥匙还给了朋友。

他站直，过去查看一下，伸手：“车钥匙。”

温笛无语：“你把你的车挪一下就行。”

“钥匙不在我这儿。”

温笛把自己车钥匙扔给他，告诉他：“座椅二号键适合你。”她在记忆座椅里把自己设置成一，二号键是适合严贺禹的身高，后来他们分手，她忘了清除。

眼前这人跟严贺禹身高差不多。

肖冬翰坐上车，调整座椅。

温笛看他像开玩具车一样，一会儿的工夫就将车开了出来。

“谢谢。”

肖冬翰没吱声，下了车。

温笛开到公寓楼门口，装上爷爷给她寄来的书，还有阿姨收拾的炊具，等再次路过刚才的停车位时，那辆黑色的车已经不在了。

回到家，她把一纸箱旧书放到书架上，还是爷爷了解她，知道她爱看什么书。

她又装了几本到行李箱里，打算带去度假村看。

次日早上，她接上祁明澈，送他去机场。

这次送别夹杂着说不清道不明的情绪，不管是她还是祁明澈。

安检前，温笛主动抱抱祁明澈："家里的事，要是需要我帮忙，别跟我客气，不管发生了什么事，别闷在心里。"

"不会。"

祁明澈也用力抱抱她，又将她抱离地面，抱了好一会儿。

"放我下来，他们都在看着。"

祁明澈说："再抱几秒钟。"

"到了那边，我跟你视频。"

温笛点头："好。"

送走祁明澈，她联系康助理，打算在去度假村前解决掉房产证名字的事。

康助理收到消息，没立即回复，而是去严贺禹办公室汇报，把温笛的消息给他看。

严贺禹瞅着对话框里的那行字，先问："她跟祁明澈分了？"

"没。"

严贺禹沉默了一瞬，说："既然没分，她主动约我，准没什么好事。"

康助理："……"

"你回她，我没空。"

老板这是拒绝见面。

康助理只好按老板的意思回复："温小姐，不好意思，严总暂时没空。"

温笛："他确定？"

敢用这个口气跟老板说话的，没几个人。康助理看向老板："严总，温小姐问您，确定？"

严贺禹没说话。

半分钟过去了，他还是没吭声。

康波回复温笛："温小姐，等严总纠结纠结，再回复您。"

隔天，温笛前往度假村。

她住的是套房，里面有独立小厨房，阿姨还带了炊具过来。

这次她换了一家度假村，不再是以前她跟严贺禹常去的那家。

她到了度假村，经理过来接待她。

这里是祁明澈给她办的会员，说是他一个朋友的朋友有股份，就是那家二手书店老板的孙子。

办理好入住，温笛换上一套舒适的衣服，拿上一本书下了楼。

工作人员引领她到了私人休闲区，休息区周围植被茂盛，是天然氧吧，对面是人工湖，景色宜人。

桌椅放置的地方，旁边有小溪流潺潺流过，从山上引流到这儿。据说为了引这条小溪过来，老板花了不少钱。

休闲区里还有一个温泉。

工作人员给她准备好咖啡，茶几设计很特别，里面是一个隐形的小冰箱，甜品、饮品、水果一应俱全。

“温小姐，这边是按摩椅，您有需要直接按铃。”工作人员又告诉她，服务铃在哪儿。

工作人员离开后，温笛翻开书，看书看入了迷，再抬头是两个小时后。

阿姨煲好汤，过来找她。

“我不饿，先放着吧。”

“那等你想喝时我再热热。”

温笛说：“阿姨，你把你的手工拿来做，这里空气好。”

阿姨笑道：“不用，会打扰你。”

“不打扰，我一个人在这里，周围太静。”

阿姨回房拿来手工编织的那套东西，最近在给温笛编一些小饰品，装扮新家。

她挑了休息区边角的位子坐下，这样不影响温笛看书。

阿姨是江城人，温笛跟她用家乡话闲聊，想到什么便聊什么。

温笛打了个哈欠，这是八个多月来，她第一次在白天犯困。可能这里太舒适了。

她合上书，旁边椅子上有工作人员准备的毛毯，她拿过来展开盖在身上。

“阿姨，我睡会儿。”

“睡吧，我不走，等太阳下去我喊你起来。”

温笛这一觉睡得很沉，旁边有人过来，她也没醒。

阿姨认识严贺禹，在温笛和祁明澈公开恋情的那晚，他去公寓找温笛，阿姨对他印象很深。

阿姨小声地说：“温笛睡着了。”

严贺禹点头，道：“温笛约我过来的。”

他轻手轻脚地走到温笛身前，在她的椅子前半蹲下来。

茶几上放着一本书，正是他给温老爷子寄去的其中一本，没想到辗转又到了她手上。

严贺禹看着她的脸，她呼吸均匀，没有醒来的迹象，似乎很困。

他们没分手前，有时他半夜出差回来，她已经睡着了，他把手指放到她的手心，她会紧紧攥住。

不知道时隔八个月，她还有没有这样的依赖。

她两手垂在身前的毛毯上。

他小心翼翼地把手放在她手里。

温笛动了下，没醒。

她五指缩了缩，感触到有什么东西，下一秒，她条件反射般紧紧攥住他的手，像以前那样。

她这一攥，似一只无形的手掐住了他的心脏，剧烈撕扯，疼痛难忍。

他以为，最难受的时刻是她公开恋情时，现在发现不是，而是她改不掉那些小习惯，他又不在她身边，没法继续惯着她的时候。

第九章

给她的零点祝福

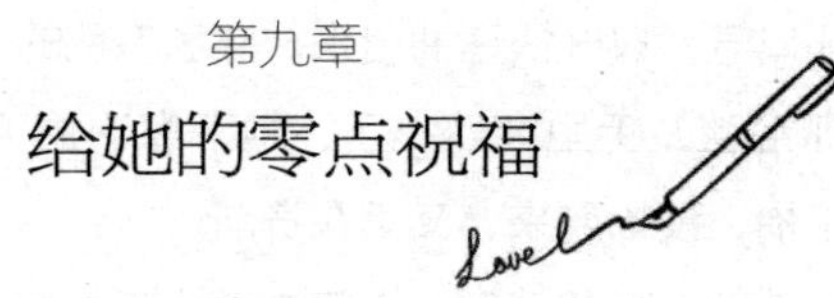

温笛睡得安稳，严贺禹没敢动，蹲的时间有点儿久，脚发麻，再这样下去，没办法保持平衡。

他把手机调成静音，给度假村经理发消息：“送个矮凳给我。”

经理秒回：“好的严总，马上。”

这家度假村，还有之前温笛常去的那家，他都是最大的股东，不过没几个人知道。

他对投资度假村没兴趣，但温笛喜欢在度假村创作，有时一待就是好几个月。他索性投钱进去，不管安排什么，都是一句话的事。

旁边的那条小溪，他花了不少钱引流下来，还要保证水流源源不断，山顶的蓄水池也重新修整了。

最费事的是溪流两旁的石头和草木，不能违和，不能一眼看上去，让人觉得小溪是人工造出来的。

其他股东开始不同意，说成本太高，后来是他私人掏钱改的。

服务人员送来矮凳，严贺禹坐在温笛面前。

他仰头看着她，他的手还被她攥在手里。

他想让她多攥一会儿。

温笛同一个睡姿睡了一个多小时，有点儿累，她在躺椅里翻个身，头偏到另一侧，但没松开他的手。

严贺禹小心翼翼地把她身上的毛毯给她掖好。

似乎能感应到她多久醒来，他提前把手从她的手里抽出来，一点儿一点儿地抽，怕弄醒她。

温笛好像不愿松，他刚抽出一点儿，又被她给抓紧，她的头动了几下，睡得没之前安稳。

严贺禹呼口气，只好快速抽出来，塞了毛毯的一角到她手里。

温笛没抓毛毯，手里突然空了，她下意识抬手想再去找他的手，胳膊没力气，抬了抬，没抬起来，又垂在身前。

严贺禹看着她连番的动作，心里的滋味跟她之前攥住他的手时一样。

她明明抓住了的，后来又空了，什么都没有。

旁边的溪水还在淌，但并不影响睡觉。

严贺禹拿上矮凳，坐回阿姨旁边。

阿姨的编织篮里有编好的玩偶，他拿起来端详。

阿姨瞅瞅他，隐隐约约猜到他是谁，但又不是她该多问的。

没到二十分钟，温笛醒了。

她睁开眼，花了半分钟才想起来自己在哪儿，又怎么会在这里睡着。

温笛揉揉脖子，忽然把手伸到眼前看了看，觉得自己有点儿神经质，继续揉脖子。

咖啡冷了。

保温杯里的水还热乎，她拧开喝了几口。

她边喝水，边拿过桌上的手机点开。

康波在两个多小时前给她发来消息，她当时睡着了，没听到声音。他说：“温小姐，您好，严总去休息区找您了。”

温笛看完，倏地回头看，即使有心理准备，还是吓了一下。他还在这里，在看阿姨编手工。

严贺禹过来，在她旁边的椅子上坐下。

温笛坐直，把身上的毛毯叠好放在一旁。

她从冰箱里拿了一瓶苏打水，算是招待他。

她约了他见面，该有的客气还得有。

严贺禹看着她，说：“你不是知道，我现在不喝酒，冷水也不喝？”

他胃不舒服，一直没缓解。

温笛收起那瓶苏打水：“抱歉，我忘了。”

她摁铃，让服务员送来一杯热水和一杯咖啡。

严贺禹没喝那杯水。

温笛这会儿清醒过来，刚才睡的那一觉，分不清到底是在做梦，还是潜意识里又想了不该想的。

她说："你应该清楚我为什么找你。"

"猜到你没有好话跟我说。"但他还是来了。

温笛看向他："别墅房产证的名字，你定个时间，去办手续。"

"暂时就那样吧。"

"我不想，没必要。"

房产证的名字，是目前他跟她唯一的一点儿联系。严贺禹承诺她："要是你结婚了，嫁的是别人，你结婚前我把你名字去掉，不会影响你。"

"不管结不结婚，你已经影响到我了，我现在有男朋友，不想再跟其他男人有任何瓜葛。这次约你见面，我也提前跟我男朋友报备过。"

温笛喝咖啡，半杯咖啡喝下去，他还是不表态。

她没那么多时间等他考虑："如果商量不成，那只能走法律程序。我不想走到那一步。"

严贺禹再次看向她："我不是没想过在你恋爱后，把你的名字去掉。谁都有抱有幻想的时候，我也不例外，虽然不多，但有。"

他幻想她能够原谅他，所以，迟迟不想把她的名字去掉。

她不想走到那一步，严贺禹就不会让她走到那一步。严贺禹顿了几秒，说："你联系康助理，他会配合你走完所有流程。"

他最终还是端起那杯水，喝了下去，水已经有点儿凉了。

"你约我见面，不会只为了房产证这件事吧？"

温笛直言："明见钧公司还有他的婚外情，你掺和进去了是不是？"

严贺禹没否认："是。但不是你想的那样，说了你也不信。要是为这件事，我们没什么好谈的。"

就算他们没什么好谈的，温笛也要跟他说清。

如果不是她，事情不会弄成今天这个局面，祁明澈和他母亲现在好像很被动。

"他们家的事，你别再掺和。"

"已经掺和了，也没打算收手。"严贺禹喝完那杯水，"不是不想让你高兴，这件事跟房产证去名字是两码事，没法事事顺着你。"

他站起来："太阳快落下去了，外面凉，你早点儿回房间。"

严贺禹离开休息区，今晚他住在度假村，康助理也在。

康波听说老板答应把房产证上温笛的名字去掉，有点儿震惊。

严贺禹点了一支烟，这是自关向牧给他烟那次后，他第二次抽。

他吐出烟雾，说：“不然怎么办？不答应她，她又要闹心。”他答应了，顶多换成他心里不舒服。

现在，他能纵容她的事，没多少。能让她高兴的事他尽量去做。

他不能比关向牧还惨。

“你联系温笛，她想哪天去办理就哪天去办理。”

“好。”

严贺禹将烟悬在烟灰缸上头，轻弹了一下，又道：“让人安排好她在度假村的安保和饮食。”

“已经安排下去了。”

“嗯。”

康助理询问：“去办手续时，到时您过去还是……”

“让律师去吧。”他还有别的事要忙。

严贺禹找出关向牧的电话，打了过去。

关向牧接到他的电话并不意外，声音带笑：“是来向我取经？”

严贺禹转身，靠在栏杆上，说：“你那失败的经，取来干什么？”

关向牧大笑：“好歹给我点儿面子，虽然追人没成功，多少还是可以让你少走一点儿弯路，这也是经。”

“不需要。”

严贺禹问他有没有兴趣去江城。

关向牧在喝酒，一个人在家喝。

他放下酒杯，揉着额角：“你倒是想得起来。”

言外之意，他没有那么厚脸皮，再觍着脸凑到江城去。

严贺禹摁灭了烟：“你的脸比我还值钱？我能去你就不能去？”

关向牧：“我跟你不一样。”

他找半天找了一句托词：“你年轻。”

“不是说年纪大了，更不在乎脸不脸面的。”严贺禹奚落他，“知道你为什么下场那么惨了吗？”

关向牧解释："那你误会了。我年轻时不是没厚过脸皮。"但还是一样，温其蓁不回头，怎么都不回头。

她就算爱他，也没再给他机会。

江城是他最不愿去的地方，她两次婚礼都在那里。

他去纯属是找虐。

严贺禹道："你是厚脸皮的方式不对。"

关向牧气极反笑："怎么说，我比你大十几岁，勉勉强强算是你的长辈。给我留点儿面子。"

严贺禹让关向牧等一下，拿着水杯进了房间。

"又胃疼？"

"不一定是胃。"

他各种检查都做过，胃没毛病，但他就是不舒服。

严贺禹倒了一杯热水，回到外面的阳台。

关向牧给自己又倒了一杯红酒，今晚他打算洗耳恭听，怎么才叫厚脸皮的方式不对。

"我和温笛之间不是我道歉、悔过几次，再送她点儿礼物就能被原谅的，你跟二姑妈肯定更不用说。挽回得有诚意，格局还不能小。"

"你去江城是打算干什么？"

"投资。再在江城安家。"

"你私人投资还是……"

"我个人和京越集团，都打算投资。"

严贺禹说起江城近几年的投资政策和投资环境，做得不错，至少他觉得可以。

关向牧晃晃酒杯，投资不是买辆车、买栋房子那么简单，牵扯诸多。

他不管投不投，都要从长计议。

严贺禹最近在让范智森帮忙买房子，问关向牧，要不要给他顺便留一套别墅，在一个别墅区，方便以后温笛和二姑妈串门。

关向牧说："温其蓁不喜欢别墅，她喜欢在高层看夜景。"

"跟温笛一样。江景平层我也买了一套。"他买别墅是因为有院子，在院子里种花、种树，这样什么树开花该庆祝，看看院子就知道了。

关向牧抿了一口红酒，忽而自嘲地笑出来：“你说我们俩可不可笑，人家姑侄俩一个刚签离婚协议，还没拿离婚证，一个有男朋友还没分手，我们在这里盘算着买房，就好像人家明天要嫁给我们似的。”

严贺禹嘲讽他：“说你格局小，你还不承认。”

关向牧言归正传：“现在都扎堆到江城投资。”

“还有谁？”

“肖冬翰。肖宁集团也打算入驻江城工业园区。”

严贺禹道：“那不正说明江城投资环境不错吗？”而且，肖宁集团跟京越集团有业务重合的地方，竞争在所难免。

“你别光顾着投资。”关向牧好心提醒，“温笛那边，你也上上心。”

“她和祁明澈长不了，他们不合适。”

屋里的座机响了，严贺禹结束通话，过去接电话。

那是前台打来的，他要的粥和小菜都做好了，问是送到房间来还是他去餐厅吃。

严贺禹不喜欢在房间用餐：“我去餐厅。”

今天有公司在度假村团建，餐厅这会儿格外热闹。

温笛下楼到自助区拿点儿水果和甜品，阿姨在小厨房给她煲了汤，正在加热。

她端着选好的水果和一小块甜品，迎面遇到餐厅经理和一位端着托盘的服务员。

她跟经理打了声招呼，看到托盘里的小菜，全是她爱吃的。不过刚才在自助餐品区，她好像没看到这些菜。

“赵经理，这些小菜是不是要另付费？”是的话，她要一份。

服务员刚要开口说，是楼上一位顾客要的餐，没有多余的量，这个时间，厨师已经下班了。

经理抢先道：“不需要另付费，在厨房还没拿上来，您先回房，我一会儿让人给您送到房间。”

“谢谢。”

等温笛走远，服务员纳闷，但没多言，只问：“再通知厨师回来？”厨师应该还没走远。

经理说："不用。把粥拿下来，小菜送到温小姐房间。"

服务员纠结："可订餐的那位……我们得罪不起。"

经理："我来解决。"

他把粥端到就餐区，让服务员把菜送给温笛。

严贺禹到了餐厅，只有一碗粥。

经理三言两语解释清楚前因后果，而后道："严总，您先喝点儿热粥暖暖胃，我让人再给您准备一份消夜，二十到二十五分钟就好。"

"不用忙活。"严贺禹说，"她也吃不了那么多食物，等她吃剩了，你们端给我。"

经理："……"

他一时无语。

严贺禹开始喝粥："以前在家，她喝不完的黑咖啡，都是我喝。"

经理很煎熬，搓搓手，不想知道那么多秘密。

温笛在度假村住了两个多月，看了好几次雪。

其间，祁明澈来看过她一次，说想她了。

那天清早，她下楼到湖边散步，走出酒店，他就在外面。

他们已经分别一个多月，她看到他也是开心的，但不知道为什么没有冲过去，没冲到他的怀里。

等她意识到，自己该跑向他时，时间有点儿晚了。

她再跑过去，就显得有些刻意了。

祁明澈晃晃手机："刚要给你打电话，你就下来了。"

温笛笑道："咱俩心有灵犀。"

她走过去，他也迎过来，把她抱在怀里。

"想没想我？"

温笛点头："想了。"

祁明澈把她抱起来，原地转了几圈。

"你小心点儿，别滑倒。"

"没事。"祁明澈将她放下，问，"还记不记得今天什么日子？"

温笛努力想了想，还是摇头。

他们在一起才半年，反正不是纪念日。

祁明澈说:“去年今天,《如影随形》第一期开拍。”

温笛恍然，她终于想起来了。

他牵过她的手，揣进他的羽绒服的兜里，两人往湖边走去。

“今天我们正式认识一周年。”去年的今天，他第一次见到她本人，跟她有关的小细节都记得，也不是刻意去记，但就是记得。

牵着她在湖边散步时，祁明澈还跟她说了句“对不起”，他说录制第一期时，她在雪地摔倒，他没回头扶起她。

他一直内疚到现在。

其实，她早就忘了这件事。

可能，她根本就没放在心上。

祁明澈在度假村陪了她两天，离开时问她，能不能把陪他看演唱会的时间再往后推一个月。

他还想再和她打一个月电话。

她点了点头。

在分开的这一个月里，不管是她还是他，他们都是轻松的，不用迁就，不用讨好，不用小心翼翼。

他们也许分开，更合适。

她买了一月份那场演唱会的票，这也是巡回演唱会的最后一场。

演唱会那天，祁明澈提前来接她。

温笛化了精致的妆，试了两套衣服，即使是最后一次约会，她还是那样在意。

祁明澈靠在衣帽间的门框上，看她在镜子前忙成一团。

“这套衣服怎么样？”温笛询问他的意见。

“都不错，这套比之前那套更衬你的气质。”

温笛也这么觉得:“那就这件。”

祁明澈走过去，轻轻抱住了她:“走吧，早点儿过去。”

十分钟后，两人出门。

祁明澈牵着她的手，一路牵到车前。他们今天穿了情侣款羽绒服，是温笛在十月份时买的，一人一件，现在才有机会穿。

今天他们开了温笛的车，祁明澈给她系好安全带，发动车子。

“温笛。”

“嗯？”

“以后别人问起你前男友之类的，你要把我排在严贺禹前面，别把我忘了。”

温笛哭笑不得，又难受不已：“好。”

她打开手机，看今晚演唱会的歌单。

当晚，演唱会现场的盛况上了两个热搜。

第三个是温笛和祁明澈把话题送上热搜榜的，# 温笛祁明澈低调现身演唱会 #。

两人毫不避讳，牵手入场。

他们处于恋爱甜蜜期，大家都理解。

温笛陪祁明澈听了一场他喜欢的演唱会，分手的话他们没说出口，但都知道，也就走到这儿了。

散场时，谁都没再去牵对方的手。

后来，他们被人群挤散。

出来后，祁明澈下意识地转头去找人。

他满眼都是人，唯独看不到她。

另一个出口，温笛也转头看，没看到祁明澈。

她两手插进羽绒服口袋，不知道什么时候，他把她的车钥匙放在了她的口袋里，还有一块橘子味的水果硬糖。

她在海棠村吃的一块糖，他还记得。

后来有人问她，有过遗憾吗？

她说，有啊。她遇到过一个很喜欢的、对她又特别好的人，但可惜没能走到最后。

温笛祁明澈低调现身演唱会 # 这条热搜，凌晨还挂在榜首。

京越集团大厦里的人，刚开完海外视频会议。

康助理看到了热搜。

老板最近在忙着江城投资事宜，又强势进入明见钧公司的董事会，无暇顾及这些娱乐新闻。

康波揉揉额角，头疼。

他把杯子里的咖啡一口气喝掉，起身去找严贺禹。

严贺禹把微博卸载了，没有其他平台的 App，不知道今晚温笛去看演唱会了。

不过很快，康波敲门进来，跟他说，温笛又上热搜了。

严贺禹觑他："你没事盯着她干什么？"

康波："是我太闲了。"

严贺禹把手里的文件往桌上一扔，靠在椅背上："你现在不仅说话水平高，搾人的水平也见长。"

康波有口难辩，怎么可能故意搾老板？于公于私，他都没立场，也拎得清自己的身份，刚才只是情急之下脱口而出。

"跟祁明澈一起上的热搜？"

"嗯。"

沉默几秒，严贺禹说："之前温笛劝我不要掺和明见钧家的事，她是为我着想，还是为祁明澈考虑？"

这个问题过于拷问灵魂。康助理答不出，也不想答。

严贺禹没强人所难，伸手："不是要给我看热搜吗？"

康波解锁，把手机递了过去。

严贺禹点开视频，每次在热搜上看到温笛，她都是站在别人旁边。

看完，他关掉视频，把手机还给康助理，说："温笛不喜欢这类歌。"

康波点头，这个歌手应该是祁明澈喜欢的，温笛是专程陪祁明澈过去的。

演唱会上有一首慢歌，感情细腻，是歌手翻唱别人的，那首才是温笛喜欢的类型。偏偏歌手发挥失常，跑调了，还没老板唱得好听。

用秦醒的话说，老板的渣和老板唱歌好听，都是公认的。

严贺禹关掉电脑，让康助理把温笛常用的邮箱给他。

马上春节了，邮箱是他唯一能联系她的方式。

临近年关，温笛忙完所有工作，陪着瞿培吃了顿饭，提前几天回到了江城。

二姑妈这几天在家，陪着奶奶备年货，每年的年夜饭，都是奶奶亲自下厨，这是一年里最有仪式感的一顿饭。

“姑妈，你今年放假这么早？”

“给自己放个假。”

温其蓁说：“还以为你要大年二十九才回来，怎么不趁着年前不忙，多跟祁明澈约约会？”

温笛嚼着一片柠檬片，小声地说：“我们分了。”

“什么？”温其蓁以为自己听错了，前段时间热搜还说两人甜蜜看演唱会，这才过去多久啊。

“是什么原因？”

“没原因，走不下去了。”

温其蓁叹气，逗她开心：“其实我知道是什么原因。”

温笛看着二姑妈，好奇地问道：“什么原因？”

温其蓁指指她手里吃了半天才吃了一半的柠檬片，说：“你吃东西太慢，祁明澈受不了。”

温笛被逗笑了。

温其蓁摸摸侄女的脑袋：“没什么，分就分了。”

奶奶插话，说：“分手不算大事。你跟你二姑妈，今年有共同话题，吃年夜饭你们坐一起。”

温笛嘴角的笑瞬间散去：“姑妈，你怎么了？”

温其蓁风轻云淡地道：“我离婚了。”在一个月前，她结束了六年的婚姻。

温笛抱抱姑妈。

温其蓁离婚的事还没告诉父亲，再拖就到除夕了，瞒不了多久。

索性在父亲吃完饭后，还没离桌时，她跟父亲坦白，说实在过不下去，和平离婚。

温老爷子没多大反应：“你要是不离婚，也不会早早回来陪你妈妈忙年货，四十多年了，你就勤快过两回。”

温其蓁：“……”

她勤快的那两回都是离婚后。

温笛喝着汤，不时地看向爷爷，琢磨着她分手这件事要不要告诉爷爷。

没想到，爷爷问她："你是不是也分了？"

"嗯。"

爷爷说："以前过年回来，你手机不离手，坐在沙发上能聊好几个小时，现在手机放半天都不去看一下。"

原来爷爷是根据这点判断出来的。

爷爷让她们吃饭："就这点儿小事，没吃饭要紧。"

"爸，对不起啊，又让您跟妈操心了。你们别生气。"

"没生气，我跟你妈说，离就离了，我们得好好的，放宽心，不然孩子没人操心，过年也没地方去。你看现在多好，你跟笛笛回来还有去处。"

温其蓁吸吸鼻子，多少年不知道眼泪是什么滋味了。

"行了，吃饭，多大的人了还哭？"

爷爷起身，拿起温笛的餐盘，去给她把盘子里的菜加热。

这几天温笛住在爷爷家，父母还在忙，除夕才放假，而二姑妈，自那天跟爷爷坦白后，第二天就回公司上班了，忙起来时便忘了自己离婚的事。

除夕那天，大伯一大家全部到齐，稍晚一点儿，大姑妈一家也过来了。

他们开了三桌牌局，一年到头只有除夕夜最热闹，年年通宵。

谁困了就回去眯一觉，然后起来接着打。

温笛小的时候，家里人在除夕夜打牌，不管谁赢了钱，最后都给她，作为她的压岁钱。现在她大了，他们还是习惯给她。

温笛的牌技一般，很少上牌桌，主要是以前忙着发消息，没心思打牌。

今年她闲得慌，于是坐在爸爸身边看牌。

零点时，她给沈棠发了一条新年祝福，自己也收到很多零点祝福，之后一一回复。

邮箱有新邮件提示，她顺手点开，邮件来自零点。

新年快乐。

今年零点打不通你电话了。不管你跟谁在打电话，这一刻，希望你是开心的。

——严贺禹

温笛盯着那封电子邮件，而后删除。

外面隐约传来放烟花的声音。

“发什么呆？”温其蓁端来水果拼盘。

她指指侄女的手机，说：“你看了十分钟，还以为你等着抢红包，又不见你手指动弹。”

“哪有十分钟？”

“也差不多，反正有七八分钟了。”

温笛放下手机，叉了一个西梅放在嘴里。

温其蓁在侄女旁边坐下，陪她吃水果。

家里的热闹与她们俩无关。

温其蓁跟侄女谈心，谈着谈着不可避免谈到了祁明澈，她问侄女：“你提的分手，还是他？”

“都没提，也都提了。”

“不许跟我玩文字游戏。”

“哪儿有？”

温笛只是实话实说，她跟祁明澈直到分开那一刻，都没说“分手”二字，但两人默契到知道不会再走下去。

这大概是她跟他唯一心有灵犀的一次。

“他跟我在一起很累，没有一点儿自己的空间。我跟他说，不要把我当作是生活的全部，要有他自己的生活，以前该怎么潇洒还怎么潇洒，不要为我刻意地改变什么。他就开始反思，是不是自己让我烦了，不想见到他。”说着，温笛微微叹气。

那段时间，她也不知道要怎么办。她只能尽力让他轻松高兴一点儿，多抽时间陪他，给他准备一些礼物，结果让他更不安，他就加倍对她好，想尽一切办法给她制造惊喜，搞得他自己越来越疲惫。

温其蓁说：“他患得患失，感情里弱势的那方都这样。”

“可能我跟严贺禹那段给他压力太大。”她在祁明澈身上几乎找不到什么缺点，但只走到了半途。

温笛略沉默：“以后我再恋爱，不找祁明澈这样的了。”

“因为他太好？”

温笛点头。

他太好了，所以很容易受伤。

温其蓁让侄女吃水果："你姑父其实也没那么差，唉，不说了。新年第一天，聊点儿高兴的。过完年你有什么打算，不出去玩玩？"

温笛想去伦敦转转，等天暖和了再说。

"伦敦你去过多少回了，还没玩够？"

"去年一年没去。"

这次她打算一个人逛，在那里多住一段时间。

大年初三那天，范智森来家里拜年，带了不少礼物过来。其中，大部分礼物是给温笛准备的。

温爷爷说，他太破费了。

范智森红光满面，笑呵呵地道："第三拨资金年前就到了。"至此，整个项目的资金全部到位。

这个年，他彻底把心放回了肚子里。

这些礼物不是他准备的，全是严贺禹花心思给温笛挑选的礼物，他是借花献佛。

他每年都来给温老爷子拜年，也年年带礼物，但没今年多。

今年多一点儿也没人觉得哪里反常，谁让他这两年运势不错呢，心里一高兴，多买点儿礼物，那不是人之常情嘛。

"侄女，那家饭店的菜还想不想吃了？吃腻了咱再换一家。"

温笛连忙谢绝："我年后大多时间不在京城。"

范智森只是客气客气，温笛既然不想吃，他见好就收，要是接着送，反倒会引起怀疑："那行，等你想吃了再跟伯伯说。你伯母前几天跟我说，她在京城又找到一家味道不错的饭店，让我问问你，去没去过，没去过的话，让我把饭店推给你。"

他把饭店名说给温笛。

温笛没听过，自然没去过。

范智森把那家饭店的相关链接发给她："你存一下，等有空去尝尝。"

温笛点开链接，上面是饭店的点评。

这个地方她常去，在二手书店对面的那条胡同里，经常路过，没看见有这家饭店。

“才开的？”

范智森顿了下：“那我不清楚，是你伯母出差，跟朋友在那里吃过，她知道你的口味，说你应该喜欢。”

温笛收藏了链接，等有空过去尝尝。

在家待到正月十五，温笛回了京城。

年味慢慢被冲淡，所有人似乎都忙碌起来。

温笛一头扎进剧本创作里，写不出甜甜蜜蜜的恋情，但人性方面，她有了更深刻的体会，写起来很是顺手。

她一直忙到五月份，槐花开了，温笛才想起范智森推荐给她的那家饭店。

巧了，那天沈棠给她打电话，约她出去吃饭。

她说：“今年的槐花开了，我陪你庆祝。”

其实，温笛现在对庆不庆祝早就无所谓了。

沈棠现在跟她同住一个小区，不同楼栋，两人经常串门。沈棠已经退圈，其实严格意义上也不算退圈，只是自己不再演戏，当起了影视公司的老板。

她也是影视公司的股东之一，公司成立时，她投了一些钱进去。

新的一年眨眼过去一小半，蒋城聿还在追沈棠，追了那么久，沈棠算是半原谅。当初成立影视公司，他也出了不少力。

她跟沈棠约在楼下见面，今天她开车。

沈棠坐上车，夸她：“我就说这条裙子适合你，跟仙女一样。”

“那是，也不看是谁买的。”

两人互相吹捧一番。

沈棠笑了。

这条裙子是她送给温笛的。

沈棠记得温笛的出游计划，马上五月底了，她问温笛，还要不要出去玩。

温笛想了想：“后天吧。”

机票没订，行李还没收拾。

沈棠建议温笛去坐伦敦眼，再不好的心情也会变好，她就喜欢坐在上面俯瞰泰晤士河。

温笛说："这次一定坐。"

以前她每次去伦敦，因为不想排队便没坐。

她小时候坐过，爷爷带她去伦敦出差，但那会儿她年纪小，印象不深，记不起来当时看到了什么景色。

聊天间，两人到达饭店附近。

她们好不容易找到一个停车位，停好车，两人走着去饭店。

沈棠记得这里："这不是你常来淘书的地方？"她陪温笛来过一次，隐约有点儿印象。

温笛："饭店就在前面不远。"

饭店生意火爆，温笛提前在线上预约了餐位，过去时还没排到她们，服务员说，要等二十五分钟左右。

门口等候区人太多，两人去了对面。

"看看那是谁？"二楼窗口，严贺言示意哥哥看路对面的槐树下。

严贺禹收了手机，顺着严贺言示意的方向，看到了温笛和沈棠。

严贺言打量哥哥："你让人告诉温笛，这家饭店有她喜欢吃的菜？"

"嗯。"

要不然，她们俩不可能特意过来。

是严贺言觅食觅到这家店，告诉哥哥后，哥哥估计找到范智森帮的忙。

为了让温笛饱口福，他也不嫌麻烦。

她倒了两杯冰镇柠檬水，给哥哥一杯。

"提前恭喜你。"

她碰一下另一杯柠檬水。

严贺禹还在看窗外，漫不经心地道："恭喜我什么？"

"有机会追她。"

严贺禹没吱声，过了片刻，才收回目光。

他没喝那杯冰镇柠檬水，端起手边的白开水。

严贺言瞅着哥哥："你的胃差不多好了吧，还喝热水？"

严贺禹反问："谁告诉你好了？"

这还用告诉吗？

温笛跟祁明澈分手了，她刚得知。她听说他们好像已经分了好长一段时间，只是没公开。

这个消息比什么胃药都管用。

严贺禹催她快吃饭，把杯子里的水喝完。

听说温笛分手，他不是不高兴，但也没想象中那么高兴。她分手，不代表就能回到他身边。

严贺言吃得差不多了，放下筷子，提醒哥哥："后天早点儿回家，妈要下厨给你庆生。"

"让妈别忙活了，我明天出差。"

"去哪儿？"

"伦敦。"

去伦敦出差前，严贺禹去了一趟蒋城聿的公司，跟他商量一下这次去伦敦洽谈的细节。

谁知道，他吃了闭门羹。

蒋城聿的秘书一脸为难地道："严总，不好意思啊。"

严贺禹："怎么，他办公室有人？"

"没有。"

秘书委婉地道："严总，我们蒋总好不容易有机会跟沈棠复合，您能不能体谅体谅他？"

意思就是，蒋城聿要跟他划清界限，站在沈棠和温笛那边。

这话再直白一点儿讲，他被发小无情地抛弃了。

严贺禹无意为难秘书，心平气和地道："我来找他是项目上的事。"

秘书依然不放行："蒋总说，没有什么事是视频电话沟通不了的。"

严贺禹气不过，发消息质问蒋城聿："我帮你忙的时候，你忘了是不是？"

蒋城聿："有点儿印象，但没记牢。"

严贺禹："……"

他稍做平复："你现在公私不分！"

蒋城聿不是公私不分，是怕严贺禹假公济私，借着来谈项目，到时候十句话里有九句在套关于温笛的消息。

为了安全起见，他还是不见的好。

“我现在不帮你，是为你好，总不能让温笛连我跟秦醒都讨厌，关键时候谁替你说话？”

严贺禹：“把墙头草行为说得这么清新脱俗。”

他给司机打电话，让司机过来接他。

不只蒋城聿，秦醒也跟严贺禹暂时划清界限。

他向温笛表忠心：“放心，不管什么时候，我都无条件地站在你这边。”

温笛去伦敦那天，是秦醒开车送她去的机场。

秦醒现在是影视公司的执行总裁，应酬上的事都由秦醒出面，省了沈棠不少心。

秦醒愿意加入影视公司，是蒋城聿的功劳。

“你跟祁明澈分手的事，打算什么时候公开？”去机场的路上，秦醒问她。

温笛自从跟祁明澈分手后，俩人都没再联系过：“我问问他。”

秦醒说：“最好两家公司商量好怎么对外说，一起发微博。”

“行，到时麻烦你了。”

“客气什么，这是我分内的工作。”自从瞿培退休，去国外疗养身体，他成了温笛半个经纪人。

他跟温笛虽然同为影视公司的股东，但温笛平时还参加一些商业活动，由他给把关，合同也是他出面跟对方谈。

温笛对秦醒印象一直不错，可能有滤镜，当初她接到田清璐的电话，不能开车时，他两次关心她，她一直很感激他。

“你别因为我跟严贺禹弄得不愉快。”

“不会。我跟严哥，那是从小打到大的感情，不会因为这点儿小事闹掰。”说着，秦醒看了一眼温笛，“介意跟你聊下清璐姐吗？”

“不介意。”

“她这个人吧，除了喜欢严哥这件事脑子不清醒，其他时候，人不错。她现在恋爱了，是丁宜给她介绍的男朋友，我见过两次，人不错。”秦醒想说的重点是，“清璐姐说，你应该不想看到她，所以让我带句抱歉给你。说当时有点儿口不择言，她也挺瞧不起自己的。”

至于当时怎么口不择言，秦醒不知道，但温笛肯定明白。

温笛笑笑，说：“过去了。”

秦醒之后没再多说田清璐，聊起她刚完成的那个剧本。

温笛到达伦敦是在当地时间下午两点多，订了之前常住的那家酒店，没让任何人来接机。

办理好入住，她打算去附近逛逛，顺便去坐伦敦眼。

她没叫车，走路过去。

从酒店出来，她过斑马线时，有两辆车驶过来，几乎差不多时间缓缓停下，温笛快步穿过斑马线。

“严总，是温小姐。”

“肖总，是温笛。”

黑色汽车里，康助理看到温笛后，转头跟后座的严贺禹汇报。

银灰色汽车里，秘书转身跟肖冬翰说道。

严贺禹目送温笛到马路另一侧。

肖冬翰只是看了一眼温笛，觑向秘书：“这也有必要跟我说？”

秘书：“没必要。”

他只是觉得有些奇妙，伦敦那么多条路口，偏偏能在同一条路上遇到她。而且一年内，他们遇到了两三次。再加上公司要跟温长运合作，他自然对温长运的女儿多了一点儿关注。

秘书手机响了，是康波发来的消息，他把康波的意思转述给肖冬翰：“肖总，严总说，晚上不用我们招待，他有点儿私事要处理。”

肖冬翰“嗯”了一声，表示知道了。

今天他跟严贺禹约了谈项目，从上午谈到现在。

肖宁集团跟京越集团在有些领域有合作，合作不是他本意，是爷爷拍板决定的，所以合作过程中，关于谁听谁的，一度僵持不下。

他的建议，严贺禹不屑。严贺禹的一些提议，他看不上。

幸好，严贺禹今晚有私事，不然坐下来吃饭，两人都得胃胀。

温笛沿着路边一直往前走，不知道身后两辆车的人在看她。

她听着沈棠推荐给她的爵士乐，一路走到伦敦眼下。

她买好票，站在队尾排队。

手机有电话打进来，是祁明澈。

他们从分手到现在，四个多月，这是他们第一次联系。

温笛接听。

他问："在哪儿呢？"

"伦敦眼下。"

"你一个人？"

"对啊，还没排到我。"她问，"你呢？"她听到他那边呼呼的风声，不时还有欢笑声。

他说："在游艇上。"

他忽然想起她，给她打个电话。

他又过回以前的日子，浪迹天涯，四海为家。

"谢谢，为了我的工作室，你一直没公开分手的消息。"

温笛："反正我也单身，早公开晚公开都没关系。"

祁明澈并不想消费她，只是那个时候家里的事一团糟，他有点儿分身乏术，工作室也不是他一个人的，就先没公开。

"找个合适的时间，我们一起发声明。"

"好，到时你让人联系秦醒。"

祁明澈听着她的声音，依旧想她。

他跟她在一起的后几个月，一度压抑又痛苦，但很珍贵。就算现在让他回到去年这个时候，他明知道后来的结局，也还是会跟她表白，还是想跟她在一起。

"温笛，你找一个人陪你坐伦敦眼，一个人多没趣啊。"

"还行，一个人安静。"

"对了，辛沅后来没再找你碴吧？"

"没。她就从来没找过我。"

祁明澈的心放了下来。

辛沅年前退圈了，退圈声明上说，有了喜欢的人，想过回自己的生活。

父母现在还没离婚，不过早就分开住了。

母亲说公司现在不稳定，离婚的事暂缓，母亲拿回公司的控制权，大部分股份转到了哥哥和他的名下。

严贺禹也成了公司的大股东，进入董事会，父亲是没有东山再起的机会了。

母亲对严贺禹进入董事会也是充满无奈和不甘，但又找不到比这个更合适的处理方式。

“温笛。”

“在听呢。”

“照顾好自己。”

“好。你也是。”

“也别忘了你答应我的。”说着，他笑了下，为自己的幼稚。

温笛说：“忘不了。”

他希望她别忘了他。

迎着海风，祁明澈挂断电话。

结束通话没多久，排到了温笛。

乘坐舱上升时，她看着熟悉的河、熟悉的建筑。或许祁明澈说得对，一个人来坐伦敦眼，是有点儿无趣。

从乘坐舱下来，温笛走了没多远，忽然脚步一滞。

严贺禹出现在她前面，跟她顶多五六米的距离。

天没黑，她也没出现幻觉，就是他。

心情由波澜到平复，只是花了很短的一点儿时间。

严贺禹穿着黑色风衣，好像还是她以前给他买的那件。

他走过来，问她：“不冷？”

温笛穿着薄款风衣，有点儿冷。

她没接话，下意识把衣摆拢拢。

“你怎么知道我在这里？”

严贺禹跟她并排往前走：“在路边看到了你，找了一个多小时。”他以为她不会坐伦敦眼，最后还是过来看看。

他说：“我陪你走一段。”

他走在她旁边，跟她保持适当的距离。

温笛两手插在口袋里，也没看他。

“来出差？”她问。

“嗯。”

中间俩人有几秒的停顿。

“严贺禹，你其实心里清楚的，我们没有以后。”

“你呢？来这里是有工作还是……”

他自顾自地说着，屏蔽掉她刚刚那句话。

温笛回他：“过来度假。”

她在路边停下脚步：“我要回酒店了，不用你再送，就到这儿吧。”

严贺禹点了点头，在她抬步要走时，说：“让我抱一下。”

说着，他上前两步，轻轻环住她的后背，抱了抱她。

他们已经分开一年零三个月了。

“我知道没以后，还在幻想有。”

很快，他放开她，把她的耳机给塞好：“走路时尽量别听。”

严贺禹目送她越走越远，后来卡其色风衣只剩一个模糊的轮廓，最后什么都看不见，不知道她拐向了哪儿。

他给康助理发消息：“这几天让保镖跟着她，她去哪儿不用跟我汇报，只要保证她安全就行。”

康助理：“好的。”

严贺禹回到车上，康波把自己的手机递了过去：“严总，您看一下我刚抓拍到的几张照片，您要是觉得行，我发给您。”

他一共拍了五六张照片，有他跟温笛并排走路的照片，还有两人面对面站立，最后他抱她的那个瞬间。

“还不错。”

“那我发到您的手机上。”

这是时隔很久很久，他终于做了一件让老板满意的事。

温笛和祁明澈分手的消息在八月份对外公开，两家公司商量好时间，发了差不多的文案。

网友们一片唏嘘。

有个网友留言说："唉，最伤心的大概就是被你们带火的那些饭店老板。"

祁明澈回复网友："不会啊，我跟温笛只是分手，不是绝食，以后还会去，不影响。有新开的饭店，继续推给我。"

那句#只是分手，不是绝食#成了热搜榜话题。

他们分手的热搜没在榜上停留太久，秦醒找人撤了下来。

第二天，温笛和沈棠一起吃饭。

沈棠和蒋城聿复合了，两人近期打算领证。

温笛说："我还没想好送你什么订婚礼物呢。"

沈棠："不着急，等你想好我再领证。"

沈棠问她下半年的工作计划，新剧本有没有眉目。

"有，写个不一样的，前期有不少准备工作要做，涉及商战，我还得跟我爸取取经，到公司待一段时间。"

"有需要的话，咨询蒋城聿也行，我跟他说。"

"不会跟你客气，有不懂的我肯定找你。"

两人边吃边聊。

"棠棠。"温笛示意沈棠，"那桌的两人一直在看你。"她无意间转头，看到他们似乎是盯着沈棠，就等着沈棠发现。

两人都是男人中的极品，眉眼间跟沈棠还有点儿像。

沈棠看过去，眼睛微眯，然后隔空跟他们碰碰杯。

她收回视线，说："肖冬凯和肖冬翰。"

沈棠大舅家的大表哥和二表哥。

温笛问："戴金边眼镜的那个是肖冬翰？"

"嗯。对面那个是肖冬凯。"

温笛总觉得好像在哪儿见过肖冬翰，尤其是他下颌线的线条，跟之前帮她挪车的男人相似度很高。

只是当时那个男人戴着墨镜。

眼前的肖冬翰戴着金边眼镜，穿着白色衬衫，却集禁欲感与斯文败类于一身。

和严贺禹一样，肖冬翰在资本市场有不少翻手为云覆手为雨的辉煌事迹，她听沈棠提过，过年时也听父亲和范伯伯聊起过。

他狠厉又杀伐果断。

三年前，他负责的一个跨国收购项目成了经典案例。

她在创作手头这个商战剧本时，想过以肖冬翰的形象和经历为原型设置其中一个主要角色，但授权是个问题。

沈棠听说后，打包票道："我给你搞定。"

回去后，沈棠主动联系肖冬翰，说明原委，让他给个授权。

肖冬翰觉得新鲜："她到底要授权，还是要我的联系方式？你告诉她，我没空谈情说爱。"

沈棠："……"

"你以为她看上你了？"

肖冬翰没回。

沈棠明白，他这是默认的意思。

沈棠让肖冬翰放宽心："她看不上你。就算她看上你，你要是不追她，她也不会主动找你。"

她紧跟着又发来："你不是认识严贺禹吗？他是温笛的前男友，温笛看上他后，他追了三个月才好不容易追到。"

沈棠强调："是好不容易才追到，知道吗？！"

"你不要怕被温笛看上，只有被看上，你才有追她的机会。"

肖冬翰："……"

他不会像严贺禹一样吃饱了撑的没事干，被看上还要倒贴去追三个月。

九月底，温笛去了一趟公司，找秦醒帮忙。

秦醒上午有会，还没散。

小助理园园给她煮咖啡："温笛姐，好久没看见你了，还在忙剧本？"

"嗯，前期要做的准备工作比我预想的要多。"

茶几上有个玻璃杯，里面养了两朵玫瑰花，开得正好，以前祁明澈也喜欢放两朵花在杯子里，说看着心情好。

咖啡煮好，园园端过来："还不知道什么时候散会，要不你去会议室找秦总？顺便开会。"

温笛是股东，但她懒得参加任何会议，也从来不过问公司的任何事。

温笛说："不急，我在这里等他。"

"那行，你要是无聊这里有杂志。"园园拿了一摞时尚杂志过来，还有事要忙，离开了秦醒办公室。

温笛喝完一杯咖啡，手上的杂志快看完了，秦醒才散会。

"来之前怎么不给我发消息？"秦醒放下开会的资料，坐到温笛对面，"等多长时间了？"

"不长。"

温笛合上杂志，说自己今天过来因为什么事，商战剧本里，融资路演场景必不可少。

"我没去过路演现场，光听你们说，没直观感受。"

她打算去融资路演大会看看，感受一下氛围，让秦醒帮忙找一份路演现场的邀请函："我想去规格高一点儿的路演现场。"

"没问题。"秦醒是行动派，立马拿手机找朋友帮忙，边打字边跟温笛聊天，"听沈棠说，你以前排斥写商战戏，现在怎么又写了？"

"找到一个切入点，觉得还不错，试着写写看。以前不写是因为没意思，完全要美化他们，必须要给主角一个光环，必须得有一个底线，你说现实商战里，谁又比谁有底线？"

"还真没有。"

秦醒编辑好消息，发了出去，接着道："我这样的，天生不是做生意的料，不像严哥和蒋哥，我狠不起来。还是玩比较重要。对了。"

温笛问："什么事？"

"我这儿有本书，是严哥让我捎给你的。"秦醒起身，到书架找书，"他说是你的书，当时放在卧室床头柜上，你忘了带走。

"严哥说他已经一年半没回别墅了，前两天过去找件衣服，看到这本书，怕你没看完。"

猝不及防的回忆最伤人。

温笛只是笑笑："麻烦你了。"

“这也要谢，你说你见不见外？”秦醒把那本旧书递给她，解释道，“你别误会，严哥没回别墅不是他在外面又有家了，他一直住在严家老宅，说在别墅整夜失眠。”

温笛从玻璃杯里拿了一朵玫瑰，花枝的水淌到她的手心，沿着手腕一直往下滑:“你喜欢玫瑰花？”

她话锋一转，带过刚才那个话题。

随后，她将玫瑰花又放回杯子里。

秦醒道:“是蒋哥买给沈棠的，我从她的办公室拿了两朵玩。”

他刚发出去的消息有了回复，对方问他:“你想要几张邀请函？”

秦醒问温笛:“你自己去还是我陪你一块过去？我现在兼职你的经纪人，陪你过去也说得过去。”

“你忙你的，我一个人过去。”

秦醒只要了一张邀请函，是科创企业融资路演大会，时间在周二下午两点钟。推介会设在一家酒店的宴会厅。

周二那天中午，温笛自己驱车前往，她的邀请函的位子在会场的最后一排，前面都是主办方邀请的各投资机构的代表。

会场里沸沸扬扬的，大家忙着社交。

这样的场合不能戴墨镜，温笛来之前准备了一副细边平光眼镜，戴上后暂时没人认出她。

她喝着矿泉水，等路演开始。

楼上有贵宾室，墙上的大屏同步转播路演大厅主席台上的情况。

今晚在贵宾室里的人是严贺禹，当初是主办方负责人亲自去邀请，他赏光前来捧场。

严贺禹除了控股京越集团，还持股 GR 资本，今天他是代表 GR 资本过来的。

主办方王总一行人在贵宾室里作陪，直到路演快开始了，王总到楼下大厅致辞。

贵宾室的大屏看不到楼下嘉宾席，严贺禹不知道温笛过来了，温笛就更不清楚严贺禹在场。

直到六点十五分，所有路演结束，在酒店外面，严贺禹看到了她。

王总等人出来送严贺禹，簇拥着他，边走边聊。

严贺禹有投资意向，谈话便更加愉快，王总等人一直将他送到车前。

车门打开，他跟送他的人一一握手道别，就在他转身要上车时，目光忽然一怔。

王总等人看严贺禹盯着酒店门口方向，也随之看过去。

“那是……”王总一下想不起来温笛是谁，觉得有些面熟。

有人认了出来，说：“温笛。”

王总想起来了：“哦，对对，她戴了眼镜，一下没敢认，跟《如影随形》上有点儿不一样。”

“王总，您也追综艺啊？”

“我哪儿有空？我家闺女追。”

王总不知道严贺禹为什么盯着温笛，是看上了还是……

他静等吩咐。

严贺禹说：“听说现在的孩子都喜欢要签名。”

王总是人精，立马听出了他的弦外之音，在温笛快走到跟前时，主动打招呼：“您好，请问是温编剧吧？”

温笛认识王总，刚才路演时，他还上台致辞了，很幽默。

她笑笑：“您好。”

“我家丫头是你的粉丝，你的综艺和电视剧她一样不落。”王总为了证明自己没有信口胡诌，打开微博，点进女儿的微博页面。

“这是我家闺女的ID。”

他不好意思当众念出ID，只能递给温笛看。

他闺女的ID是：笛宝值得拥有八次恋爱。

温笛有印象，这个ID的留言风趣幽默，是她的铁粉。

王总客气地问道：“能帮忙签一个名吗？”

温笛：“没问题。谢谢你家女儿喜欢。”

自始至终，她都没看严贺禹。

王总让秘书拿来纸和笔，其他人见自家老大要签名，也跟风要签名。一来给老大面子；二来，就算自己不是温笛的粉丝，也可以送给家里喜欢温笛的那些孩子。

温笛只顾低头签名，在签了五个之后，第六人递过来一个记事本。她不用抬头，从他的手、腕表还有袖扣，以及记事本上的字迹便知道是谁。

旁边围着人，温笛总不好区别对待，免得让人嗅出八卦消息。她像对待其他人那样直接接了本子在上面签名，没有抬眸。

严贺禹手里也拿着笔，等她签完，他拿过记事本，在她签名的后面，签上他的名字。

两人名字挨在一起。

那个“严”字的一撇故意拉得很长很长，把“温笛”两个字给托住。

别人没注意他写了什么。

严贺禹后退，给其他过来签名的人让地方。

十多个签名，温笛很快签好了。

王总注意到温笛手上拿着的入场证，正是他们融资路演的证：“温编剧也对投资感兴趣？”

温笛签好，把笔还给他：“不是，我到现场来体验一下。”

“创作剧本需要？”

“对。”

王总让秘书拿张名片，把自己的名片给温笛：“以后有什么需要，打个电话，下次安排你到贵宾室。”

温笛其实不需要这张名片，但盛情难却，她双手接过来：“谢谢王总。”

等温笛走远，王总试探着问道：“严总的妹妹也是温编剧的粉丝？”反正那人不应该是严贺禹。

严贺禹还在看本子上的签名，说：“就算是也是因为我。”

这时候，王总没敢乱说话。

严贺禹收起本子：“我在追求温笛，她没看上我，还在努力中。”

王总：“……”

他有点儿不敢置信，严家这位会把姿态放得这么低？

严贺禹坐上车，吩咐司机去找关向牧。

关向牧还在公司加班，对这位不速之客不怎么待见，因为严贺禹总是从他这里找幸福感，觉得他最惨。

严贺禹直奔主题：“十月初，我去趟江城，你那边怎么说？”

一年过去，关向牧深思熟虑后，又经过实地考察，集团其他股东也同意在江城建厂。

“跟你一块去吧。”

他给严贺禹倒了杯水。

“温笛和祁明澈分了，你怎么还没动静？”

“一直在追。”他不忘揶揄关向牧，“我跟你不一样。”

关向牧觉得好笑，不跟一个小辈计较。

严贺禹问他，对温笛的新剧还有没有兴趣投拍。

关向牧不答反问：“她又有新作品？”

“嗯。”

“什么题材？”

“商战吧，具体什么行业，秦醒没提。”

关向牧说：“她的剧，我肯定投钱。”赚钱是一方面，他还有点儿私心，希望跟温笛熟悉后，温笛以后能替他在温其蓁跟前美言几句。

就算温笛不帮他，至少不会对他印象太差。

“剧本写完了？”

严贺禹不太清楚：“应该还在创作阶段。”

关向牧放下咖啡，找出温笛的号码打了过去。

温笛刚跨进大厅，一阵芳香扑鼻。

物业前台旁边堆满了鲜花，每一束都包装得格外精致。旁边放着一个牌子：自取（每户一束）。

从五月份开始，物业每个月 9 号、19 号和 29 号都给业主准备一束鲜花。

当时有业主在群里问：“怎么突然送花？”

物业管家回复：“老板一个朋友是花卉种植大户，今年各种原因，鲜花滞销，老板订购了一些，帮帮朋友的忙。”

她还没走到电梯，手机响了。

温笛看到是关向牧的号码，按下了接听键。

“关总，您好。”

寒暄几句，关向牧故作不知：“今年下半年有什么作品吗？”

温笛没急着进电梯：“有，不过创作周期可能有点儿长，估计得明年年底了吧。”

关向牧跟温笛聊了几个自己关心的问题，之后问：“版权方面，找你现在的公司谈？”

“对，找秦醒。”

这通电话两人打了十几分钟。

温笛结束通话后才上楼，今天二姑妈来京城出差，晚上住在她这里。

温其蓁给她开门：“怎么这么久？路上堵车？”

“不算堵，在楼下跟投资方打了十几分钟电话，聊聊新剧本。”温笛换鞋进了客厅。

她那部《人间不及你》前段时间开播，破了她之前所有剧的纪录。

关向牧赚到钱，估摸想囤她的剧本。要不然，今天不会主动联系她。

“姑妈，花瓶里的花是你从物业那儿拿来的？”温笛看见茶几上多了一个花瓶，里面插满了花。

温其蓁：“嗯，你不是喜欢白色洋桔梗吗？我拿了一束回来。”

温笛没隐瞒：“是严贺禹准备的花。”为了让她收下一束花，他给整栋楼的业主都送了花，这是她无意间得知的。

那天她坐电梯下楼，正好遇到花店的老板送花到前台，几百束鲜花，好几个人从车上往下抬。

老板正在打电话，说：“康助理，今天的花按照您的指示送到了。”

温其蓁听了以后道：“以后姑妈每天给你送花。”

她问侄女：“马上十一了，回不回家？”

“回。”温笛要在家待几个月，到父亲的公司体验生活。

“到时回家我们再聊。”温其蓁还有工作，去书房接着忙。

温笛在沙发上坐下来，看了花瓶里的鲜花几秒，及时打住思绪。

她给沈棠发消息：“肖冬翰还是不愿意授权？”

沈棠没立即回复，而是质问肖冬翰：“你成天忙什么呢？”

肖冬翰：“赚钱。”

沈棠：“你到现在还没添加温笛？我不是早就把她的名片分享给你了？”

肖冬翰刚从泳池上来，等他冲过澡，换了衣服才去翻找之前跟沈棠的聊天记录。

他最近很忙，早把温笛的名片抛在脑后了。

他添加了温笛，将手机丢在吧台上，找杯子倒红酒。

手机振动，温笛打招呼："你好。"

肖冬翰拿起手机："非得写我？"

"对。"

肖冬翰以为她还会说点儿什么，半杯酒喝下去，她也没有动静。

"授权给你不是不行，不许歪曲事实。在现实中，沈棠和蒋城聿没能把我搞破产，别到时你在剧本里把我搞破产了。"

温笛："……"

"这个你放心，绝对尊重你的意思。"

她还在考虑，要不要在剧里给他添加感情戏份，只是不知道他的感情状况，不能随意写，沈棠也不清楚。

她道："冒昧地问一下，你现在是单身还是……"

肖冬翰："是不是我说单身，你就要让我追你？"

温笛在吃水果，差点儿被呛着。

他误会她了，以为她借着授权来撩他。不怪他多想，毕竟惦记他的女人太多，想着法子想得到他，他大概疲于应付。

她回击过去："那你追不追？"

肖冬翰看着消息，抿了一口红酒。

这个女人仗着自己长得好看，肆无忌惮。

他回："没空。"

温笛说："那不就得了，我也没空。你还有什么好纠结的？现在能不能放下戒备心聊正事儿了？"

肖冬翰："你说。"

温笛："为避免语气解读上的误会，还是见面聊。要谈的东西不少，这样聊下去，我不知道得被你误会多少回。时间你定，明天或后天都行。"

肖冬翰："最近没空。"

他明天要去江城。

温笛一直到十月十号才回的江城，其间有事耽搁了几天。

她回去那天，爷爷去机场接机。

一个小小的行李箱，爷爷没让司机帮忙，他自己推着。

“这次在家待多久？”

温笛挽着爷爷的胳膊：“说不定到春节都在家，我没接别的工作。”她告诉爷爷，这次回来是创作剧本，要在爸爸的公司待几个月。

坐上车，爷爷才说：“还没找到以前的状态？”

温笛点了点头。

她最近的作品现实又残酷，跟美好无关。

过去那么长时间，温笛无意再瞒着爷爷：“之前三年的那段感情，我是被他抛弃的，他选了别人。我一直在调整，想找回以前的感觉，但找不回来。”

爷爷拍拍她的手背，宽慰道：“不管怎么说，你现在找到了适合自己的创作方式，挺好。”

“觉得自己挺失败的。我看人不准。”

“话不能这么说，巴菲特也曾经投资失利过，你能说他投资眼光差？”

温笛笑道：“爷爷，我哪儿能跟巴菲特比？”

老爷子也笑了，岔开了话题，说起家里下午有客人过来。

“谁过来？”

“我不清楚，你爸爸说带人来参观我的图书馆。好像是梁书记招商引资来的企业家。”

近期，江城工业园区最盛大的事情莫过于京越集团和肖宁集团正式入驻。

今天上午，江城工业园区举办了隆重的签约仪式。

严贺禹跟肖冬翰都出席了签约仪式，温长运和范智森作为合作伙伴全程陪同。

江城可玩的地方，严贺禹和肖冬翰都去过。

范智森说，有一处最有特色的地方他们肯定没去过。

他说的就是温老爷子的书房，被称为小图书馆，扩建后，现在三百多平方米。

他们没几个人对图书馆感兴趣，但严贺禹表示会过去看看。

温长运陪他们过去，算是他的私人宴请。

晚饭也安排在别墅，温长运请了几个厨师。

温老爷子的园林别墅也是一处景观，前后院要是加起来够打高尔夫的。

下午三点十五分，五辆车依次开进别墅院子的停车坪。

温笛当时在二楼的小图书馆西侧的落地窗前撸猫，布偶猫黏在她的怀里，很是享受。

她知道下午有客人来，着装很正式，但也没下去迎接。

父亲经常带人来参观图书馆，她见多了已经习以为常。

他们哪儿是真的来看书，就是走个过场，顺便参观别墅的院子，吹捧两句，吃顿饭，跟父亲套套交情，无一例外。

书房南侧和西侧是全落地窗，房顶是镜面设计，乍一进书房，还是有点儿震撼的。

“比我认识的一个书友藏书还多。”

“严总也爱看书？”

“喜欢淘书。”

温笛听到了熟悉的声音，猛地转头看。

一行人恰好走到她正对着的走道，今天来的人居然是严贺禹，还有肖冬翰，她再往后看，关向牧也来了。还有几个人她看着面生，没打过交道。

范智森俨然把这儿当成自己家，朝她招招手：“侄女，过来。可真巧，听说你今天刚从京城回来。”

严贺禹打断他话，说：“都不是外人，不用打招呼，让温笛看自己的书。”

但温笛还是过来了，毕竟有她不熟悉的人，该有的礼貌还是得有。

严贺禹的视线一直在她身上，她喊他严总时，根本就没看他，看的是他斜后方。

温长运简单给女儿做了介绍，寒暄过后，她坐了回去。

“东南角的窗边有茶桌，你们随意看，看累了到那边喝茶，楼下有牌局，后院有网球场。”温长运招呼他们。

来的十多个人里，没几人是真的要看书，他们随意逛逛后，坐到茶桌前聊天。

肖冬翰看到一本书，是小时候看过的，结局没印象了，后来忘记这本书叫什么，一直没找到，没想到温笛家书房里有。

他小心地抽出来，回到茶桌那边。

“温董，借本书，看完送回来。”

“尽管看，不着急还。”

温长运给他倒茶。

“温董你们聊，我找温笛聊点儿事。”肖冬翰把书给秘书收起来，接着道，“温笛通过我表妹沈棠找到我，说手头创作的剧本牵扯商战，想让我授权一个角色，最近我一直忙签约的事，没时间见面，今天正好有机会。”

温长运说：“我知道这件事，她这次回来就是为了创作剧本，要到公司待段时间。劳肖总费心了。”

“不客气，举手之劳。”

书房的西落地窗前，严贺禹手里也拿了一本书，走到温笛旁边。

布偶猫贴在温笛身上，抬着脑袋看严贺禹。

严贺禹蹲下来，小茶几上有水和零食，他拿起其中一个零食袋，递到她面前。

温笛没抬头，但翻书的动作明显一顿，随后翻过来，看下一页。

以前她经常坐在他怀里看电视，她吃零食时，他替她拿零食袋。

“把零食放下。严总，你今天是客人，我看你面子，去喝茶吧。”

严贺禹说：“我现在不是客人。想你了，过来看看你。”他自己从零食袋里拿了一片柠檬片放在嘴里。

他没多留，放下零食袋，起身把手里的书放回书架上。

他刚一转身，肖冬翰走了过来。

没有外人在场时，他们两人连话都懒得说，只是微微点一下头。

肖冬翰在温笛对面坐下，旁若无人地道：“你上次不是约我，半个小时够不够？”

“差不多。”温笛把书签夹在书里，合上。

严贺禹不动声色地看了一眼肖冬翰，知道肖冬翰就也是故意挑这个时候过来的。他弯腰，从茶几上拿起温笛的水杯，喝了一口后，放回原处。

他用宠溺的口吻跟温笛说：“跟肖总谈事认真点儿，把猫先放下来。”

肖冬翰说：“没关系，抱着吧，我没那么多讲究。”

第十章

错发的消息

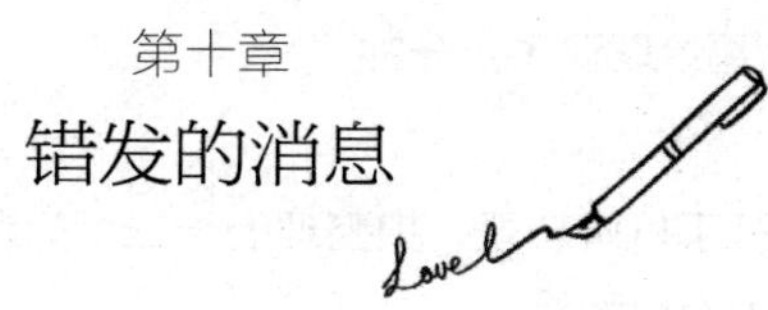

肖冬翰拿起小茶几上的水杯，看了又看，像在研究里面有没有什么门道。

温笛受不了他们：“肖总对我这个杯子感兴趣？”

肖冬翰放下杯子，说：“以为杯子有自动消毒功能，谁都能喝上一口。”

温笛：“……”

严贺禹还站在旁边，欲要开口，温笛警告的眼神直扫过来，他把到了嘴边拧肖冬翰的话又咽了回去。

他扬扬手里的书：“我送过去，你赶紧谈事。”

温笛等严贺禹走开后，对肖冬翰道：“谢了。”

肖冬翰反问：“谢我什么？”

“你觉得该谢你什么，那就谢你什么。”

温笛放下布偶猫，让猫待在她的腿边。

肖冬翰说：“我不是帮你，是他耽误了我谈事。”

“对我来说一样。”她不想跟严贺禹待在一个空间，思绪会被抽离，脑子会被过去填满，那种窒息感像被人按在水里。

但他又是贵客，她再任性也知道分寸，总不能让他离开她的家。

温笛问：“喝点儿什么？”

肖冬翰指指她的杯子。

当然，他并不是要喝她杯子里的水。

温笛打电话到楼下，让人送杯花茶上来。

肖冬翰说起答应授权给她的事：“一是给棠棠面子，二给温董面子。”他瞥一眼手表，“二十分钟时间，多了没有。”

“刚才不是还说有半个小时？”

“被严贺禹给耽误了十分钟。”

“……”

温笛打开手机备忘录，把整理的十二个问题和疑惑复制发给他：“你看看，想问的都在里面。”

肖冬翰大致扫了一遍十二个问题：“对我还不死心？”

温笛问：“你是说最后一条，你有没有女朋友这个问题？”不等他回答，她说，“那你就当我不死心。”

她看着他道：“现在能回答了吗？”

关于他有没有女朋友，肖冬翰觉得浪费时间：“我这样的人，你说呢？”

温笛明白了，他这样的人，走肾不走心，没女朋友，只有女伴，各取所需。

“没有的话，我这边好安排多了，到时适当在剧本里给你加点儿感情戏。”

肖冬翰不允许：“你要是把我写成为了女人放弃利益的人，还要试图在剧里感化我，那我再考虑考虑，要不要授权给你。”

“放心，不会。”温笛说，“你的形象根本就不适合写成痴情男人。”

肖冬翰看了看前面的十一个问题：“我让鲁秘书整理好发给你。”

原来他的秘书姓鲁。

温笛道谢。

肖冬翰把十二个问题转发给鲁秘书，瞅着温笛：“时间还没到，有想问的继续问，过了今天，我没空再跟你聊这些。”

温笛说了句题外话：“去年五月份，我在京城追尾了一辆车。”

肖冬翰：“是我的车。”

看来她的直觉没错，她问：“修理费多少？给我账号，我转过去。”

“不用了。当我租你家书的租金。”

几十万元的修理费，什么书买不来？

温笛不喜欢欠人情，况且现在知道车主是他，没有不赔的道理：“那我从微信分笔转给你。给你50万元，不够的你自己付。”

“说了，不需要。”肖冬翰端起阿姨刚送来的花茶，花茶有一股淡淡的清香，“温笛，你不是第一个追尾我车子的女人。”

难怪追尾那天，他跟司机说不用赔了，赶时间。原来他以为她故意追尾，借此搭讪。不过当时在那个路段追尾，确实有故意的嫌疑。

“那天我在想事情，走神了。”

温笛输入转账密码，转账成功。

肖冬翰看都没看手机：“别浪费时间，转了也没人收。”

温笛抬眸：“肖总，你老是误会我对你有意思，那你不收我的钱，我是不是可以理解为你是想借这个机会引起我的注意？”

肖冬翰答非所问：“温笛，我不适合你，你不用试探我。”他想了想她前男友的名字，“祁明澈那样的适合你，你再谈，也应该找那样的。”

“我还以为你不看娱乐新闻。”

“不是我想关注你，鲁秘书天天碎碎念。”

鲁秘书念叨得多了，他自然知道她跟谁在恋爱，然后几月份分手。

温笛接着刚才的话说：“再谈只能找你这样的，分手你也不受伤。”他没心没肺，没疼痛感。

今天的时间、地点，似乎都很合适，他也不忙，放在今天之外的任何时候，他都没闲情逸致。肖冬翰跟她多扯了两句：“说说想跟我在一起的理由。”

“没说想跟你在一起，我只是说，要找得找一个跟他势均力敌，没什么悬殊的。你只是符合条件而已。”

祁明澈家的公司，实力也很强，结果严贺禹想进董事会就进。她不能因为谈恋爱，连累对方家里。

结不结婚她无所谓，也许不结了。但她这辈子不可能不谈恋爱。

肖冬翰直言不讳地道：“想借我摆脱严贺禹？”

“不是摆脱，他也没纠缠我。但谁能保证我下次谈恋爱时，他不对我男朋友家里有动作？我得找个实力跟他相当的。”

温笛转过去第三笔钱，还在继续转：“你们肖宁集团也入驻了江城，你自己清楚，投资可不是十亿八亿，那是公司战略部署。他为了挽回我，直接来江城。我知道他的决心，我也想让他知道我的决心。”

被他伤得太深，她回不了头，回去也是支离破碎。

“温笛。”肖冬翰放下水杯，“承认自己看上我有那么难？非得扯什么因为我跟严贺禹实力相当才想跟我在一起，让我活在别的男人阴影下。”

温笛笑了出来："抱歉，没那个意思。"

肖冬翰打开手机："你悠着点儿，一次性转完，下回你拿什么借口找我？"

温笛转了第四笔钱，抬头看着他："我从来不主动找别人。"

她旁边的布偶猫也"嚯"地抬头，仰着脑袋瞧他，仿佛在说：我妈妈从来不主动追人。

一人一猫，一样的神情，骄傲中带着慵懒，都在望他。

不到四点钟的阳光穿过树梢，在她头发上落了一点儿。她眼中有细细碎碎的光，很漂亮。

肖冬翰迎着她的眼眸，说："巧了，我也不习惯主动联系哪个女人。"

温笛："那你慢慢培养。"她回答他之前的问题，"承认看上你，确实不难。所以，你有机会追我了。"

肖冬翰觉得好笑，她这是在用理所当然的语气通知他。

他问："后院有网球场？"

"嗯。你要打网球？"

"总比坐在这里跟你聊天强。"

温笛问道："你带休闲服了？"

肖冬翰颔首："有。"

不管他到哪儿出差，正装要备，休闲服更不能少，所有的商务应酬，基本一半时间在谈判桌上，另一半时间在休闲场所。

温笛告诉他，楼下有专门的更衣室。

她也打算回三楼自己的房间，换一套运动服。

"温温，自己玩去，一会儿再来陪你。"

"这只猫叫什么？"肖冬翰刚刚没听清。

温笛说："我女儿，随我姓温，单名还是一个温字。"那是奶奶给她养的猫。

温温很听话，没再黏着温笛，去楼下找温老爷子了。

一楼客厅相对安静，温长运他们在二楼的茶桌上开了牌局。

客厅里摆了几张老照片，严贺禹驻足，看了十多分钟。

“这是笛笛上学时拍的。”温爷爷煮好茶，过来找严贺禹，“去喝杯茶？”

“好。”严贺禹随着温爷爷去了旁边的茶室。

温爷爷夹了一杯茶给严贺禹：“冒昧问一句，你很早就认识笛笛了吧？去年二月份分开的？”

这话来得猝不及防。

严贺禹的手刚碰到那个茶杯，顿住了：“温笛跟您说的？”

“她没说过。”温老爷子是通过很多细节判断出的，之前在楼上，孙女跟严贺禹打招呼时的表情，别人看不出什么，他观察到了。

温笛的照片，别人只是看一眼便过去了，只有严贺禹看着出神。

“范智森送来的那些书也是你淘来的吧？”

严贺禹点头：“这您也猜到了？”

“范智森从小就不爱学习，更别提看书了，他没那个品味挑书。”那些全部是孙女喜欢的，那这人肯定得了解孙女。

温老爷子心平气和地问道：“你跟田家联姻？”

“是。”他又道，“去年解除了婚约。”

温老爷子知道权贵田家：“从利益角度，我理解你。作为爷爷，那肯定是没法原谅。”

“爷爷，我知道。”严贺禹拿起那杯茶，“谢谢您的茶。”

爷爷也从茶盘上拿了一杯，茶香四溢，热气弥漫。

“你该给笛笛一个体面。你看过去多久了，她现在都没缓过来。”

严贺禹喉间轻滚，将茶咽了下去：“想过的。后来是我放不了手。”在他那里，没什么感情是放不下的，但这一次，他高估了自己。

“她跟祁明澈，我本打算去破坏，还给了祁明澈足够的钱，但祁明澈没要。后来在一次饭局上，我知道温笛的灵感没了。”

她只能写《大梦初醒》这样的现实剧本。

“爷爷，我希望她过得开心，哪怕不是跟我在一起。有时我又做不到。”

他花了不少心思，进入祁明澈家公司的董事会，把明见钧出轨的事情给彻底解决，免得闹得满城风雨，波及温笛。

当时他要是不进去，被明见钧的竞争对手知道后落井下石，公司基本没保住的可能。所有事情暗中圆满解决，平安度过危机。

他当时那么做的初衷是希望温笛跟祁明澈的恋情能顺利一点儿，希望她高兴一点儿。可他又巴不得他们马上分手。矛盾的心理把他给差点儿撕裂了。

这一年半他一直处在分裂状态，他想让温笛高兴，希望她有新的生活，但又想她回来。他幻想她能原谅他，他们能有一个家。

“我明白你挽回笛笛的决心，不管是你解除婚约还是来江城投资，不是嘴上说说。”温爷爷始终面色平静，“可是年轻人，有些事呀，错了能回头。有一些事，回不了头。”

他拿起茶杯：“以后，江城还是欢迎你的。”

严贺禹怎么会听不出话外音？

只是江城欢迎他，温家不欢迎他。

这时茶室的门轻轻开了，但没有脚步声。

严贺禹看过去，是温温挤开了门。

温温围着温爷爷的椅子转了一圈，而后看看严贺禹，想要过去，似乎又有点儿犹豫，在那里磨磨蹭蹭的。

严贺禹对小宠物不是很感冒，严贺言也养了一只猫，他从来没抱过。

虽然他今天是第一次正式见到温温，但他跟温温，有点儿感情。

以前过年时，温笛回到家跟他视频，温温都会出镜，温笛握着温温的前爪：“跟爸爸打声招呼。”

严贺禹放下茶杯，弯腰道：“温温，过来。”

他伸手，作势要抱它。

温温不认生，不拒绝他抱。

严贺禹抱起温温放在腿上，说不上来的微妙感，像抱女儿。

温温像极了它的名字，格外温柔，睁着那双漂亮的好奇的蓝眼睛直直看着他。

温爷爷给严贺禹添了茶，看向温温：“温温，去外面玩，别打扰客人。”

温温像是听懂了，有点儿不舍，但还是从严贺禹身上下去了。

那句客人，是温爷爷跟他划清了界限。

这时，门口有道黑影闪过，是肖冬翰在隔壁更衣室换好了衣服。

严贺禹在茶室也不受待见，于是找个借口，也去了后院的网球场。

肖冬翰坐在网球场一旁的休闲椅上，边喝着咖啡边等温笛。

他的余光扫到了严贺禹，微微侧脸。

严贺禹在他旁边那张椅子上坐下，谁心里想什么，谁又能瞒得过谁？温笛当初能吸引他，自然也能吸引肖冬翰。

所以，他免了兜圈子：“肖总打算追温笛？”

肖冬翰轻轻吹着热咖啡：“她要是真心追我，我可以考虑接受她。反正我不会像你倒贴三个月。”

严贺禹笑了一声：“打听得这么仔细，连我倒贴三个月都知道。其实不止三个月，是三个月零五天。”

这时，温笛换了衣服下来。

他们两人很有默契地中断了聊天。

难得温笛有心情户外运动，严贺禹起身离开，不想影响她。

两人快错身时，他停下脚步：“温温好像还记得我。”

温笛说：“别给自己加戏，我有时离家时间久了，它连我都不记得，能记得你？”

严贺禹被噎了下。

温笛大步走了过去。

严贺禹再度回到二楼的小图书馆，找了一本书，在温笛之前坐着看书的地方坐下来。

阿姨过来收拾小茶几，顺便拿走温笛没吃完的零食。

严贺禹说：“零食放在这儿吧。”

温笛很少能一次性吃完整袋零食，吃剩下的，最后都得他吃。他本是从不吃零食的人，后来百无禁忌。

阿姨哪里好意思给客人吃剩下的零食：“家里多着呢，我再拿一些来。”

严贺禹：“不用，这个不吃浪费。”

那袋零食被留下，阿姨又给他倒了一杯茶来。

他问：“有热水吗？”

他现在需要一杯热水，胃又开始隐隐不舒服。

阿姨很快给他送来一杯热水。

温温不知道什么时候过来了，趴在舒适的猫窝里。

严贺禹伸手，喊声温温。

温温盯着他，看了一会儿才靠过去。

严贺禹抱起它，总觉得，温温是认识他的，他们以前视频过那么多次。

温温黏了他一会儿，又去玩自己的球。

严贺禹翻了十页书，有九页半没看进去。

他拿着水杯，去露台的茶桌那边，问关向牧要支烟。

有人问："严总没去打网球？"

"没，胃不舒服，看会儿书。"

温长运关心地问道："要不要让医生来瞧瞧？"

关向牧插话："不用，他这个是老毛病，间歇性发作，没什么良药。"

严贺禹正在打火，瞄了一眼关向牧。

范智森也有胃病，喝酒喝出来的："严总没去医院查查？"

严贺禹夹下嘴里的烟，说："查了。没问题。"

范智森纯属关心："要是还不舒服，可能不是胃疼，你查查别的地方。"

关向牧笑了一声，紧接着说："我这牌，稳赢。"

严贺禹知道，关向牧在笑他。

他吐了烟圈："你们打，我到那边看看景。"

这个大露台是南北向的，北边正好对着网球场。

他刚走几步，关向牧喊他："让你帮的忙，别忘了。"

严贺禹说："已经安排好了。"

关向牧点了点头。

别人听不懂他们说什么，也没那个好奇心。

严贺禹倚在露台栏杆上，旁边桌上有烟灰缸，他顺手弹了弹烟灰，目光却在网球场。

球场上，两人在厮杀，肖冬翰没让着温笛。

露台下方有一棵桂花树，香气一阵阵往上扑，覆盖了烟草味。

"严总。"

康波来找他。

严贺禹回头，问道："什么事？"

这里不便说私密话，康波把自己的手机递过去，上面是一封邮件。老板要的一些资料，他已经汇总好了。

严贺禹点开，都是跟肖冬翰有关的。

肖冬翰在江城选择跟温长运合作，但要彻底打开国内市场，靠温家不行。于是，他选择了姜家。

姜家的势，可不是随随便便就能借到的，如今姜家愿意给他资源，那他给姜家的诚意很足。

康助理说："肖总应该不清楚你和姜小姐的关系。"当时只有姜家合适，肖冬翰能合作的只有姜家。

严贺禹看完后，把手机给康波："他跟谁合作我管不着，那是他的权利，只要别影响我的利益。"

康波问："严总，您要不要打球？行李箱在后备厢里。"里面什么衣服都有。

严贺禹说："我自己跟自己打？"

康波："可以跟肖总切磋切磋。"

"那还不如自己打。"

严贺禹看了一眼手表，他们已经打了四十二分钟。

时间差不多了，温笛也应该累了，他摁灭烟头："我下去看看。"

回到网球场边，他坐下来喝水观战。

温笛已经很久没这么畅快淋漓地出汗了，暂时没打算结束。

不可否认，严贺禹坐在一旁对她有点儿影响，她慢慢调整，很快再次进入状态。

严贺禹正在喝水，忽然绿色小球滚到他面前。

只需一弯腰，他就能捡起球。

他能给温笛捡球，却不可能给肖冬翰当球童。

"严总，我来。"鲁秘书一路小跑着过来，捡起球送给肖冬翰。

肖冬翰觑着他："跑这么快，你膝盖不疼了？"

鲁秘书："还行，昨晚打了封闭针。"

他膝关节好好的，也没打什么封闭针，肖总这是怪他把球捡起来，应该让严贺禹捡。

他担心严贺禹不捡，到时多尴尬。他只好自己先冲过来，提前化解尴尬。

网球场上，看上去岁月静好，肖冬翰打球，严贺禹坐在那里喝水。

那剑拔弩张的气氛，康波感受到了。

他发消息给关向牧救场："关总，来网球场一趟吧，这里风景不错。"周围的景观确实别致，令人赏心悦目。

关向牧："怎么了？两人打起来了？"

康波："没。"

"严贺禹想打网球？"

"不是，严总没那个兴致。他在休息区喝水。"

关向牧："行，我马上过去。"

其实他在楼上也煎熬，对面坐的是温其蓁的哥哥。

严贺禹感觉到有人影过来，转身问道："你过来干什么？"

关向牧说："温老爷子家这么多名贵的树，不看看可惜。"

他还是有点儿惴惴不安，就怕温其蓁晚上突然回来，要是看到他在她家，不得直接弄死他？

关向牧没有怕的人，唯独怕温其蓁。

他再次小声跟严贺禹确认："你确定安排妥当了？"

严贺禹："赵台长安排的饭局，你有什么不放心的？"

他再次麻烦赵台长，让赵台长安排私人饭局，叫上温其蓁。赵台长和温其蓁是幼儿园加小学同学，一起长大的感情，平时也经常聚会，温其蓁不会多想。

他这边不散局，赵台长那边也不散。

所以，他们没遇上的可能性。

暮色四合时，温笛收了球拍。

她跟肖冬翰体力悬殊，之前每盘都输，最后一盘，肖冬翰让她赢了。

温笛拿上球拍，没跟任何人打招呼，向别墅走去。

搁在以前，就算严贺禹坐在休息区，她也会跟关向牧打声招呼，现在完全没必要，一看他们就是一伙的。

关向牧到球场来，多半是严贺禹叫他过来的。

奶奶正在客厅看书，见她额头都是汗，催促她："快去洗澡，还有半个小时左右开饭。不能让客人等我们。”

回到房间，温笛简单冲了个热水澡，吹干长发，精心打理好，挑了一条合适的长裙换上。

时间不够化妆，还好，皮肤底子不错，不细看的话，上不上粉底基本没区别，她简单涂了点儿口红，下楼了。

从楼梯上下来，温笛遇到刚换好西装衬衫的肖冬翰。

他低头在擦眼镜，微微抬头扫了她一眼，没说话。

他没戴眼镜时的眼神，更显冷漠犀利。要不是温笛跟他交流过，难以想象他也会冷幽默。

温笛跟他一道去副楼的餐厅：“你天天戴眼镜，眼睛怎么没变形？”

“不是天天戴。”

不需要看清人的场合，他懒得戴。

肖冬翰擦好眼镜，架到鼻梁上，转头要跟她说点儿什么，看到她没化妆的眼睛，他表情微微一怔，继而收回视线，转弯进了餐厅。

温笛不化妆时，纤长的睫毛柔柔软软的，眉眼间少了几分冷，多了几分柔，柔美和性感融合得恰到好处。

一个眼妆，切换了她的冷艳。

严贺禹看过她三年的素颜，照样被吸引。从她跨进餐厅到坐下来，他的视线没离开过她。

温笛刚坐下来，手机响了，是二姑妈的电话。

她去餐厅外面接听，问姑妈什么事。

温其蓁今晚有饭局，之前给母亲打电话，说跟几个小学同学聚聚，可能回来要很晚，让母亲不要等她，早点儿睡。

母亲说：“今晚家里也请客，十一点前散不了。”

温其蓁顺口问了一句，是什么亲戚去家里。

母亲告诉她，是她二哥带生意上的朋友过来玩，京城那边来的。

之后阿姨喊母亲有事，母亲挂了电话。

温其蓁首先想到的是严贺禹，知道京越集团今天签约入驻江城工业园区。

担心侄女心情不好，她打电话来问问什么情况。

“严贺禹在我们家是不是？”温其蓁开门见山地问道。

温笛小声说：“嗯，还有肖宁集团的肖冬翰。”

温其蓁知道这人，听过他的不少传闻。

“就他们俩？”

“多着呢。来了十多个人，还有关向牧，就是投资我《人间不及你》的资方。”

“谁？”

“关向牧。”

温笛问：“二姑妈，你认识关总？”

她把关向牧公司的名字告诉姑妈。

“喂？姑妈？”

电话里半天没声音。

“姑妈？”

温其蓁终于说话了，随便编个理由：“刚才信号不好，在电梯里。你刚说了什么？”

“问你认不认识关向牧。”

“准备认识认识。关向牧投资了你的剧是吗？”

“嗯。关总对我手头的商战剧本也感兴趣。”

温其蓁跟侄女说：“告诉你爸，我带几个人回家捧捧场，让厨师再多备四个人的菜。”

就算再来五个人，餐桌也坐得下。

温笛告诉姑妈：“我们这边再有三五分钟就开始了，要来尽量快点儿。”

“我十分钟内到。”

温其蓁挂了电话。

温笛回到餐厅，将爸爸叫到一边，说二姑妈带几个朋友回来，想热闹一下。

温长运：“没问题，让她开车慢点儿，不用着急。”

他们的牌局从二楼又转到餐厅，范智森几人打上瘾了，对什么时候吃饭根本不关心。

今天也是温长运应酬这么多年最放松的一回。

以前招待别人，大家是七八分虚与委蛇，只有两三分真心。

今天正好反过来，就连最不好说话的严贺禹跟肖冬翰也没端半分架子。

温长运征求严贺禹的意见：“严总，要不我们七点钟开始？”

“我没关系，多晚都行。”严贺禹看了一眼正在打牌的关向牧，说，“关总好像还没过瘾，等等，不着急。”

温长运也是这个意思，难得关向牧兴致这么好。

厨师做好几样糕点，摆在盘子里，又特意备了牛奶，供他们在喝酒前自取。

温笛夹了一块糕点，微微蹙眉，点心看上去很精致，味道跟想象中有点儿差距。

温笛细微的皱眉动作，被严贺禹瞧在眼中。

那盘糕点在她旁边，餐桌的转盘还没启动，他正好借这个机会过去。

“严总，糕点是不是不错？”关向牧见严贺禹两次拿着餐盘过去，于是问道。

严贺禹说：“入口清爽。一会儿要喝酒，我再吃点儿。”

范智森接过话：“严总胃不舒服，是得提前吃点儿东西。”

严贺禹问：“你们要不要来一块？”

关向牧道：“我正想尝尝呢。”

其他几人也纷纷表示想尝尝厨师的手艺。

阿姨给他们每人送去两块，严贺禹没让阿姨帮忙，自己夹的。

旁边没人，他将温笛盘子里不喜欢吃的那块点心夹到自己盘子里，又夹了另一个口味的点心给她，低声说：“这个你应该喜欢吃。”

他刚才尝过了，是她爱吃的口味。

严贺禹回到自己的位子，慢条斯理地吃起温笛不吃的那块糕点，其实他也不喜欢这个口味。

“严总这是什么爱好？”肖冬翰坐他旁边，幽幽地开口。

严贺禹瞥了他一眼：“不是爱好。把后面那个字去掉，你试着理解理解。”

如果把“爱好”的“好”字去掉，就只剩爱。

肖冬翰晃晃酒杯，漫不经心地喝一口：“严总觉得，温笛对你的感情还剩多少？”

严贺禹吃完点心，拿起餐巾轻拭嘴角："这不重要。"

"很重要。关系到温笛还愿不愿意回头。"

阿姨过来，问肖冬翰要不要点心。

肖冬翰："来一块吧，谢谢。"

"要什么口味？"

"跟温小姐的一样。"

肖冬翰放下酒杯，拿起手边的叉子，接上刚才说了一半的话："等她想清楚不回头，我才会考虑要不要接受她。别的女人跟我在一起，图我什么，我不关心。她不行。"

肖冬翰表达得再清楚不过，跟温笛在一起的前提是温笛得心里有他。

严贺禹淡笑："肖总这个要求是为难你自己。"

"是吗？"肖冬翰说，"不着急，我有的是时间等她想明白。"

之后，两人之间被沉默充斥。

快到七点钟时，温长运招呼大家入座。

温老爷子喊温笛："笛笛，到我这边坐。"

温笛拿着水杯过去，爷爷担心她坐在那里没人给她夹菜，她吃不饱。

她换了位子，斜对面是严贺禹和肖冬翰。

她给二姑妈发消息："姑妈，到哪儿了？"

二姑妈没有回复，院子里传来汽车的引擎声。

温长运对他们说："是我妹妹和她几个朋友，听说你们在这里，她推了饭局过来。"

在江城商圈，温家这位二公主无人不知。

上班时她安安静静搞研发，离开实验室，她像换了一个人，八面玲珑，在社交场上游刃有余。

关向牧的脸色变了又变，他看向严贺禹。

严贺禹也不知道怎么回事，发消息问赵台长，那边没回应。

几分钟的工夫，门外传来熟悉的说话声。

温笛跟二姑妈和赵台长挥挥手打招呼，她旁边有个空位，给二姑妈留的。

另一边，温长运在给他们做介绍。

来了三人，除了赵台长，还有两个生意场上的朋友。江城商业圈子不大，大家基本都认识。

温其蓁走过来，摸摸侄女的脑袋。

关向牧看着温其蓁，上次见她还是三年前，在机场，匆匆一瞥。

温其蓁在侄女旁边坐下后，冷眼扫了过去。

关向牧别开眼神，却又没忍住，再度看过去。

一张餐桌的距离，隔着他们分开的这些年，隔着她的两段婚姻，还有她的两个孩子，也隔着他的一段婚姻。

他们再次见面有点儿戏剧性，在她家里，桌上是她的父母和家人。

他却是个跟她无关的人。

"看到我的下场没？"关向牧压低声音说给边上的严贺禹听。

严贺禹没听清，他的注意力在赵台长身上。

赵台长拍拍口袋，暗示到，他的手机不在身上，被温其蓁给没收了。

他从来没这么狼狈不堪过，做叛徒被当场抓现行。

温其蓁在车上说了，他要想被原谅，只有一条路可走，今晚把关向牧跟严贺禹喝趴下，不然她不会让他好过。

今天他带来的另两个人是专门过来喝酒的，酒量在一斤半以上，对付关向牧和严贺禹应该绰绰有余。

等人全部入座，温其蓁跟侄女说："今天下午怎么不跟我说？要是知道他在，我早点儿回来。"

温笛："没什么，我应付得过来。"

温其蓁打开包，让人帮忙把手机递给赵台长。

温笛不知道温其蓁跟关向牧的关系，把该敬的人敬过之后，安静吃自己的菜，不参与任何话题。

其间，严贺禹看了她很多次，她一次没接收到。

"听说关总投资了笛笛的剧本？"说话的是温其蓁，她微微牵了牵嘴角，看似在笑，眼里却寒气逼人，"谢谢关总的关照，我敬你。"

她举起的不是酒杯，是白酒分酒器："我干了，你随意。"

温其蓁将分酒器里的白酒一饮而下，没尝出什么滋味。

三两白酒，她喝下去时眼都没眨。

即使她说了让关向牧随意，关向牧也不可能只拿小杯喝。

他让人把分酒器倒满，陪她喝了一杯。

酒从嗓子一直辣到胃里。

他上次这么喝酒，还是她结婚那天，那次是他一个人喝的。

“欢迎严总到我们家做客。”温其蓁开始敬严贺禹。

严贺禹知道，温其蓁开始找他跟关向牧算账，即使胃不舒服，他还是把小酒杯换成分酒器。

温其蓁对他来说是长辈，理应他敬她。

温其蓁敬完他们，赵台长开始敬。

谁能禁得住这么个喝法？

肖冬翰有点儿同情严贺禹，做了回好人，帮严贺禹倒杯热水，给他递水杯时说：“她家里人，哪个的关你都过不了。”

严贺禹喝了几口温水：“今晚给你看笑话的机会，好好看。”

他们的对面，温其蓁给赵台长发消息：“那个肖冬翰，应该也是跟严贺禹一伙的，他们两家公司有合作，现在又一块来签约。肖冬翰也别放过。”

两分钟后，当肖冬翰被敬酒时，他有点儿蒙。

他在国外长大，平时只喝红酒，喝红酒也是品，用分酒器一次性喝这么多酒，还是头一回。

他之前也不是没有过应酬，但都有人给他挡酒，今晚鲁秘书不在这桌，他总不能让严贺禹给他挡酒。

温笛不关心酒桌上谁敬谁的酒，借着去洗手间，找阿姨要了解酒药，回到自己位子，悄悄把药给了二姑妈。

温笛让她服下药，不许她再喝。

温其蓁答应侄女：“放心，不喝了。”

有赵台长顶着，不需要她再敬酒。

温其蓁手机振动，哥哥发来消息：“你今天怎么回事？是捧场的还是砸场子的？人都快喝趴下了，差不多得了。”

温其蓁：“关向牧是我初恋，他旁边那位严贺禹就是跟你闺女谈了三年的男朋友，人家千里迢迢来江城，你不得好好招待一下？”

温长运揉揉额角，又把妹妹发的那条消息一字一字看了一遍，然后示意范智森："老范，你好像还没敬关总跟严总吧？"

温笛没关注严贺禹到底能不能喝，又喝了多少。

她尽量屏蔽干扰她的信号，专心照顾好二姑妈和爷爷。

她有电话进来，是秦醒的电话。

温笛拿上水杯，去了餐厅外面，暂时远离嘈杂声。

酒过三巡，饭桌上谁在，谁不在，没人顾得上。

她沿着花园小径往后走。

秦醒问她忙不忙。

温笛说："不忙，家里有客人，我正好出来透透气。"

她问："什么事？"

秦醒说起温笛的最新商战剧本，今天他和田清璐在会所遇到，田清璐聊起近期热播的《人间不及你》，投资方赚得盆满钵满，问温笛手里还有没有剧本，她想买版权。

田清璐现在放下芥蒂，有一半是丁宜的功劳。爱情没了，钱还是要赚。

她名下有影视公司，想买下温笛的剧本。

温笛不假思索地道："不卖。"

她解释："不是因为对方是田清璐我才不卖，不管谁我都不卖。对了，你也不用再跟关向牧谈了。"

"怎么了？"

"没怎么。突然想自己投资拍。"温笛在旁边的长椅上坐下，"《欲望背后》很挑演员和导演，要是卖给别人，我的话语权会很小。"

她暂时给手头的这部商战剧起名叫《欲望背后》，一时没想到更合适的名字。

秦醒好奇地问道："怎么突然想自己投？"

"可能钱多吧。"

"……"

温笛笑道："开玩笑。"至于为什么自己想投资，只是一瞬间的决定。她感觉自己还是不够忙，必须得找点儿事情做。

也可能是在自己家里看到关向牧，她突然就不想把剧本卖给他了。谁知道买她剧本的是不是严贺禹？

秦醒斟酌片刻："行，我跟沈棠姐再开会讨论讨论。"他们的影视公司刚成立没几个月，刚刚完成A轮融资，并没有太多项目经验，但万事总要有个开头。

第一部大制作的剧就定《欲望背后》吧。

温笛说："到时我亲自跟剧组。"

秦醒："导演的话，阮导不适合这类题材。"

"阮导不擅长。我推荐周导，他把握这类题材很精准，有自己的解读。"

"你说周明谦？"

"嗯。"温笛打算完成剧本后，找周明谦谈谈，看他感不感兴趣。

秦醒记得她这部剧还要找肖冬翰授权角色："授权给你没？"

温笛打趣道："勉强算同意了，要求还不少。"

和秦醒又聊了一会儿，温笛结束通话。

她靠在椅子里喝水，客厅那边的声音有点儿远，她听不太清，也不想过去。

"笛笛，冷不冷？"阿姨拿着她的风衣过来。

温笛回过神来："还行。"

"外面风大，不冷也穿着。"阿姨把风衣给她。

温笛问："他们还没散？"

"快了，我出来的时候他们说不能再喝了。"

温笛让阿姨回去忙，自己再坐一会儿。

又有脚步声靠近，她以为是阿姨去而复返，转头看过去，撞到严贺禹的视线。

他们隔着好几米，她都能闻到他身上的酒味。

严贺禹没坐，只是过来跟她道别。饭局散了，他找不到她，问了阿姨才知道她在这里。

他上次喝这么多还是订婚那天。

可能是酒精上头，他突然想跟她解释两句："订婚那天我喝了不少，不是因为高兴。是因为你在家，我却在那里。"

温笛没应，起身要离开。

"温笛，有没有解酒药？给我找一粒。"他实在挨不住，胃疼。

温笛点点头，回别墅去拿药。

严贺禹在外面等着她，她进去不过才几分钟，好像过了好几年那样漫长。

餐厅没人，都在停车坪那边。

温笛给他拿来药，整整一板。

严贺禹说：“用不了那么多。”

温笛还是塞给了他：“肖冬翰也喝了不少，你再给他几粒。”

严贺禹握着解酒药，直直看着她：“就不能不关心他？”严贺禹较起真，“要是他来找你要解酒药，你会不会让他再带几粒药给我？”

温笛让他明白：“严总，给你解酒药，不是我关心你，你是我们家客人，在我家喝得胃不舒服，给你药，是最基本的待客之道。要是关总需要，你再给他几粒药。”

严贺禹心里似乎平衡了一点儿，因为她给肖冬翰药，也不代表她关心肖冬翰。

他示意露台下的桂花树：“去年没陪你庆祝。”今年他们算是庆祝了，遗憾的是，他没能跟她喝一杯酒，但总算在这个时候，陪着她了。

温笛已经走开，他目送她的背影离开。

胃里一阵痉挛，疼得直冒冷汗。

严贺禹抠了两粒药，丢到嘴里。

回到车上，严贺禹问康波有没有解酒药。

“有。”康波正好从包里拿了药出来，看出老板今晚喝了不少。

严贺禹说：“给肖冬翰几粒药。”他把自己手里的药给康助理，“这是温笛给我的，你收好了。”

康波稍微想想就明白是怎么回事，温笛让老板带药给肖冬翰，老板不舍得，自己全部留下来，拿他的药给肖冬翰。

几辆汽车缓缓驶离温家的别墅。

严贺禹靠在座椅里，闭目养神。

疼得难受，他硬撑着：“不是说今晚第三季度的利润数据能出来，到现在还没出来？”

康波担心地问道：“您不需要休息休息？”

“不用。”他现在的头脑并不是很清醒，但疼痛难忍，急需找点儿事来转移注意力，“你先说说，明天再详细分析。”

康波只挑了老板最关心的几个点说，第三季度的营收同比增长了 11%，但是华北区域的涨幅只有 5%。

严贺禹直截了当地道：“原因。”

康波：“肖宁集团的一个子公司，在跟我们竞争市场。”

严贺禹在脑子里过了一遍，刚刚康波说的是华北市场：“肖冬翰这么快抢占市场是姜家的关系？”

康波点头：“是。”

酒劲慢慢上来，严贺禹的神经被一点点麻痹，他说：“明天早上你记得找我谈这件事，再重新调整竞争策略。我看肖冬翰有多大能耐，抢我的市场。”

中间他安静了几秒。

严贺禹又道：“你问问关向牧，他难不难受，胃疼不疼。”

康波：“好。”

消息发出去后，石沉大海，关向牧一直没回。

翌日清早，温笛早起，从今天开始到爸爸公司去上班。

昨晚爸爸也住在爷爷这里，她搭爸爸的顺风车过去。

餐厅里，只有爸爸和爷爷在吃饭。

温笛打过招呼，在餐桌前坐下：“二姑妈呢？还没起？”

温长运：“已经去公司了。”

他给女儿拌蔬菜沙拉，歉疚地道：“委屈你了，你也不跟爸爸说，我还那么热情地招待他们。”

温笛语气轻松：“有什么可委屈的？再说，就算你知道他是谁，他来了，你也得给面子呀。”

她喝了几口果汁，宽慰爸爸：“在商言商。”

温爷爷放下报纸，洗过手坐过来吃早饭。

他昨晚才知道小女儿跟关向牧是什么关系，小女儿性格轴，两段婚姻都过得不怎么开心。原来病因在关向牧那儿。

“关向牧也打算在江城投资？”

“嗯，八九不离十。”温长运手机响了，是范智森打过来的。

范智森这会儿头昏脑涨，一夜没消停，现在在医院。

温长运听说他在医院，问清怎么回事。

温笛也看向爸爸，担心范伯伯是不是喝多了。

后来，她就听爸爸说：“辛苦你了，他们的医药费我报销。”

通话结束，温笛关切地问道：“范伯伯怎么了？”

“不是他。”温长运说，“是关向牧和严贺禹，还有肖冬翰，三人昨天半夜组团去医院打点滴。”

温笛：“……”

温长运并未放在心上，应酬时谁还没喝醉去过医院？他这二十多年里，去过好几次。范智森更不用说，这边从饭局刚下来，那边紧接着去急诊打点滴。

“他们顶多胃疼，打了点滴今天就能好。你跟你姑姑这么久也没好过。”

他把蔬菜沙拉拌好，放在女儿面前：“算了，吃饭时不说扫兴的。”

温笛诧异地问道：“二姑妈怎么连肖冬翰都没放过？”

温长运：“肖冬翰当时看严贺禹被灌酒，看热闹不嫌事大，亲自给严贺禹倒水，你二姑妈以为他们是一伙的，误伤了。”

温笛：“……”

温笛还没吃完早饭，肖冬翰给她发消息，他的眼镜盒和眼镜布忘在别墅了，让她帮忙送一趟。

温笛问阿姨，有没有看到眼镜盒。

阿姨说：“我去更衣室看看。”只有更衣室的卫生她还没来得及打扫。

一个深蓝色的眼镜盒落在沙发扶手上，她拿给温笛。

“爸爸，我去医院看看肖冬翰吧，您就不用过去了。”肖冬翰毕竟被误伤，于情于理他们都该去慰问一下。

温长运上午有会，即使没有，他暂时也不想看到严贺禹跟关向牧：“那你代爸爸过去看看。”

“肖冬翰和严贺禹不在一个病房吧？”

“不在，肖冬翰单独一间，严贺禹和关向牧在一个病房。”

当时只有两间独立病房，关向牧便凑合了一下。

吃过饭，温笛换上外出的衣服，问清肖冬翰在哪家医院多少号病床，拿上车钥匙下了楼。

刚走到院子里，她又收到肖冬翰的消息：“顺便帮我买个剃须刀。”他把他常用的剃须刀品牌和型号发给她。

温笛：“你出差没带剃须刀？”

肖冬翰：“带了。半夜去医院忘了随身带。”

之后温笛才知道，当时凌晨两点半，他们三人去医院没麻烦助理和秘书，只通知了范智森一人。

他们觉得要不是最后范智森敬酒，他们不至于难受到要打点滴，只好把账算在范智森头上。他们不麻烦他麻烦谁。

温笛又折回别墅，现在还不到七点，商场没开门，她家常备这些东西，可能型号跟肖冬翰指定的型号对不上，也没多大影响，能用就行。

“只需要剃须刀吗？”

肖冬翰：“嗯。”

温笛拿上剃须刀和剃须水，开车去医院。

江城的交通不算堵，在京城需要一小时的车程，在江城二十分钟就到。

她找到肖冬翰的病房，不是 VIP 病房，只是一个普通单间。

肖冬翰正靠在床头闭目养神，手上还在打点滴。

听到开门声，他睁开眼。

“这么快？”

“这个点不堵车。”温笛把手提袋放在床头柜上，里面有他的眼镜盒，还有剃须刀和剃须水。

他衬衫整齐，没有一丝褶皱，佩戴着袖扣，头发清爽自然，完全看不出是一个喝多了需要打点滴的人。下巴有一片青影，但没到非要刮胡子的地步。

“看什么？”肖冬翰扫了她一眼。

温笛大方地说：“来医院还这么在意形象？”

肖冬翰没搭腔。

他来医院前，硬撑着又洗了一遍澡，换上干净的衣服，但胡子忘了刮。

温笛顺口说了句："我以为你住在 VIP 病房。"

"VIP 病房满了。"昨天范智森联系过，医院工作人员说只有单间。范智森怕他们嫌弃条件简陋，征求他们的意见，说要不再换家医院。

关向牧当时撑不住了，难受得要命，说："换什么换，坐台阶上也能打。"

病房有叩门声，温笛过去开门，是花店的工作人员，她在网上下单了一束鲜花，让人送到这儿。

肖冬翰瞅着花，道："你送我的？"

温笛说："我替二姑妈送的，二姑妈昨天被气糊涂了，肖总别放心上。"

她把鲜花摆在他的床头，花里有几枝百合，香气散开来，闻不到消毒水的味道，他身上淡淡的酒气也没了。

肖冬翰不喜欢闻花香，但还是让她放在了旁边。

温笛抬头看药水袋，还有小半袋就打完了。

她礼节性关心地问道："明天还用接着打吗？"

"不用。"

温笛点了点头，跟他无话可说："肖总，你休息吧，我去公司。"

肖冬翰却道："不赶时间的话，帮忙买份粥。"

"买粥的时间还是有的。"

温笛轻轻带上病房门，刚走两步，身后有人喊："温笛。"

她转身，是严贺禹。

他跟肖冬翰一样，不管是发型还是衣着，一丝不苟。他们一个个疼成那样了，还不忘自己的形象。

严贺禹走近："过来看我们？"

其实他心里跟明镜似的，她只是来看肖冬翰。他跟关向牧的病房在里面，她从肖冬翰病房出来，是往电梯走的，没有要往里去的意思。

他现在已经自欺欺人到这个地步了。

温笛平静地道："关总怎么样了？"

"还行。"严贺禹看着她，"你不关心关心我？"

她说："你不是站在这里吗？"

意思是她看不出他哪里不好。

严贺禹不想在肖冬翰病房门口跟她争执，免得被肖冬翰再看一次笑话。

“胃还不舒服，能不能帮忙买份粥？”他解释，“康助理还在酒店。”

温笛沉默了一瞬，问：“严总想吃什么粥？”

严贺禹道：“你知道的。”

护士从他们旁边路过，她无意跟他逞口舌之威，转身下楼了。

严贺禹回到病房，关向牧正在穿西装，护士刚刚给他拔了针。

他见严贺禹回来：“你不是去买粥？”

“温笛给我去买了。”

“她给肖冬翰买，顺便帮我们带？”

“关向牧，”严贺禹直呼其名，“你少说两句。”

关向牧笑了，这种自欺欺人的事他年轻时也做过。

“房间太小，去外面透透气。”他拿上玻璃杯，里面是热水。现在他明白严贺禹为什么一直要喝热水了。

两人去了走道尽头的窗边。

关向牧诚心诚意地道：“我昨天连累你了。”

“没什么连不连累的。”严贺禹从窗户看楼下，试图寻找温笛的身影，楼层有点儿高，看不真切。

关向牧建议他：“要不你明天接着打一针？”

“不用。”他的胃靠打针是好不了的。

他问关向牧：“现在还想不想继续在江城投资？”

关向牧反问：“为什么不投？”

“怕你退缩。”

“我再退，就五十岁了，温其蓁到时不见得看我一眼。”

严贺禹手机振动，是康波找他。

康助理敲老板的房间门，怎么敲都没人开，他担心老板胃不舒服，只好给老板打电话。

“严总，您现在怎么样？”

“在医院。”

“您怎么不叫我？”

“没事。都在。”

严贺禹隐约记得昨天在车里跟康波约过的事情：“是不是找我谈华北市场的事？”

“您还记得？”

“过来吧。”严贺禹告知康波地址，挂了电话。

十几分钟后，温笛提着三份打包的粥和小菜上了楼。

她先给肖冬翰一份，将剩下的两份送去严贺禹的病房。

关向牧明显感觉到，温笛对他疏离了很多，连客气都带着敷衍，他完完全全成了她家的客人。之前他投资她剧本的那点儿交情，彻底清零。

事到如今，他不在乎脸皮厚一点儿，问道：“你二姑妈身体怎么样？”昨晚温其蓁喝了三杯。

温笛先是感谢关心，又道：“姑妈还不错，一早就去了公司，说上午十点还要去学校开家长会。”

关向牧打开粥盒的动作一顿，家长会，自然是给孩子开的：“周六开家长会？”

“嗯。”温笛说，“我两个表弟昨天月考成绩出来了。”

关向牧记得那两个孩子多大：“今年高三？”

“对。”

“成绩还不错吧，其蓁聪明。”

“还行，一个年级第一，一个年级第二。”

“……”

关向牧舀了一勺粥放在嘴里：“味道不错。”然后他又故作漫不经心地道，“孩子的抚养权好像在爸爸那里。”

温笛详细告知：“共同抚养。他们只是性格合不来，离婚后反倒能心平气和地相处，两人都很爱孩子。”

关向牧点了点头，吃在嘴里的小菜跟白粥一样，没滋没味。

温笛没多逗留，告辞。

严贺禹起身：“我送你。”

“留步。”她关上门大步离开。

严贺禹望着那扇门，最终作罢，坐下来喝粥。

关向牧说道：“温笛哪儿是好心给我送粥，她是来诛心的。”温其蓁伤人身，温笛直接来诛人心。

“我也没问她温其蓁上午干什么，她非得提开家长会。”

严贺禹护短：“温笛只提了一句，是你问个没完没了，什么都问，差点儿问人家孩子生辰八字。既然不想提，你不能不问？”

关向牧：“我欠呗。”

他忍不住想要知道更多。

“她两个儿子是双胞胎。”

严贺禹：“我知道。”

温笛以前跟他说过，两个表弟虽然是双胞胎，不过不太像，一个像妈妈多一点儿，一个像爸爸多一点儿。

两个孩子性格不错，可能是因为父母离婚没闹翻，共同抚养，对他们的关心没少。

他听温笛说，孩子学校的活动，二姑妈和前前姑父，基本都会合体到场，除了出差在外，实在抽不开身。

关向牧放下勺子，自嘲地笑笑：“你知道温其蓁生孩子那晚，我在干什么吗？”

他自问自答：“我在祈祷他们母子平安。她怀的是双胞胎，又早产，危险还是有的。”他不自觉又重复一句，“她在给别人生孩子，我在祈祷她跟孩子都平安。

“要是我当年没做错，我跟温其蓁的孩子应该也这么大了。”

关向牧看向严贺禹：“所以，别跟我一样，肠子悔青了都没有用。温笛要是生了肖冬翰的孩子……”

严贺禹打断他的话：“我和温笛肯定生我们的孩子。”

他把水杯递给关向牧：“你要实在闲得慌，帮我去茶水房倒杯水，谢谢。”

温笛离开医院，直接去了运辉集团。

在运辉集团楼下，她碰到父亲的车子从地库开出来。

会车时，司机停下，她也踩了刹车。

“爸爸，你要出去？不是说要开会？”

温长运叹了口气：“别提了，梁书记也知道了他们仨半夜集体去医院的事了。”

对于组团去医院这件事，梁书记有些震惊，很是过意不去，毕竟刚签完约，就把人喝进了医院，怎么看都好像是故意整人家。

梁书记问他什么情况，他无法实话实说，避重就轻，说妹妹和关总是大学校友，一熟络起来，酒没收住。赵台长也在，他酒量好，喝着喝着便喝多了。

梁书记深信不疑，让他代表自己去医院看看，再给他们准备点儿早餐。

受人之托忠人之事，他把会议推迟，先去医院瞧瞧。

温笛说：“不用准备早饭，我给他们买了粥。鲜花、粥都送过去了，一会儿就算招商办有人过去，也不能说我们家怠慢他们。放心吧。”

“只给肖冬翰买了花？”

“一开始我只买了一束，后来又觉得不妥，让花店又送一束到隔壁病房，以您的名义送过去的。”

他该做的，女儿都替他做了。

温长运说：“这次不巧，他们是来签约的，该给的面子还得给，等下次，我再好好收拾他们。”

温笛劝道：“爸爸，对付他们就该像爷爷那样，心平气和，不再搭理，比灌醉他们十次都管用。”

他之前是关心则乱，被气晕了：“爸爸心里有数了。”

温长运去了医院，温笛到楼上找爸爸的秘书，有些问题她请教秘书也是一样的。

她持有运辉集团的股份，还不少，这方便了她旁听会议。

她参加了两场会议，快中午时，她去园区找二姑妈。

二姑妈刚从学校开完家长会回来，两人的车子一前一后驶入停车场。

温笛下车，笑道：“这缘分。”

“可不是嘛。”温其蓁锁车，递给侄女一块巧克力，自己也在吃。

温笛把巧克力放在包里，问：“哪儿来的？”反正姑妈不可能专门买巧克力。

巧克力是温其蓁从小儿子抽屉里顺来的：“你小表弟买给喜欢的女生的。不过你这块是他让我带给你的。”

小儿子说："给我姐一块，她不是失恋了吗？吃点儿心情好。"

温笛惊讶："什么时候有了喜欢的人了？没跟我说。"

"暑假。那时，你跟祁明澈正好官宣分手，你说他怎么跟你说。"

"……"

温其蓁叹了口气。

温笛问她怎么了。

温其蓁说："你大表弟喜欢一个女孩，到现在都不表白。"今天她看到了那个女孩，很漂亮。

"随他爸，我的情商他一点儿没遗传到。"

温笛发现，二姑妈只有在说起两个儿子时，才能把所有烦心事暂时抛诸脑后。

"不说他们了，吃饭去。"

温笛挽着二姑妈的胳膊，朝食堂的方向走去。

有关严贺禹跟关向牧的话题，她们避不开。

温其蓁问道："他们怎么样？不耽误下午开会吧？"

"应该不耽误。"温笛简单说了下早上去医院的情况。

温其蓁表情凝重："严贺禹这回可是下了血本。"

温笛不懂，等二姑妈解疑。

温其蓁看向侄女："猜猜今年的 GR 金融科技高峰论坛在哪儿举办？"

二姑妈都这么说了，温笛不用想，直接说道："江城。"

说出来时，她自己都觉得匪夷所思。

往届承办 GR 高峰论坛的都是一线城市或者特别有实力的几大城市，很显然，江城根本争取不到这样的机会。

这几年江城的招商环境和招商政策都相当不错，但缺少一个展示和推介的平台。

温其蓁："我听赵台长说，这次峰会，金融大咖云集，你想想是谁的面子请来的？"

严贺禹不但让京越集团入驻江城园区，还带来 GR 的高峰论坛。

她也是今天上午刚刚知道。

赵台长酒醒后给她打电话，说下次得悠着点儿，不能得罪财神爷。

温笛很少关注这方面的新闻："论坛什么时候开幕？"

温其蓁不太确定，只听赵台长提了一嘴："好像是下周四，一共两天。"

温笛拿出手机查了下，确实是下周四。

她的手机正巧有消息进来，消息是肖冬翰发来的："晚上六点到八点之间有没有空？鲁秘书已经把你的十二个问题整理好了。"

温笛："那你发给我吧，替我谢谢鲁秘书。"

肖冬翰："我手里只有纸质版，你过来拿，有什么疑惑当场问，接下来我的行程很满，没时间给你答疑。"

温笛随口问了句："明天就离开江城？"

肖冬翰："下周，等开完金融峰会。"

回完消息，肖冬翰把手机丢在一边，从医院回来后，忙着处理工作，折腾得几乎一夜没睡，头疼，但也没时间补觉。

他在看报表，上个季度，华北地区的营收涨幅远远高于其他区域。

鲁秘书说："我们抢了严贺禹的市场，接下来他肯定会拼命地反击。"

肖冬翰凝神片刻："通知明天开视频会议，调整策略。"他猜到严贺禹会怎么应对他的策略，同样，严贺禹也大概知道他会怎么调整。

知己知彼，竞争就会进入白热化。

此时，酒店另一个套房里，严贺禹刚刚睡了半个小时，用凉水冲了把脸，坐到办公桌前继续工作。

康波把老板关心的华北区域的情况详细汇报了，所有分析报告他都发给老板一份。

严贺禹盯着分析报告，思忖之后："你给姜昀星打电话，告诉她，现在和肖宁集团竞争的那家公司，实际控制人是我，让她考虑清楚，姜家到底要不要继续跟肖冬翰合作。"

"好，我这就打。"

康波当着老板的面，找出姜昀星的号码拨了出去，他开了扬声器，让老板听见姜昀星到底是怎么打算的。

响铃快结束时，那边才接听，声音很嘈杂。

"康助理你好，我在高铁站，周围有点儿吵，你等等。"

"不着急。"

过了不到一分钟，那端忽然安静下来，还有关车门的声音。

姜昀星说："康助理什么事？你说。"

康波没绕弯子："你们家跟肖宁集团的合作影响到了严总的利益。"

姜昀星一怔，她家跟肖冬翰合作，不是合作项目，是私下资源互换，没想到严贺禹这么快就查清楚了。

她疑惑地问道："就算我们跟肖冬翰合作，怎么影响到他了？"不应该呀，他们根本就没有利益冲突的地方。

康波说："跟肖冬翰有竞争的那家公司幕后老板是严总。"肖冬翰抢了老板的市场，还是姜家无意中帮的忙。

姜昀星顿了下："好的，我知道了。"

她也没表态，直接挂了电话。

下午五点半，鲁秘书来敲肖冬翰的门。

刚才姜昀星给他打电话，约肖总见面。

"肖总，见不见？"

肖冬翰在看文件，头也没抬："怎么见？我暂时不去京城。"

鲁秘书说："姜小姐在江城，下午刚到。她拿到邀请函，过来参加金融论坛，园区那边又邀请她来参观考察，她提前几天过来。"

他们都是园区统一安排住宿，姜昀星也是下榻在这家酒店。

姜昀星得知他还在江城，约他见一面，说合作上的事当面聊聊。

肖冬翰看了一眼手表："让她十分钟后到酒店对面二楼的咖啡馆。"

这次见面，他们虽然没有明说，但都知道是为什么事，严贺禹知道了他们私下的合作。

肖冬翰点了两杯咖啡。他不管做什么都不喜欢拖泥带水："你想清楚，接下来要不要跟我合作。"

他不喜欢强人所难。

姜昀星说："继续合作。"

肖冬翰提醒她："慎重考虑。"

她道："已经考虑得很清楚了。"

她态度坚决，并没有意气用事。

合作不变，这个话题便聊到这里。

一杯咖啡喝完，该聊的都聊得差不多了，肖冬翰说："我六点钟还约了人。"

"那不打扰了，我正好去看看江城的夜景。"姜昀星起身，拿上包离开了。

肖冬翰则起身去楼上，跟温笛约在楼上的餐厅见面。

他不喜欢等人，眼瞅着就到六点了，她一点儿动静没有。

他发消息给温笛："你在哪儿？"

温笛在楼下大厅，正要去坐电梯，没想到碰见了严贺禹跟姜昀星，她立马转身，先去休息区等一下，等他们走了她再上楼。

姜昀星跟严贺禹乘坐不同的电梯下来，两部电梯差不多同一时间抵达一楼，看到对方后，两人皆是一怔。

姜昀星笑笑，打招呼："这么巧。"

严贺禹点了点头："在这里吃饭？"

"不是，喝杯咖啡。"

两人都往门口走，一前一后。

严贺禹忽然捕捉到了一个熟悉的身影，那人背对着他，脚步匆忙。

"温笛。"他疾步追过去，扯住她的胳膊，把她扯到怀里，抱紧她，"你走什么？"他拿手拍她的后背，"别生气。"

温笛厉声道："你放开！我在发消息，都弄乱了！"

严贺禹松开她，温笛猛地推了他一下，他后退半步。

温笛忙看聊天框，刚才肖冬翰问她在哪儿。

她本来要回："我在楼下。"

可她只打了"我在"两个字，后面的还没来得及输入，就被严贺禹拽到怀里。她没拿稳手机，手指乱按了几下，还不知道按了些什么字。

结果一看，她这么回复了肖冬翰："我在想你……"

严贺禹也看到了那几个字，再一看，是肖冬翰的对话框。他跟温笛说："对不起，不知道你在发消息。"

他抽过她手里的手机，赶紧撤回。

肖冬翰这时回了过来："不用撤，我看到了。"

严贺禹把手机还给温笛，拿自己的手机发消息给肖冬翰：“温笛那条消息是手滑，误发，你别当真。”

肖冬翰：“发给我的就是误发，要是发给你，那就是真心？”

严贺禹删除对话框，没空跟他辩驳。

温笛在短暂的尴尬之后，跟肖冬翰说：“肖总，我需要半个小时处理点儿事情。”

肖冬翰回过来：“给你一个小时，跟他把所有话说清楚。”

温笛没再回肖冬翰，看向严贺禹：“出去走走吧，你对江城这么好奇，带你去转转。”

不管严贺禹什么反应，她先行往外走。

如果他们没分手，今年他来江城，是要见她的父母的，看看她长大的地方。

但现在，物是人非。

他们并肩走着，隔着跨不过去的距离。

温笛两手插在风衣口袋里，在琢磨走哪条路。

人行道上，地砖湿漉漉的，下午下了一场雨，风不小，树叶被吹落，半黄不绿，散落得到处都是。

严贺禹随着她的步伐，发现他和温笛今天穿的风衣，跟五月份在伦敦时穿的一样。天气也差不多，潮湿，还有点儿冷。在冥冥之中，他们好像是把那天在伦敦走了一半的路，给走完了。

温笛望着前方：“你在江城投资，又把金融峰会带到江城，我不知道你后边还有什么大手笔的项目，望你三思，最后你会发现竹篮打水一场空。”她说，“我指的是感情上。”

严贺禹转头看她：“空还是不空，我想过。”

他犯了错，想做点儿什么，想赎罪。他找不到其他的合适方式。

“你来江城投资我管不了，以后别再去我家里。”

严贺禹沉默了一瞬，答应了她。

温笛接下来要说的，也是她约他出来的原因：“别在任何生意上为难我爸，给我爸施压。我们俩之间的事，你别牵扯到我家人。”

“怎么会？不会的。”

“希望你说到做到。”

温笛放慢脚步，再往前不远就是江城的美食街。

江城的市中心看上去不小，但好像也没多大。

“你有什么想解释的，今晚解释清楚，不知道是不是你觉得你当初没解释清楚，我才不愿回头。今晚咱们心平气和说一说，等说完了，”她这才看他，“严贺禹，我们就到此为止。”

严贺禹停下脚步，他们正好走到一盏路灯下。

两个人的影子重合到一处，她的影子斜铺在他的身上。

关于订婚，他没什么要辩解的，错就是错了。但有一点，他想说：“温笛，当初订婚后，我不是要一直瞒你，让你……”我不是故意让你被人误会是插足者。

有些话，他说不出口。

“这样的事哪儿能瞒得住？我跟你家公司有合作，你妈妈和我妈妈是校友，沈棠跟你又是闺密，我订婚这件事，十天半个月他们可能不知道，但两三个月总会知道。”

订婚那天中午，他回来跟她谈分手，当时没说出分手的话，他便知道，接下来所有的路都是死胡同，唯一能走的一条路就是跟她分手，但他还是不愿意放手。之后，接下来的一切都失控了。

温笛始终偏着头，看着路边被打湿的落叶。

有风吹过时，枯叶被卷着往前飞去。

“你觉得，你跟你初恋姜昀星分开时，也没要你的命，那跟我分手还不是简简单单一件事。”

“温笛，要是刚分手时，你这么说，我理解。”所以那时他从来不解释，解释了她也不信。

“但到了今天，你在我心里怎样，你真没必要再挖苦我，再妄自菲薄。”严贺禹顿了顿，控制自己的语气，“你刚刚说的，是你自己的想法。”

他从来没那么想过，知道跟她分开会更困难，难很多，但再难挨，也早晚会过去。

这是他当时在感情和利益之间做取舍时的想法。

又是一阵风打着旋刮过去。

刚才那片叶子被卷到路牙石下面的水洼里，彻底动不了了。

“温笛，我不是故意不为你考虑的，当时我想快刀斩乱麻也快不了，婚约牵扯的利益有点儿多，得一点点理清再去解决。”

他还没着手解决，田清璐就去找她了。

“我心里清楚，就算解除婚约，你在得知我跟别人订过婚后，也会和我分手。但我又抱着一丝侥幸心理，想跟你有个未来。”

贪婪、自私、无情、卑劣、自我麻痹，所有的劣根性其他人有，他更多。

“至于订婚，家里没逼我，没有什么不得已。是我自己想替父亲和严家分担一点儿，考虑得更长远一些。有时候，财富今天还是你的，明天便不见得了，我习惯居安思危。现在，我不去想那么多。”确切地说是他舍得放手一些利益了。

温笛没打断他，静静地听着。

“贺言问过我，后不后悔订婚。要是不订婚，我还不确定自己已经有了更重要的东西。”安静几秒，严贺禹说，“我现在在努力去做一个不那么差劲的人。”

“那祝福你以后的另一半遇到你的时候，你是个良人。”温笛指指前面的路口，“往左拐，是美食街；往右拐，是商业街，夜景不错。严总，接下来，失陪了。”

她略微点了下头，沿着原路返回。

美食街上，有她喜欢的饭店，里面也有他爱吃的菜，没分手时她打算好了，等他来江城见她父母，她要带他去美食街一家一家吃。右边的商业街，适合情侣晚上牵手轧马路。她计划黏着他逛逛，再给他买几副袖扣，订两块手表。

当初计划得有多详尽，现在刀子割下来，就有多锋利。

第十一章

对她动心

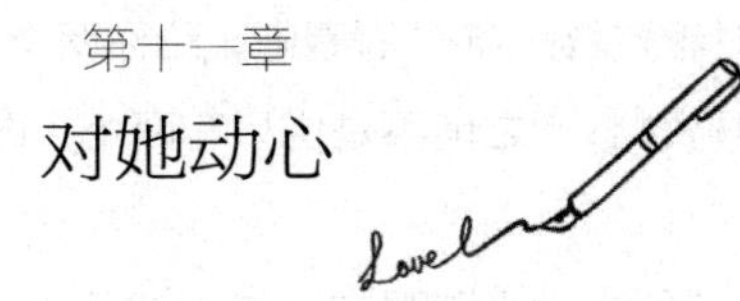

温笛回到和肖冬翰约好的餐厅，是一个小时十分钟后。

肖冬翰在看资料，金边眼镜放在桌角，没戴。

见她坐下，他掀了掀眼皮："跟他说清楚了？"

温笛放下包，倒了一杯温水："这是我的事。"

她没必要跟他交代。

肖冬翰合上资料："以前是你的事，现在也是我的事。"

他看了眼手表："我等了你一个小时十五分钟，坐在这里什么都没干。我最长等过别人二十分钟，等的是我爷爷。"

他说："你现在是我祖宗。"

温笛："……"

她忽然笑了出来。

这人说话总是出其不意。

肖冬翰把手机聊天界面给她看："你把消息撤回了，我当时的感觉你打算怎么替我撤回？"

温笛跟他对望，他没戴眼镜，也不知道他能不能看清她："我是第一个给你发'想你'的女人？"

肖冬翰拿起眼镜戴上："别人发的，我没在意，看到了也没感觉。"

他戴上眼镜后，眼神深不见底。

温笛从容应对："你这是打算赖上我？"

肖冬翰："不赖你我赖谁？总不能赖上严贺禹。"

温笛抿了几口水："我不是说过，你有机会追我。"

肖冬翰把那沓资料递给她："我也说过，我不接受心里没有我的女人。"他重申，"你非要让我活在严贺禹的阴影下？"

他下巴对着资料一点：“看看吧，给你两个半小时答疑时间。”

温笛翻开资料：“之前不是说只有两个小时时间吗？现在怎么又多了半个小时？”

肖冬翰：“那半个小时跟你无关。等了你一个多小时，我补偿给自己半个小时。”

“……”

晚上十一点钟，温笛才回到家。

泡过澡之后，她倒了杯红酒，坐在电脑桌前接着忙。

跟肖冬翰聊了两个半小时还多，需要他答疑的地方过多，一沓A4纸，正面是鲁秘书整理的资料，反面是她不明白的地方，请教了肖冬翰之后，随手记录的内容，每张的反面都是密密麻麻的。

一共十二个问题，还有四个问题的资料，她没来得及看。

肖冬翰说，免费给她的答疑时间已经用完，再答疑，需要她主动联系他，请他吃饭。

温笛把前八个问题的答疑部分在文档里整理了一份。

她敲完最后一个字，已经十二点半了，合上电脑。

欲望背后，是贪婪的人性和寂寞的灵魂。

这是中午吃饭时，二姑妈的一句感慨。

睡前，温笛习惯性地看手机消息。

大表弟在十五分钟前给她发来消息：“明天下午我们休息半天，中午请你吃饭。”

温笛：“睡了没？”

大表弟：“睡了，被你吵醒了。”

温笛打趣道：“那你不能说你刚准备睡呀？”

大表弟把消息撤回，重新编辑消息：“刚准备睡。”

温笛笑了出来，不再逗他：“明天中午我去学校门口接你，叫上你弟，你们俩请我吃。”

大表弟：“他没空。”

“那好。晚安。”

大表弟没再回过来。

翌日清早，温笛睡到自然醒。

今天是周末，父亲不去公司，秘书办也放假，她过去没什么事，上午在家里忙活剧本框架。

闹铃在十一点半响起，提醒她去学校接大表弟。

爷爷见她穿戴整齐，手里还拿着车钥匙：“约了朋友？”

“不是，跟表弟约了吃饭。”温笛说，“我跟阿姨讲过，中午不做我的饭。”

爷爷顺口问了句：“你们去哪儿吃？”

“美食街，一家很火爆的饭店。”

温笛开车到达学校门口，正好卡在放学时间。

人群里，表弟身高显眼。

她降下车窗，跟表弟挥手。

大表弟长得像前前姑父，性格也像。

大表弟坐上车，温笛问他：“怎么想起来请我吃饭？平时都是我请你们俩。”

大表弟系上安全带，说：“我弟给你一块巧克力，我请你吃顿饭。”

温笛明白，是安慰她失恋，他们都以为，她跟祁明澈八月底才分手。他们还以为，她这次回来是疗情伤。

“我跟祁明澈和平分手。”

大表弟道：“你不用安慰我，我没失恋。”

温笛笑了出来，把手机递给他，让他现在线上预约餐位。

大表弟没接她的手机，用自己的手机预约的：“说了我今天请客。”他手机里的钱用不完，有一半支援弟弟，但每月还是剩余很多。

温笛说：“我吃得不多，挑一家你喜欢的餐厅。”

大表弟没理会，还是选了温笛常去的那家。

他取了号，显示前面还有二十多人在排队。

这家饭店，没有不排队的时候。

“我妈还没起床吧？”

温笛摇头：“没呢，她一周只有一天休息，难得睡个懒觉。”

大表弟道：“她是前一天夜里没睡好。”

“你怎么知道？”

“她自己说的。说周五那晚收拾初恋，她自己也喝得有点儿多，夜里头疼没怎么睡好。”

温笛看了一眼表弟：“二姑妈还跟你说这个？”

大表弟表情淡然：“这有什么？谁还没有初恋？”

温笛问：“你是怎么看的？”

“什么怎么看？”

“关向牧来江城找二姑妈，”温笛解释，“关向牧就是二姑妈的初恋。”

“只要我妈高兴，我没别的看法。”

温笛没再多说关向牧和二姑妈的话题，聊了些轻松的话题。

美食街那边没地方停车，她把车停在对面商场的停车场里，跟大表弟两人走过去。

大表弟看手机：“估计要排半个小时。”

温笛道：“没关系，排吧，反正下午也没事，吃完饭我带你去兜风。”

饭店一楼大厅里，有等候区，摆了几张桌椅，上面有茶水和小零食。

温笛进去后，脚下一顿。

大表弟看着她的脚下，没有东西，不至于扭着脚。

等候区靠墙的一张桌子边，坐着严贺禹和关向牧。

严贺禹先看到了温笛，关向牧顺着视线看过去，看到的却是温笛身边那个穿校服的高个子男生。

严贺禹以前听温笛说过，美食街有好几家饭店的菜好吃，他今天跟关向牧结束上午的工作，两人驱车过来。

现在他跟关向牧最有共同语言，基本他去的地方，关向牧也感兴趣。

温笛没和他们打招呼，跟大表弟两人在靠门边的桌子边坐下来，背对着他们。

关向牧说：“我今天不应该来。”

他终于看到了温其蓁的儿子，不知道是双胞胎里的老大还是老二。

他在孩子脸上，能看到其蓁的神态和样貌，再仔细看，又更像爸爸。

严贺禹道：“你不用再说教我。”

有时从关向牧身上，他似乎看到了自己的以后，但又不甘心。

手机振动，康波给他打来电话。是汇报有关姜家项目的事，姜家的项目严贺禹已经命人停了两个。

严贺禹："嗯，谁求情都没用。"

"好，我知道了。"

关向牧问："动真格的了？"

严贺禹挂了电话，说："我给过他们机会。"

姜家的两个项目被突然叫停，项目负责人在找关系协调未果后，不得已，反馈到总部去了。

姜家只有姜昀星的小叔经商，是集团的掌舵者。

他听说后，气了半天，平静下来后，又觉得不应该。

严贺禹不会不说一声，就直接对他的项目下手，当初跟肖冬翰合作，他并不知道肖家的竞争对手是严贺禹。

小叔给姜昀星打电话，问她知不知道这件事。

姜昀星说："知道。"

"知道你还继续跟肖冬翰合作？"

小叔气得按眉心："昀星，你到底在想什么？"

"没想什么。我就是不想什么都听他的，什么都得为他的利益让路。"

"你这孩子，白混了这么多年。弱肉强食，你不懂？哪个虾米愿意被鱼吃？这是愿不愿的事情吗？"小叔也不想跟她置气，"严贺禹没搬出他父亲，我们也别牵扯到你爸，公司层面的事情，我们自己解决，你也别跟你爸诉委屈。"

姜昀星没吱声，拿起咖啡喝了一口。

"昀星？"

"听着呢。"

"你跟肖冬翰想继续合作的原因是什么？"

姜昀星放下咖啡杯，跟小叔说实话："想给你找个乘龙快婿。"

小叔又气又好笑，觉得自己消受不起这个福分。他女儿就算愿意嫁给肖冬翰，肖冬翰未必会娶。

肖冬翰是谁都不听的人，当初肖家老爷子是费了多少心思才勉强牵制住他，但想让他接受联姻，门都没有。

"昀星，你去跟严贺禹说清楚，误会解开，别耽误项目进度。你知道停一天，损失多少钱吗？”

姜昀星以沉默应对小叔。

小叔无奈，叹了口气，他知道侄女当初存了什么心思，以为严贺禹能在利益上给她让步。

侄女觉得，只是抢了严贺禹一点儿市场而已，不至于小题大做，但她失算了。

他劝道：“项目不能停，停下去后还要面临违约。严贺禹还会为了你让步吗？你想清楚，以前是以前，现在是现在。”

姜昀星起身，拿着杯子续咖啡。把自尊踩脚下的事，她不可能去做。

她跟小叔说：“别指望我去找他。”

“那谁找合适？别人找，他未必给面子。再说，他是让人通知你的，是你非要跟他硬着来的。”

小叔知道她现在在江城，严贺禹也在江城。

“周四不是金融论坛开幕吗？你在晚宴上肯定能碰到他，当面跟他解释清楚。我们家跟他成不了朋友，但我不想多一个对手。”

“我忙了。”姜昀星挂了电话。

俨然，她就是听不进小叔的劝，没有找严贺禹和解的打算。

项目停就停吧，她看他能停多久。

周三傍晚，金融圈的人云集江城。

温笛正在家里撸猫，接到肖冬翰电话，说晚上有时间。

她还有剩下四个问题的资料没找他答疑：“吃饭的地方你定。”

肖冬翰对江城不熟悉，来江城大半个月，除了酒店的自助餐厅，其他都是商务接待。

他说：“你请客，客随主便。”

温笛问他：“江景餐厅你去没去过？”

“基本每天都去一次。”

温笛决定带他去另一家规格比较高的西餐厅，环境幽雅，适合聊工作。

她打电话过去，预订好餐位，把地址发给肖冬翰。

肖冬翰下榻的酒店离餐厅很近，她为了他方便，特意选了这家。

她过去时，肖冬翰已经在等她了。

他的爱好这段时间从咖啡换成了水，可能是每天都应酬喝酒，受不了。

她坐下来，让他点餐："以为你们今晚有晚宴。"

"明晚有酒会。"肖冬翰连她的那份餐也点了，合上菜单递给服务员。

桌上放着一个眼镜盒和一个精美的信封。

他一并推给温笛："邀请函送给你，眼镜是借给你的，用完后还给我。"

温笛问："什么邀请函？"

温笛说完又发现是废话，自然是金融论坛。

"给你找了一个角落的位子，你要写商战，可以去旁听一下。"

因为是靠最后的位子，所以顺便借副眼镜给她。

那是他的备用眼镜，跟他鼻梁上这副是同款，也是金色细边的。

温笛有点儿近视，一直没戴过近视眼镜，她的视力不算特别好，但也不差。

"眼镜我应该用不上。"

肖冬翰道："带着备用。"

温笛感谢，收起眼镜和邀请函。

趁着还没上餐，她从包里拿出需要他答疑的资料，让他先看看。

肖冬翰接过资料，却对着她斜后方微微颔首："这么巧？"

温笛转头，看到的是严贺禹和他一帮发小，他的目光在她跟肖冬翰之间扫视，走在他旁边的是蒋城聿。

附近的西餐厅，这家是首选，她请肖冬翰能选这家，他在这里招待朋友也并不意外。

温笛跟蒋城聿打招呼："蒋总，好久不见。"

寒暄过后，蒋城聿道："沈棠还让我给你带了点儿东西，有空我拿给你。"

"好，谢谢。"

他们一行人过去，之后两桌人没有再碰面。

这顿饭吃得还算轻松，温笛解决了剩余四个问题，在肖冬翰认真解释后，她的思路更加清晰。

只是她吃饭有点儿慢，肖冬翰吃完十分钟，她还在吃。

肖冬翰往后一靠，端着水杯，当成红酒品。

半杯水喝完，她盘子里还有食物。

肖冬翰看着她："我见过一个吃饭慢的，他是假牙。你说你怎么也吃这么慢？"

温笛："……"

她被呛着了。

她放下叉子，忙拿餐巾捂嘴，将脸转到一边。

她平复一会儿："肖冬翰，你下次有话别在我吃饭时候说。"

"抱歉。"肖冬翰不是影射她，没想到，她的反应那么大。

温笛喝口水顺顺："我的牙真得不能再真了。"以前瞿培说过，她的牙齿接牙膏广告都不需要滤镜。

"快点儿吃。"

"不吃了。饱了。"

肖冬翰长臂一伸，把叉子拿起来送到她手边，再次致歉："我不是说你。"

温笛没接，放下餐巾："我去趟洗手间。"

她刚走，位子上有人坐下来。

严贺禹看他手里还拿着温笛的叉子："我记得肖总说过，不可能倒贴去追。"

温笛盘子里还有烤番茄，肖冬翰叉了一个，慢条斯理地吃起来，回他："我确实在倒贴，不过我没追，这还是有区别的。"

严贺禹："……"

在温笛回来之前，严贺禹回到自己的位子。

蒋城聿和傅言洲在讨论《大梦初醒》的预告片花，主演是沈棠，也是沈棠退圈前的最后一部作品。

今天蒋城聿有心情聊这部剧，是因为剧里沈棠跟男主角没有亲密的戏份，都是针锋相对的画面。

感情支离破碎，欲望沟壑难填。

严贺禹坐下来，他们俩暂时打住话题。严贺禹问蒋城聿，沈棠给温笛带了什么礼物。

蒋城聿也不清楚，沈棠把所有礼物都放在一个礼品盒里，给他时已经包好，应该是包和衣服之类的。她们经常互送这类礼物。

蒋城聿直言："你有什么想法不用拐弯抹角。"

"没想法。"严贺禹瞅他，"你以为我是想帮你送礼盒给她？"他没那个打算，送过去只会招温笛反感。

"温笛应该很长时间没收到惊喜了，我是想问问沈棠给她带来的东西多不多？"

蒋城聿："应该不少。"

严贺禹点头，表示知道，把餐盘挪到蒋城聿旁边的空位。

傅言洲看他架势是要换位子。

严贺禹原本是跟傅言洲并排坐的，现在他坐到蒋城聿那边。

傅言洲噎他："跟我坐还委屈你了？"

严贺禹说："近朱者赤。"

他就差说近墨者黑了。

这不是简单换位子，是在表明态度。

傅言洲知道自己不是好人，所以不为自己争辩："你要洗心革面？"

"心不好洗，面也不好革。能脱胎换骨的男人，肯定不是我这种情况。"

傅言洲接他的话："所以我说，跟我坐在一起，不委屈你。"

他所知道的脱胎换骨的人，无一例外都是遭遇了重大变故，基本跟家里有关，也有的是自身原因。家世没落，原本优越的条件不再，不得已，只能改变自己。

其实那哪儿是改变自己，是向现实妥协而已，从高高在上，到体味人间疾苦。

他还没听说过家世显赫、站在金字塔顶端的人，会突然洗心革面要好好做人的。这种事根本不存在。不过，要是在家世和自身优越感都在的情况下，愿意改变一点儿自己，也算是真心实意地改变了。

傅言洲又道："你想改，不容易。"

严贺禹握住红酒瓶的包布，给他们俩倒上酒，自己也来半杯，这才说话："慢慢改，做个不差劲的人。"

严贺禹放下酒瓶，拿起酒杯朝蒋城聿那边略微倾斜了下，说："争取不比他差。"

蒋城聿能重新追回沈棠，至少没那么差。

他处在名利圈，要说把自己变成老好人，自己都觉得不现实。

严贺禹忽然问道："你们刚在聊什么？"

傅言洲说："《大梦初醒》今晚发了预告片花。"

上了热搜，他们才看到。

温笛还没看到这条热搜，跟肖冬翰吃饭时她忙着整理《欲望背后》的思路，没顾得上看手机。

回家的路上，她接到秦醒的电话，说片方发了预告片，超出他的预期。

"现在不方便，在开车，等回家我看看。"

她回到家，二姑妈和爸爸都在。

妈妈这段时间在国外出差，爸爸暂时住在爷爷家。

"宝贝，你今天上了两个热搜。"二姑妈招招手，让她过去坐。

温笛点开手机："不是一个吗？"

"《人间不及你》也蹭了一下热度，打着你的旗号把你吹捧一番。"

《大梦初醒》和《人间不及你》两部剧，一部现实残酷，一部细腻美满，是爱情的两个极端。让人怎么也想不到出自同一个编剧之手。

温长运反复观看只有两分多钟的片花，说："这部剧我打算追。"女儿那么多剧，他基本是带着任务看完的，爱情剧有点儿不适合他这个年龄，是他心态不再年轻的缘故，但这部《大梦初醒》，不再浮于爱不爱的表面。

里面有情感和现实的碰撞，而且导演的表达手法很是尖锐。

画面是很有质感和氛围的碎裂感。

这部剧还是在江城取的景，当初剧组在这里拍了大半个月。

温笛看完热搜："快把我夸成花了。"

温其蓁笑道："你本来就是花，不用夸。"

温笛拿在手里的手机振动，是蒋城聿的电话。

"蒋总，你好。"

"抱歉，这么晚打扰你，沈棠跟我说，给你的礼物必须得今晚送到。你在家吗？我很快就到。"

温笛不惊讶蒋城聿能找到她家，沈棠来过很多次，知道具体地址。

蒋城聿原本是要在白天专程来拜访温家，除了沈爷爷，温笛和她家人给沈棠的关心最多。

他感恩每一个对沈棠好的人。

这次拜访，他准备了一些藏品，藏品也是精挑细选的。

温长运和蒋城聿知道对方，但见面是第一次。

温爷爷和温笛一样对蒋城聿的印象颇好："过来看看我们就好，你看你这么破费？"

热情问候过，蒋城聿坐下，说："应该的。"

他又歉意地道，说今晚这么晚打扰了，等金融论坛闭幕，再来叨扰。

时间有点儿晚，蒋城聿没多待，只聊了半个小时便告辞了。

温笛和温长运送他出去，一直将他送到汽车前。

"不用见外，你们留步。"蒋城聿跟温长运握手道别。

温笛站在驾驶门旁边，车里的人在看她，隔着一扇车门，一块车玻璃。

她不知道里面的人是谁。

车驶离别墅院子，温笛和温长运回屋。

院子的大门自动合上，车开出没多远，靠边停下。

严贺禹转头："你还一直打算坐在后排？"

"让你当司机的机会，也是你求来的。"说归说，蒋城聿还是推开车门下去，坐上副驾驶座。

严贺禹只来过温笛爷爷家一次，但清楚记得来别墅区的路，没用导航，一个路口也没走岔。

温笛抱着沈棠给她的礼盒回自己房间拆礼物。

里面是一只手包，还有一套时尚款的西装配一件白衬衫。里面有张卡片是沈棠给她的留言。

"猜到你可能会去金融峰会现场，那是难得的机会，正好又在江城。送你一套西装，适合那天的场合。我也买了一套，跟你的颜色不一样，姐妹装。"

难怪沈棠非要让蒋城聿把礼物今天送到，是准备让她明天穿上西装。

温笛抱着礼盒去了衣帽间，试穿新衣服。

她跟沈棠身材差不多，穿一样的尺码。

她第一次穿西装，站在镜子前，跟以前的感觉很不同。

温笛给沈棠打视频电话，沈棠秒接，不过她不在镜头里。

“笛笛你等我一下，我在扣扣子。”沈棠的声音传来，她知道温笛拿到礼物后，会跟她视频。

她正换新买的西装，给温笛看看效果。

架起手机，温笛和沈棠在镜头里互相吹捧对方。

沈棠说：“以前觉得你穿裙子性感，原来穿西装也性感，我都忍不住要多看两眼。”

她声明：“我没吹捧，真心话。”

温笛道：“你是在吹捧你买的衣服。”

两人嘻嘻哈哈聊了大半个小时。

后来温笛说起今晚的热搜：“《大梦初醒》是你演得好，你怎么还让人吹起我来了？”

沈棠：“我都退圈了，要那些热度没用。哪儿是吹，你要写得不好，谁好意思吹，那是尬吹。我跟秦醒商量过，按照你的意思来，我们公司自己拍《欲望背后》。你现在是块金字招牌，得把热度给你。”

“对了。”她跟温笛说，“《人间不及你》剧版大丰收，有好几家公司跟我接触，打算拍电影版。”

《人间不及你》温笛当初只授权了电视剧版权，她问：“还是关向牧要买？”

“他有这个意向。”

“不卖给他。”

沈棠笑道：“行，除非他愿意花巨资。”

她有消息进来，是蒋城聿的消息：“试件衣服都能把我试忘了？你试穿了快四十分钟，还没穿好？”

沈棠这才结束跟温笛的视频通话。

温笛在镜子前站了会儿。等思绪回来时，已经是十五分钟后了。

翌日清晨，温笛被六点钟的闹铃叫醒。

今天的金融论坛九点钟开幕，她早起准备，化了淡妆，头发打理了好一会儿。

下楼，爸爸和二姑妈已经坐在餐桌前了。

温其蓁眼前一亮，盯着侄女：“再戴副眼镜，妥妥的霸道女总裁。”

“我哪儿有那个气场？”

“不不，你的气势很足。不信你问你爸。”

“我爸不敢说实话，只能附和你说。”

温长运笑道：“我敢说实话。”

他觉得女儿其实很适合穿这个风格的衣服。她穿上西装，很有温其蓁的气势。

温其蓁站起来，把侄女的长发又给整理一下：“沈棠昨晚着急让蒋城聿给你送的礼物就是这套西装？”

“嗯。她让我今天穿。”

温其蓁说：“以前觉得你穿裙子好看，现在发觉西装好像更适合你。”

温笛开玩笑道：“可能是我黑化了。”

“先坐下来吃饭。”温其蓁给侄女拉开椅子。

温笛脱下西装，坐到餐桌前。

温长运已经吃完，今天要早点儿去会场，没等温笛。

他有个发言，主办方让他提前过去。

温长运一走，餐桌边只剩姑侄俩。

温其蓁说话无所顾忌：“今天肖冬翰还不得彻底沦陷？”

“姑妈，一大早你就拿我开玩笑。”

“瞒我是瞒不过的，他又是送你邀请函，又是变着花样约你出去。一个男人在一段时间里，频繁想见一个女人，总不会是要跟她联络友情吧？”

温其蓁把果汁杯给她：“我的直觉不会错。”

肖冬翰这个人，在生意场上阴狠的那面她不做评价，他私下的为人处世她不是很了解。

“你多问问沈棠，我也帮着你考察他。”

温笛：“我得试着自己看人，爷爷说，多看几回就能看准。”

他再差，也不会差过严贺禹。

温其蓁笑道：“这话好耳熟，你爷爷也跟我说过，让我多看几回。”她耸耸肩，但笑不语。

温其蓁还要赶去公司，温笛跟她摆摆手，叮嘱她开车慢点儿。

温笛七点半出门，今天会场车多，她担心不好找停车位，让司机送她，车子再开回来。

金融论坛是在园区的一家酒店举办的，还没到园区，开始堵车。

下车前，温笛从包里找出入场证挂在脖子上。

今天的开幕式是江城园区的一件盛事，安检严格，经过两道安检，核对无误后，温笛被放行。

温笛对这儿熟悉得很，从后门进入一楼的主会场，二楼和三楼还有分会场。

她的座位在侧边的倒数第二排，相对主席台来说，属于偏远的角落。

温笛旁边的人还没到，她打开包，拿出事先准备好的笔和记事本，手机充足电，还带了两个充电宝备用。

她是外行，专业方面的东西肯定听不懂，只能把大屏上的相关内容给录下来，回去慢慢研究。

肖冬翰借给她的眼镜还在包里，她打开眼镜盒，没直接戴眼镜，只是放在眼前比画。

虽然不是按照她的视力配的眼镜，但从镜片里看过去，感觉视线范围内的东西清晰不少。

不知道是她近视比想象中严重，还是肖冬翰近视度数不高。

忽然她鼻梁上多了一只修长的手，将眼镜架轻轻往她鼻梁上一推，另一只手把眼镜腿夹在她的耳后。

温笛转头，肖冬翰今天穿了件蓝黑色的西装，细看的话，能看见一条条隐隐的条纹。

她刚要取下眼镜，他说："我没戴过，送你了。"

"我要眼镜没用。"

"没用你还拿出来比画？"

温笛拿出手机："那我把钱转给你，眼镜多少钱？"

"送你了。"

“无功不受禄。”

“你有功。”

“哪儿来的功？”

“我都从前排主动倒贴到这里，还贴着给你戴眼镜，什么功你不清楚？”

她让他有了不一样的感觉。

他刚才入会场看到她时，跟那天收到那句“我在想你”是一样的感觉。

他看着她的脸：“你这套衣服不戴眼镜少点儿什么。”

肖冬翰从来没有过想要征服一个女人的念头，温笛让他有了这个念头，而且很强烈。他想让她心里有他。

温笛查过眼镜型号，把大概数额转给他：“肖总，你要是做销售，绝对是一把好手，你看你轻轻松松就把你不用的二手眼镜给卖了出去。卖的还是一手的价钱。”

肖冬翰点开手机，扫了一眼数额，没收。

温笛让他收一下，肖冬翰直接退出对话框。

“肖总，您在这儿呀。”

金融论坛承办方的一个负责人找了过来。

肖冬翰今天是特邀嘉宾之一，得上台回答记者提问。

负责人看到温笛时，愣了一下，看第二眼又觉得好像是温笛，他之前在江城的一些场合见过温笛，印象很深。

“你是温董的千金，温笛吧？”

“是我。您好。”

“不好意思，你戴了眼镜，我没敢认。”负责人看她位子那么靠后，很是歉意，说不知道她在江城，早知道就给她一张靠前的邀请函。

靠后的位子没有酒会的入场函。

“晚上酒会就在楼上，在五楼的宴会厅，我一会儿让人给你送一张入场函过来。”

“谢谢，酒会我就不过去了。”肖冬翰可能觉得她也不想去，所以没给她酒会的邀请函。

“必须得到场，是我工作失职。我昨天看了《大梦初醒》的预告片花，有我们江城园区的俯瞰画面，虽然只有几秒，特震撼，这可是花钱都买不来的广告。你都这么不遗余力地展示我们园区了，哪儿有不感谢你的道理？”

负责人说：“你要不来，那就是觉得我招待不周。”

温笛：“……”

负责人又看肖冬翰从第一排纡尊降贵过来，那更得邀请温笛过去，他转头想吩咐秘书，秘书说：“已经让人送过来了。”

他太过盛情，要是拒绝，有点儿拂人家面子。

肖冬翰说：“去吧，温叔叔晚上也在。”

负责人品了品，肖冬翰说的不是温董，是温叔叔。一个称呼，玄机可多呢。

入场函送来，肖冬翰跟负责人一道离开。

温笛收起信封，拿下眼镜，只觉得头疼。

没多大会儿，她收到爸爸的消息。

温长运说：“他们特意跟我打招呼，让我晚上一定要带上你去酒会。去吧，要不是这次金融论坛在江城举办，金融圈这么高规格的酒会，你也不一定有机会参加。见见没有坏处。”

一直到晚上六点半，温笛才见到父亲。

温长运在五楼签到处等她，见到女儿，往前走了两步：“今天怎么样？”

温笛挽着父亲的胳膊：“没白来。”收获比想象中多。

她还穿着西装，其他参加酒会的人也一样，顶多是脱了西装外套。

酒会没有衣香鬓影，与其说是酒会，不如说是一个开放式的商务洽谈会，每个人都在抓紧机会去找平日里想见又很难约到的人，或是有合作意向的人。

步入宴会厅，温笛看到了姜昀星，姜昀星也是穿着职业套装，她的手机放在耳边，正在打电话，没注意到温笛。

姜昀星正在跟小叔通话，宴会厅有点儿吵，她出来找个安静又隐蔽的地方说话。

小叔问她，今天有没有看到严贺禹。

“没注意。”

“他没在台上讲话？你没注意？”

姜昀星跟小叔摊牌：“您就死了这条心吧，我不可能去找他。就算他把我的项目停了，我也决不会去找他。”

她受够了什么都是他说了算。

“我答应过肖冬翰，跟他继续合作。出尔反尔的事，我做不出来。肖冬翰给了我们利益，我们给他资源，合作前，您就该考虑到各种风险，停项目就是风险之一。您不想让严贺禹成为您的对手，我也不希望肖冬翰成为我的对手。”

小叔道：“你是不是盘算着把你堂妹介绍给肖冬翰？我告诉你，这件事成的概率连百分之一都不到，你别捡了芝麻丢了西瓜。”

“就算联姻不成，跟肖家合作，我们也亏不到哪儿去。小叔，有选择就肯定要有损失。”

小叔克制着自己的怒气：“昀星，你是不是觉得严贺禹最终会退让？”

姜昀星从窗户看着江城园区很是陌生的夜景，实话实说：“存过一丝丝侥幸，万分之一都不到，其余时间，我知道他不会向我妥协。”

现在能让他无条件妥协的大概只有温笛家。

所以，她最终选了肖宁集团。

“小叔，我也很难受，但总得走这一步。现在是肖冬翰影响了他的利益，他不许我们跟肖冬翰合作，下次我们再跟谁合作，又无意中影响了他的利益，是不是我们还得妥协？”

跟那么喜欢的人突然站在对立面，她也不想，而他又毫不留情，那种滋味别人体会不到。

“小叔，以后要是为这件事，别再打电话给我。”

挂了电话，姜昀星呼出一口气，走进了宴会厅。

她去拿酒时，远远看到了严贺禹，他和几个朋友正在聊天。

这几年，她跟田清璐，谁又比谁能好过？

她就算不想听，也偶然会听周围有人说起，他是如何惯着温笛，稀缺的好东西他都买给她，费了心思去准备。他还给温笛下厨。

这些似乎也没什么。

直到他跟田清璐订了婚，还是不愿跟温笛断了。那时所有人都跌破了眼镜。

紧跟着，他解除婚约，就算温笛跟祁明澈谈恋爱了，他还是不愿放手，一路追到江城来。

姜昀星微微仰头，小半杯红酒，她一口喝了下去。

她不跟肖冬翰合作，还能怎么办？总不能指望自己跟他合作吧。

她又拿了一杯酒，去找肖冬翰。

“肖总。”

姜昀星跟他隔空碰杯：“下次什么时候去京城？”

肖冬翰反问：“有事？”

“我和小叔请你吃饭。”

这种示好的饭局，他不感兴趣：“最近没空，在等一个人追我。”

姜昀星：“……”

肖冬翰失陪，去找温笛。

路过餐饮区，他看到严贺禹和温笛在聊什么，但没过去。

严贺禹不知道温笛参加了今天的金融论坛，更想不到她会出现在酒会现场，刚才无意间瞥到时，还以为看错了人。

她正在挑选饮品，他告诉她：“左手边的度数适合你。”

温笛点了点头：“谢谢。”

但她没拿左手边的饮品，转个弯，去另一边挑选。

严贺禹没再打扰她，挑了一杯度数低的酒去了休息区。

肖冬翰坐过来，两人之间隔着茶几，他跟严贺禹碰碰杯：“一条感情路上走三个人的话，严总会不会觉得有点儿挤？”

严贺禹晃了晃酒杯，戗他：“我不觉得，反正我们三个人也不胖。”

肖冬翰：“……”

肖冬翰把杯子里的酒喝光，这才说话：“那从今天起，严总可要保持好自己的身材。失陪。”

他去找温长运。

今晚的酒会，温长运是焦点。

不管是蒋城聿还是关向牧都十分尊敬他，现在连肖冬翰都过来了。

“温董，有空的话，去我家庄园做客。”

“一定。”

肖冬翰刚才那句话，正好被走过来的严贺禹听到，他淡淡地扫了一眼肖冬翰，恋爱还没谈，就想着讨好长辈。

不管私下温长运待不待见他，社交场合，他还是要敬杯酒的：“温董，感谢那天的招待。”

温长运敷衍地笑笑：“应该的。照顾不周，还望严总海涵。”

聊天继续，旁边有人跟严贺禹交谈，感谢他邀请那么多人来江城：“欢迎严总继续来江城投资。”

严贺禹说：“肯定，我还想做江城的女婿呢。”

等周围人不多时，关向牧压低声音说道：“你就差把司马昭之心写在脑门上了。”

严贺禹：“那有什么办法，肖冬翰差点儿想叫温董“爸爸”了。”

“你们俩……”关向牧无言。

“我出去打个电话。”严贺禹问关向牧要了一支烟，拿上打火机，去了宴会厅外面。

他没电话要打，只是出来透透气。

今晚温笛戴的那副眼镜跟肖冬翰的一样，不可能是巧合。

他想问问温笛，是不是肖冬翰送给她的眼镜，后来又作罢。撇开眼镜跟肖冬翰的同款这一点来说，她戴着很好看。

他认识她马上五年了，今晚在宴会厅碰到她，那一瞬，他的心跳还是不可控地漏了一拍。

严贺禹抽了半支烟，返回宴会厅。

严贺言给他发消息，问他在哪儿，好多天没看到他了。

严贺禹：“江城。”

严贺言：“哪天回？”

严贺禹想了想：“明晚。”

他原本打算多待一天，临时改变想法，早一天回去。

第二天下午，金融论坛闭幕。

肖冬翰也是晚上的航班，他是回伦敦。

散会时，他问温笛，要不要送他。

温笛说：“我不喜欢送机，接机还可以。”

“那下次你去机场接我。”肖冬翰顿了顿，“下回还不知道什么时候来国内，确定不送我？”

温笛点了点头，很确定。

肖冬翰把她鼻梁上的眼镜拿下来，戴了一下午，她鼻翼上有两个浅浅的印痕：“别一直戴。”他不在，她也不需要看清谁。

温笛揉揉鼻梁，戴了好几个小时，确实有点儿累。

她把眼镜装眼镜盒里，收了起来。

临别时，肖冬翰问她有没有纸质的剧本，给他在飞机上打发时间，他不喜欢看言情剧：“尽量少一点儿爱情的描写，有没有这类剧本？”

“有一本，古装剧。”这部剧上半年已经播出，反响还不错。

温笛发了一份电子版剧本给他，让他自己打印出来。

上车前，肖冬翰说：“我尽量早点儿回来。江城的餐厅还不错。”其他的话他欲言又止。

温笛帮他关上车门，跟他挥挥手。

送走肖冬翰，温笛回自己的车上。

司机发动车子，她降下车窗，胳膊支在车窗上，看了一路车外的街景。峰会结束，园区似乎突然安静了下来。

天刚黑，温笛收到肖冬翰的消息，他说：“有些台词我看不懂，得搜什么意思。”

事物描写部分，看着更费劲。

温笛：“忘了你是在国外长大的，没学过语文。”

肖冬翰：“聘你当我的语文老师，我认真跟着你学。”

温笛说没时间：“我给你推荐一个学识渊博的老师。”

“谁？”

“我爷爷。”

肖冬翰回过来：“谢谢，我还是自学吧。”

温笛放下手机，一门心思整理这两天金融峰会的内容，有不少东西给她提供了商战灵感。

之后的几天，肖冬翰没联系她，她更没有时间关注他。

十月底，江城又下了一场雨，气温骤降。

温笛收起薄款风衣，拿出厚风衣。

每天白天跟着父亲去公司，晚上回来写剧本，连着两个礼拜没有休息。

奶奶让她出去逛逛："你闷在家里不难受？"

"习惯了。"

以前在度假村闭关写剧本，她天天处于这种状态。

也有不同，那时她每天要跟严贺禹打电话。

温笛放下温温："那我去商业街转转，买几件冬天的衣服。"她回江城没带多少行李，家里的衣服还是去年的。

今天周六，街上人多。

大表弟和小表弟要上晚自习，她只好一个人逛。

温笛停好车，先去美食街觅食。

一个人吃饭没滋味，但有一点好，她可以慢慢吃，直到吃凉，也没人催促她。

最后几口食物有点儿凉，她就着热水吃下去。

沈棠给她打电话，问她在哪儿。

"等我一下，三分钟后回给你。"

温笛结账，出了饭店给沈棠打过去。

沈棠告诉她，十一月中旬有某个平台的年度盛典活动，主办方邀请她过去。

"你去的话，我给你准备礼服。"

温笛问："周明谦去吗？"

她那部《欲望背后》想找周明谦当导演，平时都忙，要是他过去的话，她到现场找他当面聊聊。

"我帮你问问。"

沈棠在十分钟后给她回消息，说主办方邀请了周明谦。

温笛已经走到商业街，决定十一月中旬回趟京城。

沈棠跟她商量穿什么礼服："要不试试时尚款西装？"

温笛觉得可以，以前她每次走红毯都穿高定，这次换个风格。

和沈棠商量好，她把手机揣进兜里。

风大，温笛重新系紧风衣腰带。

旁边有个身影一闪过去："老公，等等我呀。"一个特别欢快的声音响起。

那是一对情侣，也可能是刚结婚的年轻夫妻。

女孩跳到前面那个男生的背上，男生弯腰，顺势背着女孩走了几步，直到女孩从他背上滑下来，他放下女孩，揽着她的肩膀，把女孩揽到怀里。

温笛收回视线，用力系紧腰带，两手插在口袋里，迎着风往前走。

那晚，她犒劳自己，拎了十几个购物袋回家，大包小包，还给爷爷奶奶买了两件衣服。

十一月八号，温笛乘下午的航班回了京城。

秦醒和沈棠都知道温笛提前过来，也知道她的航班，但谁都没告诉严贺禹，严贺禹也没问。

他从盛典主办方那知道，温笛今年会参加。

江城到京城的航班是固定的，就那几个班次，要是温笛回来，应该会去公司。

于是最近几天，他每天下班后都会特意路过影视公司，到秦醒办公室坐坐。

秦醒给他倒杯温水，再找几本杂志给他看看。

严贺禹对杂志不感兴趣，问道："没有书？"

秦醒在回消息，指指身后的书柜："都是买来充门面的，我自己都不知道有什么书，你要看，自己找。"

严贺禹站起身来，过去找书。

他打开书柜，映入眼帘的是温笛的一本书，她当初放在他们别墅的床头柜上，忘记带走的那本。

他几个月前，托秦醒带给温笛。

"秦醒！"

秦醒在专注回消息，被突如其来的呵斥声吓了一跳，拍拍心脏："干吗？"

严贺禹把那本书拿给他看："不是让你给温笛？"

秦醒无奈地道："我给了，她没拿。"

当时他递给温笛，温笛把书放在茶几上，后来她拿了他茶杯里的一朵玫瑰花玩，再也没看那本书。

她临走时，他提醒她，别忘了拿。

她说，已经忘了。

“我想还给你，又怕你堵得慌。”秦醒说，“你要是不想拿回家，就放在我这里，我替你们收着，放心，不会丢。”

严贺禹：“我自己收着。”

她不要了。他不能再不要它。

坐回沙发上，严贺禹翻开那本书，从第一页看起，但很难静下心来。他看了两页，不知道看的什么。

严贺禹扫了一眼手表，马上七点钟了。

“我回了，你早点儿下班。”

秦醒要送他，他没让，拿着那本书离开了。

电梯在一楼停下，严贺禹从电梯出来，隔壁那部电梯的电梯门正好缓缓合上。

温笛按了公司所在楼层，盯着不断跳动的红色数字。

秦醒还在办公室等她，听到脚步声，猛地抬头：“我还以为是严哥呢。”

温笛不明所以：“嗯？”

秦醒指指茶几上的水杯：“他刚走，你没碰到？”

“没。”

“我没跟严哥说你今天回来，也没告诉严哥你要来公司。”同样，他也没事先告诉温笛，说严贺禹在他这儿。

人能不能遇到，有时还真得凭缘分。

如果严哥晚走两分钟，说不定就能碰到温笛。

秦醒亲自给她煮咖啡，他倚在吧台上：“咱俩算是有点儿交情了吧？”

温笛靠在沙发里，瞧着他：“有话直说。”

秦醒有点儿犹豫，还是问道：“温笛，能不能跟我透个底，你跟严哥还有可能吗？我保证，守口如瓶。”

温笛说：“等你被彻底伤透，连吃饭逛街，你都有了后遗症，你就不会这么问我。”

“以后我保证不再多问。”秦醒默默叹气，“对不起。”

“没关系。知道你没坏心，想帮帮严贺禹。”温笛看着茶几，今天茶杯里养了一朵洋桔梗，是她喜欢的花。

秦醒给她倒了一杯咖啡，之后两人聊起工作。

“我忘了告诉你，《大梦初醒》前天招商会广告赞助超过你之前任何一部剧，创了新高。”

她的这部转型作品，受到了观众的肯定。

很少有人知道，温笛创作这部剧时的状态。

一直聊到九点钟，温笛和秦醒才散。

回家的路上，百无聊赖，她点开手机刷朋友圈，居然刷到了肖冬翰的动态。

他的动态只有一个数字：22。

沈棠留言，问他：“什么意思？”

肖冬翰没回复沈棠。

温笛猜了半天，没理出头绪。

没想到，肖冬翰私发给她：“不问问我，什么意思？”

温笛：“不问，怕知道不该知道的商业机密，被灭口。”

她不问，肖冬翰就没多说：“帮我订去江城的机票。”

很快，他转了钱过来，又说：“再给鲁秘书订一张。”

紧接着，他发来自己的证件。

温笛：“……”

“我不在江城，最近有工作。”

肖冬翰说：“那你帮我订一周后京城去江城的机票，也是订两张。我先去京城待几天，处理点儿事情。”

温笛拒绝：“我不订。”

肖冬翰：“我让鲁秘书帮你订。”

他绕了一圈，还是他自己订票。

他们的聊天看似都是废话，但温笛知道了他所有的行程安排。

肖冬翰的朋友圈，所有留言都在问什么意思。

只有严贺禹知道，那是离开江城 22 天的意思。

因为他也在心里算着，他有多久没看到温笛了。

到今天，正好是 22 天。

严贺禹刚要退出朋友圈，发现走神时给肖冬翰点了赞，他随后取消。

朋友群里热聊起来，几分钟不到，消息 99+。

他打开，爬楼看了看。后天，他们要在蒋城聿家小聚，吃海鲜烧烤。

秦醒 @ 他：“严哥，你来不来？”

严贺禹：“再说。”

他给司机打电话，让司机备车，他回趟老宅。

最近忙，他快两周没回家了。

他回到家，只有母亲一人在家。

叶敏琼看到他的第一句是：“你又去江城了？”

“没。”严贺禹脱下大衣，随手搭在沙发背上。

今天严贺言没在家，贺敏琼关上电视：“吃没吃饭？”

严贺禹说：“我不饿。”

他在母亲对面坐下。

叶敏琼给儿子拿来一点儿糕饼，又给他热了一杯牛奶。

对儿子的混账行为，她已经不再数落，嘴皮子都快说麻了。

“吃点儿东西。”叶敏琼问儿子，“是不是有事跟我说？”

严贺禹点头，问：“妈，您知道我在追求温笛吧？”

“能不知道吗？你差点儿在那里定居了。”

“江城风景不错，有空我带您去逛逛。”

叶敏琼一摆手：“我可不去，反正我是没脸见人家温笛父母。要是谁那么对我闺女，我直接把他轰出去。人家温笛父母没赶你，已经给你面子了。”

“妈，我最近有预感，温笛可能又要谈恋爱了。”

叶敏琼说：“应该错不了，人的感觉，往往好的不灵坏的灵。”

下一秒，她把牛奶递给儿子：“喝点儿吧，妈妈不是故意给你添堵，我说的是实话。她要是谈恋爱，你就再等她分手，不然怎么办？”

严贺禹握着玻璃杯，半晌后，说：“我也不知道怎么办。等过年时，我不忙了，带您去江城看看我的别墅，没机会带温笛回来，我带您去她长大的地方看看。”

叶敏琼最终说：“行啊。”

很快，到了年度盛典那天。

温笛换上量身定制的西装，跟沈棠买给她的那套西装比，身上这套加了一些时尚元素，更适合在镁光灯下拍照。

沈棠说，还有备用的礼服，红毯之后再换一套。

温笛嫌麻烦："不用。"可能是跟创作《欲望背后》有关，她现在穿西装能找到感觉。

沈棠觉得少点儿什么，可西装又不好搭配夸张的首饰，花哨了显土，什么都不搭配的话，又有点儿单调。

造型师在给温笛化妆时，沈棠站在一旁，双手抱臂，琢磨着搭配什么合适。

温笛说："我有眼镜。"

"嗯？"

"细边眼镜。"

她花钱从肖冬翰那里买来的二手眼镜，今天派上用场。

她戴上后，沈棠说："点睛之笔。"

这副金边眼镜，让她在争奇斗艳的走红毯环节没有被压下去。

温笛在盛典内场看到了导演周明谦。

她过去打招呼，在他旁边找个位子暂时坐了坐。

周明谦跟她很熟，连寒暄都免了："好些日子没碰到你了，最近在忙《欲望背后》？"

"嗯，一直在老家。"

温笛没想到连周明谦都知道这个剧本："秦醒跟你提过？"

"不是他。圈里在竞价，你不知道？"

温笛没关注，反正没打算卖版权。

她跟周明谦说："我自己投资。"

周明谦点了点头，说话直来直往："然后打算找我拍？不然你不会主动坐我旁边。你跟沈棠一样，都得等着别人找你们聊天。"

温笛笑道："不知道你感不感兴趣？"

"到时候把剧本给我看看。"

剧本要年后才能完成初稿，温笛说，过完年联系他。

跟周明谦谈合作，爽快利落，不用扯那些没用的，他要是觉得剧本行，接下来直接谈分成。

当天晚上，热搜榜几乎被盛典红毯霸榜。

温笛没有热搜词条，但出现在多人的微博合照里。

关向牧关注了《人间不及你》的几位主演，他们今晚跟温笛在后台有合影，他顺手点了个赞。

汽车驶进蒋城聿家的院子，他来得比较迟，其他人已经喝上酒了。

院子里摆了两三张桌子，打牌的打牌，喝酒的喝酒，还有人负责烧烤，好不热闹。

去年这个时候他跟蒋城聿这个小圈子的人还不熟，只是点头之交，悲惨的感情经历让他顺利进入这个圈子。

他们聚餐，基本都叫上他。

当然，这十有八九是严贺禹的意思。

因为有他在，严贺禹被衬托得还算幸福。

关向牧跟蒋城聿打了一声招呼，在严贺禹这桌坐下。

严贺禹递给关向牧一杯红酒，这是他从酒窖里刚拿来的，温笛爱喝这个酒，他找人多买了一些，买回来没多久，两人就分手了。

关向牧问他，下次什么时候去江城。

严贺禹瞥了他一眼："你想去自己去，还非得拉上我？"他这个月比较忙，暂时抽不出空过去。

关向牧说："想看看你的别墅什么样，要是户型不错，我考虑入手一套。"

严贺禹毫不留情地拆穿他："你直接说想买一套不就得了。"

严贺禹把范智森的联系方式推给他，让他自己跟范智森联系。

"你那套呢？在装修？"

"装差不多了，过年能入住。"

关向牧点了点头，添加了范智森的微信。

严贺禹转着高脚杯，杯身映着院子里的灯火，迷离璀璨，温笛就喜欢盯着这样的小细节，以前还拉着他一起看。

他回过神来，问关向牧："你跟二姑妈联系过没有？"

"联系过一次。"

关向牧在江城时，找过温其蓁，他那天一人驱车去园区找她。

见到他，温其蓁眼睛微眯，盯着他，沉默很久。

他问她，晚上有没有空，一起吃顿饭。

她说："真不巧，你也不早点儿来，我晚上跟孩子爸约好见面，聊聊孩子学习情况，要不你一起？"

那一刀扎得又猛又深。

现在他想起来，心口还是有点儿难受。

关向牧岔开话题："这酒不错。"

夸过后，他才抿了一口。

关向牧不经意间转头时，看到肖冬翰从蒋城聿家别墅走出来。肖冬翰在这里不奇怪，沈棠是他表妹，沈棠和蒋城聿已经领证，肖冬翰现在也算蒋城聿的表哥，人家是正儿八经的亲戚，他和严贺禹是外人。

这是他们三人继江城之后，首次碰面。

"关总，好久不见。"

肖冬翰在旁边空位子坐下，对面是严贺禹。

他顺手把手机搁在桌上，屏幕亮着，还没退出热搜页面。

"《人间不及你》的电影是不是你投资的？"

关向牧："不是，有人资金比我进得早。"他不知道是谁，没查到来源。

严贺禹默默地喝酒，没参与他们两人的聊天。

关向牧顺口问道："肖总也关注娱乐热搜？"

"很少看。"肖冬翰提起今晚的盛典红毯，"鲁秘书说，只有温笛一人没穿高定，我才看了下热搜。"

关向牧接过话："温笛不穿高定也很出众，她是腹有诗书气自华。"

肖冬翰笑笑，拿起酒杯跟关向牧碰杯："还是关总会夸人，我文化功底不怎么深厚。"

这时，严贺禹插话，说："确实不深厚，看得出来。"

肖冬翰："……"

被严贺禹一噎，他突然忘了好不容易想起来的夸人名句。

第十二章
美梦成不了真

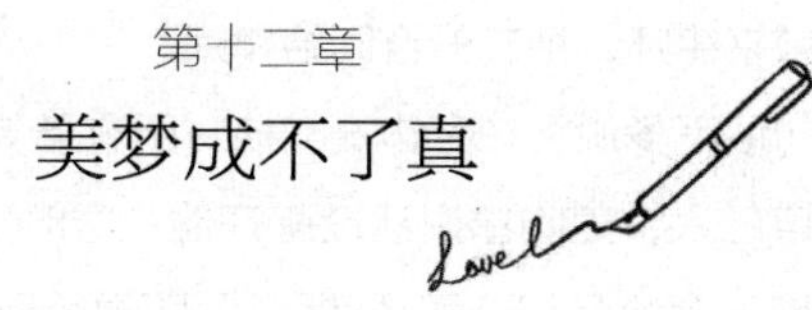

关向牧只能和稀泥，说肖冬翰中文说得那么好，已经不易。

三人不情不愿喝了一杯酒。

关向牧深知，严贺禹和肖冬翰之间像今天这样的针锋相对只是冰山一角，碍于大局，他们都在克制自己的情绪。两人不管在利益还是感情上都恨不得弄死对方，所以他不多劝，劝了也没用。

“失陪，我还有事。”肖冬翰放下空酒杯，晚上十点还约了人，跟蒋城聿打声招呼，坐车离开。

鲁秘书打开导航，目的地设置为商务会所。

他转头对肖冬翰说：“肖总，明天的航线申请好了，是五点钟。”

肖冬翰正在看车窗外：“知道。”

他有些心不在焉，鲁秘书不再说话。

到达预约好的包间，姜昀星在等他。

“不知道你喝什么咖啡，”姜昀星说，“没给你点。”

肖冬翰：“我无所谓。”

鲁秘书替他点了一杯咖啡，点的是温笛爱喝的黑咖啡。

点好咖啡，鲁秘书拿出准备好的合同，整齐地摆放在姜昀星面前：“姜总，您仔细看看条款。”

“谢谢。”

一共三份合同，姜昀星拿起一份合同，却没打开，看向肖冬翰：“肖总，我带了律师来，现在方便让他进来吗？”

合同的事无小事，虽然这是肖冬翰额外给她的利益，但还是得小心有没有坑之类的。

肖冬翰用眼神回应，随她。

姜昀星喊来律师，把三份合同给律师。

律师一句话不多说，在旁边安静核对所有条款。

律师是自己人，姜昀星说话没避开他：“如果我之前要是选择跟严贺禹妥协，你应该不会给我们公司留活路。”即便杀敌一千自损八百，他也不会让姜家好过。

肖冬翰拿下眼镜，揉揉鼻梁，说：“不是应该，是肯定。我在江城给了你选择的机会，你既然选择继续跟我合作，那就得有契约精神，要是半路捅我一刀，你说我能给你们活路？”

他打开眼镜盒，拿眼镜布擦眼镜。

这里没他想看的人，戴不戴无所谓。

姜昀星庆幸坚持了自己的想法，没听小叔的话。要不然，肖冬翰接下来要收拾的人，就是她了。

他狠起来六亲不认，连家里人他都不放在眼里。

律师看完，小声跟姜昀星说：“没问题。”

姜昀星签字，合同一式两份，她签好，递给肖冬翰签。

肖冬翰从鲁秘书手里接过笔，左手拿着眼镜，用指关节轻轻按压住合同一角，右手握着签字笔，龙飞凤舞地签了自己的名字。

姜昀星不时抬头看他一眼：“肖总明天晚上有空吗？”

“没空。”肖冬翰签完最后一份合同，抬头，“有事现在说。”

“没要紧事。”跟这样的人绕弯子，最后反倒会弄巧成拙，姜昀星道，“早就想请你吃饭，正好明晚我堂妹生日宴会，人多热闹。哦，对了，我堂妹跟你是一所大学的。”

肖冬翰单手合上笔，笔盖在桌上磕了一下，说：“谢谢姜总的抬爱，联姻我不考虑。我记得跟你说过，我在等一个人追我。”

姜昀星笑笑：“有点儿好奇，冒昧地问一句，什么样的女人让肖总这么有耐心？”

肖冬翰：“今晚盛典穿西装的女人。”

姜昀星正把合同收起来，手上动作一顿，她刷了微博热搜，今晚盛典穿西装走红毯的是温笛。

“你跟严贺禹，你们……”她扬扬嘴角，勉强一笑，说了句，“真有意思。”

她把合同放进包里，平静几秒。

“你对她这么感兴趣，因为她是严贺禹的女人？”

“你不也是？”

姜昀星脸色一变，他一点儿面子不给她。

他是告诉她，她也是严贺禹的前女友，他对她就没兴趣。所以，他对温笛怎么样跟严贺禹无关。

肖冬翰说：“只不过她恰好跟严贺禹谈过恋爱。”

姜昀星迅速整理好表情：“抱歉，刚才是我措辞不当。”

肖冬翰把眼镜放在眼镜盒里，递给鲁秘书收起来。

“我这人护短，我觉得温笛好，别人就不能说她不好。”他起身，“接下来，合作愉快吧。”

姜昀星给肖冬翰提了个醒：“你在华北市场跟他竞争，勉强有点儿优势，其他区域未必。他之前给我们家一个月时间撤出投资，也是给别人家时间。”

当时严贺禹跟田清璐订婚，不少人觉得田家某个项目能大赚一笔，她家也投了不少钱进去。

谁也没想到他们那么快解除婚约。

无论是她家，还是其他的投资人，他们当初投资时就知道，投资有高风险，即便亏了，也只能是自己认栽。但严贺禹得知这件事后，给了他们一个月时间挽回损失，所有人嘴上没说什么，其实心里是感谢严贺禹的。因为严贺禹没有义务给他们时间。

这次在江城的GR金融论坛，当初撤回投资的人，原本跟严贺禹算不上一路的，但都主动去江城捧了场。

当初失去田家这条强大的人脉线，他从其他地方找了回来。

肖冬翰说：“那就慢慢争。”

姜昀星跟肖冬翰一起下楼，今晚的三份合同，他拿出了最大的诚意，她被严贺禹停了项目，却没向严贺禹妥协，肖冬翰主动给她补偿。

这几个海外项目靠姜家在海外的实力根本拿不到。

她给他国内资源，他替他们家拓展海外市场。

他跟严贺禹有一个共同特性，只要背后不捅他们刀子，哪怕他们亏，他们也会履行自己当初的承诺。

看在这三个海外项目的分上，她好心告知他几句：“温笛不好追，一般追人的方法对她没用。听说严贺禹给她准备礼物都得全球各处搜罗，她喜欢吃的，她喜欢的礼物，应该没有严贺禹没送过的。”

两人到了楼下，她说：“那祝肖总好运。”

肖冬翰微微点头，保镖替他打开车门，两辆车依次驶离。

姜昀星坐上后座，司机问她去哪儿。

她走神片刻，没想好去哪儿：“随便转转。”

肖冬翰从会所离开，直接前往温笛现在的寓所，等到凌晨一点半，温笛才回来，她自己驾车回来的。

温笛的停车位被人占用，那辆车没熄火，她降下车窗，想叫对方挪车，她好把车停进去。

不等她开口，那辆车的后门推开了。

“你换车了？”她没见过那个车牌号。

“嗯，新买了一辆，专门接送你。”肖冬翰在下车前戴上眼镜，走到她的车边，示意她，“下来，我帮你停车。”

温笛解开安全带，他替她打开车门。

“等多久了？”她问道。

肖冬翰：“不知道，没注意时间，我在学语文，废寝忘食。”

他说：“成语没用错吧？”

温笛笑道：“你这是现学现卖？”

“以前就知道这个成语，不常用，时间长不记得了。”他坐上温笛的车，调整记忆座椅，还记得二号键座椅适合他。

司机把他那辆车开出去了，他将温笛的车倒进停车位。

肖冬翰停稳车，温笛拉开副驾驶的车门坐上去。她以为他说学语文只是随口开玩笑，问他，那个古装剧剧本看到什么地方了。

肖冬翰靠在椅背里，神态放松，实话实说：“没看，有些地方看不懂。最近在学语文，更没时间看。”

“你还真学？你普通话水平不错，商业洽谈完全没问题。”

“文化功底不深厚。”

温笛笑道：“剧本刺激到你了？”

“是严贺禹，他笑话我。”

“……”

温笛无语，转身从车载冰箱里拿了两瓶水，拧开一瓶递给他。

肖冬翰却拿起另一瓶没开的，打开，然后跟她交换，喝她拧开的那瓶，问她：“你哪天回江城？”

“后天吧，或者是大后天。”

肖冬翰“嗯”了一声，看手表：“你早点儿回家休息，我过来是跟你说一声，我行程有变，明天傍晚飞哥斯达黎加。”

温笛问：“出差？”

“不是。”他说，“过几天你就知道了。”

温笛不好奇他去干什么，肖冬翰一直把她送到楼上，道了晚安才离开。

在京城待了两天，温笛在周五晚上返回江城。

二姑妈接机，两人晚上去撸串。

平日里，二姑妈太忙，温笛回江城一个多月，没和二姑妈单独出来吃过饭，只去公司陪她吃了几次。今天二姑妈难得不加班。

温其蓁说她们今天不去美食街，儿子就读的高中对面的巷子里有一家新开的烧烤店，儿子请她吃过几次，还不错。

停了车，温笛挽着二姑妈的胳膊往巷子里走。

纵横交错的电线，冒着几缕青烟的烧烤摊，满是烟火气息的小巷，她想到了海棠村。

过了吃饭点，饭店里顾客不多，温笛和温其蓁随意挑了一张桌子。

温其蓁点了不少烤串，告诉老板娘，先烤三分之一，剩下的十点钟再烤。

老板娘认识温其蓁，对她和她那对帅气的双胞胎儿子印象极为深刻：“又来接儿子呀？”

温其蓁笑笑：“嗯。”

其实她只是顺带请俩小兔崽子吃烧烤。

老板娘瞅瞅温笛：“跟你长得像。”她不敢乱猜，因为温其蓁看着太年轻，年轻到让人不相信她是那对双胞胎的母亲。

温其蓁笑道："我大女儿。"

老板娘信以为真："你是怎么保养的呀？"

温其蓁："孩子们听话，不惹我生气。"

老板娘又闲聊两句，过去忙了。

温笛托腮看着二姑妈，开玩笑道："我终于知道你为什么老喜欢拖着我去逛街，还逢人就说我是你闺女。"

温其蓁笑得更甚："被夸年轻，谁不高兴？我告诉你啊，这是我年轻的秘诀。你不在江城，没事我就带他们俩兔崽子出去。"

说笑之后，温其蓁关心侄女，去参加盛典，有没有什么不开心的事。

温笛说挺好，知道姑妈想问什么："严贺禹没过去，我没碰到他。"她喝着烧烤店里提供的免费酸梅汤，"现在碰到也无所谓，不像刚分手那会儿了。"

温其蓁说："你奶奶担心，说严贺禹这么个追求法，怕你心软。"

"不会。"温笛斩钉截铁地道，"要心软早就心软了，不会等到今天。"

她知道，其实不只奶奶，二姑妈也担心她："伤害是他给的，我不可能再让他来治愈，不然我彻底离不开他，以后万一他再伤害我，我不是更离不开他？你跟奶奶放心，我不会那么傻。"

她自己治愈，伤口再深再难愈合，也早晚会愈合。

温其蓁彻底松了一口气，给自己添上半杯酸梅汤。

"我跟你想法一样。所以我跟关向牧，现在只有我伤他的份，他再也伤不了我。"

"姑妈。"温笛转着手里的纸杯，在想该怎么开头。

温其蓁看侄女小心翼翼的样子，笑了："想说什么直接说，不用想那么多。你把我想得太脆弱了。"

温笛没了顾忌："家里所有人都说你两段婚姻不幸福，你结婚时我还小，不太懂这些。姑妈，你当时结婚，是真的想结，还是……"

温其蓁反问："你觉得呢？家里那么多人，你最了解我。"

温笛觉得："至少结婚前，你跟姑父都是互相吸引的。"

温其蓁用酸梅汤敬侄女，不忘自夸："我看着长大的孩子就是不一样。"

她无奈叹气："过日子对我来说真的比研发还难。我认真去过了，还是没过好。”

她离婚，在别人看来，包括在父母眼里，那就是极其不幸福的。

其实，两段婚姻刚开始都很不错。后来两人没磨合好，谁都不想将就过下去。

温笛在确认了二姑妈并非痛苦后，岔开话题聊别的。

两人说到了新能源电池。

“续航上有突破没？”

温其蓁摇头，道：“让我吃口烧烤再说。”

温笛笑道：“你就是吃两口，续航的瓶颈还是突破不了。”

温其蓁假装翻了个白眼，不只续航的突破有困难，研发费用也是个无底洞，研发资金这一块急需解决。

工作上的烦心事，她没和侄女多说。

温笛和二姑妈吃着烧烤，天南海北地闲聊。

十点十分，大表弟和小表弟过来找她们。

几人笑笑闹闹，快十一点钟才散。

温笛收到肖冬翰的消息，让她明天傍晚接机，把飞机大概的落地时间告诉了她。

她之前说过，她不喜欢送机，接机还可以。

次日下午，温笛午睡后，让司机准备好车。

爷爷、奶奶最喜欢她出门遛遛，担心她宅在家里胡思乱想。

奶奶问：“晚上回来吃吗？”紧接着她又道，“还是在外面和朋友吃过再回来，家里的饭天天吃，也吃腻了。”

温笛想笑，告诉奶奶，她不是约了同学，是要去机场接人。

奶奶顺口问道：“接棠棠吗？”

“不是。”温笛穿上风衣，“去接肖冬翰。”

爷爷一人在下棋，棋子落下后，抬头道：“肖家可是狼群虎窝。”

温笛让爷爷放心，她只在自己的地盘待着。

奶奶在爷爷的肩头重重一拍：“别吓唬孩子，恋爱都还八字没一撇呢，你就提什么谈婚论嫁，远着呢。”

温笛系好风衣腰带，拎着包出门，到门口她又返回，从零食车里抓了两小袋柠檬片揣进口袋。

被奶奶发现，她“咯咯”笑了两声。

奶奶跟爷爷说：“笛笛总算有点儿以前的样子了，我今晚能多吃半碗饭。”

温笛在到达厅等了四十多分钟，肖冬翰终于出来了，鲁秘书和其他人走在后面，跟他有一段距离。

肖冬翰推着一个银色的箱子。

“看什么？”走近，肖冬翰问道。

温笛说：“箱子有点儿秀气，不是很适合你。”

肖冬翰说：“这是送给你的。”

“里面是礼物？”

“嗯。”

这儿不方便，肖冬翰说到车上再打开。

除了温笛的车，肖冬翰也有人来接。

鲁秘书和其他人乘坐另一辆，肖冬翰坐了温笛的车。

温笛问：“箱子里是什么宝贝？”

肖冬翰收起后排座位的扶手，打开行李箱。

里面是温笛喜欢吃的一样水果，家里没断过。她有点儿不敢相信：“你去哥斯达黎加就为给我买粉菠萝？”

肖冬翰说：“我亲自到农场给你挑的。”

从挑到带回国内，中间有多麻烦，温笛是知道的。

“国内也有卖的。”

“跟我挑的不一样。”

肖冬翰拉上行李箱：“我没想到自己倒贴，还贴出了境界。”

温笛失笑。

“温笛。”

“嗯？”

她转头看他。

肖冬翰道："等你心里有我，说不定我心里也会有你。我从不谈情说爱，为你破例一次也不是不行。"

他下车，将行李箱放在后备厢。

等再次坐上车，温笛发现他手里多了一本《诗经》。

她："……"

一路上，肖冬翰都在看《诗经》，他说："我才知道，二姑妈的名字在《诗经》有出处，其叶蓁蓁。"

温笛不忍打扰他这么用功学习。

到了市区，肖冬翰还是在上次的那家酒店入住。

鲁秘书去办理入住手续，他提着行李箱，和温笛去了三楼的自助餐厅。

温笛问他："晚上不忙？"

"忙。半个小时后有视频会议，明天早上我去园区，下午飞京城。"

餐厅这会儿还没人用餐，他借用后厨给温笛切了粉菠萝，厨师见他动作笨拙，好几次提出想帮帮他，都被他谢绝了。

在他好不容易切好后，厨师赞助了几个覆盆子和蔓越莓，凑成一个鲜亮的水果拼盘。

肖冬翰把拼盘端到餐厅，放在温笛面前。

他看着手表，还有十分钟时间。

"会议没法推迟。"

温笛尝了一口菠萝，说："你忙你的，你开完会，这盘菠萝我不一定能吃完。"

肖冬翰："……"

他又站了一分钟，匆匆上楼了。

鲁秘书早已给他打开电脑，一切就绪。

"京越集团那边，调整了竞争策略。"

肖冬翰说："知道了。"

鲁秘书没等到接下来的吩咐，了然，肖总是暂时观望，不做调整。

此时，京越集团大厦，严贺禹刚刚关了电脑，还差五分钟到九点。

康波敲门进来，给他送合同。

"严总，江城园区那边昨天走完合同流程，今天把合同给寄过来了。"

严贺禹没打开看，问道：“签了二十年？”

“先是二十年，后续再说，要是那时还允许春节期间燃放，我们再继续赞助。”

严贺禹起身，拿上风衣：“你也早点儿回去吧。”

康波还有一件事没汇报：“肖宁集团那边暂时没动静。”

严贺禹说：“肖冬翰年前肯定按兵不动，在守住华北大区。”华北大区没那么好守，所以，肖冬翰暂时不会分散精力跟他竞争其他市场。

他离开公司，汽车开往严家老宅。

严贺禹一直住在家里，别墅那边，自从上次去拿衣服后再也没过去。

今晚严贺言在家，跟母亲两人围在电脑前。

“哥，今天这么早？”

晚上十点钟回来是他回家较早的一次。

严贺禹问：“在看什么？”

叶敏琼：“贺言过年要跟朋友去滑雪，正在订酒店，让我帮着看看。”她希望儿子也出去散散心，“要不，你跟贺言一起去？”

“他要去江城。”

“我过年去江城。”

兄妹俩异口同声地说。

叶敏琼问道：“初几过去？你不是说要带我去逛逛？我初二之后都有时间。”

严贺禹在母亲旁边坐下：“我在那里过年。”

“跟谁？关向牧？”

“我一个人。关向牧要陪他父母。”

叶敏琼支着额角，若有所思，后来话题一转，问儿子最近去没去江城。

“没去。温笛在创作剧本时，最不喜欢别人打扰。”以前他们在一起时，他都是尽量避开她忙的时候给她打电话。

严贺禹打开电视。

严贺言好心告诉他：“最近没有温笛的剧，《大梦初醒》还没播，《人间不及你》早就播完了。”

严贺禹又关了电视。

年前几个月很忙，严贺禹会议多，又经常出差，有时十天半个月碰不到妹妹。

那天他收到妹妹消息，妹妹是告诉他《大梦初醒》已定档，把播出时间发给他。

“哥，好运。”

严贺禹：“今晚不加班，请你吃饭。”

严贺言发了一张自拍照过来：“我在机场，跟朋友去滑雪。”

严贺禹看看日历，还有八天过年。

他让康波给他订五天后去江城的机票。

康波问他：“回程订哪天？”

严贺禹想了想：“再说，可能元宵节之后回来。”

这是他最长的一个春节假期。

他去江城那天，范智森亲自去接机。

听说他在这里过年，范智森早已让人准备好年货，还说等除夕那天，给他送菜：“自家做的，都是特色江城菜。”

“不用麻烦，我让餐厅送。”

“不麻烦，饭店的没有自家做的有年味。”

他一个人也吃不了多少，便没再推辞。

别墅装修好，他又买了辆车，上了江城牌照。

新家太冷清，他没住习惯，半夜醒来两次。

第二天，严贺禹开车去附近的一家书店买书，闲下来时，多余的时间就得消磨打发。

他在新书专区挑了两本，又去其他区域转了转，看了半个小时才淘到一本，拿着三本书去结账。

路过新书专区，他脚步微顿。

温笛也看到了他，手里挑的新书跟他手里的一样。

“还在忙着写剧本？”他先打招呼。

温笛点头：“在这里出差？”

“嗯。”

她从他旁边走了过去。

严贺禹回头看了她一眼，去收银台结账。

工作人员问他，有没有会员卡。

“手机号是吗？”

“对。”

温笛应该是这家书店的会员，她现在用的号码还是以前的江城号码，没换过，但严贺禹并不确定她是不是这家书店的会员。

工作人员说：“你报号码，我查一下。”

严贺禹报了温笛的号码。

“是白金会员，打 8.5 折。”

“稍等一下。”

严贺禹快步去找温笛：“温笛。”

温笛正在翻书，抬头问道：“有事？”

“跟你说一声，我借用一下你的会员卡，能省十几块钱。”

“……”

“谢谢。”说完，严贺禹去了收银台。

温笛继续挑书，挑了几本合适的金融工具书，去结账。

从书店出来，温笛到停车场取车，今天来书店专程买工具书，顺带又淘了两本新小说。

她刚坐上车，有人敲副驾驶座的车门。

温笛看过去，是严贺禹。

她降下车窗：“严总，什么事？”

严贺禹说：“谢谢你的会员卡。提前祝你新年快乐，一切顺遂。”他把花放在她的副驾驶座上。

他看着她，让她关车窗：“关上吧，外面冷。”

温笛看着副驾驶座，那是一朵黄玫瑰和一朵白色洋桔梗。

他已经转身离开。

严贺禹回到家，刚把买来的三本书放在书架上，范智森给他打电话，问他在不在家。

“在，我去开门。”严贺禹穿上大衣下楼。

范智森给他送来春联，是手写的。

“严总，你看看这字怎么样？”他又备了几副印刷体春联，让严贺禹挑选。

严贺禹将春联在中岛台小心翼翼地展开。他小时候练过书法，虽然学得不精，只是去书法班里凑热闹，找大一点儿的小伙伴玩，但也略懂一点儿。

“谁写的？”他问。

范智森说：“温笛爷爷。老人家每年都是自己写春联，我拿了几副。”他没有欣赏水准，再值钱的字画，在他眼里还不如一包烟实在。

鉴于严贺禹对温家一切都感兴趣，他拿一副送给严贺禹。

“怎么样？温老爷子可是我们江城书法协会的会长。”

严贺禹盯着春联，心里犯嘀咕，这样的书法水平似乎不该出自温老爷子之手，也许是敷衍了事写写的，又感觉不应该。

热爱书法的人，任何时候对待自己的作品都是认真的。

“不错吧？”范智森是外行，看不出门道，反正这样的草书，他练十年八年也写不出来，就算照葫芦画瓢也不行。

严贺禹口是心非地道：“挺好。”

他留下温爷爷手写的那副春联，问范智森，贴春联是不是有讲究。

范智森更不懂了：“自己觉得哪个时间段好，就哪个时间段贴。”

他环顾挑高七八米的客厅，越看越觉得冷清。

“严总，等年后，我给你雇几个工人吧。厨师的话，有没有什么特殊要求？”

“不用，年后管家和崔姨他们过来。”

范智森连连点头：“那就好。”

他坐了十多分钟，告辞了。

严贺禹送走范智森，接着欣赏那副春联，有那么一瞬，他怀疑是温笛写的。下一秒，他否掉了自己的想法。

最近他魔怔了，看什么都能跟温笛联系到一块。

他选了大年三十的早上贴春联。

一个人贴春联，全凭感觉。

他贴好，下联贴得有点儿歪，他又略调整。

手机有电话进来，他最近设了铃声，声音在宽阔的客厅里回荡。

严贺禹进屋拿手机，是严贺言的电话。

严贺言的声音透着疲惫和没睡醒的沙哑，她问他在江城怎么样。

严贺禹说："不错。"

"虽然你活该，还是希望你新年快乐，美梦成真。"

严贺禹有自知之明："美梦成不了真。"

"就算成不了真，在江城过年，能离温笛近一点儿。"

"嗯。"

严贺禹看手表，算出时差，她那边是凌晨："你早点儿睡。"

挂电话前，严贺言让他把江城别墅的具体地址发给她。

"你要我地址干什么？"

"给你寄份心意，一个小小的愿望盒，不知道哪天能到，快点儿发，我困死了。"

挂断电话，严贺禹把别墅地址发给妹妹。

他贴完春联，没有别的事要忙。

一个人过年，屋子里布置得再隆重，还是一点儿年味都没有。

唯一热闹的是群里。

他们 @ 他，让他晚上去会所打牌。

严贺禹："在江城，你们玩，我请客。"

有人问："关向牧也在？"

严贺禹："他在家。"

所有人跟商量好似的，每人都给他发来红包，表示一下同情。

六十多个红包，金额不大，有 5 块的，有 8 块的，最大的红包是秦醒发给他，20 块钱。

后来秦醒问了一圈，听到其他人只给了几块钱表示同情，跟他商量："严哥，你能不能再退 10 块钱给我？"

严贺禹视而不见，收了红包，退出聊天框。

手机又有电话进来，是母亲的电话。

叶敏琼问他："现在在家吗？"

严贺禹一怔，也许是母子连心，他反问："妈，您在哪儿？"

叶敏琼说："给妈妈开门。"

她在别墅门口，江城今天阴冷，冻得她直打寒战。

不放心儿子一个人过除夕，她思来想去还是得过来一趟。

不知道儿子别墅地址，她让严贺言帮忙问的。

没过两分钟，大门自动缓缓打开。

严贺禹走得急，气息不稳："妈，您怎么来了？"

"春节旅游呀，江城不错。"

严贺禹拉过行李箱："怎么不让我接您？"

"来回折腾麻烦，叫车方便。"

屋里跟夏天一样，叶敏琼脱下大衣，解开围巾。

严贺禹给母亲倒了一杯热水暖手，他们家春节从来团聚不了，自他有记忆起，父亲就没在家吃过年夜饭，中秋节也是。

每年春节，他们中午在爷爷家吃，晚上去姥爷家聚。

"您今年不陪姥姥和姥爷？"

叶敏琼一本正经地道："你姥爷说，你这个不合格产品混入市场，是我这个质检员不称职，让我来修正你。"

严贺禹笑笑："姥爷的意思是让我回炉重造？"

"这可是你自己说的。"

开着玩笑，叶敏琼去了厨房，看看有什么食材。

严贺禹随着母亲进了厨房："妈，您不用忙，范智森给我准备了年夜饭，是他自家做的江城菜。"

叶敏琼记得江城过年好像没吃饺子的习惯，打算和儿子包饺子。

"有面粉吗？"

严贺禹不清楚，应该没有，范智森不会给他准备这些。

母子俩找了半天，厨房翻遍了都没找到。

他跟母亲都不太会做饭，包饺子这么大的工程，有点儿难为他们。

"妈，要不买一点儿速冻水饺？"

叶敏琼坚持自己动手："我们俩今天也没事干，包包饺子，聊聊天，找找以前过年的感觉。”

严贺禹打电话让人送面粉来，又加购了饺子馅儿。

叶敏琼把行李箱拿回房间，换了一套舒适的适合干活的衣服。

“贺禹，放点儿音乐听听。”

家里空荡，有点儿凄凉。

她不知道怎么就想到了这个词。

严贺禹打开客厅环绕立体音响，挑了几首曲子循环播放。

叶敏琼说：“我听着有些耳熟。”

“《人间不及你》的主题曲，最后一首是插曲。”

“我说呢，平时看电视都是跳过片头和片尾，蛮好听的。”当初《人间不及你》播出时，家里电视一直循环播放。

用女儿的话说，哥哥为了贡献收视率也是拼了。

严贺禹长这么大，第一回和母亲包饺子。

他学着母亲的样子包，勉强算饺子，反正是自己吃，不嫌丑。

“妈，对不起。”

母亲千里迢迢飞来江城陪他过年。

叶敏琼不怎么熟练地擀饺子皮，饺子皮怎么擀都擀不圆，只好手动拽圆。

她把好不容易弄圆的饺子皮递给儿子，说：“妈妈也该跟你说抱歉。”

“怎么突然给我道歉？”

“你姥爷说，你现在这样，我得负一半责任。”

叶敏琼坦诚：“一开始我不服气，跟你姥爷犟了半天。我心想，你混账怎么往我身上赖，又不是我逼着你订婚。”

“妈，您别用手拽饺子皮，被你拽得太薄，这个地方快被饺子馅撑破了。”严贺禹岔开话题，把饺子皮给母亲看。

叶敏琼指挥他：“你把两个饺子皮摞在一起包，这样就撑不破了。”

严贺禹：“……”

叶敏琼接着刚才的话说：“怪我在你成年前，没告诉你谈恋爱时，该有什么担当。”

“那时我在国外，天高皇帝远的。”

“和距离远不远没关系，我要是经常唠叨你，效果肯定不一样。”

可那会儿她疏忽大意了。

丈夫忙，她也忙，顾不上孩子。儿子和女儿比起其他人家的孩子已经很懂事了，不管学业还是事业，从来不用她操心。

他处在那么优越的环境里，诱惑那么多，没有吃喝玩乐，没有不务正业，处处替家里着想，这一度让她引以为傲。可她就是忘了在感情上要引导引导他。

等她意识到他混账透顶，那时她根本管不了他，他也不听家里人的话。

叶敏琼看看手里刚擀好的饺子皮，差点儿擀成三角形，忍住要把饺子皮拽圆的手，直接将饺子皮丢给儿子：“你自己看着办。”

严贺禹把边缘往里折，捏成圆形。

叶敏琼瞅了瞅：“还成。”

她跟儿子说：“你犯错，我也有责任。我们一起改。我想好了，等年后，我找人约赵月翎，先跟人家道歉，再表态，我们一家都挺喜欢温笛的。至于你跟温笛有没有缘，她愿不愿原谅你，得靠你自己努力。这个谁都帮不了你。”

“妈，谢谢。”严贺禹没想到母亲能放下面子，“不用您去找赵阿姨，这件事我自己来解决。要是这点儿担当都没有，温笛不可能原谅我。”

不管如何，他很感激母亲。

叶敏琼打住这个话题：“那我们聊点儿高兴的。”

“您说。”

“你和温笛当初谁先追的谁？”

严贺禹不想聊这个话题，让母亲专注擀饺子皮。

叶敏琼道：“又没外人，跟我还有什么不能说的。”

严贺禹掸掸手上的面粉，去倒水。

不是不能说，是因为他不想回忆。

叶敏琼锲而不舍，再三追问。

严贺禹告诉母亲：“是我先关注了她的微博，她自创的小段子很有意思。”

“咱能省去这些铺垫吗？我就想知道结果。”

“……”

严贺禹放下水杯：“得先说前因。”

“不用。”

“是在一个饭局上，当时参加饭局的人互相加了微信。”

叶敏琼插话：“你这是处心积虑要她的联系方式？”

“妈。”严贺禹无奈，直接说母亲最关心的结果，“是我追她，追了三个月零五天。”

“你们吵架吗？”

“不吵。”

他没说实话。他跟温笛吵得不比其他情侣少。每次吵架，如果她错了，她不喜欢他和她讲理，只允许他纵容她，惯着她。

有时他也被气个半死，还是得回过头来找她。不过他都是先让康助理去找她，不是拿文件就是让她帮忙收拾行李箱出差用。其实，跟她吵架时，他一次短差也没有出过，收拾行李只是借口。

严贺禹和母亲包了大半天的饺子，也聊了大半天的温笛，跟母亲分享了很多温笛有意思的事。

叶敏琼感叹：“这么有意思的姑娘，你说你当初干的叫什么事？”

严贺禹沉默。

历时四个多小时，饺子终于包好了，他收拾餐桌。

后来，母亲没再说起温笛。

吃过饭快傍晚了，他跟母亲说，明天带她去江城老城区转转，那片是古城，也是江城年味最浓的地方，温笛每年都要去那儿逛。

他抱着想遇见她的心思，决定从上午逛到晚上。

六点半时，他接到关向牧的电话。

“燃放烟花是你赞助的？”

严贺禹反问：“你怎么知道？”

他跟园区签了赞助合同，但要求对方保密。

关向牧说：“园区不会拿这么多钱来烧，肯定是你。”

他关注了江城官方公众号，今晚闲着无事，翻了翻动态，看到通知，说除夕晚上七点钟和十一点五十分有两场烟花表演。

七点钟那场在老城区，那里居住的人多，十一点五十分那场在东部城区，主要是园区和别墅区，人口不密集。

七点钟那场一共燃放半个小时，十一点五十分那场只燃放十五分钟。

“温笛又不是没看过烟花秀。”

“你不懂。”严贺禹没多解释。

七点钟那场，温笛确实没去凑热闹。

从爷爷家到老城区开车要半个小时，吃过年夜饭，她跟去年一样坐在父亲旁边看他们打牌。

十一点四十五分，二姑妈提醒她，再有五分钟，有烟花表演。

她不用出门，站在露台上就能看到。

二姑妈话音刚落，温笛有海外电话进来。

她坐电梯上了三楼，到了楼上给肖冬翰回过去。

肖冬翰问，刚才是不是没听到。

温笛趴在西侧露台上，说：“听到了，楼下很吵。”

“你是怕家里人问你，谁在跟你打电话。”

温笛笑道：“你变聪明了。”

肖冬翰：“近朱者赤。”

他说出来后又想了想，应该不算用错。为了记住有点儿内涵的句子，鲁秘书给他整理了上百条名言名句，他利用去公司路上的时间背诵。

温笛问他，现在在哪儿，吃没吃过饭。

肖冬翰在喝红酒，眼前萧条的景色一眼望不到头，雾蒙蒙的：“在庄园，我们家没有节日氛围。”

“我老是忘记你在国外，你们家应该习惯庆祝圣诞节。”

“也不是。什么节日都没气氛。你应该听沈棠说过，我们家聚在一起，各有各的心思。”

她知道，肖家人亲情淡漠，谁也没有真心，集团内部争斗得厉害。

肖冬翰不想说自己家，问她这两天都做了些什么。

温笛：“也没干什么，爷爷这几天写春联，我有点儿无聊，模仿着写了几副，能以假乱真，好几个人被我骗过去了。”

肖冬翰说：“我们视频，我看看你的字。”

“收起来了，改天找给你看。马上有烟花秀，我等着看。”

“电视上的？”

“不是，江城园区燃放。”

“我也看看。”

他是想跟她视频，从看字到看烟花表演都是这个意思。

肖冬翰打视频电话过来，今天温笛穿了一件烟粉色长裙。

只是他还没来得及看两眼，她就把镜头对准了天空：“开始了。”

十一点五十分，烟花准时在西半边天腾空燃起，照亮别墅的院子。

这是肖冬翰过得最热闹的除夕，虽然隔着手机屏幕。

零点时，他跟她说：“新年快乐。”

而此时，温笛头顶的天空绽放了四个大字：新年快乐。

四个字的烟花颜色是中国红，热闹喜庆。

叶敏琼也在露台看烟花表演：“你就为了在零点时跟她说这四个字？”

严贺禹点了点头，但不确定她有没有看到。

这两年他没机会给她买礼物，便把所有买礼物的钱花在这两场大型烟花表演上。

翌日，大年初一。

严贺禹和母亲不用拜年，吃过早饭，他带母亲去逛古城区。

古城区有两条主街道，两旁是古香古色的建筑，这里是江城人在过年时最热门的景点，吃喝玩乐，一应俱全。

严贺禹对附近不熟悉，找了半天好不容易找到一个停车位。

古街道上人山人海，叶敏琼说：“有点儿逛庙会的感觉。”她有十几年没凑过这样的热闹。

严贺禹告诉母亲：“这里晚上夜景更好。”

叶敏琼知道儿子的心思，儿子想逛到晚上，看看能不能遇到温笛。

她满足儿子的心愿：“难得来一趟，我想一家一家店挨着逛逛，你要不想逛，到车里看电视等我。”

严贺禹说：“我陪您。”

从午后到日落，到所有街灯亮起来，两条街道上的所有店都逛完，他们也没有遇到温笛。

叶敏琼看出来，儿子还不想走。

她说：“我饿了，我们吃点儿小吃？”

“行，我去买。”严贺禹给母亲买了江城的特色小吃。

叶敏琼像年轻人和孩子那样，走到哪儿吃到哪儿。

严贺禹在人群里四处寻找，眼瞅着这条路要走到尽头还是没找到她。

叶敏琼说：“要不再逛逛？”

“不逛了。”时间有点儿晚，她应该不会过来了。

严贺禹和母亲往停车的地方走，在古街的出口，他捕捉到那抹熟悉的身影：“妈，那就是温笛。”

叶敏琼顺着儿子示意的方向看过去，路的另一边，温笛在打电话，穿一件白色大衣，走得很慢，周围人来人往，她没看到他们。

严贺禹注意到，她拿着手机的那只手没戴手套。

她经常这样，再冷的天也不戴手套，以前手冷时，她直接把手搁在他的脖子里焐。

“妈，您等我一下。”

“你干什么？”

儿子回头往古街走。

严贺禹：“给她买副手套。”

路那边，温笛单手插兜，走得慢慢悠悠，对着手机说：“白天人多，我专门挑这个时间段过来。你呢，在公司还是在庄园？”

肖冬翰说：“都不在。”

他看着车外，建筑物很陌生，似乎从现代走进了古代。

“那你忙吧。”温笛打算挂电话，“我去逛逛。”

肖冬翰：“你陪我两分钟。”

听筒里，从安静突然变得喧嚣，各种嘈杂声，她还听到了关车门的声音。

温笛问他：“你在街上？”

“算是。”

肖冬翰安静了几秒后：“温笛，你回头。”

温笛猛地转身，他在两三米之外，手机从耳边拿下。

她一脸惊诧，而后笑笑：“你怎么来了？”

肖冬翰走近：“过来看你写的春联怎么样。”

“想看的话，我视频拍给你看。”

他没搭话，而是问道：“温笛，你上学时语文怎么样？”

“不错，前几名。”

肖冬翰点头，迎着她的眼神：“我在来的飞机上考虑了一路，你要是语文不错的话，我对你放宽要求，你心里有没有我这一条可以往后推几个月。只要你追求我，我就答应你。”

温笛看着他，他的镜片上映着整条街的景色，灯光汇聚在他的眼中，有点儿冷，似乎也有温度。

她还是那句话：“我说过，我从来不主动追人。”

肖冬翰的声音平和下来：“这么冷的天，我把自己从伦敦送来给你追，给一回面子。”

“不追。”

“不追的话，也不是没有其他办法，你要是数学好，也行。”

“……”

温笛笑了。

肖冬翰抽过她的手机塞进她的包里，他握住她那只冰凉的手，顺势插在他大衣右边的口袋里。

不知道是不是他大衣料子的问题，攥住她手时，有静电蹿过。

他说：“我就当你是数学天才。”

路过的行人不自觉地朝他们看。

叶敏琼看到这一幕，来不及多想，转身去找儿子，怕儿子看到会难受。

刚走两步，她停下了。

儿子手里拿着一副女士手套，她突然不知道要说什么。因为温笛的手有人给焐了。

“我没事。”严贺禹抓着母亲的胳膊，“妈，走吧，我们走小路绕到停车场。走小路近。”

人潮汹涌，推着他们往前走。

他想回头看一眼，又没敢。

返程，他一路沉默。

叶敏琼没敢让儿子再开车，她自己开车。

她对江城的路不熟悉，全靠导航。

等红灯时，她偏头看了一眼儿子，他支着下巴，一直在看车外。回别墅区要路过一段极其幽静的林荫道，外面没什么可看的，他还是没收回视线。

到家时，严贺禹对母亲说："妈，您早点儿休息。"

他拿着那副手套，回了楼上。

叶敏琼哪儿睡得着，比自己失恋还揪心。

后半夜，她醒来一次，辗转反侧时，听到外面有动静。

叶敏琼起来，打开房门往外看，餐厅吧台那边有灯光。

"贺禹？"她小声喊了句。

严贺禹在开红酒，转身道："妈，您怎么还没睡？"

叶敏琼说："睡醒了。"

她问儿子："你没睡还是跟我一样？"

严贺禹答非所问："我喝点儿红酒。"

叶敏琼猜到他是喝酒助睡眠："没有褪黑素？"

"忘了带来。"这个时间，也没的买。

"我有。你别喝酒。"叶敏琼回房拿，随身带褪黑素是倒时差用的，平时用不着。

她把剩下的半瓶全拿给儿子。

严贺禹塞上红酒瓶塞，收起酒杯："妈，您快点儿睡吧。"他拿着褪黑素上了楼。

现在是凌晨三点半，同样没睡的还有肖冬翰，他一半是因为时差乱了，还有一半是因为温笛。

合上书，他打电话到前台，让送瓶红酒。

酒店提供的酒，只能凑合，用来打发时间还行。

肖冬翰倒了半杯，坐到落地窗前的沙发上。

房间的灯没开，看外面更真切。

江城不是不夜城，这会儿只有星星点点的灯光无限绵延。

有电话进来，是哥哥肖冬凯打来的。

肖冬翰拿起桌上的手机，接听。

肖冬凯开口便问："你在哪儿呢？几点了，还不回来？"

肖冬凯以为他还在伦敦，他告诉哥哥："我在国内。"

"去看沈棠？"

"她用不着我看。过来是私事。"

肖冬凯担心弟弟又在谋划什么，之前集团内部股权大战，肖冬翰和沈棠直接开战，那场商战双方都大伤元气，反而让竞争对手得了渔翁之利。

爷爷用沈棠和蒋城聿暂时制衡住肖冬翰，肖冬凯担心肖冬翰没死心，想要反扑，不管是肖冬翰还是蒋城聿那边都禁不起这样的折腾。

"你还不消停？"

肖冬翰反问："我怎么不消停了？"

肖冬凯说："你心里有数。"他很少劝弟弟，因为劝了也没用，白费口舌。今天他还是多说了几句废话："你跟沈棠再争下去，高兴的是肖宁的竞争对手，他们巴不得你们争个你死我活。沈棠现在怀孕了，不宜情绪激动，你做回人，别跟孕妇去商战。"

肖冬翰："……"

他抿了一口酒："哥，其他人不知道，你该知道，我要是真不做人，你觉得肖宁集团现在还会好好的？"

"等我两分钟。"肖冬凯在庄园，爷爷住这里，今天三叔一家过来看爷爷，有些话不方便当着其他人的面说。

他拿上烟，去了庄园的河边。

今天天气不怎么样，阴沉沉的，整个庄园沉浸在一片阴郁里。

他点上烟，坐在河边的木椅上。

现在的肖家只有他跟肖冬翰走得最近，他们是亲兄弟，肖冬翰不管做什么，从不避讳他。

在其他人眼里，肖冬翰是不足以掌舵肖宁集团的，他格局不够。

其实，他何止是格局不够，用他自己的话说，他压根儿就没有格局，因为他想要彻底毁了肖宁集团。他不想打败肖宁集团，打败肖家的人需要费心费神，不如直接毁掉。

这些年，肖冬翰羽翼丰满，他的财富外人不得而知，连肖冬凯都算不准他到底有多少钱。所以，他不在乎肖宁集团，想毁了它。

后来，肖冬翰出于什么原因及时收手，他不得而知。

至少目前为止，肖冬翰都在为肖宁集团考虑，为了肖宁集团在国内顺利打开市场，他不惜拿自己的三个项目跟姜家交换资源。

搁在以前，这事绝对不可能发生。

他不会拿自己的利益给肖宁集团谋发展。

肖冬凯好奇地问道："你因为什么，决定好好发展肖宁集团？"

肖冬翰说："等一下。"

他放下酒杯，去床头柜上拿鲁秘书给他整理的名言名句。

"你在找什么？"

肖冬翰翻到第二页，好不容易找到了，说："我决定不毁掉肖宁集团，是因为'覆巢之下安有完卵'。"

他之前还会背，不过有点儿拗口，刚才一下没想起来。

电话那边，肖冬凯半天没吭声。

肖冬翰说："你要不懂，我解释给你听。"

"你最近怎么了？"

"没怎么，补补中文。"肖冬翰放下名言名句，坐回沙发上，接着道，"留着肖宁集团，有一小半原因是为你的律所考虑，主要原因是我个人的投资，或多或少会受到一些牵连。"权衡之后，他决定还是留着吧。

哥哥花了心血的律所不能被他连累。

留下肖宁集团之后，他只能让肖宁集团在他手里，要是控股权落到肖家其他人手里，他们不可能让他好过。

肖冬凯的关注点不再是肖宁集团："听说你前几个月突然去了哥斯达黎加。"在集团最忙的时候，他居然有闲情逸致飞去那边的庄园。

不知道为什么，肖冬翰下意识地没说实话："去看一个生意上的朋友，他正好在那里度假。"

肖冬凯道："补中文也是因为商务需要？不是为女人？"

肖冬翰语气淡淡的："你说呢？"

肖冬凯说："是我发散思维了。"想来也不现实，肖冬翰从不谈情说爱，不会让女人成为牵绊。

在调整了一天的时差后，肖冬翰约温笛见面。

他在这一天里几乎没睡觉，一直在想怎么追人。

以前不管他跟哪个女伴在一起，简单又直接，成年人之间不需要兜圈子，约会都是鲁秘书安排的，无非是喝酒吃饭。

偶尔他闲了，会带着女伴出海度假。但显然，他和温笛不能这样。

之前睡得迷迷糊糊时，他甚至在想，当时祁明澈是怎么追到了温笛。

肖冬翰给温笛发消息："你有没有想做还没做的事，或是想去还没去的地方，我陪你。"

他又说："不是敷衍你。我暂时还没想到怎么让你高兴。"

温笛回过来："有家餐厅两年前就想去，一直没去。"

肖冬翰让她把地址发过来，先订餐位。

温笛："先别急着订位子，不一定能走到饭店门口，反正我是没胆子。饭店在山顶，要经过一段全长将近九百米的玻璃悬空栈桥。"

她问他："你敢不敢走玻璃栈道？"

肖冬翰没走过："应该没问题。"

他和温笛约好见面的时间，原本他打算开车去接她，温笛说，用她的车，她熟悉路。

为了方便走玻璃栈桥，温笛今天换上了裤装。

她提前给他打预防针："你要是不敢过去，我们再回来，没什么，反正我不敢走。"

肖冬翰："不能让你跟我在一起时有遗憾。"

玻璃悬空栈桥修建在两座山峰之间，饭店所在的那座山只有弯曲的小路可以上去，想要吃顿饭得爬几个小时。

没人为了吃饭爬山。

无论是修盘山公路还是修索道的成本都太高，但那座山的平台又是俯瞰江城，欣赏一线江景的绝佳位置，视野极为开阔。于是，从对面那座山引了一道栈桥过来。

到了山脚下，温笛去买票，坐缆车到玻璃栈桥入口。

肖冬翰问："怎么不开发那座山？"

他指的是饭店所在的山。

温笛解释道："没什么自然景观，只有山顶那一段看江景不错，开发的成本太高，基本赚不回来。要是从我们脚下的山爬上来，一路上可玩的小景点很多，还有小瀑布。"

两人乘坐缆车上山，景色不错，肖冬翰第一次陪女人游山玩水。

他手机在这时响起，是鲁秘书的电话。

"肖总，不好意思，我刚看到你的电话。"鲁秘书这段时间休假，不知道肖冬翰的私人安排。

这个时间是伦敦夜里三点多："肖总，你怎么还不休息？"

肖冬翰道："我这里是中午。"

鲁秘书微怔："你在江城？"

肖冬翰"嗯"了一声："现在没什么事了。"之前肖冬翰是想请教鲁秘书，他和妻子当年是怎么约会的。

结束通话，他们到达缆车终点。

山上风大，肖冬翰把温笛围巾给裹紧。

温笛连明珠塔上的悬空观光廊都不敢走，别说这道九百米的栈桥，而且还有碎裂效果，简直要命。

她穿上工作人员给的鞋套，看向肖冬翰："我眯着眼，拉着你的衣服走。"为了尝尝那家饭店的菜，她准备拼一回。

肖冬翰穿好鞋套，脱下大衣，又摘下衬衫袖扣装在大衣口袋里。

"你衣服怎么脱了？不冷？"

"你觉得走到那头，还会冷？"

温笛笑了，再看看玻璃栈桥上的人，有的一边哭喊一边硬着头皮往前走，不知道她跟肖冬翰一会儿是什么状态。

肖冬翰把大衣塞到温笛怀里："拿着。"

"你自己衣服自己拿。"

"我没手拿。"

说着，他把衬衫衣袖挽了一截，俯身将她拦腰抱起。

"你干吗？"温笛吓了一跳。

肖冬翰将她往上颠了下，调整好姿势，道："栈桥上风景那么好，你眯着眼就错过了，只为了吃顿饭没意思。一会儿走到中间，要是还害怕，拿我衣服挡一下。”

温笛另一只手不自觉地绕在他的脖子上：“你要是走到半路把我扔下来，我跟你没完。”

说完，她自己哭笑不得。

肖冬翰笑笑：“不会。”

他走向栈桥。

温笛心跳加速：“你不怕？”

“还没走，不知道。”

“你这样说，有点儿不靠谱。”

“再怕，也不会把你放下来。”

旁边有游客盯着他们，但大多数人在为自己战战兢兢，无心关注旁人。

温笛拿他的大衣挡住脸，只露出两只眼睛。

“你多重？”

“过年胖了两斤，94 斤。”

肖冬翰感觉她太轻了，似乎不到 90 斤，抱在怀里没什么重量。

温笛不敢再多说话，侧身贴着他的心口，能感受到他心脏在剧烈跳动，很怕他下一秒就放下她，说：温笛，我不追你了。

“温笛。”

“干什么？”

“你别看我，看景。”

温笛还在盯着他的脸：“我得时刻观察你的表情，谁知道你会不会突然把我放下来。”

明明走在悬空栈桥碎裂玻璃上的是他，可她的腿在打战。

肖冬翰瞅着她：“信我一次有那么难？”

温笛不是不想信任他，信任这个东西被摧毁过，就很难再建立起来。

沉默片刻，她说：“那我试一次。”

之后，她尽量专注看景，但环在他脖子的手，一刻没放松警惕，机械又僵硬地缠住他。他成了她的救命稻草。

栈桥在 450 米处挂着提示牌。

有好几对年轻情侣瘫坐在桥边休息。

“他的衣服都湿了。”

“不知道是累的还是吓的。”

几个人小声说笑。

温笛问他：“你衣服湿了？”

“不知道。”肖冬翰直视前方。

温笛的手缓缓松开他的脖子，她拿手背贴着他的后背探了探，试到发潮的黑色衬衫衣料，她拿手焐着潮湿的地方，担心他着凉。

肖冬翰终于能喘口气，喉结动了动。

刚才被她胳膊箍着脖子，他喘息困难。

“看看能不能找到你家别墅在哪儿。”他引导她看风景。

温笛俯瞰城区：“看不清楚。”

九百米的栈桥，他每踩一脚，脚底的玻璃便出现碎痕，他不敢想怎么坚持走到桥的另一端。

终于从桥上跨过来，温笛长长出了口气。

肖冬翰抱着她往饭店走，那边游客稀少，大多数游客只是来看风景，吃饭的是少数，这家饭店的菜贵得离谱。

温笛缓过神：“放我下来。”

肖冬翰没放，说：“胳膊僵了，放不下来。”

温笛知道他故意这么说：“你不累？”

“还行。”他常年游泳，臂力足以抱她走那么远。

肖冬翰一直把她抱到饭店的包间，来之前订了位子，是整个饭店最贵的一个包间，贵就贵在包间有个专属的小露台，江城最美的风景一览无余。

温笛催他好几遍，他就是不放。

露台上的风更大，前面无遮无挡。

温笛抖开他的大衣，给他披在身上。

风景再好，谁都无心欣赏。

肖冬翰问她：“以后能不能信我了？”

温笛点头：“信你不会把我半路扔在玻璃栈桥上。”

“我说的信任不单指今天这一件事。”

肖冬翰抬起手臂，把她又往上抱了抱，让她高于他，略微仰头看着她。她今天也是素颜，只涂了一点儿口红。

他转个身，背对着风，让她在下风口。

他凝视着她："我这个人你也了解，浑身上下实在找不到什么好的品质。我没有其他拿得出手的东西给你，给你份信任吧，不管我们能走多远，在这期间，你可以信我。哪怕有一天我们不合适分开了，你还是可以信我。"

温笛望着他，两手还在给他拽着大衣的衣领，防止大衣从他肩头滑落。

无条件给别人信任，对他来讲，是很奢侈的事，放在以前，根本不可能。他也没有多余的信任给一个女人。

肖冬翰示意她："把我眼镜摘下来。"

温笛单手环住他的肩膀，压紧大衣，腾出手给他摘眼镜，她指腹在他的鼻梁浅浅的压痕上揉了下。

眼镜刚摘下，她贴着他身前往下滑，直到跟他视线平齐，肖冬翰把她抱在怀里收紧，他的唇覆在她温热的唇上。

冷冽的北风吹着树干猎猎作响，还是能听到疯狂的心跳声。

吃饭时，肖冬翰左右手换着吃，夹菜稍稍有点儿费劲。

他累倒不是很累，只是一路紧绷，肌肉绷得有点儿僵。

温笛瞧着他："回去我眯着眼走，不用你抱。"

肖冬翰说："不差这一趟。"

他两手换着吃，吃饭速度慢了下来，刚好陪她。

他们在山上待到三点钟，看足了风景，才返程。

回去的九百米栈桥，还是肖冬翰抱她过去的。

暮色降临，温笛回到了家。

二姑妈问她，在哪儿约会的，早上出门，现在才回来。

温笛说，在山顶那家餐厅吃了顿饭。

"哟。"温其蓁笑了，拿个抱枕抱在怀里，知道侄女恐惧悬空玻璃，道，"胆小鬼，怎么过去的呀？"

温笛但笑不语。

温其蓁推她："快说说。"

“姑妈，你干吗呀？”

“说说。”

温其蓁挠她。

温笛笑个不停，最后束手就擒：“他抱我过去的。”

“啧。”温其蓁早就猜到了，反正肖冬翰是不会把她放在玻璃上拖过去的，“菜品还行？”

“不错。”

菜好不好吃，风景好不好看，已经不重要了。

温其蓁揉揉侄女的脑袋：“不错就好。”

温笛手机有消息进来，是肖冬翰的消息：“看看我的袖扣丢没丢你车上，少了一个。”

“我找找。”温笛穿上外套跑去院子里。他上车后，都是把大衣放在她的后座。

她开了顶灯，车厢不够亮。

她又打开手机手电筒补光，找半天没找到。

温笛回他：“可能掉在山顶了。明天我去给你买两副。”

肖冬翰：“不用，我还有备用的。”

温笛还是决定买给他，要不是为了抱她，他不会摘袖扣。

她回到别墅，电视上熟悉的片头曲响起，二姑妈招手：“快点儿过来，第一集马上开始。”

今晚电视台开始播《大梦初醒》。

另一片别墅区，严贺禹也在看电视。

叶敏琼拿着他的大衣左右看看：“没法处理，得送到干洗店，你还有没有其他外套？”

“没了。一共两件，另一件年前送去干洗了。”

他来江城没多带行李，大部分冬天的衣服在京城那边的别墅里，等管家和崔姨他们过来时，一并带来。

叶敏琼把大衣简单叠了一下，找手提袋装起来。

晚上儿子陪她去逛江城的美食街，人多，她吃小吃时被后面的人不小心撞了一下，手里的小吃蹭到儿子大衣上了。

“干洗店初几开门？”

严贺禹也不清楚，对周围的所有店铺都不了解。

叶敏琼：“你这里要什么没什么，崔姨要等到初六才来，我明天去商场给你买几件，再给你添置点儿生活用品。”

“我自己去买，您去接贺言吧。”妹妹结束了滑雪之旅，非要来江城看看，明天中午的航班落地上海，转高铁来江城。

次日下午，母亲去接妹妹，严贺禹去商场，他只穿了件衬衫，汽车直接开进商场地库。

下车到电梯口，只有几十秒，他走得快，不算太冷。

江城一共有四家综合商场，高端的只有一家。

严贺禹常穿的品牌就几个，去服务台询问，那几家品牌在几楼。

工作人员遗憾地告知，他说的品牌这里只有一家，在五楼。

“谢谢。”严贺禹乘电梯直达五楼。

他从电梯间拐出来，入目的就是那个品牌醒目的LOGO。

店里只有三三两两的顾客在挑选衣服。

严贺禹选衣服很直接，最简单的款式，他常穿的几个颜色，告诉柜员尺码，要了三件衣服。

结账时，严贺禹看到柜台的台面上摆着几副袖扣，有一副他看着不错，跟柜员说：“左边这个款式的袖扣给我拿一副。”

今天店长在，她快步走过来：“先生，不好意思，这副袖扣暂时缺货，您留一个地址，晚上六点前准时给您送过去。”

店长没想到这副袖扣在春节期间这么畅销，调的货还没到。

“就这几件吧。”熟悉的女音在身后传来。

严贺禹倏地转身，温笛正好也看过来。

温笛过来给肖冬翰买袖扣，顺便又给爸爸买了几件外套，刚才她在另一个区选购，没看到严贺禹。

她微微点了下头，去结账。

严贺禹这才知道，那几副袖扣是温笛看中了要买下来。

在一起三年，他跟她的眼光变得很相似。

最终，他没订那副袖扣。

以前他所有衣服都是她买的，现在他们各付各的账。

从店里出来，温笛又去了隔壁那家店。

严贺禹目送她走进那家店，抬步走向电梯。

他刚到地库的车里，康波给他打来电话，地库信号不好，断断续续的，汽车驶到马路上才听清。

“肖冬翰约我见面？”

“是的。”国内春节放假，但伦敦那边正常上班，项目进展到关键一步。

“鲁秘书给我打电话，说京越集团跟肖宁集团合作的那个项目，有几份文件要签字，细节部分还要坐下来商讨，肖冬翰正好在国内，问您什么时候有空，肖冬翰去京越集团。”

两家集团合作的那个项目当初是肖冬翰爷爷敲定的，依照肖冬翰的意思根本不想合作。

上次他去伦敦考察项目，顺便见肖冬翰，这次肖冬翰到京城找他。

一人找对方一次，寻求心理平衡。

“你跟鲁秘书说，不用去京越集团，就在江城见吧。”

他们一边寻求合作，一边在国内竞争市场。

康波征求老板的意见：“华北市场那边先这样竞争着？”截至目前，老板还没有进一步的动作。

所有的竞争算是良性的。

“先这样吧。”顿了下，严贺禹说，“不知道温笛跟他在没在一起，要是在一起了，我再对他下狠手，温笛又该误会我了。”

康波：“好，我心里有数了。”

他们约了第二天上午在酒店见，借用了酒店的会议室。

康波从京城飞过来，鲁秘书还在南半球度假，肖冬翰和律师带着文件过来。

两人微微颔首，算是打过招呼。

他们坐下来后，律师将文件给康波一份，先让康波过目。

严贺禹拿起手边的水杯喝水，对面的肖冬翰在看手机，他无意间瞥了一眼肖冬翰那边，顿住了。

肖冬翰今天戴的袖扣正是昨天温笛买的那副。

他嘴里的温水用力咽才咽下去。

之后，他费了好大的劲才管住自己不去看那副袖扣。

今天的洽谈很顺利，谁都没挬谁，因为谁也不想跟对方多待，想尽快结束这场洽谈。

原本需要五六个小时的商谈，四个小时就结束了。

所有文件签好，康助理收了起来。

回到车上，严贺禹缓了好一会儿，拿出另一部手机。这是他新买的手机，办了一张江城的手机卡放在里面。

这个号码只有康助理知道。

严贺禹点开短信编辑框："温笛，是我。分开两年，你能想起我的时间应该越来越少，甚至现在已经想不起来了。我正好相反。今年春节，我一直在江城，想去找你的，怕你反感。你应该又恋爱了吧？"

他编辑好，输入她的号码，看了又看，最后，他删除了她的号码。

那条短信，他也一个字一个字删去，然后关了手机。